OS
GAROTOS
CORVOS

MAGGIE STIEFVATER

OS GAROTOS CORVOS

Tradução
Jorge Ritter

14ª edição

Rio de Janeiro-RJ / São Paulo-SP, 2023

VERUS
EDITORA

Editora: Raïssa Castro
Coordenadora editorial: Ana Paula Gomes
Copidesque: Maria Lúcia A. Maier
Revisão: Cleide Salme Ferreira
Capa: Christopher Stengel
Projeto gráfico: André S. Tavares da Silva

Título original: *The Raven Boys*

ISBN: 978-85-7686-254-3

Copyright © Maggie Stiefvater, 2012
Todos os direitos reservados.
Edição publicada mediante acordo com Scholastic Inc., 557 Broadway, Nova York, NY, 10012, EUA.
Direitos de tradução acordados por Ute Körner Literary Agent, S.L., Barcelona – www.uklitag.com.

Ilustração da capa © Adam S. Doyle, 2012

Tradução © Verus Editora, 2013
Direitos reservados em língua portuguesa, no Brasil, por Verus Editora. Nenhuma parte desta obra pode ser reproduzida ou transmitida por qualquer forma e/ou quaisquer meios (eletrônico ou mecânico, incluindo fotocópia e gravação) ou arquivada em qualquer sistema ou banco de dados sem permissão escrita da editora.

Verus Editora Ltda.
Rua Argentina, 171, São Cristóvão, Rio de Janeiro/RJ, 20921-380
www.veruseditora.com.br

CIP-BRASIL. CATALOGAÇÃO NA FONTE
SINDICATO NACIONAL DOS EDITORES DE LIVROS, RJ

S874g

Stiefvater, Maggie, 1981-
  Os garotos corvos / Maggie Stiefvater ; tradução Jorge Ritter. - 14. ed. - Rio de Janeiro, Rj: Verus, 2023.
  23 cm.   (A saga dos corvos ; 1)

Tradução de: The Raven Boys
ISBN 978-85-7686-254-3

1. Sobrenatural. 2. Romance americano. I. Ritter, Jorge. II. Título. III. Série.

13-02407

CDD: 813
CDU: 821.111(73)-3

Revisado conforme o novo acordo ortográfico

Para Brenna,
que é boa em procurar coisas

Perscrutando a escuridão, ali me quedei, imaginando, temendo,
Duvidando, sonhando sonhos que nenhum mortal jamais ousou sonhar...
— EDGARD ALLAN POE

Um sonhador é aquele que só consegue encontrar seu caminho à luz do luar,
e sua punição é ver o amanhecer antes do resto do mundo.
— OSCAR WILDE

AGRADECIMENTOS

A essa altura, tenho a sensação de que agradeço sempre aos mesmos suspeitos. Mas devo isso a eles, realmente. Agradeço a todos na Scholastic, particularmente a meu editor, David Levithan, pela paciência durante a gestação prolongada deste romance. A Dick e Ellie, por continuarem acreditando em mim. A Rachel C., Tracy e Stacy, pelo entusiasmo ilimitado, não importa quão bizarra seja minha ideia. A Becky, pela bebida que não bebi, mas que Gansey bebeu. Licor de cacau.

Um viva especial vai para o pessoal da Scholastic UK: Alyx, Alex, Hannah e Catherine, por trabalharem duro para me deixar por dentro das linhas ley.

Obrigada à minha agente, Laura Rennert, que me deixa correr com tesouras, e a minhas incansáveis parceiras de crítica, Tessa "Mortinha da Silva" Gratton e Brenna "Que Interessante" Yovanoff.

Também sou grata a todos que leram para mim: Jackson Pearce, tão brilhante; Carrie, que realmente faz um ótimo guacamole; Kate, a primeira e última leitora; meu pai, pelas armas perigosas; e minha mãe, pelos círculos neolíticos de pedra. Obrigada também a Natalie, que não leu o livro, mas me passou umas músicas horríveis que me ajudaram muito.

E, como não poderia deixar de ser, agradeço ao meu marido, Ed, que sempre faz a magia parecer óbvia.

PRÓLOGO

Blue Sargent havia esquecido quantas vezes lhe disseram que ela mataria o seu verdadeiro amor.

Sua família vendia previsões. Previsões que tendiam, no entanto, para o lado das generalidades. Coisas como: "Algo terrível acontecerá com você hoje. Pode envolver o número seis". Ou: "Está vindo dinheiro. Abra a mão para recebê-lo". Ou: "Você tem uma grande decisão a tomar e ela não vai se resolver sozinha".

As pessoas que iam à pequena casa azul-clara na Rua Fox, 300, não se importavam com a natureza imprecisa das leituras. Tornava-se um jogo, um desafio, perceber o momento exato em que as previsões se realizavam. Quando uma caminhonete com seis pessoas bateu no carro de um cliente duas horas após sua leitura paranormal, ele pôde assentir para si mesmo com um sentimento de realização e libertação. Quando um vizinho se ofereceu para comprar o velho cortador de grama de outra cliente, caso ela estivesse precisando de uma grana extra, ela pôde se lembrar da promessa do dinheiro que viria e vendeu o cortador com o sentimento de que a transação havia sido prevista. Ou quando um terceiro cliente ouviu sua esposa dizer: "É uma decisão que precisa ser tomada", ele pôde se lembrar das mesmas palavras sendo ditas por Maura Sargent diante das cartas de tarô sobre a mesa e então partir, decidido, para a ação.

Mas a imprecisão das leituras roubava parte de seu poder. As previsões podiam ser julgadas como coincidências ou palpites. Eram uma risadinha no estacionamento do Walmart quando você encontrava acidentalmente um velho amigo, como havia sido previsto. Um arrepio quando o número dezessete aparecia em uma conta de luz. Uma compreensão de que, ainda que você tivesse descoberto o futuro, seu modo de viver o presente não mudaria em nada. Elas eram verdadeiras, mas não eram toda a verdade.

— Devo avisar — Maura sempre dizia aos novos clientes — que essa leitura será precisa, mas não específica.

Era mais fácil assim.

Mas não era isso o que diziam a Blue. Em todas as ocasiões, abriam-lhe bem os dedos e examinavam-lhe a palma da mão, tiravam cartas de baralhos aveludados e as espalhavam sobre o tapete da sala de um amigo da família. Pressionavam-lhe o polegar contra o terceiro olho, místico e invisível, que dizem se encontrar entre as sobrancelhas de todos. Lançavam-se runas e interpretavam-se sonhos. Analisavam-se minuciosamente folhas de chá e conduziam-se sessões.

Todas as mulheres chegavam à mesma conclusão, direta e inexplicavelmente precisa. Todas elas concordavam num ponto, entre as muitas linguagens de clarividência diferentes:

Se Blue beijasse seu verdadeiro amor, ele morreria.

Por muito tempo, isso a incomodou. O aviso era específico, por certo, mas saído de um conto de fadas. Não dizia como seu verdadeiro amor morreria. Não dizia por quanto tempo após o beijo ele sobreviveria. Teria de ser um beijo nos lábios? Um beijinho ingênuo no dorso da mão seria igualmente mortal?

Até os onze anos, Blue esteve convencida de que contrairia sem saber uma doença infecciosa. Uma pressão nos lábios de sua hipotética alma gêmea e ele também morreria em uma batalha devastadora, intratável pela medicina moderna. Quando fez treze anos, achou que, em vez disso, o ciúme o mataria — um ex-namorado surgiria no momento daquele primeiro beijo, portando uma arma e um coração cheio de dor.

Aos quinze anos, Blue concluiu que as cartas de tarô de sua mãe eram apenas cartas de jogar e que os sonhos dela e das outras mulheres clarividentes eram movidos por coquetéis e não por visões de outro mundo. Assim, a previsão não importava.

12

Mas ela sabia que não era assim. As previsões que saíam da Rua Fox, 300, eram pouco específicas, mas inegavelmente verdadeiras. A mãe de Blue havia sonhado com o pulso quebrado da filha no primeiro dia na escola. Sua tia Jimi previra a devolução de impostos de Maura com uma margem de erro de dez dólares. Sua prima mais velha, Orla, sempre começava a cantarolar sua canção favorita alguns minutos antes de ela tocar no rádio.

Ninguém na casa jamais chegara a duvidar de que Blue estava destinada a matar seu verdadeiro amor com um beijo. Era uma ameaça, entretanto, que estivera à sua volta por tanto tempo que perdera a força. Pensar em Blue, aos seis anos, apaixonada era uma coisa tão distante a ponto de ser imaginária.

E, aos dezesseis anos, ela decidira que nunca se apaixonaria, então não havia por que se importar.

Mas essa crença mudou quando a meia-irmã de sua mãe, Neeve, chegou à cidadezinha de Henrietta, onde elas moravam. Neeve ficara famosa fazendo com estardalhaço o que a mãe de Blue fazia em silêncio. As leituras de Maura eram feitas na sala de estar, quase sempre para moradores de Henrietta e do vale que contornava a cidade. Neeve, por sua vez, fazia leituras na televisão, às cinco horas da manhã. Tinha um site que trazia antigas fotografias dela em foco suave, encarando diretamente o visitante. Quatro livros a respeito do sobrenatural traziam seu nome na capa.

Blue nunca havia encontrado Neeve, portanto sabia mais sobre sua meia-tia por pesquisas na rede do que por experiência pessoal. Também não tinha certeza do motivo pelo qual Neeve vinha visitá-las, mas sabia que sua chegada iminente incitara uma legião de conversas sussurradas entre Maura e suas duas melhores amigas, Persephone e Calla — o tipo de conversa que se extinguia em goles de café e batidas de caneta na mesa quando Blue entrava na sala. Mas a garota não estava muito preocupada com a chegada da tia; o que era uma mulher a mais em uma casa cheia delas?

Neeve finalmente apareceu em uma noite de primavera, quando as longas sombras das montanhas a oeste pareciam ainda mais extensas que de costume. Quando Blue abriu a porta para Neeve, pensou por um momento que se tratava de uma senhora desconhecida, mas então seus olhos se acostumaram à luz escarlate que se alastrava vinda do meio das árvores e ela percebeu que Neeve era apenas um pouco mais velha que Maura, o que não era ser muito velha, afinal.

Na rua, ao longe, os cães de caça latiam. Blue já estava acostumada com suas vozes; a cada outono, o Clube de Caça de Aglionby saía com seus cavalos e cães para a caça à raposa, quase todos os fins de semana. Blue sabia o que aqueles uivos frenéticos significavam naquele momento. Eles estavam em perseguição.

— Você é a filha de Maura — disse Neeve e, antes que Blue pudesse responder, acrescentou: — Este é o ano em que você se apaixonará.

O tempo estava congelante no adro da igreja, mesmo antes de os mortos chegarem.

Todos os anos, Blue e sua mãe, Maura, iam ao mesmo lugar, e todos os anos fazia frio. Mas aquele ano, sem Maura ali com ela, parecia pior.

Era 24 de abril, véspera do Dia de São Marcos. Para a maioria das pessoas, o Dia de São Marcos ia e vinha sem que o notassem. Não era feriado escolar. Não se trocavam presentes. Não havia fantasias ou festivais. Não havia promoções do Dia de São Marcos, não havia cartões do Dia de São Marcos nas prateleiras das lojas, nenhum programa de televisão especial que fosse ao ar apenas uma vez no ano. Ninguém marcava o dia 25 de abril no calendário. Na realidade, a maioria das pessoas vivas nem sabia que são Marcos tinha um dia em sua homenagem.

Mas os mortos se lembravam.

Enquanto Blue tremia, sentada sobre o muro de pedra, pensou que *pelo menos* não estava chovendo naquele ano.

Era para aquele lugar que Maura e Blue iam em todas as vésperas do Dia de São Marcos: uma igreja isolada tão velha que seu nome havia sido esquecido. A ruína estava envolta pela densa vegetação das colinas, nas cercanias de Henrietta, distante ainda vários quilômetros das montanhas propriamente ditas. Apenas as paredes exteriores permaneciam; o teto e o piso haviam desabado há muito tempo. O que não havia apodrecido estava escondido debaixo de trepadeiras ávidas e árvores jovens de cheiro rançoso. A igreja era cercada por um muro de pedra, interrompido apenas por um portão coberto, largo o suficiente para um caixão e seus condutores. Um caminho teimoso que parecia impermeável a ervas daninhas levava até a velha porta da igreja.

— Ah — sibilou Neeve, gorducha, mas estranhamente elegante, ao se sentar ao lado de Blue sobre o muro. Blue se impressionou outra vez, como no momento em que a conhecera, com suas mãos peculiarmente atraentes. Punhos roliços levavam a palmas suaves como as de uma criança e a dedos delgados com unhas ovais.

— Ah — murmurou Neeve novamente. — Esta é uma daquelas noites.

Foi assim que ela disse: "Esta é uma *daquelas* noites", e nesse momento Blue sentiu a pele se arrepiar um pouco. Ela havia ficado de vigília com a mãe pelas últimas dez vésperas de são Marcos, mas aquela noite parecia diferente.

Era uma *daquelas* noites.

Naquele ano, pela primeira vez, e por razões que Blue não compreendia, Maura havia mandado Neeve para fazer a vigília na igreja em seu lugar. Havia perguntado a Blue se ela iria, como de costume, mas não foi bem uma pergunta. Blue sempre fora; iria dessa vez também. Não era como se tivesse feito planos para a véspera de são Marcos. Mas tinha de ser consultada. Maura havia decidido em algum momento, antes do nascimento de Blue, que era desumano dar ordens às crianças, e assim a garota havia crescido cercada por pontos de interrogação imperativos.

Blue abriu e fechou as mãos geladas. As bordas das luvas sem dedos estavam puídas. Ela as havia tricotado, muito mal, no ano passado, mas mesmo assim elas mantinham certa elegância ordinária. Se Blue não fosse tão vaidosa, poderia usar as luvas sem graça, mas funcionais, que ganhara no Natal. Mas ela *era* vaidosa, por isso usava as luvas sem dedos e puídas, infinitamente mais legais, embora não tão quentes, e não havia ninguém para vê-las, a não ser Neeve e os mortos.

Os dias de abril em Henrietta eram com frequência belos e suaves, induzindo árvores preguiçosas a florescer e joaninhas apaixonadas a bater contra as vidraças. Mas não naquela noite. Parecia inverno.

Blue consultou o relógio. Faltavam poucos minutos para as onze horas. As lendas antigas recomendavam que a vigília na igreja fosse feita à meia-noite, mas os mortos não eram pontuais, em especial quando não havia lua.

Diferentemente de Blue, que não tendia à paciência, Neeve era uma estátua majestosa sobre o muro da velha igreja: mãos sobrepostas, tornozelos cruzados por baixo da longa saia de lã. Blue, encolhida, mais baixa e mais magra, era uma gárgula agitada e cega. Não era uma noite para seus olhos comuns. Era uma noite para videntes e paranormais, bruxas e médiuns.

Em outras palavras, o resto de sua família.

Em meio ao silêncio, Neeve perguntou:

— Está ouvindo algo? — Seus olhos brilhavam na escuridão.

— Não — respondeu Blue, pois não ouvia nada. Então ela se perguntou se Neeve perguntara isso porque *ela* sim ouvira algo.

Neeve a encarava com o mesmo olhar que usava em todas as suas fotos no site — um olhar fixo e sobrenatural, deliberadamente enervante, que durava vários segundos a mais do que seria confortável. Alguns dias após a chegada de Neeve, Blue ficara perturbada o suficiente para mencionar isso para Maura. As duas estavam apinhadas no único banheiro, Blue se aprontando para a escola e Maura para o trabalho.

Enquanto tentava prender todas as partes do cabelo escuro em um rabo de cavalo rudimentar, a garota perguntou:

— Ela precisa encarar as pessoas daquele jeito?

No chuveiro, sua mãe desenhava formas no boxe de vidro coberto de vapor. Ela parou para rir, um lampejo da pele visível através das linhas longas e cruzadas que ela havia desenhado.

— É a marca registrada dela.

Blue pensou que talvez houvesse coisas melhores pelas quais ser conhecida.

No adro, Neeve disse enigmaticamente:

— Há muito para ouvir.

A questão era que não havia. No verão, os contrafortes estavam vivos com insetos zunindo, tordos assobiando para lá e para cá, corvos ralhando com os carros. Mas aquela noite estava fria demais para qualquer coisa ainda estar acordada.

— Eu não ouço coisas assim — disse Blue, um pouco surpresa de que Neeve ainda não soubesse disso. Na família acentuadamente clarividente de Blue, ela era uma casualidade, uma estranha às conversas vibrantes que sua mãe, tias e primas mantinham com o mundo escondido para a maioria das pessoas. A única coisa especial sobre ela era algo que ela mesma não conseguia experimentar. — Eu ouço tanto dessas conversas quanto o telefone. Eu só torno as coisas mais intensas para os outros.

Neeve ainda a encarava.

— Então é por isso que a Maura estava tão ansiosa para que você viesse comigo. Ela chama você para todas as leituras também?

O pensamento fez Blue estremecer. Um número considerável de clientes que entravam na casa da Rua Fox, 300, era de mulheres infelizes, esperando que Maura visse amor e dinheiro em seu futuro. A ideia de se ver presa em casa com isso o dia inteiro era torturante. Blue sabia que com certeza era tentador para sua mãe tê-la presente, para tornar seus poderes paranormais mais fortes. Quando era mais jovem, a garota nunca havia entendido que Maura a chamasse tão poucas vezes para se juntar a ela em uma leitura, mas, agora que compreendia quanto aprimorava o talento das outras pessoas, ela ficava impressionada com a moderação de Maura.

— Não, a não ser que seja uma leitura muito importante — ela respondeu.

O olhar de Neeve havia passado da linha sutil entre o desconcertante e o horripilante. Então ela disse:

— Isso é algo de que você devia se orgulhar, sabia? Tornar mais forte o dom paranormal de outra pessoa é algo raro e valioso.

— *Pfff* — exclamou Blue, não de forma cruel, mas tentando ser engraçada. Ela tivera dezesseis anos para se acostumar à ideia de que não tinha intimidade com o sobrenatural e não queria que Neeve pensasse que ela estava experimentando uma crise de identidade a respeito. Blue puxou um fio da luva.

— E você tem muito tempo para desenvolver seus próprios talentos intuitivos — acrescentou Neeve, com um olhar parecendo faminto.

Blue não respondeu. Ela não estava interessada em ler o futuro de outras pessoas. Estava interessada em correr atrás do próprio futuro.

Neeve finalmente baixou o olhar. Traçando um dedo preguiçoso pela terra sobre as pedras entre elas, disse:

— Eu passei por uma escola a caminho da cidade. Academia Aglionby. É lá que você estuda?

Os olhos de Blue se abriram com humor. Mas é claro que a tia, uma pessoa de fora, não poderia saber. Mesmo assim, ela podia ter deduzido, pelo saguão enorme de pedra e o estacionamento cheio de carros que falavam alemão, que aquele não era o tipo de escola que ela e a mãe podiam pagar.

— É uma escola só para garotos. Para filhos de políticos, de barões do petróleo e... — Blue se esforçou para pensar em quem mais seria rico o suficiente para mandar seus filhos para Aglionby — para os filhos de amantes que vivem de suborno.

Neeve elevou uma sobrancelha sem voltar os olhos.

— Não, sério, eles são horríveis — disse Blue.

Abril era uma época difícil para os garotos da Aglionby; à medida que esquentava, os conversíveis apareciam, trazendo garotos em bermudas tão ridículas que só os ricos teriam coragem de usar. Durante a semana escolar, todos vestiam o uniforme da Aglionby: calça cáqui e um blusão com gola em V com o emblema de um corvo. Era uma maneira fácil de identificar o exército que avançava. Garotos corvos.

Blue continuou:

— Eles acham que são melhores que a gente e que todas nós somos malucas por eles. E bebem até cair todos os fins de semana e picham as placas de saída de Henrietta.

A Academia Aglionby era a razão número um pela qual Blue havia desenvolvido suas duas regras: primeira, fique longe dos garotos, porque eles trazem problemas. E segunda, fique longe dos garotos da Aglionby, porque eles são uns canalhas.

— Você parece ser uma adolescente muito sensata — disse Neeve, o que incomodou Blue, pois ela já sabia que era uma adolescente muito sensata. Quando você tinha tão pouco dinheiro como os Sargent, a sensatez em relação a todas as questões era entranhada desde cedo.

Na luz ambiente da lua quase cheia, Blue percebeu o que Neeve havia desenhado na terra. E perguntou:

— O que é isso? Minha mãe já fez esse desenho.

— É mesmo? — perguntou Neeve. Elas estudaram as formas. Eram três linhas curvas que se cruzavam, formando uma espécie de triângulo longo. — Ela disse o que era?

— Ela estava desenhando isso no boxe do chuveiro, mas não perguntei.

— Eu sonhei com isso — disse Neeve, em um tom de voz baixo que enviou um arrepio desagradável pela nuca de Blue. — Eu queria ver como ficava desenhado.

Ela esfregou a palma sobre o desenho, então abruptamente ergueu uma bela mão e disse:

— Acho que eles estão vindo.

Era por isso que Blue e Neeve estavam ali. Todos os anos, Maura se sentava no muro, com os joelhos puxados até o queixo, olhava para o vazio e recitava nomes para Blue. Para ela, o adro seguia vazio, mas, para Maura, ele estava cheio de mortos. Não de pessoas que já estavam mortas, mas dos espíritos daqueles que morreriam nos próximos doze meses. Para Blue, aquilo sempre fora como ouvir metade de uma conversa. Às vezes sua mãe reconhecia os espíritos, mas frequentemente tinha de se inclinar para frente para perguntar o nome deles. Maura lhe explicara certa vez que, se a filha não estivesse ali, ela não poderia convencê-los a lhe responder — os mortos não conseguiriam ver Maura sem a presença de Blue.

Blue nunca se cansava de se sentir particularmente necessária, mas às vezes ela gostaria que *necessária* parecesse menos com um sinônimo de *útil*.

A vigília na igreja era crucial para um dos serviços mais incomuns de Maura. Contanto que os clientes vivessem na região, ela garantia que os avisaria se eles ou um ente querido estivessem prestes a morrer nos próximos doze meses. Quem não pagaria por isso? Bem, a resposta na verdade era: a maior parte do mundo, já que a maioria das pessoas não acreditava em fenômenos paranormais.

— Você está vendo alguma coisa? — perguntou Blue, esfregando bem as mãos dormentes antes de pegar um caderno e uma caneta no muro.

Neeve estava absolutamente imóvel.

— Algo tocou meu cabelo agora há pouco.

Mais uma vez, um arrepio subiu pelos braços de Blue.

— Um deles?

Em um tom de voz rouco, Neeve disse:

— Os futuros mortos têm de seguir o caminho dos corpos pelo portão. Esse provavelmente é outro... espírito chamado pela sua energia. Eu não percebi o efeito que você teria.

Maura nunca havia mencionado *outras* pessoas mortas sendo atraídas por Blue. Talvez ela não quisesse assustá-la. Ou talvez Maura simplesmente não as tivesse visto — talvez ela fosse tão cega para esses outros espíritos quanto Blue.

Blue se sentiu desconfortável com uma brisa mais rápida que lhe tocou o rosto, fazendo levantar o cabelo encrespado de Neeve. Uma coisa eram espíritos invisíveis e ordeiros de pessoas ainda não verdadeiramente mortas. Outra eram fantasmas que não estavam a fim de permanecer no caminho.

— Eles estão... — Blue começou a falar.

— Quem é você? Robert Neuhmann — interrompeu-a Neeve. — Qual é o seu nome? Ruth Vert. Qual é o seu nome? Frances Powell.

Rabiscando rapidamente para acompanhá-la, Blue escrevia os nomes foneticamente, conforme Neeve perguntava. De tempos em tempos, erguia o olhar para o caminho, tentando ver... *algo*. Mas, como sempre, só via o capim crescido, os carvalhos quase imperceptíveis e a boca negra da igreja, aceitando espíritos invisíveis.

Nada para ouvir, nada para ver. Nenhuma evidência dos mortos, exceto pelos nomes escritos no caderno que tinha na mão.

Talvez Neeve estivesse certa. Talvez Blue estivesse tendo uma espécie de crise de identidade. Em alguns dias, parecia um pouco injusto que toda a maravilha e o poder que cercavam sua família tivessem passado para Blue na forma de papelada.

Pelo menos eu ainda posso fazer parte disso, pensou Blue de um jeito sério, apesar de se sentir tão incluída quanto um cão-guia para cegos. Segurou o caderno bem próximo do rosto, a fim de ler no escuro. Era uma lista de nomes comuns setenta ou oitenta anos atrás: Dorothy, Ralph, Clarence, Esther, Herbert, Melvin. Um monte dos mesmos sobrenomes, também. O vale estava dominado por várias famílias antigas e numerosas, talvez influentes.

Em algum lugar fora dos pensamentos de Blue, o tom de Neeve ficou mais enfático.

— Qual é o seu nome? — ela perguntou. — *Com licença*. Qual é o seu nome?

A expressão consternada parecia errada em seu rosto. Por hábito, Blue seguiu o olhar de Neeve até o centro do adro.

E ela viu alguém.

O coração de Blue martelava no peito. Do outro lado do batimento cardíaco, ele ainda estava ali. Onde não deveria haver nada, havia uma pessoa.

— Eu estou vendo — disse Blue. — Neeve, *eu estou vendo*.

Blue sempre imaginara a procissão de espíritos como algo ordenado, mas aquele ali perambulava, hesitante. Era um jovem de calça e blusão, com o cabelo despenteado. Não era exatamente transparente, tampouco estava ali de verdade. Sua figura era escura como água suja, e seu rosto, indistinto. Não havia um traço que o identificasse, exceto sua juventude.

Ele era tão jovem — essa era a parte mais difícil de se acostumar.

Enquanto Blue o observava, ele fez uma pausa e colocou os dedos do lado do nariz e na têmpora. Era um gesto tão estranhamente *vivo* que Blue se sentiu um pouco enjoada. Então ele tropeçou para frente, como se tivesse sido empurrado por trás.

— Pegue o nome dele — sussurrou Neeve. — Ele não me responde e eu preciso pegar os outros.

— Eu? — Blue respondeu, escorregando do muro. O coração ainda batia forte dentro do peito. Então ela perguntou, sentindo-se um pouco boba. — Qual é o seu nome?

Ele não parecia ouvi-la. Sem um traço de reconhecimento, ele começou a se mover novamente, lento e confuso, na direção da porta da igreja.

É assim que encontramos o caminho para a morte?, perguntou-se Blue. *Um desaparecer trôpego em vez de um final consciente?*

Enquanto Neeve começava a fazer perguntas para os outros, Blue abriu caminho na direção do sujeito que perambulava.

— Quem é você? — chamou de uma distância segura, enquanto ele segurava a testa com as mãos. Sua forma não seguia nenhuma linha, ela via agora, e seu rosto era verdadeiramente desprovido de traços. Não havia nada a respeito dele, realmente, que lhe desse uma forma humana, mas mesmo assim ela via um garoto. Havia algo contando para sua mente o que ele era, mesmo que não estivesse contando para seus olhos.

Não havia emoção em vê-lo, como ela achou que teria. Tudo que ela conseguia pensar era: *Ele estará morto em um ano*. Como Maura aguentava isso?

Blue se aproximou furtivamente. Quando estava próxima o suficiente para tocá-lo, ele começou a caminhar novamente, ainda sem dar sinal de que a via.

Suas mãos estavam congelando por causa daquela proximidade. Seu coração também. Espíritos invisíveis sem calor próprio lhe sugavam a energia, deixando-a arrepiada nos braços.

O jovem parou na soleira da igreja, e Blue sabia, simplesmente *sabia*, que se ele entrasse ali ela perderia a chance de pegar seu nome.

— Por favor — disse ela, de maneira mais suave do que antes. E estendeu uma mão, tocando a ponta do blusão ausente. Um frio aterrorizante percorreu seu corpo. Ela tentou se firmar com o que sempre ouvira dizer: espíritos tiravam sua energia das cercanias. Tudo que ela sentia era que ele a usava para ficar visível.

Mas ainda assim aquilo parecia aterrorizante.

Ela perguntou:

— Você vai me dizer o seu nome?

Ele a encarou, e Blue ficou chocada ao perceber que ele usava um blusão da escola Aglionby.

— Gansey — ele disse.

Apesar de seu tom de voz ser baixo, não era um sussurro. Era uma voz real, falada de algum lugar quase distante demais para ser ouvido.

Blue não conseguia parar de olhar para seu cabelo despenteado, a sugestão de olhos que a encaravam, o corvo estampado no blusão. Ela

23

viu os ombros dele encharcados, e o resto da roupa salpicado de chuva, de uma tempestade que ainda não havia acontecido. Estava tão próxima dele que podia perceber uma fragrância de hortelã, que não sabia ao certo se era específica dele ou específica dos espíritos.

Ele era tão real. Quando finalmente aconteceu, quando ela finalmente o viu, não pareceu nenhum truque de mágica. Era como se ela estivesse olhando para o túmulo e vendo-o olhar de volta para ela.

— Isso é tudo? — ela sussurrou.

Gansey fechou os olhos.

— É só isso.

Ele caiu de joelhos — um gesto silencioso para um garoto sem um corpo real. Uma mão se abriu na terra, os dedos pressionando o chão. Blue viu a escuridão da igreja mais claramente do que a forma curva do ombro dele.

— Neeve — disse Blue. — Neeve, ele está... morrendo.

Neeve se postou logo atrás dela e respondeu:

— Ainda não.

Gansey havia praticamente sumido, desvanecendo igreja adentro, ou a igreja desvanecendo nele.

A voz de Blue saiu mais sussurrada do que ela gostaria.

— Por quê? Por que eu consigo vê-lo?

Neeve olhou por cima do ombro, porque havia mais espíritos entrando ou porque não havia mais nenhum — Blue não sabia dizer. Quando olhou de volta, Gansey havia desaparecido completamente. Blue começou a sentir o calor voltando para o corpo, mas havia algo gelado atrás de seus pulmões. Uma tristeza perigosa, sugadora, parecia estar se abrindo dentro dela: luto ou arrependimento.

— Existem apenas duas razões para uma não vidente ver um espírito na véspera do Dia de São Marcos, Blue. Ou você é o verdadeiro amor dele — disse Neeve —, ou você o matou.

— Sou eu — disse Gansey.

Ele se virou de frente para o carro. O capô laranja-vivo do Camaro estava levantado, mais como um símbolo de derrota do que para servir a algum uso prático. Adam, amigo de todos os carros, talvez conseguisse determinar o que havia de errado dessa vez, mas Gansey certamente não. Ele havia conseguido rolar até o acostamento, a pouco mais de um metro da interestadual, e agora os pneus largos jaziam sobre tufos altos de capim. Um caminhão passou zunindo, e o Camaro estremeceu em seu rastro.

Do outro lado do telefone, Ronan Lynch, seu colega de quarto, respondeu:

— Você perdeu a aula de história geral. Achei que você estivesse morto em uma vala.

Gansey girou o pulso para examinar o relógio. Ele havia perdido bem mais do que a aula de história geral. Eram onze horas, e o frio da noite passada parecia improvável. Um mosquito estava grudado na pele, próximo da pulseira do relógio. Ele se livrou do inseto com um piparote. Certa vez, quando era mais jovem, ele e o pai haviam acampado. Havia barracas, sacos de dormir e uma Range Rover ociosa estacionada próxima para quando ele e o pai perdessem o interesse. Como experiência, não havia sido nada como a noite passada.

Ele perguntou:

— Você anotou a matéria para mim?

— Não — respondeu Ronan. — Achei que você estivesse morto em uma vala.

25

Gansey cuspiu fora a areia da boca e recolocou o telefone no ouvido. *Ele* teria anotado a matéria para Ronan.

— O Pig parou. Vem me buscar.

Um sedã diminuiu a velocidade quando passou por ele, com os ocupantes olhando para fora da janela. Gansey não era um garoto de aparência desagradável e o Camaro não era uma visão tão dura assim também, mas aquela atenção tinha menos a ver com beleza e mais com a surpresa de ver um garoto da Aglionby em um carro descaradamente laranja quebrado na beira da estrada. Gansey sabia que não havia nada que a pequena Henrietta, Virgínia, gostasse mais do que ver coisas humilhantes acontecerem com garotos da Aglionby, a não ser que fossem coisas humilhantes acontecerem com suas famílias.

Ronan disse:

— Tá zoando, cara.

— Até parece que você vai para a aula. E depois é hora do almoço de qualquer jeito. — Então ele acrescentou, como quem cumpre uma obrigação: — Por favor.

Ronan ficou em silêncio por um longo tempo. Ele era bom nisso; sabia que deixava as pessoas desconfortáveis. Mas Gansey era imune, pois já conhecia aquela tática. Inclinou-se para dentro do carro para ver se havia comida no porta-luvas, enquanto esperava que Ronan falasse. Ao lado de um autoinjetor de adrenalina, havia um pacote de carne desidratada, mas o prazo de validade havia expirado dois anos atrás. Talvez já estivesse ali quando ele comprara o carro.

— Onde você está? — perguntou Ronan finalmente.

— Perto da placa de Henrietta, na 64. Traga um hambúrguer. E alguns litros de gasolina. — O carro não ficara sem gasolina, mas mal não podia fazer.

A voz de Ronan era ácida.

— Gansey.

— Traga o Adam também.

Ronan desligou. Gansey tirou o blusão e o jogou na parte traseira do Camaro. O espaço ínfimo ali atrás era um casamento desordenado de objetos cotidianos — um livro de química, um caderno manchado de frappuccino, um porta-CDs meio aberto, com discos soltos se espalhando pelo banco — e as provisões que ele adquirira durante seus dezoito meses em Henrietta. Mapas amarrotados, folhas impressas, o diário sempre presente, uma lanterna e a vara de radiestesia. Quando Gansey tirou um gravador digital da bagunça, um recibo de pizza (grande, meia calabresa, meia abacate) esvoaçou até o banco, juntando-se a meia dúzia de recibos idênticos, exceto pela data.

Durante toda a noite, ele ficara sentado do lado de fora da monstruosamente moderna Igreja do Sagrado Redentor, com o gravador rodando e os ouvidos atentos, esperando por... algo. A atmosfera não era nada mágica. Possivelmente não era o melhor lugar para tentar fazer contato com os futuros mortos, mas Gansey alimentava grande esperança no poder da véspera do Dia de São Marcos. Não era que ele esperasse ver os mortos. Todas as fontes diziam que os observadores de igrejas tinham de possuir "a segunda visão", e Gansey mal possuía a primeira antes de colocar suas lentes de contato. Ele apenas esperava por...

Algo. E foi isso que conseguiu. Ele só não estava absolutamente certo do que seria aquele *algo*.

Com o gravador digital nas mãos, ele se sentou encostado contra o pneu traseiro para esperar, deixando que o carro o protegesse do deslocamento de vento dos veículos que passavam. Do outro lado da barreira de proteção, um campo verde se estendia em declive até as árvores. Mais adiante, elevava-se o cimo azul misterioso das montanhas.

Na ponta empoeirada do sapato, Gansey desenhou a forma em arco da suposta linha de energia sobrenatural que o levara até ali. À medida que a brisa da montanha corria em seus ouvidos, ela soava como um grito abafado — não um sussurro, mas um grito alto de um lugar quase distante demais para ser ouvido.

A questão era que Henrietta parecia um lugar onde a magia podia acontecer. O vale parecia sussurrar segredos. Era mais fácil acreditar que eles não se revelariam para Gansey do que que não existiam.

Por favor, apenas me digam onde vocês estão.

Seu coração doía de anseio por eles, um anseio não menos doloroso por ser difícil de explicar.

O BMW "nariz de tubarão" de Ronan Lynch parou atrás do Camaro, a pintura, normalmente de um carvão lustroso, empoeirada do verde do pólen. Gansey sentiu o baixo do estéreo nos pés um momento antes de reconhecer qual era a música. No banco do passageiro estava Adam Parrish, o terceiro membro do quarteto que constituía os amigos mais próximos de Gansey. O nó da gravata de Adam estava arrumado acima da gola do blusão. A mão delgada pressionava firmemente o celular fino de Ronan contra o ouvido.

Pela porta aberta do carro, Adam e Gansey trocaram um breve olhar. As sobrancelhas franzidas de Adam perguntaram: *Encontrou algo?*, e os olhos arregalados de Gansey responderam: *Você que me diz.*

Com a expressão fechada, Adam baixou o volume no estéreo e disse algo ao telefone.

Ronan bateu a porta do carro — ele batia tudo — antes de se dirigir para o porta-malas. Então disse:

— O idiota do meu irmão quer que a gente encontre com ele no Nino's hoje à noite. E com a *Ashley*.

— É ele no telefone? — perguntou Gansey. — O que é *Ashley*?

Ronan retirou uma lata de gasolina do porta-malas, fazendo pouco esforço para evitar que o recipiente oleoso encostasse em sua roupa. Assim como Gansey, ele usava o uniforme da Aglionby, mas, como sempre, conseguia fazê-lo parecer o mais reles possível. A gravata fora amarrada segundo um método mais bem descrito como *desdém*, e a barra da camisa aparecia, amarfanhada, por baixo do blusão. O sorriso era fino e incisivo. Se seu BMW lembrava um tubarão, havia aprendido com o dono.

— A nova do Declan. A gente tem que ficar bonitinho para ela.

Gansey se incomodava com ter de agradar o irmão mais velho de Ronan, aluno do último ano da Aglionby, mas ele compreendia por que eles precisavam fazer isso. A liberdade na família Lynch era uma coisa complicada e, no momento, Declan tinha as chaves dela.

Ronan trocou a lata de combustível pelo gravador.

— Ele quer fazer isso hoje à noite porque sabe que eu tenho aula.

A tampa do tanque de combustível do Camaro estava localizada atrás da placa do carro, acionada por uma mola, e Ronan observou em silêncio enquanto Gansey lutava, ao mesmo tempo, com a tampa, a lata de gasolina e a placa.

— Você devia ter feito isso — Gansey lhe disse. — Já que não se importa de sujar a camisa.

Indiferente, Ronan coçou uma casca de ferida antiga, amarronzada, por baixo das cinco pulseiras de couro entrelaçadas em torno do punho. Na semana anterior, ele e Adam haviam se revezado arrastando um ao outro em um carrinho atrás do BMW, e ambos ainda tinham as marcas para provar.

— Me pergunte se eu achei alguma coisa — disse Gansey.

Suspirando, Ronan virou o gravador na direção dele.

— Você achou alguma coisa?

Ele não parecia muito interessado, mas isso fazia parte da marca registrada de Ronan Lynch. Era impossível dizer quão profundo seu desinteresse realmente era.

O combustível estava vazando lentamente sobre a calça cara de algodão de Gansey, a segunda que ele arruinara em um mês. Não é que ele fizesse questão de ser descuidado — como Adam havia lhe dito repetidas vezes: "As coisas custam *dinheiro*, Gansey" —, apenas nunca parecia se dar conta das consequências de seus atos até que fosse tarde demais.

— Eu gravei mais ou menos quatro horas de áudio e achei... algo. Mas não sei o que quer dizer. — Ele gesticulou na direção do gravador. — Toca aí.

Ronan se virou para contemplar a interestadual e apertou o play. Por um momento houve um mero silêncio, quebrado apenas pelo ruído agudo e indiferente de grilos. Então a voz de Gansey: "Gansey".

Uma longa pausa. Gansey passou um dedo lentamente pelo cromo marcado do para-choque do Camaro. Ainda era estranho ouvir a si mesmo na gravação, sem se lembrar de ter dito aquelas palavras.

Então, como se de uma grande distância, uma voz feminina, as palavras difíceis de compreender: "Isso é tudo?"

Ronan disparou um olhar desconfiado na direção de Gansey, que levantou o dedo: *Espere*. Vozes murmuradas, mais baixas que antes, sibilaram do gravador, nada claro a respeito delas, exceto a cadência: perguntas e respostas. E então sua voz desencarnada falou do gravador novamente: "É só isso".

Ronan lançou um olhar de volta para Gansey ao lado do carro, fazendo o que este chamava de respiração de fumante: longa inspiração pelas narinas distendidas, lenta expiração por lábios separados.

Mas Ronan não fumava. Seu hábito era com ressacas.

Ele parou o gravador e disse:

— Ô esperto, você está deixando pingar gasolina na calça.

— Você não vai me perguntar o que estava acontecendo quando eu gravei isso?

Ronan não perguntou. Apenas continuou olhando para Gansey, o que era a mesma coisa.

— Não estava acontecendo nada. É isso. Eu estava olhando para um estacionamento cheio de insetos que não deveriam estar vivos quando está frio desse jeito à noite, e não havia nada.

Gansey não tinha certeza se captaria alguma coisa no estacionamento, mesmo se estivesse no lugar certo. De acordo com os caçadores de linhas ley com quem ele havia conversado, a linha às vezes transmitia vozes ao longo de seu comprimento, lançando sons a centenas de quilômetros e dezenas de anos de quando eles haviam sido ouvidos pela primeira vez. Uma espécie de assombração de áudio, uma transmissão de rádio imprevisível em que quase qualquer coisa na linha ley poderia ser um receptor: um gravador, um estéreo, um par de ouvidos humanos bem sintonizados. Carecendo de qualquer habilidade paranormal, Gansey havia levado o gravador, uma vez que os ruídos frequentemente eram audíveis apenas quando reproduzidos depois. O estranho em tudo isso não eram as outras vozes no gravador. O estranho era a voz de *Gansey*, pois ele estava bastante convencido de que não era um espírito.

— Eu não *disse* nada, Ronan. Durante a noite inteira, eu não disse nada. Então o que a minha voz está fazendo nessa gravação?

— Como você sabia que ela tinha sido gravada?

— Eu estava ouvindo o que gravei enquanto dirigia de volta. Nada, nada, nada, e de repente: minha voz. Daí o Pig parou.

— Coincidência? — perguntou Ronan. — Acho que não.

A intenção era que isso soasse sarcástico. Gansey havia dito tantas vezes "Eu não acredito em coincidências" que ele não precisava mais repetir.

Gansey perguntou:

— Bem, o que você acha?

— O Santo Graal, finalmente — respondeu Ronan, irônico demais para que fosse levado a sério.

Mas o fato era que Gansey havia passado os últimos quatro anos trabalhando com os fragmentos de evidências mais ínfimos possíveis, e a voz que mal se ouvia era todo o incentivo de que ele precisava. Seus dezoito meses em Henrietta lhe renderam alguns vestígios imprecisos em busca de uma linha ley — um caminho de energia sobrenatural, perfeitamente reto, que conecta lugares espirituais — e da tumba furtiva que ele esperava que existisse ao longo desse caminho. Esse era apenas um risco de procurar por uma linha de energia invisível. Ela era... bem, *invisível*.

E possivelmente hipotética, mas Gansey se recusou a levar essa ideia em consideração. Em dezessete anos de vida, ele já achara dezenas de coisas que as pessoas não sabiam que podiam ser achadas, e realmente tencionava acrescentar a linha ley, a tumba e o ocupante real da tumba a essa lista de itens.

O curador de um museu no Novo México certa vez dissera a Gansey: "Filho, você tem um jeito extraordinário para descobrir esquisitices". Um historiador romano impressionado comentara: "Você é esperto, olha debaixo de pedras que ninguém mais pensa em levantar". E um professor inglês muito velho declarara: "Garoto, o mundo mostra para você o que tem nos bolsos". Gansey descobrira que a chave era acreditar que essas coisas existiam; você tinha de se dar conta de que elas eram parte de algo maior. Alguns segredos se mostravam apenas para aqueles que se provavam merecedores.

A maneira como Gansey via a questão era a seguinte: se você tinha uma habilidade especial para encontrar coisas, isso significava que você devia ao mundo procurá-las.

— Olha, não é o Whelk? — perguntou Ronan.

Um carro diminuiu bastante a velocidade quando passou por eles, permitindo que vissem de relance o motorista excessivamente curioso. Gansey tinha de concordar que o motorista parecia bastante com seu ressentido professor de latim, um ex-aluno de Aglionby com o infeliz nome de Barrington Whelk. Gansey, graças a seu título oficial de Richard "Dick" Campbell Gansey III, era ligeiramente imune a nomes pomposos, mas mesmo ele tinha de admitir que não havia muito a perdoar a respeito de Barrington Whelk.

— Não precisa parar para ajudar nem nada — disparou Ronan, após o carro passar. — Ei, nanico. O que rolou com o Declan?

Essa última parte era dirigida a Adam quando ele saiu do BMW com o celular de Ronan ainda nas mãos. Ele tentou devolver, mas Ronan balançou a cabeça com desdém. Ronan desprezava todos os telefones, inclusive o seu.

Adam disse:

— Ele vai aparecer às cinco horas hoje à tarde.

Diferentemente de Ronan, o blusão da Aglionby de Adam era de segunda mão, mas ele zelava para mantê-lo impecável. O rapaz era alto e magro, tinha o cabelo acinzentado mal aparado e o rosto bem formado e bronzeado. Adam era uma fotografia em sépia.

— Que bom — respondeu Gansey. — Você vai, né?

— Eu fui convidado? — Adam às vezes era peculiarmente educado. Quando ele não tinha certeza a respeito de algo, seu sotaque sulista sempre aparecia, e agora estava em evidência.

Adam nunca precisou de convite. Ele e Ronan deviam ter brigado. Como sempre. Ronan brigava com qualquer um, bastava ter carteira de identidade.

— Não seja burro — respondeu Gansey, e gentilmente aceitou o saco manchado de gordura do lanche que Adam lhe oferecia. — Obrigado.

— Foi o Ronan que comprou — disse Adam. Em questões de dinheiro, ele era rápido em designar o crédito ou a culpa.

Gansey olhou para Ronan, que se recostara no Camaro, mordendo de maneira ausente uma das pulseiras de couro no punho. Gansey disse:

— Não vai me dizer que tem molho nesse hambúrguer.

Largando a pulseira dos dentes, Ronan zombou:

— Por favor.

— E nem picles — disse Adam, agachando-se atrás do carro. Ele levara não só dois pequenos vidros de aditivo para combustível, como também um pano para colocar entre a lata de gasolina e a calça, fazendo o processo inteiro parecer banal. Adam tentava esconder suas raízes com tamanho esforço, mas elas apareciam nos menores gestos.

Gansey abriu um largo sorriso, o calor da descoberta começando a se espalhar por seu corpo.

— Então, vamos ao teste, sr. Parrish. Três coisas que aparecem nas proximidades de linhas ley.

— Cães pretos — disse Adam indulgentemente. — Presenças demoníacas.

— Camaros — acrescentou Ronan.

Gansey continuou como se ele não tivesse falado.

— E fantasmas. Ronan, volte à prova, por favor.

Os três continuaram ali, no sol do fim da manhã, enquanto Adam fechava a tampa do tanque de combustível e Ronan acessava a gravação. Longe dali, sobre as montanhas, um gavião de cauda vermelha guinchava fracamente. Ronan apertou o play novamente e eles ouviram Gansey dizer seu nome para o nada. Adam franziu o cenho ao escutar aquilo, o dia quente lhe avermelhando a face.

Aquela poderia ser qualquer manhã do último ano e meio. Ronan e Adam fariam as pazes no fim do dia, os professores perdoariam Gansey por faltar à aula, e então ele, Adam, Ronan e Noah sairiam para comer pizza, quatro contra Declan.

Adam disse:

— Tente ligar o carro, Gansey.

Gansey deixou a porta do carro aberta e desabou no banco do motorista. Ao fundo, Ronan tocava a gravação novamente. Por alguma razão, daquela distância, o som das vozes fez os pelos de seus braços se arrepiarem lentamente. Algo dentro dele dizia que aquele seu discurso inconsciente significava o começo de algo diferente, embora ele não soubesse ainda o quê.

— Vamos lá, Pig! — rosnou Ronan.

Alguém buzinou ao passar em alta velocidade pela autoestrada.

Gansey girou a chave. O motor fez um barulho, parou por um instante e então rugiu ensurdecedor de volta à vida. O Camaro vivia para lutar mais um dia. Até o rádio estava funcionando, tocando a canção de Stevie Nicks que sempre soava para Gansey como se fosse sobre uma pomba com apenas uma asa. Ele experimentou as batatas fritas que os amigos lhe haviam trazido. Estavam frias.

Adam colocou a cabeça para dentro do carro e disse:

— Vamos seguir você até a escola. O carro funcionou, mas ainda tem algo errado com ele.

— Ótimo — respondeu Gansey, gritando para ser ouvido com todo aquele barulho do motor.

Ao fundo, o BMW pulsava numa linha de graves, quase inaudível, enquanto Ronan dissolvia o que sobrara de seu coração em *loops* eletrônicos.

— E aí, sugestões?

Adam colocou a mão no bolso e lhe estendeu um pedaço de papel.

— O que é isso? — perguntou Gansey, estudando a caligrafia errática de Adam. Suas letras pareciam fugir de algo. — O número de uma médium?

— Se você não tivesse encontrado nada na noite passada, esse seria o próximo passo. Agora você tem algo para perguntar a elas.

Gansey considerou o assunto. Paranormais tendiam a lhe dizer que havia dinheiro vindo ao seu encontro e que ele estava destinado a grandes coisas. A primeira previsão ele sabia que era sempre verdadeira, e a segunda, temia que pudesse vir a ser. Mas talvez com aquela nova pista, com uma nova médium, ela teria algo diferente a dizer.

— Tudo bem — ele concordou. — Então, o que eu vou perguntar?

Adam lhe passou o gravador digital. Bateu no teto do Camaro uma, duas vezes, pensativo.

— O óbvio — ele respondeu. — Vamos descobrir com quem você estava falando.

As manhãs na Rua Fox, 300, eram eventos temíveis e confusos. Atropelos, filas para o banheiro e discussões abruptas sobre saquinhos de chá colocados em xícaras que já tinham saquinhos de chá. Havia a escola para Blue e o trabalho para algumas das tias mais produtivas (ou menos intuitivas). As torradas queimavam, o cereal amolecia, a porta da geladeira ficava constantemente aberta. Chaves tilintavam enquanto se decidiam caronas apressadamente.

Durante o café, o telefone começava a tocar e Maura dizia:

— É o universo ligando para você na linha dois, Orla — ou algo assim, e Jimi ou Orla ou uma das outras tias ou meias-tias ou amigas brigavam para decidir quem deveria atender o telefone no andar de cima. Dois anos antes, a prima de Blue, Orla, havia decidido que um número de atendimento paranormal seria uma aquisição lucrativa e, após algumas breves discussões com Maura sobre imagem pública, Orla venceu. "Vencer" significa que Orla esperou até que Maura fosse a uma conferência em um fim de semana para então instalar a linha em segredo, e isso era mais a lembrança de um fato desagradável do que um fato desagradável em si. As chamadas começavam a chegar aproximadamente às sete da manhã, e em alguns dias um dólar por minuto parecia valer mais a pena do que em outros.

As manhãs eram um esporte. Um esporte que Blue gostava de pensar que estava jogando melhor.

No dia seguinte à vigília na igreja, contudo, ela não teve de se preocupar em disputar um lugar no banheiro ou tentar preparar um lanche

35

para o almoço enquanto Orla deixava cair uma torrada com a manteiga para baixo. Quando ela acordou, seu quarto, normalmente iluminado pela luz da manhã, tinha a luz suave da tarde. No quarto ao lado, Orla estava falando com o namorado ou com um dos clientes da linha de atendimento paranormal. Com Orla, era difícil dizer a diferença entre os dois tipos de chamada. Ambas deixavam Blue pensando que ela devia tomar uma ducha depois.

Blue assumiu o banheiro tranquilamente, dando atenção especial para o cabelo, escuro e cortado em estilo chanel, longo o suficiente para ser preso de modo plausível, mas curto o suficiente para precisar de uma série de grampos para fazer isso com sucesso. O resultado era um rabo de cavalo espetado, irregular e cheio de mechas fugitivas e grampos desiguais, de aparência excêntrica e revolta. Blue tinha trabalhado duro para conseguir aquele resultado.

— *Mãe* — disse ela, enquanto descia apressadamente a escada gasta. Maura estava no balcão da cozinha fazendo uma bagunça com folhas de algum tipo de chá. O cheiro era terrível.

Sua mãe não se virou. No balcão, por todos os lados, havia correntes oceânicas e verdes de ervas soltas.

— Você não precisa estar sempre correndo.

— *Você* precisa — replicou Blue. — Por que você não me chamou para a escola?

— Eu chamei — disse Maura. — Duas vezes. — Então resmungou para si: — Droga.

Da mesa, a voz suave de Neeve ecoou:

— Precisa da minha ajuda com isso, Maura?

Ela estava sentada à mesa com uma xícara de chá, gorducha e angelical como sempre, sem apresentar nenhum sinal de ter perdido o sono na noite anterior. Neeve encarou Blue, que tentou evitar o contato visual.

— Sou perfeitamente capaz de fazer um maldito chá de meditação, obrigada — disse Maura. Para Blue, acrescentou: — Eu disse para a escola que você estava gripada. Enfatizei que estava vomitando. Lembre-se de parecer cansada amanhã.

Blue pressionou a palma das mãos sobre os olhos. Ela nunca faltara às aulas no dia seguinte à vigília na igreja. Talvez se sentisse sonolenta, mas nunca debilitada como na noite passada.

— Foi porque eu vi aquele garoto? — ela perguntou a Neeve, baixando as mãos. Ela gostaria de não se lembrar do garoto tão claramente. Ou melhor, da *ideia* dele, sua mão aberta sobre o chão. Ela gostaria de poder *desvê-lo*. — É por isso que eu dormi por tanto tempo?

— É porque você deixou quinze espíritos passarem através do seu corpo enquanto você conversava com um menino morto — respondeu Maura concisamente, antes que Neeve pudesse falar. — Pelo menos foi isso que eu ouvi. Meu Deus, esse é o cheiro que essas folhas deveriam ter?

Blue se virou para Neeve, que continuou a bebericar o chá com um ar confiante.

— É verdade? É porque os espíritos passaram através de mim?

— Você *deixou* que eles tirassem energia de você — respondeu Neeve. — Você tem bastante energia, mas não tanto.

Blue teve dois pensamentos imediatos sobre isso. Um foi: *Eu tenho bastante energia?* E o outro: *Acho que essa história está me irritando.* Não era que ela tivesse intencionalmente permitido que os espíritos extraíssem energia dela.

— Você devia ensiná-la a se proteger — disse Neeve para Maura.

— Eu *ensinei* algumas coisas a ela. Eu não sou uma mãe tão incapaz assim — disse Maura, passando à filha uma xícara de chá.

Blue disse:

— Não vou beber isso. O cheiro é horrível. — E retirou um pote de iogurte da geladeira. Então, em solidariedade à mãe, disse a Neeve: — Eu nunca precisei me proteger na vigília da igreja antes.

Neeve refletiu.

— É espantoso. Você amplifica tanto os campos de energia que estou surpresa que eles não a encontrem mesmo aqui.

— Ah, pare — disse Maura, soando irritada. — Não há nada de aterrorizante em relação a pessoas mortas.

Blue ainda estava vendo a imagem fantasmagórica de Gansey, derrotado e confuso. E disse:

— Mãe, os espíritos da vigília da igreja... Você consegue evitar a morte deles? Avisando-os?

Nesse instante, o telefone tocou. Estrilou duas vezes e continuou tocando, o que significava que Orla ainda estava na linha com a outra pessoa que ligara.

— Que droga, Orla! — disse Maura, apesar de ela não estar perto para ouvi-la.

— Eu atendo — disse Neeve.

— Mas... — Maura não terminou o que iria dizer, e Blue se perguntou se ela estava pensando que Neeve normalmente trabalhava por muito mais do que um dólar por minuto.

— Eu sei o que você está pensando — disse-lhe a mãe, após Neeve ter deixado a cozinha. — A maioria morre de ataque cardíaco, câncer ou outras coisas inevitáveis. Aquele garoto vai morrer.

Blue estava começando a sentir um fantasma da sensação que tivera antes, aquele estranho pesar.

— Não acho que um garoto da Aglionby vai morrer de ataque cardíaco. Por que você faz questão de contar para os seus clientes?

— Para que eles possam colocar as coisas em ordem e fazer tudo que precisam fazer antes de morrer.

Então sua mãe se virou, fixando em Blue um olhar de quem sabe de algo. Ela parecia tão impressionante quanto poderia parecer uma pessoa parada, descalça e de calça jeans, segurando uma xícara de chá exalando um cheiro de terra em decomposição.

— Eu não vou tentar evitar que você o avise, Blue. Mas você precisa saber que ele não vai acreditar, mesmo se você encontrá-lo, e isso provavelmente não vai salvá-lo, mesmo se ele ficar sabendo. Talvez você evite que ele faça algo estúpido. Ou talvez você simplesmente estrague os últimos meses de vida dele.

— Você é uma Poliana — disparou Blue. Mas ela sabia que Maura estava certa, pelo menos sobre a primeira parte. A maioria das pessoas que ela conhecia achava que sua mãe fazia truques de salão para sobreviver. O que Blue achava que ia fazer: rastrear um estudante da Aglionby, bater na janela de seu Land Rover ou de seu Lexus e avisá-lo para checar os freios e atualizar o seguro de vida?

— Eu provavelmente não posso evitar que você o encontre de qualquer maneira — disse Maura. — Quer dizer, se a Neeve estiver certa sobre o motivo de você ter visto esse garoto. Seu destino é encontrá-lo.

— Destino — respondeu Blue, olhando furiosa para a mãe — é uma palavra muito pesada para se dizer antes do café da manhã.

— O resto do pessoal já tomou café há muito tempo — disse Maura.

A escada rangeu enquanto Neeve retornava.

— Número errado — disse do seu jeito sem afetação. — Você recebe muitas ligações por engano?

— Nosso número parece o de uma empresa de acompanhantes para cavalheiros — respondeu Maura.

— Ah — disse Neeve. — Isso explica a ligação. Blue — ela acrescentou, enquanto se ajeitava na mesa novamente —, se você quiser, posso tentar ver o que o matou.

Isso chamou imediatamente a atenção tanto de Maura quanto de Blue.

— *Sim* — disse Blue.

Maura ia responder, então pressionou os lábios.

Neeve perguntou:

— Temos suco de uva?

Confusa, Blue foi até a geladeira e ergueu uma jarra interrogativamente.

— Uva e cranberry?

— Está ótimo.

Com o semblante ainda fechado, Maura abriu o armário, tirou uma tigela escura e a colocou na frente de Neeve de maneira pouco delicada

— Não vou me responsabilizar por nada que você vir — disse Maura.

Blue perguntou:

— O quê? O que isso quer dizer?

Nenhuma delas respondeu.

Com um sorriso fofo no rosto fofo, Neeve derramou o suco na tigela até a borda. Maura apagou a luz. O lado de fora subitamente parecia vívido em comparação à cozinha sombria. As árvores claras de abril pressionavam as janelas da copa, folha sobre folha sobre vidro, e Blue subitamente estava muito consciente de estar cercada por árvores, com a sensação de estar no meio de uma mata fechada.

— Se vocês forem observar, por favor fiquem em silêncio — disse Neeve, sem olhar para ninguém em particular. Blue puxou uma cadeira e se sentou. Maura se recostou no balcão e cruzou os braços. Era raro ver Maura incomodada sem fazer nada a respeito.

Neeve perguntou:

— Como era mesmo o nome dele?

— Ele só disse *Gansey*. — E Blue se sentiu envergonhada dizendo seu nome. De alguma maneira, a ideia de que ela teria alguma influência em sua vida ou em sua morte tornava sua existência nominal naquela cozinha responsabilidade dela.

— Já é o suficiente.

Neeve se inclinou sobre a tigela, com os lábios se mexendo e o reflexo escuro se movendo lentamente sobre o líquido. Blue seguia pensando no que sua mãe havia dito: *Não vou me responsabilizar por nada que você vir.*

Aquela declaração fazia aquilo parecer maior do que sempre parecera. Mais distante de um truque da natureza e mais próximo de uma religião.

Finalmente, Neeve murmurou. Apesar de Blue não poder ouvir nenhum significado em particular no som sem palavras, Maura pareceu abruptamente triunfante.

— Bem — disse Neeve. — Isso é algo.

Com aquela frase, Blue já sabia como a coisa terminaria.

— O que você viu? — ela perguntou. — Como ele morreu?

Neeve não tirou os olhos de Maura. Ela estava fazendo uma pergunta ao mesmo tempo em que respondia.

— Eu o vi. E então ele desapareceu. Entrou no nada absoluto.

Maura ergueu a palma das mãos em um gesto de trégua. Blue conhecia bem o gesto. Sua mãe o havia usado para terminar muitas discussões após ter dito uma frase arrebatadora. Só que dessa vez a frase arrebatadora havia sido dita por uma tigela cheia de suco de uva e cranberry, e Blue não fazia ideia do que ela queria dizer.

Neeve disse:

— Num instante ele estava aqui, no seguinte não existia.

— Isso acontece — disse Maura. — Aqui em Henrietta. Às vezes tem um lugar, ou lugares, que eu não consigo ver. Outras vezes eu vejo — e nesse momento ela *deixou* de olhar para Blue, de um jeito que a filha notou que a mãe se esforçava para evitar o contato visual — coisas que eu não esperaria.

Agora Blue estava se lembrando das incontáveis vezes em que sua mãe havia insistido que ficassem em Henrietta, mesmo quando se tornou mais caro viver ali, mesmo quando as oportunidades para ir para outras cidades se abriram. Blue interceptara uma vez uma série de e-mails no computador de sua mãe; um dos clientes de Maura havia suplicado ardentemente que ela levasse Blue "e o que mais você não consiga viver sem" para o casarão dele em Baltimore. Na resposta, Maura o havia informado duramente que aquilo não era possível por muitas razões; primeiro, porque ela não deixaria Henrietta e, segundo, porque ela não sabia se ele era um assassino psicopata. Ele respondera apenas com o desenho de uma carinha triste. Blue sempre se perguntava o que havia acontecido com ele.

— Eu gostaria de saber o que você viu — disse Blue. — O que é "nada"?

Neeve disse:

— Eu estava seguindo o garoto que vimos na noite passada até a morte dele. Eu senti que estava próxima cronologicamente, mas então ele desapareceu para dentro de algum lugar que eu não podia ver. Não sei como explicar. Achei que o problema fosse comigo.

— Não é — disse Maura. E, quando viu que Blue ainda estava curiosa, ela explicou: — É como quando não há uma imagem na televisão, mas você pode dizer que ela está ligada. É assim que parece. Mas eu nunca vi alguém entrar nesse lugar antes.

— Bem, ele entrou — disse Neeve, afastando a tigela. — Você disse que isso não é tudo. O que mais daria para ver?

Maura respondeu:

— Canais que não aparecem na conexão básica.

Neeve bateu os belos dedos na madeira, apenas uma vez, e então disse:

— Você não me contou sobre isso antes.

— Não parecia relevante — respondeu Maura.

— Um lugar onde rapazes podem desaparecer parece algo bastante relevante. A habilidade da sua filha também parece relevante — disse Neeve, nivelando um olhar eterno em Maura, que se afastou do balcão e se virou.

— Tenho que trabalhar hoje à tarde — disse Blue por fim, quando se deu conta de que a conversa tinha morrido. O reflexo das folhas lá fora ondulou lentamente na tigela, uma floresta tranquila, porém obscura.

— Você vai trabalhar desse jeito? — perguntou Maura.

Blue olhou para suas roupas. Elas envolviam algumas camadas finas de camisas, incluindo uma que ela havia customizado usando um método chamado *retalhamento*.

— O que tem de errado com as minhas roupas?

Maura deu de ombros.

— Nada. Eu sempre quis uma filha excêntrica, só não tinha percebido como meus planos diabólicos estavam funcionando bem. Até que horas você trabalha?

— Até as sete. Quer dizer, provavelmente até mais tarde. A Cialina tem que trabalhar até as sete e meia, mas ela falou a semana inteira que o irmão dela conseguiu ingressos para ver *Evening* e se pelo menos alguém desse uma força e assumisse a última meia hora...

— Você pode dizer não. O que é *Evening*? É aquele filme em que todas as garotas morrem a machadadas?

— Esse mesmo.

Enquanto Blue tomava seu iogurte ruidosamente, dispensou um rápido olhar para Neeve, que ainda franzia o cenho para a tigela com suco afastada um pouco além de seu alcance.

— Ok, fui.

Ela empurrou a cadeira para trás. Maura estava calada daquele jeito pesado que era mais alto que uma conversa. Blue se demorou jogando a embalagem do iogurte no lixo e largando a colher na pia ao lado da mãe, então se virou para subir a escada e calçar os sapatos.

— Blue — disse Maura finalmente —, não preciso dizer para você não beijar ninguém, não é?

Adam Parrish era amigo de Gansey havia dezoito meses, e ele sabia que determinadas coisas vinham com aquela amizade. A saber: acreditar no sobrenatural, tolerar a relação conturbada de Gansey com o dinheiro e conviver com os outros amigos dele. Os dois primeiros pontos eram problemáticos apenas quando eles estavam longe de Aglionby, e o último apenas quando se tratava de Ronan Lynch.

Gansey uma vez havia dito para Adam que temia que a maioria das pessoas não soubesse lidar com Ronan. O que ele queria dizer com isso era que estava preocupado que um dia alguém caísse sobre Ronan e se cortasse.

Às vezes Adam se perguntava se Ronan havia sido *Ronan* antes de o pai dos irmãos Lynch morrer, mas apenas Gansey o conhecia naquela época. Bem, Gansey e Declan, mas Declan parecia incapaz de lidar com o irmão agora — razão pela qual ele havia tomado a precaução de programar sua visita enquanto Ronan estivesse em aula.

Do lado de fora da Monmouth, 1136, Adam esperava no patamar da escada do segundo andar com Declan e a namorada dele. A namorada, em um vestido de seda branca tremulante, parecia muito com Brianna, ou Kayleigh, ou quem quer que tenha sido a última namorada de Declan. Todas elas tinham o cabelo loiro na altura dos ombros e sobrancelhas que casavam com os sapatos de couro escuros de Declan. Ele, trajando o terno que seu estágio político de último ano exigia, parecia ter trinta anos. Adam se perguntou se transmitiria tamanha autoridade em um terno, ou se sua infância o trairia e o deixaria ridículo.

— Obrigado por nos encontrar — disse Declan.

Adam respondeu:

— Sem problemas.

Na verdade, a razão pela qual ele havia concordado em acompanhar Declan e a Namorada de Aglionby até ali não tinha nada a ver com gentileza, mas com um palpite que o importunava. Ultimamente, Adam sentia como se alguém estivesse... *espionando* a busca deles pela linha ley. Ele não tinha certeza de como colocar aquele sentimento em termos concretos. Era um olhar pego com o canto do olho, marcas de pegadas na escada que não pareciam pertencer a nenhum dos garotos, uma bibliotecária dizendo para ele que um texto arcano havia sido retirado por outra pessoa logo depois de ele ter devolvido. Mas ele não queria incomodar Gansey com isso até que tivesse certeza. As coisas já pareciam estar sobrecarregando demais o amigo.

Não que Adam estivesse em dúvida se Declan os estava espionando. Ele sabia que estava, mas acreditava que isso tinha a ver com Ronan, e não com a linha ley. Ainda assim, não faria mal nenhum ter cautela.

Nesse instante, a Namorada olhava em volta daquela maneira furtiva que é tanto mais perceptível por sua furtividade. O número 1136 da Monmouth era um prédio de tijolos de aparência faminta, eviscerado e de olhos negros, assomando em meio ao matagal sobre um terreno que ocupava quase uma quadra inteira. Uma pista para a identidade original do prédio estava pintada do lado leste: INDÚSTRIA MONMOUTH. Mas, apesar de toda pesquisa feita, nem Gansey nem Adam haviam sido capazes de descobrir precisamente o que a Monmouth fabricava. Algo que exigia um teto de oito metros e espaços amplos e abertos; algo que havia deixado manchas de umidade no piso e sulcos nas paredes de tijolos. Algo de que o mundo não precisava mais.

No topo da escada do segundo andar, Declan sussurrou todo esse conhecimento no ouvido da Namorada, e ela deu uma risadinha nervosa, como se fosse um segredo. Adam observou a maneira como o lábio de Declan mal tocou a parte de baixo do lóbulo da orelha da Namorada enquanto ele falava com ela. Então desviou o olhar assim que Declan olhou em sua direção.

Adam era muito bom em observar sem ser observado. Apenas Gansey parecia capaz de pegá-lo em flagrante.

A Namorada chamou a atenção para a janela quebrada na direção do estacionamento abaixo; Declan seguiu o olhar dela até as curvas escuras e iradas que Gansey e Ronan haviam deixado dando cavalos de pau com o carro. A expressão de Declan endureceu; mesmo se Gansey tivesse feito todas elas, ele presumiria que fora Ronan.

Adam já havia batido à porta, mas bateu mais uma vez — uma batida longa e duas curtas, seu sinal.

— Vai estar bagunçado — ele se desculpou, mais para a garota do que para Declan, que sabia muito bem em que estado estaria o apartamento.

Adam suspeitava de que Declan, de certa forma, achava a bagunça cativante para as pessoas de fora; Declan era, na verdade, calculista. Sua meta era a castidade de Ashley, e cada passo daquela noite teria sido planejado com isso em mente, mesmo a breve parada na Indústria Monmouth.

Ainda sem resposta.

— Será que eu ligo? — perguntou Declan.

Adam tentou o trinco, que estava trancado, então o forçou com o joelho, levantando a porta um pouco nas dobradiças. Ela se escancarou. A Namorada fez um ruído de aprovação, mas o sucesso do arrombamento tinha mais a ver com os problemas da porta do que com a força de Adam.

Eles entraram no apartamento e a Namorada foi inclinando a cabeça cada vez mais para trás. O teto alto pairava acima deles, e vigas de ferro expostas sustentavam o telhado. O apartamento inventado de Gansey era o laboratório de um sonhador. Todo o segundo andar, milhares de metros quadrados, estendia-se diante deles. Duas paredes eram constituídas de janelas antigas — dezenas de pequenas vidraças empenadas, exceto por algumas novas que Gansey havia substituído —, e as outras duas estavam cobertas de mapas: as montanhas da Virgínia, do País de Gales, da Europa. Linhas de caneta marca-texto formavam arcos ao longo de cada um deles. Sobre o chão, um telescópio perscrutava o céu ocidental; perto de seus pés encontravam-se pilhas de dispositivos eletrônicos esquisitos, para medir a atividade magnética.

E para onde quer que se olhasse, havia muitos livros. Não pilhas arrumadas de um intelectual que tenta impressionar, mas pilhas espalhadas de um estudioso obsessivo. Alguns livros não eram em inglês. Alguns eram dicionários para traduzir livros em outro idioma. E outros eram, na realidade, edições da *Sports Illustrated* com modelos de biquíni.

Adam sentiu a angústia de sempre. Não era inveja, apenas *desejo*. Um dia ele teria dinheiro suficiente para ter um lugar como aquele. Um lugar que fosse do lado de fora como Adam era do lado de dentro.

Uma voz pequena dentro dele perguntou se ele chegaria algum dia a ser tão incrível por dentro, ou se era algo que tinha de vir com você desde o nascimento. Gansey era do jeito que era por ter vivido com dinheiro desde pequeno, como um músico virtuoso colocado no banco de um piano tão logo conseguisse ficar sentado. Adam, um recém-chegado, um usurpador, ainda tropeçava em seu sotaque desajeitado de Henrietta e guardava suas moedas em uma caixa de cereal embaixo da cama.

Ao lado de Declan, a Namorada tapou os peitos com as mãos, em uma reação instintiva à nudez masculina. Nesse caso, a nudez não era de uma pessoa, mas de uma coisa: a cama de Gansey, apenas dois colchões sobre uma armação de metal, malposicionada no meio do quarto, ainda por fazer. Era de certa maneira íntima em sua completa falta de privacidade.

O próprio Gansey estava sentado a uma mesa antiga, de costas para eles, olhando por uma janela voltada para o leste e tamborilando com uma caneta. Seu volumoso diário estava aberto próximo dele, as páginas esvoaçando com trechos de livros colados e escuras de anotações. Adam ficou impressionado, como acontecia ocasionalmente, com a ausência de idade em Gansey: um velho em um corpo jovem, ou um jovem na vida de um velho.

— Somos nós — disse Adam.

Como Gansey não respondeu, Adam abriu caminho até o amigo desatento. A Namorada emitiu uma série de ruídos que começavam todos com a letra O. Com uma variedade de caixas de cereal, embalagens

46

e tinta de parede, Gansey havia construído no centro do quarto uma réplica da cidade de Henrietta que batia na altura do joelho, e assim os três visitantes foram forçados a passar pela Rua Principal a fim de alcançar a mesa. Adam conhecia a verdade: aqueles prédios eram um sintoma da insônia de Gansey. Uma nova parede a cada noite acordado.

Adam parou ao lado de Gansey. A área à sua volta tinha um cheiro forte de hortelã, da folha que ele mascava de maneira ausente.

Adam deu um toque no fone que Gansey usava na orelha direita, e o amigo levou um susto e se levantou de um salto.

— Vejam só, olá!

Como sempre, ele parecia o típico herói de guerra americano, o que ficava evidente no cabelo castanho desgrenhado, nos olhos cor de avelã, estreitos como se estivessem sob o sol de verão, no nariz reto que os antigos anglo-saxões lhe haviam legado com tanta gentileza. Tudo nele sugeria coragem, poder e um firme aperto de mão.

A Namorada o olhava fixamente.

Adam se lembrou de achá-lo intimidante quando o conheceu. Havia dois Ganseys: o que vivia dentro dele e o que ele vestia pela manhã, quando enfiava a carteira no bolso de trás da calça de algodão. O primeiro era perturbado e apaixonado, sem um sotaque discernível aos ouvidos de Adam. O segundo emanava um poder latente ao cumprimentar as pessoas, com o sotaque escorregadio e nobre das antigas famílias ricas da Virgínia. Era um mistério para Adam como ele parecia não ver ambas as versões de Gansey ao mesmo tempo.

— Eu não ouvi vocês baterem — disse Gansey desnecessariamente, cumprimentando Adam com um toque de punhos. Vindo de Gansey, o gesto era ao mesmo tempo encantador e tímido, uma frase tomada emprestada de outra língua.

— Ashley, esse é o Gansey — disse Declan, em sua voz agradável e neutra. Era uma voz que relatava os danos causados por tornados e frentes frias. Narrava os efeitos colaterais de pequenas pílulas azuis. Explicava os procedimentos de segurança do 747. Ele acrescentou: — Dick Gansey.

Se Gansey estava pensando que a namorada de Declan era descartável, um recurso renovável, não o demonstrou. Em vez disso, corrigiu com o tom de voz ligeiramente frio:

— Como o Declan sabe, meu pai é que se chama Dick. Eu sou apenas Gansey.

Ashley parecia mais chocada do que divertida.

— *Dick?* *

— Nome de família — disse Gansey, com o ar cansado de alguém que conta uma piada velha. — Faço o possível para ignorar.

— Você é da Aglionby, certo? Este lugar é bem louco. Por que você não mora no dormitório da escola? — perguntou Ashley.

— Porque eu sou dono deste prédio — disse Gansey. — Melhor morar aqui do que pagar pela moradia no dormitório. Você não pode vender o dormitório depois de terminar a escola. E para onde foi aquele dinheiro? Para lugar nenhum.

Dick Gansey III odiava que dissessem que ele soava como Dick Gansey II, mas, naquele momento precisamente, ele soava. Ambos conseguiam desfilar sua lógica em uma bela coleirinha, trajando uma capa xadrez vistosa, quando queriam.

— Meu Deus — observou Ashley, olhando de relance para Adam. Seus olhos não se demoraram nele, mas, mesmo assim, ele se lembrou do ombro puído de seu blusão.

Esqueça. Ela não está olhando para ele. Ninguém mais nota isso.

Com esforço, Adam endireitou os ombros e tentou habitar o uniforme com a mesma facilidade que Gansey ou Ronan.

— Ash, você não vai acreditar por que o Gansey veio para cá, entre todos os lugares possíveis — disse Declan. — Conte para ela, Gansey.

Gansey não conseguia resistir a falar sobre Glendower. Ele nunca conseguia. Então perguntou:

— O que você sabe sobre os reis galeses?

Ashley apertou os lábios, os dedos beliscando a pele na base da garganta.

— Hummm. Llewellyn? Glendower? Lordes Marcher ingleses?

O sorriso no rosto de Gansey poderia ter iluminado uma mina de carvão. Adam não sabia nada sobre Llewellyn ou Glendower quando

---

* Além de nome próprio, é também gíria para "babaca" ou vulgarmente para "pênis". (N. do T.)

conheceu Gansey. O amigo precisara descrever como Owain Glyndŵr — Owen Glendower para não falantes de galês —, um nobre galês medieval, havia lutado contra os ingleses pela liberdade do país e então, quando sua captura parecia inevitável, desaparecera da ilha e da história completamente.

Mas Gansey nunca se importava de recontar a história. Ele relatava os eventos como se eles tivessem acabado de acontecer, emocionado novamente pelos sinais mágicos que haviam acompanhado o nascimento de Glendower, os rumores sobre seu poder de invisibilidade, as vitórias impossíveis contra exércitos maiores e, finalmente, sua fuga misteriosa. Quando Gansey falava, Adam via a ondulação verde dos contrafortes galeses, a ampla superfície resplandecente do rio Dee, as montanhas impiedosas ao norte, onde Glendower desaparecera. Nas histórias de Gansey, Owain Glyndŵr nunca podia morrer.

Ouvindo-o contar a história agora, ficou claro para Adam que Glendower era mais do que uma figura histórica para Gansey. Ele era tudo que Gansey gostaria de ser: sábio e corajoso, convicto de seu caminho, tocado pelo sobrenatural, respeitado por todos, e havia deixado um legado.

Completamente animado com a história e encantado novamente pelo mistério dela, Gansey perguntou a Ashley:

— Você já ouviu falar das lendas dos reis adormecidos? As lendas de que heróis como Llewellyn, Glendower e Artur não estão realmente mortos, mas dormindo em tumbas, esperando para ser acordados?

Ashley piscou rapidamente, então disse:

— Parece uma metáfora.

Talvez ela não fosse tão burra quanto eles haviam pensado.

— Pode ser — disse Gansey, fazendo um gesto grandioso para os mapas na parede, cobertos com as linhas ley que ele acreditava que Glendower havia percorrido. Tomando com ímpeto o diário atrás dele, estudou página por página de mapas e notas explicativas. — Acho que o corpo de Glendower foi trazido para o Novo Mundo. Especificamente aqui, na Virgínia. E quero encontrar onde ele está enterrado.

Para alívio de Adam, Gansey deixou de fora a parte sobre como ele acreditava nas lendas que diziam que Glendower ainda estava vivo, séculos mais tarde. Sobre como acreditava que o eternamente adormecido Glendower concederia um favor à pessoa que viesse a acordá-lo. Sobre como isso o assombrava, a necessidade de encontrar aquele rei há tanto tempo perdido. Deixou de fora os telefonemas à meia-noite para Adam, quando ele não conseguia dormir, obcecado com sua busca. Os microfilmes e os museus, as reportagens de jornais e os detectores de metal, as milhas de companhias aéreas e os dicionários gastos de línguas estrangeiras.

Também deixou de fora todas as partes sobre magia e a linha ley.

— Isso é loucura — disse Ashley, com os olhos fixos no diário. — Por que você acha que ele está aqui?

Havia duas versões possíveis para a resposta. Uma era baseada meramente em história e infinitamente adequada para o consumo geral. A outra acrescentava magia e varinhas de radiestesia à equação. Em alguns dias, alguns malditos dias, Adam acreditava na primeira, e apenas um pouco. Mas ser amigo de Gansey significava que, na maioria das vezes, ele torcia pela segunda. Era aí que Ronan, muito para o descontentamento de Adam, se sobressaía: sua crença na explicação sobrenatural era inabalável. A fé de Adam era imperfeita.

Seja porque Ashley estava só de passagem ou porque foi considerada cética, ela recebeu a versão histórica. Em sua melhor voz de professor, Gansey explicou um pouco sobre nomes de lugares em galês na área, artefatos do século XV encontrados enterrados na Virgínia e o embasamento histórico para um desembarque galês, pré-Colombo, na América.

Em meio à aula, Noah — o recluso terceiro residente da Indústria Monmouth — emergiu do aposento estreito ao lado do escritório que Ronan havia reivindicado como seu quarto. A cama de Noah compartilhava o espaço minúsculo com um equipamento misterioso que Adam acreditava ser uma espécie de impressora.

Ao entrar no quarto, Noah encarou Ashley fixamente. Ele não era muito bom com pessoas novas.

— Esse é o Noah — disse Declan, de uma maneira que confirmou a desconfiança de Adam: a Indústria Monmouth e os garotos que viviam ali eram um ponto turístico para Declan e Ashley, um assunto a ser conversado mais tarde no jantar.

Noah estendeu a mão.

— Ah! A sua mão está *fria* — exclamou Ashley, estreitando os dedos contra a camisa para aquecê-los.

— Eu estou morto há sete anos — disse Noah. — Isso é o mais quente que elas chegam.

Noah, diferentemente de seu quarto imaculado, parecia sempre um pouco sujo. Havia algo fora de lugar a respeito de suas roupas, de seu cabelo loiro geralmente penteado para trás. Seu uniforme desarrumado sempre fazia Adam sentir que chamava um pouco menos de atenção. Era difícil se sentir parte da turma da Aglionby quando se estava perto de Gansey, cuja camisa de colarinho branco impecável custava mais que a bicicleta de Adam (qualquer um que dissesse que não havia diferença entre uma camisa do shopping e uma camisa feita por um italiano talentoso nunca tinha visto a segunda), ou mesmo de Ronan, que havia gasto novecentos dólares em uma tatuagem só para irritar o irmão.

O risinho condescendente de Ashley foi cortado quando a porta do quarto de Ronan se abriu. Uma nuvem tão escura que fazia parecer que o sol nunca mais sairia cruzou o rosto de Declan.

Ronan e Declan Lynch eram inegavelmente irmãos, com o mesmo cabelo castanho-escuro e o mesmo nariz aquilino, mas Declan era sólido onde Ronan era frágil. O queixo largo e o sorriso de Declan diziam *Votem em mim*, enquanto a cabeça raspada e a boca fina de Ronan avisavam que aquela espécie era venenosa.

— Ronan — disse Declan. No telefone com Adam anteriormente, ele havia perguntado: "Quando o Ronan *não vai* estar aí?" — Achei que você tinha aula de tênis.

— Eu tinha — Ronan respondeu.

Houve um momento de silêncio, em que Declan considerou o que ele queria dizer na frente de Ashley, e Ronan desfrutou o efeito que aquele silêncio constrangedor tinha sobre o irmão. Os dois irmãos Lynch mais velhos — eram três em Aglionby — viviam brigados desde que Adam os conhecia. Diferentemente da maioria do mundo, Gansey preferia Ronan ao irmão mais velho, Declan, e assim as linhas haviam sido traçadas. Adam suspeitava que a preferência de Gansey se devia ao fato de

51

que Ronan era sincero, mesmo que para isso precisasse ser detestável. E, para Gansey, honestidade valia ouro.

Declan esperou um segundo longo demais para falar, e Ronan cruzou os braços sobre o peito.

— Esse é realmente o cara, Ashley. Você vai passar uma noite fantástica com ele, e aí alguma outra garota vai ter a chance de passar uma noite fantástica com ele amanhã.

Uma mosca zumbiu contra uma vidraça bem acima da cabeça deles. Atrás de Ronan, a porta de seu quarto, coberta com fotocópias de suas multas por excesso de velocidade, fechou-se sozinha.

A boca de Ashley fez mais um D de lado do que um O. Um segundo depois, Gansey socou o braço de Ronan.

— Ele pede desculpas por isso — disse Gansey.

A boca de Ashley estava lentamente se fechando. Ela piscou para o mapa do País de Gales e de volta para Ronan. Ele havia escolhido bem sua arma: apenas a verdade, sem a têmpera da bondade.

— Meu irmão é... — disse Declan, mas não terminou. Não havia nada que ele pudesse dizer que Ronan ainda não tivesse provado. E continuou: — Nós estamos indo agora. Ronan, acho que você precisa reconsiderar a sua... — Mas, novamente, ele não tinha palavras para terminar a frase. Seu irmão havia tomado todas as de efeito.

Declan puxou a mão de Ashley, sacudindo sua atenção para longe dali e na direção da porta do apartamento.

— Declan — começou Gansey.

— Não tente consertar a situação — avisou Declan.

Enquanto ele arrastava Ashley até a minúscula plataforma da escada, Adam ouviu o começo do controle de danos: "Ele tem problemas, eu te disse, eu tentei garantir que ele não estaria aqui, foi ele que achou o meu pai, isso acabou com ele, vamos comer frutos do mar em vez disso, você não acha que uma lagosta seria uma boa? Acho que sim".

Quando a porta do apartamento se fechou, Gansey disse:

— Porra, Ronan.

A expressão de Ronan ainda era incendiária. Seu código de honra não abria espaço para infidelidade, para relacionamentos casuais. Não era que ele não os tolerasse; ele não conseguia compreendê-los.

— E daí que ele é galinha? Não é da sua conta — disse Gansey. Ronan também não era realmente da conta de Gansey, na opinião de Adam, mas eles já haviam tido aquela discussão antes.

Ronan tinha uma das sobrancelhas elevada, afiada como uma lâmina. Gansey fechou e amarrou seu diário com uma fita.

— Comigo isso não cola. *Ela* não tem nada a ver com você e o Declan. — Ele disse *você e o Declan* como se fossem um objeto físico, algo que você pudesse pegar do chão e olhar embaixo. — Você destratou a garota. Pegou mal para a gente.

Ronan parecia arrependido, mas Adam o conhecia. Ele não lamentava o próprio comportamento; lamentava apenas que Gansey estivesse ali para vê-lo. O que acontecia entre os irmãos Lynch era sombrio o suficiente para ocultar os sentimentos de qualquer outra pessoa.

Mas certamente Gansey sabia disso tão bem quanto Adam. Ele passou o polegar de um lado para o outro do lábio inferior, um hábito que passava despercebido para ele e que Adam nunca se dava ao trabalho de apontar. Surpreendendo o olhar de Adam, ele disse:

— Nossa, agora eu me sinto culpado. Vamos ao Nino's. Vamos pedir uma pizza, vou ligar para aquela médium e todo o maldito mundo vai entrar nos eixos.

Essa era a razão por que Adam podia perdoar a versão rasa e polida de Gansey que ele encontrara pela primeira vez. Graças ao seu dinheiro, ao seu bom nome de família, ao seu belo sorriso, à sua risada fácil, ao fato de que ele gostava das pessoas e (apesar de seus temores em contrário) elas também gostavam dele, Gansey poderia ter todos os amigos que quisesse. Em vez disso, havia escolhido três deles, três sujeitos que deveriam ser, por três razões diferentes, destituídos de amigos.

— Eu não vou — disse Noah.

— Você precisa dar um tempo sozinho? — perguntou Ronan.

— Ronan — interferiu Gansey —, guarde as armas, ok? Noah, nós não vamos forçar você a comer. Adam?

Adam ergueu o olhar, distraído. Sua mente havia divagado do mau comportamento de Ronan para o interesse de Ashley no diário, e ele estava se perguntando se não era mais do que a curiosidade comum que as pessoas sentiam diante de Gansey e seus acessórios obsessivos. Ele sabia que Gansey o acharia desconfiado demais, desnecessariamente possessivo em relação a uma busca que o próprio Gansey estava mais do que disposto a compartilhar com as pessoas.

Mas Gansey e Adam buscavam Glendower por razões diferentes. Gansey o desejava como Artur desejava o Graal, atraído por uma necessidade desesperada mas nebulosa de ser útil para o mundo, para ter certeza de que sua vida significava algo além de festas com champanhe e colarinhos brancos, por algum desejo complicado de resolver uma discussão que ele travava no íntimo de seu ser.

Adam, em contrapartida, precisava da graça real.

E isso significava que eles precisavam ser as pessoas que acordariam Glendower. Eles precisavam ser os primeiros a encontrá-lo.

— Parrish — repetiu Gansey. — Vamos.

Adam fez uma careta. Ele achava que seria necessário mais do que uma pizza para melhorar o caráter de Ronan.

Mas Gansey já estava pegando as chaves do Pig e dando a volta sobre a sua Henrietta em miniatura. Ainda que Ronan estivesse rosnando, Noah suspirando e Adam hesitando, ele não se virou para ver se estavam vindo. Ele sabia que estavam. De três maneiras diferentes, ele havia conquistado os amigos, dias, semanas ou meses antes, para que, quando chegasse a hora, todos o seguissem aonde quer que ele fosse.

— *Excelsior* — disse Gansey, fechando a porta atrás deles.

Barrington Whelk se sentia menos animado à medida que se arrastava pelo corredor da Whitman House, o prédio administrativo da Aglionby. Eram cinco horas da tarde, o dia na escola havia terminado fazia tempo, e ele deixara sua residência na cidade somente para pegar algumas tarefas que precisavam ser corrigidas até o dia seguinte. À esquerda, a luz da tarde se derramava nas janelas altas de várias vidraças; à direita havia o murmúrio das vozes dos funcionários da escola. Os prédios antigos lembravam museus àquela hora do dia.

— Barrington, achei que você estivesse de folga hoje. Você está com uma aparência péssima. Está doente?

Whelk não formulou imediatamente uma resposta. Para todos os fins e propósitos, ele ainda *estava* de folga. Quem fez a pergunta foi Jonah Milo, o professor de inglês almofadinha do segundo e terceiro anos do ensino médio. Apesar do gosto por calças de veludo cotelê xadrez afuniladas, Milo não era insuportável, mas Whelk não fazia questão de discutir com ele sua ausência da aula naquela manhã. A véspera do Dia de São Marcos estava começando a ter um brilho de tradição para ele, uma tradição que envolvia passar a maior parte da noite enchendo a cara antes de cair no sono no chão de sua quitinete um pouco antes do amanhecer. Naquele ano ele havia tomado a precaução de pedir folga no Dia de São Marcos. Ensinar latim para os garotos da Aglionby já era uma dura punição, mas ensiná-los de ressaca era torturante.

Por fim, Whelk ergueu a pilha amarfanhada de lições de casa escritas à mão como resposta. Milo arregalou os olhos ao ver o nome escrito no papel de cima.

— Ronan Lynch! Essa lição é dele?

Virando a pilha para ler o nome na frente, Whelk concordou. Assim que o fez, alguns garotos a caminho do treino de remo esbarraram nele, empurrando-o em cima de Milo. Os estudantes provavelmente nem se deram conta de que estavam sendo desrespeitosos; Whelk era só um pouco mais velho que eles, e suas feições dramaticamente grandes o faziam parecer mais jovem. Ainda era fácil confundi-lo com um dos estudantes.

Milo se livrou de Whelk.

— Como você faz para ele ir à aula?

A mera menção do nome de Ronan Lynch mexia em algum ponto sensível dentro de Whelk. Porque nunca era ele sozinho, era ele como parte do inseparável trio: Ronan Lynch, Richard Gansey e Adam Parrish. Todos os garotos na classe eram ricos, confiantes, arrogantes, mas esses três, mais do que ninguém, o faziam lembrar o que ele perdera.

Whelk fez um esforço para lembrar se Ronan já faltara a alguma aula sua. Os dias de escola começavam com Whelk estacionando sua porcaria de carro ao lado dos belos carros de Aglionby, abrindo caminho por entre garotos sorridentes e de cabeça oca e então se apresentando diante de uma sala cheia de estudantes de olhar vazio, na melhor das hipóteses, ou sarcástico, na pior. E ao fim do dia Whelk, sozinho e assombrado, nunca, jamais capaz de esquecer que já fora um deles.

Quando isso se tornou a minha vida?

Whelk deu de ombros.

— Não me lembro de ele ter faltado.

— Mas você dá aula para ele e o Gansey, não é? — perguntou Milo. — Isso explica. Os dois andam grudados como carrapatos.

Era uma expressão estranha e antiga, uma expressão que Whelk não ouvia desde seus dias em Aglionby, quando ele também andava grudado como um carrapato com seu companheiro de quarto, Czerny. Ele sentiu um vazio dentro de si, como se estivesse com fome, como se devesse ter ficado em casa e bebido mais para comemorar aquele dia miserável.

Whelk derivou de volta para o presente, olhando para a lista de chamada que o professor substituto havia deixado.

— O Ronan estava na aula hoje, mas o Gansey não. Não na minha, pelo menos.

— Ah, deve ser por causa daquele papo de Dia de São Marcos que ele estava falando — disse Milo.

Isso chamou a atenção de Whelk. Ninguém sabia que aquele era o Dia de São Marcos. Ninguém celebrava aquele dia, nem mesmo a mãe de são Marcos. Apenas Whelk e Czerny, caçadores de tesouros e encrenqueiros, se importavam com a sua existência.

Whelk disse:

— Como?

— Eu não sei de tudo — respondeu Milo.

Outro professor disse "olá" para ele a caminho da sala dos professores, e Milo olhou sobre o ombro para responder. Whelk imaginou agarrar o braço de Milo, forçando sua atenção de volta para si. Foi preciso se esforçar para esperar em vez disso. Voltando-se, Milo pareceu perceber o interesse de Whelk, pois acrescentou:

— Ele não tocou no assunto com você? Ele não parava de falar nisso ontem. É aquela história da linha ley que ele está sempre remexendo.

Linha ley.

Se ninguém sabia sobre o Dia de São Marcos, *verdadeiramente* ninguém sabia sobre linhas ley. Certamente ninguém em Henrietta, Virgínia. Certamente não um dos pupilos mais ricos de Aglionby. Definitivamente, não em conjunção com o Dia de São Marcos. Essa era a busca de Whelk, o tesouro de Whelk, os anos adolescentes de Whelk. Do que Richard Gansey III estava falando?

Com as palavras *linha ley* pronunciadas em voz alta, uma memória foi evocada: Whelk em uma mata densa, com o suor acumulado no lábio superior. Ele tinha dezessete anos e tremia. Toda vez que seu coração batia, linhas vermelhas raiavam nos cantos de sua visão, as árvores escurecendo com sua pulsação. Parecia que as folhas estavam todas se movendo, mesmo sem vento. Czerny estava no chão. Não estava morto, mas estava *morrendo*. Suas pernas ainda pedalavam sobre a superfície irregular ao lado de seu carro vermelho, formando montes de folhas caídas atrás de si. Seu rosto estava simplesmente... entregue. Na cabeça de Whelk, vozes espectrais sibilavam e sussurravam palavras indistintas e encadeadas.

— Uma espécie de fonte de energia ou algo assim — disse Milo.

Whelk ficou subitamente com medo de que Milo pudesse ver a memória dele, pudesse ouvir as vozes inexplicáveis em sua cabeça, incompreensíveis, mas presentes desde aquele dia fatídico.

Whelk compôs suas feições, apesar de estar pensando: *Se alguém mais está procurando aqui, eu devia estar certo. Ela deve estar aqui.*

— O que ele disse que estava fazendo com a linha ley? — ele perguntou com uma calma estudada.

— Não sei. Pergunte a ele. Tenho certeza de que ele adoraria encher os seus ouvidos com essa história. — Milo olhou sobre o ombro enquanto a secretária se juntava a eles no corredor, com a bolsa no braço e a jaqueta na mão. O delineador estava borrado após um longo dia no escritório.

— Estamos falando sobre Gansey, o terceiro, e sua obsessão com a Nova Era? — perguntou a secretária. Ela tinha um lápis enfiado no cabelo para segurá-lo e Whelk olhou fixamente os fios soltos que se enrolavam em torno do lápis. Estava claro para ele, pela postura da secretária, que ela secretamente achava Milo atraente, apesar do veludo cotelê xadrez e da barba.

Ela perguntou:

— Você sabe o tamanho da fortuna do velho Gansey? Eu me pergunto se ele tem ideia de como o filho dele passa o tempo. Olha, às vezes esses filhinhos de papai me dão vontade de cortar os pulsos. Jonah, me acompanha em um intervalo para o cigarro?

— Eu parei de fumar — disse Milo. E lançou um olhar rápido e apreensivo da secretária para Whelk, e Whelk sabia que ele estava pensando sobre o tamanho que fora a fortuna do pai de Whelk um dia, em outra época, e como ela era pequena agora, muito tempo depois de os julgamentos terem deixado as capas dos jornais. Todos os professores mais novos e o pessoal da administração odiavam os garotos de Aglionby, odiavam-nos pelo que tinham e pelo que representavam, e Whelk sabia que, em segredo, lhes agradava que ele tivesse sido rebaixado.

— E você, Barry? — perguntou a secretária. Então ela respondeu à sua própria pergunta: — Não, você não fuma, você é bonitinho demais para isso. Bem, vou sozinha.

Milo se virou para ir embora também.

— Melhoras — disse gentilmente, embora Whelk nunca tivesse dito que estava doente.

As vozes na cabeça de Whelk eram um rugido, mas dessa vez os próprios pensamentos as abafaram.

— Acho que já estou melhor — disse Whelk.

Talvez a morte de Czerny não tivesse sido à toa no fim das contas.

Blue não se descreveria realmente como uma garçonete. Afinal, ela também ensinava caligrafia para crianças do terceiro ano, fazia coroas para as Filhas de Nossa Senhora do Perpétuo Socorro, levava os cães dos moradores do condomínio mais chique de Henrietta para passear e plantava flores de canteiro para as senhoras idosas do bairro. Realmente, ser garçonete no Nino's era a menor de suas atividades. Mas os horários eram flexíveis, era o registro mais legítimo em seu já bizarro currículo e certamente era o serviço que melhor pagava.

Só havia um problema com o Nino's: para todos os fins práticos, ele pertencia à Aglionby. O restaurante ficava a seis quadras do portão de ferro do campus da escola, no limite do centro histórico.

Não era o lugar mais chique de Henrietta. Havia outros com televisões maiores e música mais alta, mas nenhum deles conseguiu dominar o imaginário da escola como o Nino's. Apenas saber que o Nino's era o lugar para estar já era um rito de passagem; se você fosse seduzido pelo Morton's Sports Bar, na Rua Três, não merecia estar na turma.

Então, no Nino's, os garotos de Aglionby não eram apenas alunos da escola, eram o que havia de mais Aglionby por ali. Barulhentos, arrogantes, filhinhos de papai.

Blue tinha visto uma infinidade de garotos corvos, para uma vida inteira.

A música naquela noite já estava alta o suficiente para paralisar as partes mais sutis de sua personalidade. Ela amarrou o avental, fez o melhor que pôde para se desligar dos Beastie Boys e armou seu sorriso ganhador de gorjetas.

Próximo do início de seu turno, quatro garotos entraram pela porta da frente, deixando um silvo frio de ar fresco no aposento que cheirava a orégano e cerveja. Na janela ao lado dos garotos, uma luz neon que dizia "Desde 1976" iluminava o rosto deles de verde-limão. O garoto da frente falava ao celular enquanto mostrava quatro dedos para Cialina para indicar o tamanho do grupo. Os garotos corvos eram bons em desempenhar múltiplas tarefas ao mesmo tempo, desde que todas elas beneficiassem exclusivamente a eles mesmos.

Enquanto Cialina passava apressada com o bolso do avental cheio de comandas para entregar, Blue lhe deu quatro cardápios engordurados. O cabelo de Cialina flutuava acima da cabeça com eletricidade estática e estresse servil.

Blue perguntou displicentemente:

— Você quer que eu atenda aquela mesa?

— Está brincando? — respondeu Cialina, olhando os quatro garotos. Tendo finalmente terminado sua ligação, o primeiro escorregou em um dos bancos de vinil laranja. O mais alto deles bateu a cabeça na luminária de cristal lapidado pendurada sobre a mesa, e os outros riram generosamente dele, que xingou:

— *Merda.*

Uma tatuagem serpenteou para fora do colarinho quando ele se virou para sentar. Todos os garotos tinham algo de faminto.

De qualquer forma, Blue não queria saber deles.

O que ela queria era um trabalho que não sugasse todos os pensamentos de sua cabeça e os substituísse pelo chamado sedutor de um sintetizador. Às vezes, ela saía furtivamente para a rua para um intervalo infinitesimal e, enquanto recostava a cabeça contra a parede de tijolos do beco atrás do restaurante, sonhava preguiçosamente que estudava anéis de árvores, que nadava com raias-jamanta e explorava a Costa Rica para descobrir mais sobre o passarinho conhecido como pigmeu tirano.

Blue não sabia se realmente queria descobrir mais sobre o pigmeu tirano. Ela simplesmente gostava do nome, afinal de contas, para uma garota de um metro e cinquenta e dois, *pigmeu tirano* soava como uma carreira.

Todas essas vidas imaginadas pareciam bem distantes do Nino's.

Alguns minutos após o turno de Blue ter começado, o gerente sinalizou para ela da cozinha. Aquela noite era Donny. O Nino's tinha em torno de quinze gerentes, todos eles parentes do dono e nenhum formado no ensino médio.

Donny conseguiu se espreguiçar e oferecer o telefone ao mesmo tempo.

— Seus pais. Hum, sua mãe.

Mas não havia necessidade de esclarecer, pois Blue não sabia quem era seu pai. Na realidade, ela havia tentado importunar Maura sobre o pai antes, mas a mãe havia elegantemente se desviado dessa linha de questionamento.

Tirando o telefone da mão de Donny, Blue se enfiou de volta no canto da cozinha, próxima de uma frigideira terminalmente gordurosa e uma pia de cuba grande. Apesar do cuidado, ela ainda era acotovelada de tempos em tempos.

— Mãe, eu estou trabalhando.

— Não entre em pânico. Você está sentada? Você provavelmente não precisa se sentar. Bem, acho que não. Pelo menos se apoie em algo. Ele ligou. Para marcar uma leitura.

— Quem, mãe? Fale mais alto. Está barulhento aqui.

— *Gansey*.

Por um instante, Blue não entendeu nada. Aí se deu conta e sentiu todo o peso da realidade sobre si. Sua voz ficou um pouco fraca.

— Para quando... você marcou a leitura?

— Amanhã à tarde. Foi o mais cedo que consegui. Eu *tentei* marcar mais cedo, mas ele disse que tinha escola. Você trabalha amanhã?

— Vou mudar meu turno — respondeu Blue imediatamente. Mas era outra pessoa dizendo aquelas palavras. A Blue de verdade estava de volta ao adro da igreja, ouvindo a voz dizer *Gansey*.

— Está bem. Vá trabalhar agora.

Quando desligou, Blue conseguia sentir o coração palpitando. Era real. Ele era real.

Era tudo verdade e terrivelmente específico.

Parecia uma bobagem estar ali, naquele momento, atendendo mesas, servindo drinques e sorrindo para estranhos. Ela queria estar em casa, recostada na casca fria da faia que crescia no quintal dos fundos, tentando decidir o que isso mudara em sua vida. Neeve havia dito que aquele era o ano em que ela se apaixonaria. Maura havia dito que ela mataria seu verdadeiro amor se o beijasse. Gansey deveria morrer naquele ano. Quais eram as chances? Gansey tinha de ser seu verdadeiro amor. Ele tinha de ser. Porque não havia a possibilidade de ela matar alguém.

Então é assim que a vida deve ser? Talvez seja melhor não saber.

Algo tocou seu ombro.

Tocá-la era estritamente contra a política de Blue. Ninguem deveria tocá-la enquanto ela estivesse no Nino's, e especialmente ninguém deveria tocá-la naquele momento, quando ela estava tendo uma crise. Ela deu um rodopio.

— Posso. Ajudar?

Diante dela estava o garoto de Aglionby, o polivalente do celular, parecendo arrumado e presidencial. Seu relógio parecia ser mais caro que o carro da mãe dela, e ele tinha um tom de pele bronzeado encantador. Blue nunca descobrira como os garotos de Aglionby conseguiam se bronzear antes que os locais. Provavelmente tinha algo a ver com férias de primavera e lugares como a Costa Rica e a costa espanhola. O Presidente Celular provavelmente já estivera mais próximo de um pigmeu tirano do que ela jamais estaria.

— Espero que sim — disse ele, de maneira que indicava menos esperança e mais certeza. Ele tinha de falar alto para ser ouvido e inclinar a cabeça para mirar seus olhos. Havia algo irritantemente impressionante nele, uma impressão de que ele era muito alto, apesar de não ser mais alto que a maioria dos garotos. — Meu amigo Adam é socialmente inibido e achou você bonita, mas não quer tomar uma atitude. Ali. Não o sujo. Não o mal-humorado.

A contragosto, Blue olhou para a mesa que ele tinha apontado. Três garotos estavam sentados: um era sujo, como ele havia dito, com uma aparência amarfanhada e puída, como se seu corpo tivesse sido lavado vezes demais. O que tinha batido na luminária era bonito e tinha o cabelo raspado, um soldado em uma guerra em que o inimigo eram todas as outras pessoas. E o terceiro era... elegante. Não era a palavra certa para ele, mas era próxima. Ele tinha uma constituição delicada e uma aparência um tanto frágil, com olhos azuis belos o bastante para uma garota.

Apesar de seus instintos, Blue sentiu uma vibração de interesse.

— E? — ela perguntou.

— E você me faria um favor e iria falar com ele?

Blue usou um milésimo de segundo de seu tempo para imaginar como seria se jogar em uma mesa de garotos corvos e se arrastar por uma conversa incômoda e vagamente machista. Apesar da boa aparência do garoto na mesa, não foi um milésimo de segundo agradável.

— Sobre o que exatamente você acha que eu vou conversar com ele?

O Presidente Celular parecia despreocupado.

— Vamos pensar em algo. Somos pessoas interessantes.

Blue duvidou. Mas o garoto elegante era bem elegante. E parecia genuinamente horrorizado que seu amigo estivesse falando com ela, o que era ligeiramente cativante. Por um momento breve, brevíssimo, que mais tarde a envergonhou e desconcertou, Blue considerou contar ao Presidente Celular quando terminava seu turno. Mas então Donny a chamou da cozinha e ela se lembrou das regras número um e dois.

E disse:

— Está vendo que estou usando avental? Isso significa que estou trabalhando. Para pagar minhas contas.

A expressão despreocupada não desapareceu, e ele continuou:

— Eu cuido disso.

Ela ecoou:

— Cuida disso?

— É. Quanto você ganha por hora? Eu cuido disso. E falo com o seu chefe.

Por um momento, Blue ficou realmente sem saber o que dizer. Ela nunca acreditara em pessoas que se diziam sem palavras, mas era assim que ela estava. Abriu a boca e, em um primeiro momento, tudo que saiu foi ar. Então algo como o início de uma risada. Finalmente, ela conseguiu cuspir:

— Eu não sou uma *prostituta*.

O garoto de Aglionby pareceu confuso por um longo momento, e então caiu a ficha.

— Ah, não foi isso que eu quis dizer. Não foi isso que eu disse.

— *Foi* isso que você disse! Você acha que pode simplesmente me *pagar* para conversar com o seu amigo? Obviamente você paga a maioria das suas companhias femininas por hora e não sabe como funciona no mundo real, mas... mas... — Blue lembrou que estava construindo um argumento, mas não sabia qual era. A indignação havia eliminado todas as funções mais elevadas e tudo que restava era o desejo de dar um tapa naquele cara. Ele abriu a boca para protestar, e o pensamento de Blue voltou de súbito. — A maioria das garotas, quando está interessada em um cara, conversa com ele *de graça*.

Para seu crédito, o garoto de Aglionby não respondeu em seguida. Em vez disso, pensou por um instante e então disse, sobriamente:

— Você disse que estava trabalhando para pagar suas contas. Achei que seria mal-educado não levar isso em consideração. Desculpe se ofendi você. Eu compreendo a sua posição, mas acho um pouco injusto você não fazer o mesmo por mim.

— E eu acho que você está sendo arrogante — disse Blue.

Ao fundo, ela viu de relance o Garoto Soldado fazendo um avião com a mão. Ele caía descontrolado em direção à mesa enquanto o Garoto Sujo reprimia o riso. O Garoto Elegante cobriu o rosto com a palma da mão, em horror exagerado, com os dedos abertos apenas o suficiente para que ela visse o traço de sarcasmo.

— Meu Deus — observou o garoto do celular. — Não sei mais o que dizer.

— *Desculpa* seria uma boa — ela recomendou.

— Eu já disse isso.

Blue considerou.

— Então *tchau*.

Ele fez um gesto ligeiro junto ao peito, que ela achou querer dizer que ele estava fazendo uma reverência, uma mesura ou algo sarcasticamente cavalheiresco. Calla o teria mandado para o inferno, mas Blue apenas meteu as mãos nos bolsos do avental.

Quando o Presidente Celular voltou para a mesa e pegou um diário de couro volumoso que parecia incompatível com o resto dele, o Garoto Soldado soltou uma risada zombeteira e ela o ouviu imitá-la: "... não sou uma prostituta". Ao seu lado, o Garoto Elegante baixou a cabeça. Suas orelhas tinham um tom rosa-claro.

Nem por cem dólares, pensou Blue. *Nem por duzentos*.

Mas ela tinha de confessar que estava um pouco desconcertada pelas orelhas coradas. Isso não parecia muito... Aglionby. Garotos corvos ficavam envergonhados?

Ela o encarou por um momento longo demais. O Garoto Elegante ergueu o olhar, que cruzou com o dela. Ele tinha o cenho franzido, arrependido em vez de cruel, fazendo com que Blue duvidasse de si mesma.

Mas então ela corou, ouvindo novamente a voz do Presidente Celular dizendo: *Eu cuido disso*. Ela lhe lançou um olhar maldoso, bem de Calla, e girou de volta para a cozinha.

Neeve tinha de estar errada. Ela nunca se apaixonaria por um deles.

— Me fala de novo — Gansey pediu a Adam — por que você acha que uma médium é uma boa ideia.

As pizzas haviam sido devoradas (sem nenhuma ajuda de Noah), o que fez Gansey se sentir melhor e Ronan pior. Ao fim da refeição, Ronan havia tirado todas as cascas de ferida provocadas pelo carrinho e teria tirado as de Adam também se ele deixasse. Gansey mandou que ele saísse lá fora para se acalmar e que Noah o acompanhasse para cuidar dele.

Gansey e Adam estavam parados na fila, enquanto uma mulher discutia com a moça do caixa a respeito da cobertura de cogumelo.

— Elas lidam com energia — disse Adam, alto o suficiente para ser ouvido, apesar da música alta. Ele estudou o braço em que havia se livrado das próprias cascas. A pele por baixo parecia irritada. Erguendo o olhar, espiou sobre o ombro, provavelmente procurando a garçonete má, *não-uma-prostituta*. Um lado de Gansey se sentia culpado por estragar as chances de Adam com ela, mas o outro lado sentia que ele possivelmente havia salvado o amigo de ter a medula arrancada e devorada.

Era possível, pensou Gansey, que ele mais uma vez tivesse sido sem noção a respeito de dinheiro. Ele não *quisera* ser ofensivo, mas, analisando melhor, talvez tivesse sido. Isso o incomodaria a noite inteira. Ele jurou, como havia feito uma centena de vezes antes, considerar melhor suas palavras.

Adam continuou:

— As linhas ley são energia. Energia pura.

— Pode dar certo — respondeu Gansey. — Se a médium não for uma charlatã.

Adam retrucou:

— A cavalo dado não se olham os dentes.

Gansey olhou para a comanda da pizza escrita à mão que ele segurava. De acordo com a caligrafia redonda, o nome da garçonete era Cialina. Ela havia incluído seu número de telefone, mas era difícil dizer qual dos garotos ela estava tentando atrair. Algumas partes na mesa eram menos perigosas de se associar do que outras. *Ela* claramente não o tinha achado arrogante.

Provavelmente porque não o ouvira falar.

A noite toda. Isso iria incomodá-lo *a noite toda*. Ele disse:

— Eu queria ter uma ideia da largura das linhas. Não sei se estamos procurando por um fio ou uma avenida, mesmo depois de todo esse tempo. A gente pode estar a meio metro delas e nem perceber.

O pescoço de Adam poderia ter quebrado de tanto que ele olhava em volta. Não havia nem sinal da garçonete. Ele parecia cansado de tantas noites maldormidas, pelo acúmulo de trabalho e estudo. Gansey odiava vê-lo assim, mas nada que ele pensou soava como algo que pudesse realmente lhe dizer. Adam não toleraria pena.

— Nós sabemos que elas podem ser encontradas através de radiestesia, então não devem ser tão estreitas — disse Adam, esfregando o dorso da mão contra a têmpora.

Fora isso que trouxera Gansey para Henrietta em primeiro lugar: meses de radiestesia e pesquisa. Mais tarde, ele tentara encontrar a linha de maneira mais precisa com Adam. Eles tinham dado a volta na cidade com uma varinha de radiestesia e um leitor de frequência eletromagnética, trocando os instrumentos entre os dois. A máquina havia indicado picos estranhos algumas vezes, e Gansey achou que sentira a varinha vibrar em sua mão em sincronia com os picos, mas podia ter sido apenas ilusão.

Eu poderia dizer que as notas dele vão cair se ele não diminuir o ritmo, pensou Gansey, observando as olheiras de Adam. Se Gansey soasse preocupado consigo mesmo, Adam não interpretaria aquilo como pena. Então considerou colocar a questão de modo egoísta: *Você não vai ser útil para mim se pegar mononucleose ou algo parecido.* Mas Adam perceberia em um segundo que estava sendo enganado.

Em vez disso, Gansey disse:

— Precisamos de um ponto A sólido antes de começar a pensar em um ponto B.

Mas eles tinham o ponto A. Tinham até o ponto B. O problema era que os pontos eram grandes demais. Gansey tinha um mapa arrancado de um livro que mostrava a Virgínia com a linha ley passando por cima. Assim como os entusiastas da linha ley no Reino Unido, os caçadores de linha ley americanos determinaram lugares-chave espirituais e traçaram linhas entre eles até que o arco da linha ley se tornou óbvio. Parecia que todo o trabalho já tinha sido feito para eles.

Mas os criadores desses mapas nunca pensaram que eles fossem ser usados como mapas *rodoviários*; eles eram aproximados demais. Um dos mapas listava somente Nova York, Washington, D.C. e Pilot Mountain, na Carolina do Norte, como possíveis pontos de referência. Cada um desses pontos tinha quilômetros de largura, e mesmo a mais fina linha traçada a lápis sobre o mapa não correspondia a menos que dez metros — mesmo eliminando as possibilidades, isso os deixava com milhares de hectares onde a linha ley poderia estar. Milhares de hectares onde Glendower poderia estar, se estivesse realmente ao longo da linha ley.

— Eu me pergunto — refletiu Adam em voz alta — se daria para eletrificar as varinhas ou a linha. Ligar uma bateria de carro a elas ou algo do gênero.

Se você conseguisse um financiamento, poderia parar de trabalhar até terminar a faculdade. Não, isso começaria imediatamente uma discussão. Gansey balançou a cabeça um pouco, mais por causa dos próprios pensamentos do que do comentário de Adam. E disse:

— Parece o início de uma sessão de tortura ou um videoclipe.

O rosto onde-está-a-garçonete-má de Adam havia dado lugar ao seu rosto ideia-brilhante. A fadiga havia se dissolvido.

— Bem, amplificação. Era só isso que eu estava pensando. Algo para tornar a linha mais ruidosa e mais fácil de seguir.

Não era uma ideia ruim. No ano passado, em Montana, Gansey havia entrevistado uma vítima de raio. O garoto estava sentado em seu quadriciclo na entrada de um estábulo quando foi atingido, e o incidente havia lhe deixado com um temor inexplicável de recintos fechados e com uma capacidade extraordinária de seguir uma das linhas ley usando apenas uma ponta curvada de antena de rádio. Por dois dias eles avançaram juntos através de campos entalhados por geleiras e marcados por fardos de feno redondos e altos, encontrando fontes ocultas de água, pequenas cavernas, cepos queimados por raios e pedras estranhamente marcadas. Gansey havia tentado convencer o garoto a voltar para a Costa Leste para realizar o mesmo milagre na linha ley de lá, mas seu medo patológico de lugares fechados recentemente adquirido excluía qualquer viagem de avião ou carro. E era uma longa caminhada.

Mesmo assim, não foi um exercício inteiramente inútil. Foi uma prova a mais da teoria amorfa que Adam descrevera havia pouco: linhas ley e eletricidade podiam andar juntas. Energia e energia.

Tudo combinando.

Enquanto ia até o balcão, Gansey percebeu que Noah o seguia, tentando lhe chamar a atenção e parecendo tenso e urgente. Ambos os traços eram típicos de Noah, de maneira que Gansey não se sentiu imediatamente incomodado. Passou um maço de notas dobradas para a moça do caixa, enquanto Noah continuava a pairar do lado dele.

— O que foi, Noah? — perguntou Gansey.

Noah parecia prestes a colocar as mãos nos bolsos, mas não o fez. As mãos dele pareciam pertencer a menos lugares do que as de outras pessoas. Simplesmente as deixou ao longo do corpo enquanto olhava para Gansey, depois disse:

— O Declan está aqui.

Um exame imediato do restaurante não ofereceu nada. Gansey perguntou:

— Onde?

— No estacionamento — disse Noah. — Ele e o Ronan...

Sem esperar o fim da frase, Gansey saiu apressadamente em direção ao estacionamento, bem a tempo de ver Ronan desferir um soco no irmão.

O golpe foi infinito.

Pelo jeito, era só o primeiro ato. Sob a luminosidade fraca e o zunido do poste de luz, Ronan mantinha uma postura firme e uma expressão dura como granito. Não houve hesitação no golpe; ele tinha aceitado as consequências de onde quer que acertasse a pancada muito antes de disparar o soco.

Do pai, Gansey recebera a mente lógica, o gosto pela pesquisa e uma herança do tamanho da maioria das loterias estaduais.

Do pai, os irmãos Lynch haviam herdado o ego incansável, uma década de aulas de instrumentos musicais irlandeses desconhecidos e a capacidade de lutar boxe de verdade. Niall Lynch não estivera por perto por muito tempo, mas, enquanto estivera, fora um excelente professor.

— *Ronan!* — gritou Gansey, tarde demais.

Declan foi ao chão, mas, antes mesmo que Gansey tivesse tempo de traçar um plano de ação, já estava de pé de novo, acertando o punho no rosto do irmão. Ronan soltou uma série de impropérios tão variados e afiados que Gansey ficou impressionado que somente aquelas palavras não tivessem acabado com Declan. Braços giravam como moinhos. Joelhos encontravam peitos. Cotovelos socavam rostos. Então Ronan agarrou o casaco de Declan e o usou para jogá-lo contra o capô lustroso de seu Volvo.

— O carro não! — rosnou Declan, com o lábio sangrando.

A história da família Lynch era a seguinte: era uma vez um homem chamado Niall Lynch. Ele teve três filhos, um dos quais amava o pai mais do que os outros. Niall Lynch era um sujeito bonito, carismático, rico e misterioso, e um dia ele foi arrastado de seu BMW cinza-carvão e espancado até a morte com uma chave de roda. Isso foi numa quarta-feira. Na quinta-feira, seu filho Ronan achou o corpo na entrada da garagem. Na sexta-feira, a mãe deles parou de falar e nunca mais proferiu uma palavra.

No sábado, os irmãos Lynch descobriram que a morte do pai os deixara ricos, mas sem ter onde morar. O testamento os proibia de tocar em qualquer coisa na casa — roupas, móveis. A mãe continuava muda. O testamento fez com que eles se mudassem imediatamente para o dormitório em Aglionby. Declan, o mais velho, deveria gerir as finanças e a vida dos irmãos até que eles completassem dezoito anos.

No domingo, Ronan roubou o carro do pai.

Na segunda-feira, os irmãos Lynch deixaram de ser amigos.

Arrancando Ronan do Volvo, Declan acertou o irmão tão duro que até Gansey sentiu o golpe. Ashley, com o cabelo claro mais visível que o resto, cruzou o olhar com o dele de dentro do carro.

Gansey avançou vários passos no estacionamento.

— Ronan!

Ronan nem virou a cabeça. Um sorriso sinistro, mais de esqueleto que de gente, estava gravado em sua boca enquanto os irmãos rodopiavam em volta um do outro. Aquela era uma luta de verdade, e não um espetáculo, e se desenrolava rapidamente. Alguém estaria inconsciente antes que Gansey pudesse interceder, e ele simplesmente não tinha tempo para levar ninguém ao pronto-socorro naquela noite.

Gansey deu um salto e segurou o braço de Ronan em meio a um golpe. Mas Ronan ainda tinha os dedos enfiados como um gancho dentro da boca de Declan, e este já tinha um punho voando por trás, como um abraço violento. Então foi Gansey quem recebeu o golpe de Declan. Algo molhado lhe cobriu o braço. Ele pensou que fosse saliva, mas era sangue. Gansey gritou uma palavra que aprendera com sua irmã, Helen.

Ronan agarrou Declan pela gravata cor de vinho, e Declan prendeu firmemente a parte de trás da cabeça do irmão. Não faria diferença se Gansey não estivesse ali. Com um giro de punho ligeiro, Ronan bateu a cabeça de Declan contra a porta do motorista do Volvo. A batida fez um ruído horrível, e a mão de Declan se soltou.

Gansey aproveitou a oportunidade para lançar Ronan a um metro e meio de distância, mas ele se pôs de pé com um movimento súbito. Ele era incrivelmente forte.

— Pare — disse Gansey, ofegante. — Você está destruindo o seu rosto.

Ronan girou, todo músculos e adrenalina. Declan, com o terno mais sujo do que qualquer terno deveria parecer, partiu de volta na direção deles. Ele tinha um machucado terrível na têmpora, mas parecia pronto para começar tudo de novo. Não havia como dizer o que provocara a briga dessa vez — uma nova enfermeira em casa para a mãe deles, uma nota ruim na escola, uma conta de cartão de crédito não explicada. Talvez apenas Ashley.

Do outro lado do estacionamento, o gerente do Nino's surgiu na entrada do restaurante. Não levaria muito tempo até chamarem a polícia. *Onde está o Adam?*

— Declan — disse Gansey, com a voz cheia de aviso —, se você vier até aqui, eu juro...

Com um movimento brusco do queixo, Declan cuspiu sangue no chão. Seu lábio estava sangrando, mas seus dentes ainda estavam inteiros.

— Tudo bem. Ele é o seu cachorro, Gansey. Ponha uma coleira nele. E tome conta para que ele não seja expulso de Aglionby. Eu lavo minhas mãos.

— Bem que eu gostaria — rosnou Ronan, com o corpo inteiro rígido por baixo da mão de Gansey. Ele vestia o ódio como uma cruel segunda pele.

Declan retrucou:

— Você é um merda, Ronan. Se o nosso pai te visse... — e isso fez Ronan se lançar para frente novamente. Gansey apertou os braços em torno do peito do amigo e o arrastou de volta.

— E o que você está fazendo *aqui*? — Gansey perguntou a Declan.

— A Ashley precisava usar o banheiro — respondeu Declan secamente. — Eu devia ter o direito de parar onde eu quiser, você não acha?

A última vez que Gansey estivera no banheiro do Nino's, ele cheirava a vômito e cerveja. Em uma das paredes, uma caneta vermelha havia rabiscado a palavra "BELZEBU" e o número de Ronan embaixo. Era difícil imaginar Declan *escolhendo* as instalações do Nino's para a namorada. A voz de Gansey soou ríspida.

— O que eu *acho* é que você devia ir embora. Isso não vai se resolver hoje.

Declan riu, só uma vez. Uma grande risada descuidada, cheia de vogais redondas. Ele claramente não achava graça nenhuma em nada que dizia respeito a Ronan.

— Pergunte ao Ronan se ele vai passar com um B esse ano — ele disse a Gansey. — Você chega a ir às aulas, Ronan?

Atrás de Declan, Ashley espiava pela janela do motorista. Ela havia baixado o vidro para ouvir, e não parecia tão idiota quando acreditava que ninguém estava lhe dando atenção. Parecia justo que, talvez dessa vez, Declan fosse o manipulado.

— Não estou dizendo que você está errado, Declan — disse Gansey. A orelha latejava onde ele havia sido acertado, e ele podia sentir a pulsação de Ronan batendo em seu braço. A promessa que ele havia feito de considerar suas palavras com mais cuidado lhe voltou à lembrança, então ele estruturou o resto da frase na cabeça antes de dizer em voz alta: — Mas você não é Niall Lynch e nunca será. E você cresceria muito mais rápido na vida se parasse de tentar ser.

Gansey soltou Ronan.

Ronan não se moveu, nem Declan, como se, ao dizer o nome do pai deles, Gansey tivesse lançado um feitiço. Eles traziam a mesma expressão dura no rosto. Ferimentos diferentes infligidos pela mesma arma.

— Só estou tentando ajudar — disse Declan finalmente, soando derrotado. Houve uma época, alguns meses atrás, em que Gansey teria acreditado nele.

Ao lado de Gansey, as mãos de Ronan pendiam abertas ao longo do corpo. Às vezes, quando alguém batia em Adam, havia algo remoto e ausente em seus olhos, como se seu corpo pertencesse a outra pessoa. Mas, quando Ronan apanhava, acontecia o contrário; ele se tornava tão presente que era como se estivesse dormindo antes.

Ronan disse para o irmão:

— Eu nunca vou te perdoar.

A janela do Volvo sibilou ao fechar, como se Ashley tivesse se dado conta naquele momento de que aquela era uma conversa que ela não deveria ouvir.

Sugando o lábio que sangrava, Declan olhou para o chão por um momento. Então se endireitou e ajustou a gravata.

— Não significa muito vindo de você — ele disse e escancarou a porta do Volvo.

Enquanto escorregava para o banco do motorista, Declan disse a Ashley:

— Não quero falar sobre isso — e bateu a porta.

Os pneus do Volvo guincharam no pavimento, e então Gansey e Ronan se viram parados um ao lado do outro na estranha luz difusa do estacionamento. A uma quadra de distância, um cão latiu funestamente três vezes. Ronan tocou a sobrancelha com o dedo mindinho para verificar se havia sangue, mas só havia um grande calombo.

— Conserte isso — disse Gansey. Ele não estava inteiramente certo de que qualquer coisa que Ronan tivesse feito, ou deixado de fazer, pudesse ser corrigida com facilidade, mas tinha certeza de que precisava ser corrigida. A única exigência para que Ronan pudesse ficar na Indústria Monmouth era que suas notas fossem aceitáveis. — O que quer que seja. Não deixe que ele tenha razão.

Ronan disse baixo, apenas para Gansey ouvir:

— Eu quero largar tudo.

— Falta só um ano.

— Não quero seguir com isso por mais um ano. — Ele chutou uma pedra de cascalho para baixo do Camaro. Então sua voz se elevou, mas apenas em ferocidade, não em volume. — Mais um ano e aí eu acabo estrangulado numa gravata como o Declan? Não sou um maldito político, Gansey. Nem um banqueiro.

Gansey também não era, mas isso não significava que quisesse abandonar a escola. Ele percebeu, pela dor na voz de Ronan, que sua própria voz não deveria demonstrar nenhuma tristeza quando disse:

— Apenas se forme e depois faça o que quiser.

A herança de seus pais havia assegurado aos dois que nenhum deles tivesse de trabalhar para ganhar a vida, se escolhessem não fazê-lo. Eles eram peças soltas na máquina da sociedade, um fato que recaía de maneira diferente sobre os ombros de Ronan e os de Gansey.

Ronan parecia irado, mas ele estava com um humor em que sempre pareceria irado, não importava o que estivesse acontecendo.

— Eu não sei o que eu quero. Eu não sei nem que merda eu sou.

E entrou no Camaro.

— Você me prometeu — disse Gansey pela porta aberta do carro.

Ronan não olhou para ele.

— Eu sei o que eu fiz, Gansey.

— Não esqueça.

Quando Ronan bateu a porta, ela ecoou pelo estacionamento como ecoam os sons na escuridão. Gansey se juntou a Adam em seu posto de observação favorável, seguramente distante. Comparado a Ronan, Adam parecia limpo, comedido e absolutamente controlado. Em algum lugar, ele havia conseguido uma bola de borracha com o logotipo do Bob Esponja impresso e a quicava com uma expressão pensativa.

— Eu convenci o pessoal do restaurante a não chamar a polícia — disse Adam. Ele era bom em conter as coisas.

Gansey suspirou. Naquela noite ele não teria energia para falar com a polícia em favor de Ronan.

Diga que estou fazendo a coisa certa com o Ronan. Diga que é assim que vamos reencontrar o velho Ronan. Diga que eu não estou arruinando a vida dele ao mantê-lo longe do Declan.

Mas Adam já havia dito para Gansey que achava que Ronan precisava aprender a limpar a própria sujeira. Era apenas Gansey que parecia temer que Ronan aprendesse a viver na sujeira.

Então ele simplesmente perguntou:

— Onde está o Noah?

— Está vindo. Acho que ele estava deixando uma gorjeta. — Adam deixou a bola cair e a pegou de novo. Ele tinha um jeito quase mecânico de agarrar a bola enquanto ela quicava de volta em sua direção; num momento sua mão estava aberta e vazia, no seguinte bem fechada em torno dela.

Quica. Pega.

Gansey disse:

— E a Ashley, hein?

— *É* — disse Adam, como se estivesse esperando que ele tocasse no assunto.

— Ela tem uns olhos e tanto. — Era uma expressão que seu pai usava muito, uma frase de efeito da família para se refirir a uma pessoa enxerida.

Adam perguntou:

76

— Você realmente acha que ela está aqui pelo Declan?

— Por que outra razão ela estaria?

— Glendower — respondeu Adam imediatamente.

Gansey riu, mas Adam não.

— Sério, que outra razão haveria?

Em vez de responder, Adam girou a mão e lançou a bola de borracha. Ele havia escolhido a trajetória cuidadosamente: a bola quicou no asfalto sujo uma vez, acertou um dos pneus do Camaro e desenhou um arco alto no ar, desaparecendo no escuro. Ele deu um passo à frente, a tempo de ela bater na palma da sua mão. Gansey fez um ruído de aprovação e Adam emendou:

— Acho que você não devia mais falar sobre isso com as pessoas.

— Não é segredo.

— Talvez devesse ser.

A apreensão de Adam era contagiosa, mas, logicamente, não havia nada que apoiasse a suspeita. Por quatro anos, Gansey estivera procurando por Glendower, admitindo livremente esse fato para qualquer um que demonstrasse interesse, e ele nunca vira a menor evidência de qualquer outra pessoa compartilhando precisamente sua busca. No entanto, ele tinha de admitir que essa possibilidade lhe provocava um sentimento peculiarmente desagradável.

Gansey disse:

— Não há segredos, Adam. Praticamente tudo que eu fiz é de conhecimento público. É tarde demais para ser um segredo. Já era tarde demais anos atrás.

— Fala sério, Gansey — Adam disse um pouco irritado. — Você não sente nada? Você não se sente...?

— Me sinto o quê? — Gansey detestava brigar com Adam, e aquilo parecia uma briga de certa maneira.

Adam lutou sem sucesso para colocar os pensamentos em palavras. Por fim, respondeu:

— *Observado.*

Do outro lado do estacionamento, Noah tinha finalmente saído do Nino's e se arrastava na direção deles. Dentro do Camaro, era possível ver o perfil de Ronan recostado no banco, a cabeça virada como se dormisse. Perto dali, Gansey conseguia sentir cheiro de rosas e de grama cortada pela primeira vez aquele ano e, mais distante, a terra úmida retornando à vida por baixo das folhas caídas, assim como água correndo sobre pedras em curvas montanhosas onde seres humanos nunca caminharam. Talvez Adam estivesse certo. Havia algo sugestivo naquela noite, ele pensou, algo fora de vista que parecia abrir os olhos.

Dessa vez, quando Adam deixou cair a bola, foi a mão de Gansey que se estendeu e a pegou.

— Você acha que faria algum sentido para alguém nos espionar — disse Gansey — se não estivéssemos no caminho certo?

8

Quando Blue saiu lentamente para a rua, o cansaço havia extinguido sua ansiedade. Ela encheu os pulmões com o ar frio da noite. Não parecia possível que fosse a mesma substância que filtrava pelas ventilações de ar-condicionado do Nino's.

Ela inclinou a cabeça para trás para observar as estrelas. Ali, no limite do centro da cidade, não havia muitos postes de luz para obliterar completamente as estrelas. Ursa Maior, Leão, Cefeu. Sua respiração se tornava mais fácil e calma a cada constelação familiar que encontrava.

A corrente estava fria quando ela destrancou a bicicleta. Do outro lado do estacionamento, conversas abafadas chegavam aos seus ouvidos e desapareciam. Atrás dela, passos se arrastavam sobre o asfalto em algum lugar próximo. Mesmo quando silenciosas, as pessoas eram realmente os animais mais barulhentos.

Um dia ela viveria em algum lugar onde poderia sair de casa e ver apenas estrelas, e não postes de luz, e então poderia se sentir mais próxima do que jamais estivera de compartilhar o dom de sua mãe. Quando Blue olhava para as estrelas, algo a atraía, algo que a incitava a ver mais do que estrelas, a decifrar o firmamento caótico, para obter uma imagem dele. Mas isso nunca fazia sentido. Blue sempre via somente Leão e Cefeu, Escorpião e Dragão. Talvez ela simplesmente precisasse de mais horizonte e menos cidade. Acontece que ela não queria mesmo ver o futuro. O que ela queria era ver algo que ninguém mais pudesse ver, e talvez isso fosse pedir por mais magia do que havia no mundo.

— Com licença, hum... senhorita. Olá.

A voz era suave, masculina e local; as vogais tinham todas as beiradas polidas. Blue se virou com uma expressão desinteressada.

Para sua surpresa, era o Garoto Elegante, o rosto mais magro e velho à luz distante da rua. Ele estava sozinho. Nenhum sinal do Presidente Celular, do Garoto Sujo ou de seu amigo hostil. Uma mão firmava a bicicleta. A outra estava enfiada no bolso. A postura insegura não acompanhava muito bem o blusão com o corvo no peito, e ela viu de relance uma parte gasta na costura do ombro antes que ele a escondesse sob as orelhas, encolhendo os ombros como se estivesse com frio.

— Oi — disse Blue, em um tom mais suave do que teria usado se não tivesse notado o puído no blusão. Ela não sabia que tipo de garoto de Aglionby usava blusões de segunda mão. — Adam, não é?

Ele anuiu, brusco e envergonhado, e Blue olhou para a bicicleta. Ela também não sabia que tipo de garoto de Aglionby dirigia uma bicicleta em vez de um carro.

— Eu estava indo para casa — disse Adam — e achei que tinha reconhecido você aqui. Eu queria pedir desculpa. Pelo que aconteceu antes. Eu não pedi para ele fazer aquilo e queria que você soubesse.

Não escapou a Blue que sua voz com um ligeiro sotaque era tão bonita quanto sua aparência. Era como o pôr do sol de Henrietta: balanços quentes em varandas e copos de chá gelado, cigarras mais altas que os pensamentos. Ele olhou por sobre o ombro, então, ao som de um carro em uma rua lateral. Quando olhou de volta para ela, ainda trazia uma expressão cansada, e Blue viu que aquela feição — o cenho franzido, a boca tensa — era sua expressão normal. Combinava com seus traços, acompanhando cada linha em torno da boca e dos olhos. *Esse garoto de Aglionby muitas vezes não se sente feliz*, ela pensou.

— Que legal de sua parte — disse ela. — Mas não é você que precisa se desculpar.

Adam disse:

— Não posso deixar que ele fique com toda a culpa. Quer dizer, ele estava certo. Eu queria falar com você. Mas não queria simplesmente... tentar ficar com você.

Aquele era o momento em que ela deveria ter se livrado dele. Mas ela estava imobilizada pelo instante em que ele corara na mesa — sua expressão honesta, seu sorriso incerto, recém-cunhado. Seu rosto era simplesmente estranho o bastante para que ela quisesse continuar olhando.

O fato era que Blue nunca havia sido paquerada por alguém que ela desejasse que tivesse sucesso em sua iniciativa.

Não faça isso!, avisou a voz dentro dela.

Mas ela perguntou:

— E o que você *queria* fazer?

— Conversar — ele disse. Em seu sotaque local, era uma palavra longa e parecia menos um sinônimo para *falar* e mais para *confessar*. Blue não podia deixar de olhar para a linha fina e agradável de sua boca. Ele acrescentou: — Acho que eu podia ter evitado um belo incômodo se tivesse simplesmente ido falar com você. As ideias de outras pessoas sempre parecem me causar mais problemas.

Blue estava quase contando a ele como as ideias de Orla causavam problemas para todos em sua casa também, mas então se deu conta de que ele diria algo mais, e daí ela responderia, e isso poderia seguir noite adentro. Algo a respeito de Adam lhe dizia que aquele era um cara com quem ela podia ter uma *conversa*. Do nada, a voz de Maura surgiu em sua mente: *Não preciso dizer para você não beijar ninguém, não é?*

E, simples assim, Blue pôs um ponto-final naquilo. Ela era, como Neeve havia dito, uma garota sensata. Na melhor das hipóteses, aquilo só poderia terminar em tormento. Ela expirou forte.

— De qualquer maneira, a questão não era o que ele estava dizendo sobre você. Foi que ele me ofereceu dinheiro — disse ela, colocando o pé no pedal da bicicleta. O segredo era não imaginar como teria sido ficar e conversar. Quando Blue não tinha dinheiro suficiente para algo, a pior coisa no mundo era imaginar como seria ter esse algo.

Adam suspirou, como se reconhecesse o recuo dela.

— Ele não tem noção. É um idiota com dinheiro.

— E você não é?

Ele apenas a encarou com um olhar muito firme. Não era uma expressão que deixasse espaço para brincadeiras.

Blue inclinou a cabeça para trás, mirando as estrelas. Era estranho imaginar quão rapidamente elas giravam no céu: um vasto movimen-

81

to distante demais para detectar. *Leão, Leão Menor, Cinturão de Órion*. Se ela fosse sua mãe ou suas tias e lesse o destino nos céus, veria o que deveria dizer a Adam?

Então perguntou:

— Você vai voltar ao Nino's?

— Isso é um convite?

Ela sorriu em resposta. Parecia algo muito perigoso, aquele sorriso, algo com que Maura não ficaria satisfeita.

Blue tinha duas regras: ficar longe dos garotos, porque eles trazem problemas, e ficar longe de garotos corvos, porque eles são uns canalhas.

Mas essas regras não pareciam se aplicar a Adam. Atrapalhada, ela tirou do bolso um lenço de papel e escreveu nele seu nome e seu número de telefone. Com o coração aos pulos, ela o dobrou e o passou para ele.

Adam se limitou a dizer:

— Que bom que eu voltei.

Então sua figura esbelta deu meia-volta, e ele começou a empurrar a bicicleta, que guinchava pesarosa, de volta pelo caminho de onde viera.

Blue pressionou os dedos contra o rosto.

Eu dei meu telefone para um garoto.

Eu dei meu telefone para um garoto corvo.

Abraçando o corpo com os braços, ela imaginou uma discussão com sua mãe. *Dar o telefone para alguém não quer dizer que você vai beijá-lo.*

Blue deu um salto quando a porta de trás do restaurante se abriu. Mas era apenas Donny, sua expressão desanuviando quando a viu. Ele segurava o tentador livro volumoso encadernado em couro que Blue reconheceu de imediato. Ela o vira nas mãos do Presidente Celular.

Donny perguntou:

— Você sabe quem esqueceu isso aqui? É seu?

Ela foi ao seu encontro e, a meio caminho do estacionamento, pegou o diário e o abriu. Ele não escolheu uma página para abrir; estava tão usado e tão cheio que todas as páginas reivindicavam precedência. Ele finalmente se abriu ao meio, obedecendo à gravidade em vez de ao uso.

A página era uma confusão de recortes amarelados de livros e jornais. Uma caneta vermelha sublinhava algumas frases, acrescentava comentários nas margens ("Cavernas Luray contam como lugar espiritual? gralhas = corvos?") e marcava quadradinhos cuidadosamente dispostos diante de cada item de uma lista intitulada: "Nomes de lugares influenciados pelo galês próximos de Henrietta". Blue reconheceu a maioria das cidades listadas. Welsh Hills, Glen Bower, Harlech, Machinleth.

— Não cheguei realmente a ler — disse Donny. — Eu só queria ver se tinha um nome nele para devolver. Mas então vi que era... bem, o tipo de coisa que você costuma ler.

Com isso, ele queria dizer que o diário era o que ele esperava da filha de uma médium.

— Acho que eu sei de quem é — disse Blue. Ela não tinha outro pensamento imediato que o desejo de passar mais tempo virando as páginas. — Eu fico com ele.

Quando Donny entrou no restaurante, Blue abriu o diário novamente. Agora ela tinha tempo para se maravilhar com a absoluta densidade dele. Mesmo se o conteúdo não a tivesse surpreendido imediatamente, o sentimento que tudo aquilo provocava o faria. Havia tantos recortes que o diário não mantinha a forma de livro se não estivesse bem atado com laços de couro. Páginas e mais páginas eram dedicadas a trechos rasgados e cortados, e havia um inegável prazer tátil em folheá-lo. Blue correu os dedos sobre as variadas superfícies. Papel de desenho, espesso e untuoso, com uma fonte esguia e elegante. Papel fino, amarronzado, com serifas longas e delicadas. Papel de escritório, utilitário e liso, com uma letra moderna e despojada. Recortes de jornal com bordas esfarrapadas, em um tom quebradiço de amarelo.

Então havia as anotações, feitas com uma meia dúzia de canetas e marcadores diferentes, mas todas na mesma caligrafia profissional. Elas circulavam, apontavam e sublinhavam "muito urgente". Faziam listas e pontos de exclamação ansiosos nas margens. Contradiziam umas às outras e se referiam umas às outras na terceira pessoa. Linhas se tornavam hachuras, que se tornavam rabiscos de montanhas, que se tornavam marcas de pneus inquietas deixadas por carros velozes.

Blue levou um tempo para entender do que o diário realmente tratava. Ele era organizado em partes pouco precisas, mas estava claro que quem quer que o tivesse criado havia ficado sem espaço em algumas partes e começado de novo mais adiante. Havia uma parte sobre linhas ley, linhas de energia invisíveis que conectavam lugares espirituais; outra sobre Owain Glyndŵr, o rei Corvo; outra sobre lendas de reis adormecidos que esperavam debaixo de montanhas para ser descobertos para uma nova vida. Havia ainda uma parte de histórias estranhas sobre reis sacrificados e antigas deusas da água e todas as coisas velhas que os corvos representavam.

Mais do que qualquer coisa, o diário *desejava*. Desejava mais do que podia conter, mais do que palavras podiam descrever, mais do que diagramas podiam ilustrar. O anseio transbordava das páginas, em cada linha frenética, em cada desenho apaixonado, em cada definição em negrito. Havia algo de doloroso e melancólico a respeito dele ·

Uma forma familiar se destacava do resto dos rabiscos. Três linhas se cruzavam: um triângulo longo, pontiagudo. Era a mesma forma que Neeve havia desenhado na terra no adro da igreja. A mesma forma que sua mãe havia desenhado no boxe do chuveiro coberto de vapor.

Blue aplanou a página para examiná-la melhor. Essa parte era sobre linhas ley: "caminhos de energia mística que conectam lugares espirituais". Ao longo do diário, o autor havia rabiscado as três linhas repetidas vezes e, junto delas, um Stonehenge de aparência débil, estranhos cavalos alongados e um desenho descritivo de um túmulo. Não havia explicação do símbolo.

Não podia ser coincidência.

Não havia como aquele diário pertencer àquele garoto corvo presidencial. Alguém devia ter dado para ele.

Talvez tenha sido Adam, pensou.

Ele tinha passado para ela a mesma sensação que o diário: o sentimento de algo mágico, de possibilidade, de perigo ansioso. Aquele mesmo sentimento que ela experimentara quando Neeve havia dito que um espírito tocara seu cabelo.

Blue pensou: *Eu gostaria que você fosse Gansey*. Mas, tão logo pensou isso, ela sabia que não era verdade. Porque, quem quer que fosse Gansey, ele não tinha mais muita vida pela frente.

9

Gansey acordou no meio da noite apenas para sentir a lua cheia no rosto e ouvir o telefone tocar.

Procurou atrapalhado no meio dos cobertores, onde se escondia o aparelho. Cego sem os óculos ou as lentes de contato, Gansey teve de segurar o telefone a centímetros dos olhos para ler o nome de quem o ligava: R. MALORY. Agora Gansey compreendia a hora bizarra da chamada. O dr. Roger Malory vivia em Sussex, um fuso horário de cinco horas de Henrietta. Meia-noite na Virgínia eram cinco da manhã para o madrugador Malory. Ele era uma das principais autoridades britânicas em linhas ley. Tinha oitenta, cem ou duzentos anos, e havia escrito três livros sobre o assunto, todos clássicos no (muito limitado) campo. Eles haviam se conhecido no verão em que Gansey dividira seu tempo entre o País de Gales e Londres. Malory havia sido o primeiro a levar o adolescente de quinze anos a sério, um favor pelo qual Gansey lhe seria eternamente grato.

— Gansey — disse Malory carinhosamente, sabendo que era melhor chamá-lo assim do que pelo nome de batismo. Sem mais delongas, Malory partiu para um monólogo sobre o tempo, os últimos quatro encontros da sociedade histórica e como era frustrante seu vizinho com o collie. Gansey compreendeu aproximadamente três quartos do monólogo. Após viver no Reino Unido por quase um ano, ele era bom com sotaques, mas o de Malory era muitas vezes difícil, graças a uma combinação de fala arrastada, ruminação, idade extrema e conexão telefônica ruim.

Agachado ao lado da maquete de Henrietta, Gansey prestou pouca atenção por educados doze minutos antes de interrompê-lo polidamente.

— Que bom que você ligou.

— Achei uma fonte textual muito interessante — disse Malory. Havia um ruído, como se ele estivesse mastigando ou embrulhando algo em celofane. Gansey conhecera o apartamento dele e era bem possível que Malory estivesse fazendo os dois. — Que sugeriu que as linhas ley estão dormentes. Dormindo. Isso te lembra alguma coisa?

— Como Glendower! Então o que isso quer dizer?

— Isso pode explicar por que elas são tão difíceis de encontrar por radiestesia. Se elas ainda estiverem presentes, mas não ativas, a energia seria muito fraca e irregular. Em Surrey, eu estava seguindo uma linha com um sujeito... vinte e dois quilômetros, um tempo horroroso, gotas de chuva que mais pareciam nabos... e então ela simplesmente desapareceu.

Buscando um tubo de cola e algumas telhas de papelão, Gansey usou a forte luz do luar para trabalhar em um telhado enquanto Malory seguia discorrendo sobre a chuva. Então ele perguntou:

— A sua fonte diz alguma coisa sobre despertar as linhas ley? Se Glendower pode ser acordado, as linhas ley também podem, não é?

— Essa é a ideia.

— Mas basta descobrir Glendower para acordá-lo. As pessoas *caminham* sobre as linhas ley.

— Ah, não, sr. Gansey, é aí que está o erro. Os caminhos espirituais são subterrâneos. Mesmo que eles não tenham sido sempre assim, agora estão cobertos por metros de terra acumulada através dos séculos — disse Malory. — Ninguém as toca há centenas de anos. Você e eu, nós não caminhamos sobre as linhas. Nós simplesmente seguimos os ecos.

Gansey lembrou como o rastro parecia ir e vir sem nenhuma razão enquanto ele e Adam procuravam as linhas por radiestesia. A teoria de Malory tinha um mínimo de plausibilidade, e isso era tudo de que ele precisava. Ele não desejava mais nada a não ser começar a explorar seus livros para fundamentar ainda mais essa nova ideia, a escola que se danasse. Gansey sentiu uma rara pontada de ressentimento por ser um adolescente, por estar amarrado a Aglionby; talvez fosse assim que Ronan se sentisse o tempo inteiro.

— Ok. Então nós acessamos as linhas por baixo da terra. Cavernas, quem sabe?

— Ah, cavernas são coisas pavorosas — respondeu Malory. — Sabe quantas pessoas morrem em cavernas todos os anos?

Gansey respondeu que não.

— Milhares — assegurou-o Malory. — Elas são como cemitérios de elefantes. Muito melhor ficar acima da terra. A espeleologia é mais perigosa que corrida de motocicleta. Não, minha fonte diz respeito somente a uma maneira ritual de despertar os caminhos espirituais da superfície, deixando que a linha ley saiba de sua presença. Você faria uma imposição de mãos simbólica na energia aí em Marianna.

— Henrietta.

— Texas?

Sempre que Gansey falava com britânicos sobre os Estados Unidos, eles pareciam achar que ele se referia ao Texas. Então ele corrigiu:

— Virgínia.

— Certo — concordou Malory afetuosamente. — Pense como seria fácil seguir o caminho espiritual para Glendower se ele gritasse em vez de sussurrar. Você o encontra, realiza o ritual e segue o caminho até o seu rei.

Nas palavras de Malory, isso parecia inevitável.

Segue o caminho até o seu rei.

Gansey fechou os olhos para se acalmar. Viu uma imagem vagamente cinza de um rei em repouso, as mãos cruzadas sobre o peito, uma espada do lado direito, um copo à esquerda. Essa figura adormecida era tão estonteantemente importante para Gansey que ele não conseguia começar a compreender ou lhe dar forma. Era algo mais, algo maior, algo que importava. Algo sem uma etiqueta de preço. Algo conquistado.

— Mas o texto não é muito claro sobre como desempenhar o ritual — admitiu Malory, divagando sobre as esquisitices dos documentos históricos. Gansey já não prestava muita atenção, e então Malory concluiu: — Vou tentar o ritual no caminho de Lockyer. Depois eu conto como foi.

— Ótimo — disse Gansey. — Nem sei como agradecer.

— Mande lembranças à sua mãe.

— Eu mand...

— Você tem sorte de ainda ter mãe. Quando eu tinha mais ou menos a sua idade, minha mãe foi assassinada pelo sistema de saúde britânico. Ela estava perfeitamente bem até ser admitida com uma tossinha...

Gansey ouviu com pouca atenção a história sempre repetida de Malory sobre o fracasso do governo em curar o câncer de garganta de sua mãe. Ele soava bastante animado quando o telefone caiu em silêncio.

Agora Gansey se sentia movido pela caçada; ele precisava falar com alguém antes que o sentimento inconcluso da busca o devorasse. Seria melhor falar com Adam, mas as chances eram maiores de que Ronan, que variava loucamente entre a insônia e a hiperinsônia, estivesse acordado.

No meio do caminho até o quarto de Ronan, lhe ocorreu que o cômodo estava vazio. Parado no vão escuro da porta, Gansey sussurrou o nome do amigo. Como não obteve resposta, chamou alto.

O quarto de Ronan não deveria ser aberto, mas Gansey o abriu de qualquer maneira. Colocando a mão sobre a cama, ele a encontrou desfeita e fria, os cobertores jogados para o lado. Gansey bateu com força na porta de Noah enquanto discava apressadamente o número de Ronan com a outra mão. O telefone tocou duas vezes antes de o correio de voz dizer simplesmente: "Ronan Lynch".

Gansey cortou a voz gravada no meio, com o coração disparado. Por um longo momento considerou a questão, e então discou outro número. Dessa vez, foi a voz de Adam que respondeu, em um tom baixo de sono e precaução.

— Gansey?

— O Ronan se mandou.

Adam ficou em silêncio. O fato não era somente que Ronan havia desaparecido, era que ele havia desaparecido após uma briga com Declan. Mas não era fácil deixar o lar dos Parrish no meio da noite. As consequências de ser apanhado poderiam deixar evidências físicas, e estava ficando quente demais para usar mangas longas. Gansey se sentiu miserável por pedir isso a Adam.

89

Na rua, um pássaro noturno deu um silvo alto e penetrante. A pequena réplica de Henrietta parecia sinistra à meia-luz, os carros de metal injetado estacionados nas ruas como se tivessem parado há pouco. Gansey sempre achara que, à noite, qualquer coisa podia acontecer. À noite, Henrietta era como magia, e a magia parecia ser algo terrível.

— Vou dar uma olhada no parque — suspirou Adam finalmente. — E, hum... na ponte, eu acho.

Adam desligou tão suavemente que levou um momento para Gansey perceber que a conexão havia terminado. Ele pressionou a ponta dos dedos nos olhos e foi assim que Noah o encontrou.

— Você vai procurar o Ronan? — perguntou. Ele parecia pálido e frágil na luz amarela que vinha do quarto atrás dele, a pele embaixo dos olhos mais escura que qualquer coisa. Ele parecia menos Noah do que a sugestão de Noah. — Procure na igreja.

Noah não disse que iria junto, e Gansey não pediu que ele fosse. Seis meses antes, Noah encontrara Ronan em uma poça de sangue, e assim ele estava dispensado de ter de ver aquilo de novo. Noah não fora com Gansey até o hospital depois, e Adam havia sido pego tentando escapar, de maneira que Gansey fora o único a acompanhar Ronan quando este recebera os pontos. Isso fora há muito tempo, mas não parecia tempo algum.

Às vezes, Gansey sentia como se sua vida fosse feita de uma dúzia de horas que ele nunca conseguiria esquecer.

Ele colocou o casaco e saiu para a luz esverdeada do estacionamento gelado. O capô do BMW de Ronan estava frio, o que significava que o motor não havia sido ligado recentemente. Para onde quer que ele tivesse ido, tinha ido a pé. A igreja, com a agulha iluminada por uma luz amarela sombria, ficava próxima. Assim como o Nino's. Assim como a velha ponte com a correnteza que passava veloz por baixo.

Ele começou a caminhar. Sua mente era lógica, mas seu coração traiçoeiro gaguejava entre uma batida e outra. Gansey não era ingênuo; não tinha ilusões que um dia recuperaria o Ronan Lynch que conhecera antes de Niall morrer. Mas ele não queria perder o Ronan Lynch que tinha agora.

90

Apesar da forte luz do luar, a entrada para a Santa Inês se encontrava na completa escuridão. Tremendo um pouco, Gansey colocou a mão sobre o grande anel de ferro que abria a porta da igreja, inseguro se ela estaria destrancada. Ele estivera apenas uma vez na Santa Inês, na Páscoa, porque o irmão mais novo de Ronan, Matthew, havia pedido que todos fossem. Ele não imaginaria que a igreja era um lugar onde se encontrasse alguém como Ronan no meio da noite. Pensando bem, não teria identificado Ronan como um fiel de forma alguma. E, no entanto, todos os irmãos Lynch iam à Igreja de Santa Inês todos os domingos. Por uma hora, eles conseguiam se sentar um ao lado do outro em um banco de igreja, mesmo que não conseguissem se encarar na mesa de um restaurante.

No arco escuro da entrada, Gansey pensou: *O Noah é bom em encontrar coisas*, e esperou que o amigo estivesse certo a respeito de Ronan.

A igreja envolveu Gansey em um bolsão de ar cheirando a incenso, um cheiro raro o bastante para instantaneamente evocar meia dúzia de memórias de casamentos, funerais e batismos familiares, todos eles no verão. Como era estranho que uma estação do ano pudesse ser mantida presa em uma inspiração de ar enclausurado.

— Ronan? — A palavra foi sugada no espaço vazio, ecoando pelo teto, de maneira que apenas a própria voz lhe respondeu.

A luz baixa da nave lateral formava arcos com as sombras alongadas até o alto. A escuridão e a incerteza apertaram as costelas de Gansey, e ele ficou sem ar, lembrando de um remoto dia de verão, mais precisamente da tarde em que, pela primeira vez, ele se dera conta da existência de uma coisa chamada magia.

E lá estava Ronan, estendido sobre um dos bancos na sombra, um braço pendurado para fora, o outro enviesado sobre a cabeça. Seu corpo era uma porção mais escura de negro em um mundo já negro. Ele não se movia.

Gansey pensou: *Não hoje. Por favor, não deixe que seja hoje.*

Ele se aproximou do banco em que Ronan estava, colocou a mão sobre o ombro do amigo, como se pudesse acordá-lo, rezando para que, ao fazer isso, ele acordasse de verdade. O ombro estava quente debaixo de sua mão, e ele cheirava a álcool.

91

— Acorda, cara — disse ele. As palavras não soaram brandas, embora sua intenção fosse essa.

O ombro de Ronan se mexeu, e ele virou o rosto. Por um breve momento, Gansey teve o pensamento súbito de que era tarde demais, de que Ronan estava realmente morto e o corpo dele acordara somente porque Gansey lhe havia comandado. Mas então os olhos brilhantes e azuis de Ronan se abriram, e o momento se dissipou.

Gansey soltou um suspiro.

— Seu sacana.

Ronan disse simplesmente:

— Eu não conseguia sonhar. — Então, percebendo a expressão chocada de Gansey, acrescentou: — Eu prometi que não ia acontecer de novo.

Gansey tentou novamente manter a voz branda, mas fracassou:

— Mas você é um mentiroso.

— Acho que você está me confundindo com meu irmão — respondeu Ronan.

A igreja estava repleta da presença divina à volta deles. Parecia mais iluminada agora que os olhos de Ronan estavam abertos, como se o prédio estivera dormindo também.

— Quando eu disse que não queria ver você bêbado em Monmouth, eu não quis dizer que queria ver você bêbado em outro lugar.

Ronan, com a língua apenas ligeiramente enrolada, respondeu:

— O sujo rindo do mal lavado.

Com dignidade, Gansey disse:

— Eu bebo, não fico bêbado.

Os olhos de Ronan baixaram para algo que ele segurava próximo do peito.

— O que é isso? — perguntou Gansey.

Os dedos de Ronan se fecharam em torno de um objeto negro. Quando Gansey estendeu a mão para soltar o aperto do amigo, sentiu algo quente e vivo, um pulso rápido na ponta dos dedos. Então abriu a mão de Ronan à força.

— Meu Deus — exclamou Gansey, tentando entender o que sentira.

— Isso é um pássaro?

Ronan se sentou lentamente, ainda segurando a ave junto a si. Outra lufada de bafo cheirando a álcool derivou na direção de Gansey.

— Um corvo. — Houve uma longa pausa enquanto Ronan observava a própria mão. — Talvez uma gralha. Mas duvido. Eu... é, duvido muito. *Corvus corax.*

Mesmo bêbado, Ronan sabia o nome em latim para o corvo comum.

E não era apenas um corvo, percebeu Gansey. Era um pequeno órfão, o bico sem penas ainda com o sorriso de bebê, as asas dias e noites distantes do voo. Ele não tinha certeza se gostaria de tocar algo que parecia tão facilmente exterminável.

O corvo era o pássaro de Glendower. O rei Corvo, como era chamado, vinha de uma longa linhagem de reis associados ao pássaro. Rezava a lenda que Glendower podia falar com corvos e vice-versa. Era apenas uma das razões por que Gansey estava em Henrietta, uma cidade conhecida por seus corvos. Ele sentiu alfinetadas na pele.

— De onde ele veio?

Os dedos de Ronan eram uma gaiola compassiva em torno do peito do pássaro. Ele não parecia real em suas mãos.

— Eu encontrei.

— As pessoas encontram moedas — respondeu Gansey. — Ou chaves de carros. Ou trevos de quatro folhas.

— E corvos — disse Ronan. — Você está com inveja só porque — nesse ponto ele teve de parar para concatenar os pensamentos, que se arrastavam por causa da bebida — não encontrou um também.

O pássaro tinha defecado por entre os dedos de Ronan e sobre o banco ao lado dele. Segurando o filhotinho em uma mão, ele usou o periódico da igreja para limpar a maior parte da sujeira da madeira. Depois, ofereceu o papel sujo para Gansey. Os pedidos de rezas semanais estavam salpicados de branco.

Gansey só pegou o papel porque não confiava que Ronan se importaria em procurar um lugar para jogá-lo fora. Com algum desgosto, perguntou:

— E se eu implementar uma política proibindo bichos de estimação no apartamento?

— Olha, cara — respondeu Ronan, com um sorriso selvagem —, você não pode simplesmente expulsar o Noah assim.

Gansey levou um momento para perceber que Ronan tinha contado uma piada, e, quando isso aconteceu, era tarde demais para rir. De qualquer maneira, ele sabia que deixaria o pássaro voltar com eles para a Indústria Monmouth, pois tinha visto a maneira possessiva como Ronan o segurava. O corvo já o olhava obediente, o bico aberto cheio de esperança, dependente.

Gansey cedeu:

— Vamos. Vamos pra casa. Levanta.

Enquanto Ronan se colocava de pé desequilibradamente, o corvo se encolheu em suas mãos, tornando-se todo bico e corpo. Ele disse:

— Acostume-se com a turbulência, sacaninha.

— Você não pode dar esse nome para ele.

— O nome dela é Motosserra — respondeu Ronan, sem olhar para o amigo. Então: — Noah. Você está sinistro parado aí no fundo.

Na entrada obscurecida e profunda da igreja, Noah parou silenciosamente. Por um segundo, só se via seu rosto pálido; a roupa escura estava invisível e seus olhos eram abismos em cujo fundo havia algo incompreensível. Então ele deu um passo na direção da luz, amarrotado e familiar como sempre.

— Achei que você não vinha — disse Gansey.

O olhar de Noah passou ao largo deles na direção do altar, então para o teto escuro. Ele disse com sua bravura típica:

— O apartamento estava sinistro.

— Esquisito — observou Ronan, mas Noah não pareceu se importar.

Gansey abriu a porta para a calçada. Nenhum sinal de Adam. A culpa por tê-lo chamado por um falso alarme estava começando a tomar conta dele. No entanto... Gansey não estava inteiramente certo de que se tratava de um falso alarme. *Algo* tinha acontecido, mesmo que ele não soubesse ainda o quê.

— Onde você disse que encontrou o pássaro mesmo?

— Na minha cabeça. — O riso de Ronan era a voz aguda de um chacal.

— Lugar perigoso — comentou Noah.

Ronan tropeçou, com o corpo embotado pelo álcool. O corvo soltou um ruído débil, mais percussor do que vocal. Ele respondeu:

— Não para uma Motosserra.

De volta à rua na noite dura primaveril, Gansey inclinou a cabeça para trás. Agora que ele sabia que Ronan estava bem, podia ver que Henrietta à noite era um belo lugar, uma colcha de retalhos bordada com galhos de árvores escuros.

Entre todos os pássaros, Ronan apareceu com um *corvo*.

Gansey não acreditava em coincidências.

10

Whelk não estava dormindo.
No passado, quando ele fora um estudante em Aglionby, o sono vinha fácil — e por que não viria? Assim como Czerny e o resto de seus colegas, ele dormia duas, quatro ou seis horas em dias da semana, vivia acordado até tarde e levantava cedo, e então realizava maratonas de sono no fim de semana. E, quando dormia, eram horas de sono fácil, sem sonhos. Não, ele sabia que isso era falso. Todo mundo sonhava, só que alguns esqueciam.

Agora, no entanto, Whelk raramente fechava os olhos por mais que algumas horas seguidas. Ele rolava nos lençóis. De uma hora para outra, sentava-se ereto, acordado por sussurros. Whelk cochilava no sofá de couro, o único móvel que o governo não havia lhe tomado. Seus padrões de sono e energia pareciam ditados por algo maior e mais poderoso que ele mesmo, indo e vindo como uma maré incerta. Tentativas de mapeá-lo o deixavam frustrado: ele parecia mais acordado na lua cheia e após tempestades, mas, fora isso, era difícil prever. Em sua mente, Whelk imaginava que era o pulso magnético da própria linha ley, de certa maneira convidada para o seu corpo pela morte de Czerny.

A carência de sono tornava sua vida algo imaginário, seus dias, uma fita flutuando sem destino na água.

A lua estava quase cheia e não fazia muito que chovera, então Whelk estava acordado.

Ele estava sentado de camiseta e cueca samba-canção na frente da tela do computador, operando o mouse com a produtividade desorganizada e incerta dos fatigados. Subitamente, vozes incontáveis lhe invadiram a mente, sussurrando e sibilando. Soavam como a estática que zunia sobre as linhas telefônicas nas proximidades da linha ley. Como o vento antes de uma tempestade, como as próprias árvores conspirando. Como sempre, Whelk não conseguia distinguir nenhuma palavra e não conseguia entender a conversa. Mas compreendeu uma coisa: algo estranho tinha acontecido havia pouco em Henrietta, e as vozes não conseguiam parar de falar sobre o assunto.

Pela primeira vez em anos, Whelk buscou os velhos mapas do condado, guardados no pequeno armário embutido no corredor. Ele não tinha mesa, e o balcão estava cheio de embalagens abertas de lasanha congelada e pratos com cascas de pão dormido, de maneira que ele abriu os mapas no banheiro. Uma aranha deslizou quando ele aplanou um mapa contra a superfície da banheira.

Czerny, acho que você está em um lugar melhor do que eu.

Mas ele não acreditava realmente nisso. Whelk não fazia ideia do que havia acontecido com a alma ou com o espírito de Czerny, ou como quer que se queira chamar o que Czerny fora. Contudo, se Whelk havia sido amaldiçoado com vozes sussurrantes por sua parte no ritual, o destino de Czerny devia ter sido pior.

Whelk se afastou e cruzou os braços, estudando as dezenas de marcas e anotações que havia feito nos mapas ao longo de sua pesquisa. A caligrafia impossível de Czerny, sempre em vermelho, apontava níveis de energia ao longo do caminho possível da linha ley. Na época, havia sido um jogo, uma caça ao tesouro. Um jogo pela glória. Fora verdade? Não importava. Era um exercício caro em estratégia, com a costa leste como o campo de jogo. Procurando por padrões, Whelk havia meticulosamente traçado círculos em torno de áreas de interesse em um dos mapas topográficos. Um círculo em torno de um antigo capão de freixos onde os níveis de energia eram sempre altos. Um círculo em torno de uma igreja arruinada que a vida selvagem parecia evitar. Um círculo em torno do lugar em que Czerny havia morrido.

É claro, ele havia desenhado o círculo *antes* de Czerny morrer. O lugar, um grupo sinistro de carvalhos, havia sido notado graças a palavras antigas gravadas em um dos troncos. Latim. A mensagem parecia incompleta e difícil de traduzir, e o melhor palpite de Whelk foi "o segundo caminho". Os níveis de energia pareciam promissores ali, embora inconsistentes. Então, certamente aquilo estava na linha ley.

Czerny e Whelk tinham retornado uma meia dúzia de vezes, fazendo leituras (próximos do círculo, havia seis números diferentes anotados por Czerny), cavando a terra em busca de artefatos e fazendo vigílias durante a noite por sinais de atividades sobrenaturais. Whelk havia construído sua varinha de radiestesia mais complicada e sensível até então: dois cabos de metal curvados em um ângulo de noventa graus e inseridos em tubo de metal, de maneira que pudessem oscilar livremente.

Mas ela seguia irregular, entrando e saindo de sintonia como uma estação de rádio distante. As linhas precisavam ser despertas, ter as frequências aprimoradas, o volume aumentado. Czerny e Whelk fizeram planos para tentar o ritual no bosque de carvalhos. No entanto, não tinham muita certeza do processo. Tudo que Whelk pôde descobrir foi que a linha adorava reciprocidade e sacrifício, mas isso era frustrantemente vago. Como nenhuma outra informação se apresentou, eles seguiram protelando. Durante as férias de inverno. Nas férias de primavera. No fim do ano letivo.

Então a mãe de Whelk ligou e disse a ele que seu pai havia sido preso por práticas ilegais nos negócios e sonegação de impostos. O que se descobriu foi que a empresa estivera negociando com criminosos de guerra, um fato que sua mãe conhecia, que Whelk havia presumido e que o FBI vinha investigando havia anos. Da noite para o dia, a família perdeu tudo.

A história estava nos jornais no dia seguinte, a quebra catastrófica da fortuna da família Whelk. As duas namoradas de Whelk o deixaram. Bem, a segunda era tecnicamente de Czerny, então talvez não contasse. O caso se tornou absolutamente público. O playboy da Virgínia, herdeiro da fortuna Whelk, subitamente expulso do dormitório em Aglionby, excluído da vida social, liberto de qualquer esperança de futuro em uma universidade tradicional, observando seu carro ser guinchado e seu quarto ser esvaziado das caixas de som e dos móveis.

A última vez em que Whelk olhara para aquele mapa fora parado em seu dormitório, percebendo que a única coisa que sobrara era uma nota de dez dólares no bolso. Nenhum dos cartões de crédito servia para mais nada.

Czerny havia chegado em seu Mustang vermelho. Ele não saíra do carro.

— Agora você é um pobretão? — perguntara. Czerny não tinha realmente senso de humor. Às vezes ele simplesmente dizia coisas que por acaso eram engraçadas. Whelk, parado em meio às ruínas de sua vida, não riu dessa vez.

A linha ley não era mais um jogo.

— Abra a porta — Whelk havia dito para ele. — Vamos fazer o ritual.

11

Uma hora e vinte e três minutos antes de o despertador de Blue tocar, ela foi acordada pelo barulho da porta da frente batendo. A luz cinza do amanhecer era filtrada pela janela do quarto, formando sombras difusas das folhas pressionadas contra o vidro. Ela tentou não se ressentir daquela uma hora e vinte e três minutos de sono perdidos.

Passos começaram a subir a escada. Blue ouviu a voz de sua mãe.

— ... estava acordada esperando você.

— Algumas coisas são mais bem feitas à noite. — Aquela era Neeve. Apesar de sua voz ser mais baixa que a de Maura, era mais clara, de certa maneira, e se projetava bem. — Henrietta é um lugar e tanto, não é?

— Eu não pedi para você olhar para Henrietta — respondeu Maura, em um sussurro exagerado, que soou... protetor.

— É difícil não olhar. A cidade clama por isso — disse Neeve. Suas palavras seguintes ficaram perdidas em meio ao ruído da escada rangendo.

A resposta de Maura ficou obscurecida à medida que ela também começou a subir a escada, mas soou como:

— Eu prefiro que você deixe a Blue fora disso.

Blue ficou imóvel.

Neeve disse:

— Eu só estou te contando o que estou descobrindo. Se ele desapareceu na mesma época que... É possível que eles tenham alguma conexão. Você não quer que ela saiba quem ele é?

Mais um degrau chiou. Blue pensou: *Por que elas não conseguem conversar sem fazer a escada ranger toda hora?*

Maura disparou:

— Não vejo como isso facilitaria as coisas.

Neeve murmurou uma resposta.

— Essa história está saindo do nosso controle — disse sua mãe. — Foi só digitar o nome dele em um site de busca, e agora...

Blue forçou os ouvidos. Ela tinha a impressão de que não ouvia a mãe usar um pronome masculino há bastante tempo, exceto para se referir a Gansey.

Era possível, Blue pensou após um bom tempo, que Maura se referisse ao pai dela. Nenhuma das conversas que a filha tentara ter com ela havia lhe rendido qualquer informação sobre ele, apenas respostas bem-humoradas e sem sentido ("Ele é o Papai Noel. Ele foi um ladrão de bancos. Ele está em órbita"), que mudavam toda vez que ela perguntava. Na cabeça de Blue, ele era uma figura heroica que tivera de desaparecer por causa de um passado trágico. Ela gostava de imaginá-lo olhando furtivamente sobre a cerca do quintal, observando orgulhosamente a filha estranha sonhando acordada debaixo da faia.

Blue tinha um carinho enorme pelo pai, levando-se em consideração que nunca o conhecera.

Em algum lugar nas profundezas da casa, uma porta se fechou, e então houve mais uma vez aquele tipo de silêncio da noite que é difícil de perturbar. Após um longo momento, Blue estendeu o braço para a caixa de plástico que servia como mesinha de cabeceira, pegou o diário e descansou uma mão sobre a capa de couro fria. A superfície lembrava a casca fria e suave da faia atrás da casa. Como quando a tocava, Blue se sentia ao mesmo tempo confortada e ansiosa, serena e motivada a agir.

"Henrietta é um lugar e tanto", havia dito Neeve. O diário parecia concordar. Um lugar para o quê, ela não tinha certeza.

Blue não queria dormir, mas dormiu, por mais uma hora e doze minutos. Não foi o despertador que a acordou dessa vez também. Foi um único pensamento gritado no cérebro:

Hoje é o dia em que Gansey vem para a leitura.

Envolvida na rotina diária de se aprontar para a escola, a conversa entre Maura e Neeve pareceu mais habitual do que antes. Mas o diário continuava igualmente mágico. Sentada na beirada da cama, Blue tocou uma das anotações.

O rei ainda dorme sob uma montanha, e em torno dele estão reunidos seus guerreiros e seus rebanhos e suas riquezas. Ao lado da mão direita está o seu copo, cheio de possibilidades. No peito aninha-se a espada, esperando, também, para despertar. Afortunada é a alma que encontrar o rei e for brava o suficiente para acordá-lo, pois o rei conceder-lhe-á um favor, tão maravilhoso quanto possa ser imaginado por um mortal.

Ela fechou as páginas. Parecia que dentro dela havia uma Blue maior, terrivelmente curiosa, prestes a rebentar para fora da Blue menor, mais sensata, que a continha. Por um longo momento, ela deixou o diário repousar nas pernas, a capa fria contra as palmas.

Um favor.

Se ela tivesse direito a um favor, o que pediria? Não precisar se preocupar com dinheiro? Saber quem foi seu pai? Viajar pelo mundo? Ver o que sua mãe via?

O pensamento correu por seu cérebro novamente:

Hoje é o dia em que Gansey vem para a leitura.

Como será ele?

Talvez, se ela estivesse diante do rei adormecido, pediria para o rei salvar a vida de Gansey.

— Blue, espero que você esteja acordada! — gritou Orla do andar de baixo. Blue precisava sair logo se quisesse fazer o caminho de bicicleta até a escola a tempo. Em poucas semanas, seria um deslocamento desconfortavelmente quente.

Quem sabe ela pediria um carro ao rei adormecido.

Pena que eu não possa simplesmente faltar à aula hoje.

Não que Blue temesse a escola; era apenas como... um padrão que a conduzia. E não que ela sofresse bullying; ela não levara muito tempo para descobrir que, quanto mais esquisita fosse por fora — deixando que os outros alunos percebessem que ela não era como eles, logo de saída —, menor a probabilidade de que implicassem com ela ou a ignorassem. O fato era que, ao chegar ao ensino médio, ser estranha e ter orgulho disso era uma vantagem. Subitamente descolada, ela poderia ter quantos amigos quisesse. E ela *tentara*. Mas o problema de ser estranha era que o resto do mundo era *normal*.

Assim, as mulheres de sua família seguiam sendo suas amigas mais próximas, a escola seguia como um dever e Blue seguia secretamente esperançosa de que, em algum lugar no mundo, houvesse outras pessoas esquisitas como ela. Mesmo que pelo visto não estivessem em Henrietta.

Era possível, ela pensou, que Adam também fosse esquisito.

— *Blue!* — berrou Orla novamente. — *Escola!*

Com o diário seguro firmemente contra o peito, Blue se dirigiu para a porta pintada de vermelho no fim do corredor. No caminho, teve de passar pelo frenesi de atividades no Quarto do Telefone/Costura/Gato e travar a furiosa batalha pelo banheiro. O quarto da porta vermelha pertencia a Persephone, uma das duas melhores amigas de Maura. A porta estava entreaberta, mas mesmo assim Blue bateu suavemente. Persephone dormia pouco, mas com energia; seus gritos e chutes no meio da noite eram a garantia de que ela jamais teria de dividir o quarto com alguém. Isso também significava que ela procurava dormir quando podia; Blue não queria acordá-la.

A voz pequena e suspirada de Persephone disse:

— Está desocupada. Quer dizer, aberta.

Blue abriu a porta e encontrou Persephone sentada na mesa de cartas ao lado da janela. Ao serem questionadas, as pessoas costumavam se lembrar do cabelo de Persephone: uma juba longa e ondulada, quase branca, que lhe chegava à parte de trás das coxas. Se conseguissem passar do cabelo, às vezes se lembravam de seus vestidos — criações elaboradas e frívolas — ou blusas excêntricas. E, se conseguissem passar disso, sentiam-se perturbadas pelos olhos dela, verdadeiros espelhos negros, as pupilas escondidas na escuridão.

Persephone segurava um lápis com um aperto estranhamente infantil. Quando viu Blue, franziu o cenho de maneira questionadora.

103

— Bom dia — disse Blue.

— Bom dia — ecoou Persephone. — É cedo demais. Minhas palavras não começaram a trabalhar ainda, por isso só vou usar aquelas que eu sei que funcionam com você.

Ela girou uma mão de um modo vago. Blue tomou isso como um sinal para encontrar um lugar para se sentar. A maior parte da cama estava coberta por estranhas polainas bordadas e meias-calças quadriculadas disputando lugar, mas ela encontrou um espaço para recostar o traseiro na beirada. O quarto inteiro cheirava a algo familiar, como laranjas, ou talco de bebê, ou talvez um livro didático novo.

— Dormiu mal? — perguntou Blue.

— Mal — ecoou Persephone novamente. E depois: — Ah, hum... não é bem verdade. Terei de usar minhas próprias palavras no fim das contas.

— No que você está trabalhando?

Frequentemente, Persephone estava trabalhando em sua eterna tese de doutorado, mas como era um processo que parecia exigir músicas irritantes e lanches frequentes, ela raramente o fazia na correria da manhã.

— Apenas uma coisinha — disse Persephone tristemente. Ou talvez pensativamente. Era difícil dizer a diferença, e Blue não gostava de perguntar. Persephone tinha um amante ou um marido que estava morto ou no exterior (era difícil saber detalhes quando se referia a Persephone), e ela parecia sentir saudades dele, ou pelo menos perceber que ele tivesse partido, o que era notável para ela. E, de novo, Blue não gostava de perguntar a respeito. De Maura, Blue havia herdado uma aversão em ver pessoas chorarem, de modo que nunca gostava de conduzir uma conversa que pudesse resultar em lágrimas.

Persephone virou o papel para cima para que Blue pudesse vê-lo. Ela tinha acabado de escrever a palavra "três" três vezes, em três caligrafias diferentes, e poucos centímetros abaixo havia copiado uma receita de torta de banana com creme.

— Coisas importantes acontecem em trios? — sugeriu Blue. Era um dos ditos favoritos de Maura.

Persephone sublinhou "colher de sopa" próximo da palavra "baunilha" na receita. Sua voz era distante e vaga.

— Ou em septetos. E muita baunilha. Talvez seja um erro de digitação.

— Talvez — repetiu Blue.

— *Blue!* — gritou Maura. — Você não foi ainda?

Ela não respondeu, pois Persephone não gostava de ruídos agudos, e gritar de volta parecia se qualificar como tal. Em vez disso, disse:

— Eu encontrei uma coisa. Se eu lhe mostrar, promete que não conta para ninguém?

Mas era uma pergunta boba. Persephone era reservada, mesmo quando não se tratava de um segredo.

Quando Blue lhe passou o diário, Persephone perguntou:

— Devo abrir?

Blue agitou uma mão. *Sim, e rapidamente.* Ela ficou irrequieta na cama enquanto Persephone o folheava, sem nenhuma expressão.

Por fim, Blue perguntou:

— E aí?

— É muito bacana — disse Persephone educadamente.

— Não é meu.

— Bem, *isso* eu sei.

— Alguém esqueceu no Ni... Espere. Por que você disse isso?

Persephone folheava o diário para frente e para trás. Sua voz infantil e delicada era tão suave que Blue tinha de segurar a respiração para ouvi-la.

— É claramente o diário de um garoto. Além disso, ele está levando uma eternidade para encontrar essa coisa. Você já teria encontrado.

— *Blue!* — vociferou Maura. — *Não vou gritar de novo!*

— O que você acha que eu devo fazer? — perguntou a garota.

Como Blue havia feito, Persephone correu os dedos sobre as diferentes texturas dos papéis. Ela percebeu que Persephone estava certa; se o diário tivesse sido seu, ela teria simplesmente copiado as informações de que precisava, em vez de todos aqueles recortes e colagens. Os fragmentos eram intrigantes, mas desnecessários; quem quer que tivesse produzido o diário devia amar a caçada em si, o processo de pesquisa. As propriedades estéticas do diário não podiam ser acidentais; era uma obra de arte acadêmica.

— Bem — disse Persephone. — Primeiro você precisa descobrir de quem é esse diário.

Os ombros de Blue desabaram. Era uma resposta incansavelmente apropriada, que ela teria esperado de Maura ou Calla. É claro, ela sabia que tinha de devolvê-lo para o dono. Mas então para onde iria a graça daquilo tudo?

Persephone acrescentou:

— Depois, acho bom você descobrir se isso é verdade, não é?

12

Adam não estava esperando na fila de caixas de correio naquela manhã.

A primeira vez que Gansey fora buscar Adam, havia passado da entrada do bairro. Melhor dizendo, havia usado aquele trecho como retorno ao caminho por onde viera. A estrada não passava de dois sulcos ao longo de um campo — mesmo *acesso* era uma palavra muito grandiosa para ela —, e era impossível acreditar, à primeira vista, que levasse a uma única casa, ainda menos a um aglomerado delas. Assim que Gansey encontrara a casa, as coisas pioraram ainda mais. Ao enxergar o blusão da Aglionby de Gansey, o pai de Adam abrira fogo, disparando todos os cilindros. Por semanas após o incidente, Ronan chamara Gansey de "R.F. de M.", R de *riquinho*, F de *frouxo* e M de outra coisa.

Agora Adam encontrava Gansey onde o asfalto terminava.

Mas não havia ninguém esperando perto do aglomerado de caixas de correio. Só havia um grande espaço vazio. Aquela parte do vale era interminavelmente plana em comparação ao outro lado de Henrietta, e, de certa maneira, aquele campo estava sempre mais seco e incolor que o resto do vale, como se tanto as principais estradas quanto a chuva o evitassem. Mesmo às oito da manhã, não havia uma sombra à vista.

Gansey olhou ao longo do acesso ressecado e tentou o telefone da casa, mas ele só tocou. Seu relógio dizia que ele tinha dezoito minutos para percorrer os quinze minutos de viagem até a escola.

Ele esperou. O motor balançava o carro com o Pig em ponto morto. Gansey observou a alavanca da marcha chacoalhar. Seus pés estavam assando em virtude da proximidade do V8. A cabine toda estava começando a feder a gasolina.

Ele ligou para a Indústria Monmouth. Noah atendeu, soando como se tivesse sido acordado.

— Noah — disse Gansey alto, para ser ouvido sobre o motor. Noah o havia deixado esquecer o diário no Nino's, e a ausência daquele objeto era surpreendentemente perturbadora. — Você lembra do Adam dizer que tinha de trabalhar depois da escola hoje?

Nos dias em que Adam tinha de trabalhar, ele muitas vezes ia de bicicleta para a escola.

Noah resmungou negativamente.

Dezesseis minutos até a aula.

— Me liga se ele ligar — disse Gansey.

— Eu não vou estar aqui — respondeu Noah. — Já estou quase saindo.

Gansey desligou e tentou a casa novamente sem sucesso. A mãe de Adam talvez estivesse ali, mas não atendia, e ele não tinha realmente tempo para voltar para o bairro e investigar.

Ele podia faltar à aula.

Gansey jogou o telefone no banco do passageiro.

— Vamos lá, Adam.

De todos os lugares que Gansey havia estudado em regime de internato — e ele havia estudado em muitos em seus quatro anos de perambulação como menor de idade —, a Academia Aglionby era a favorita de seu pai, o que significava que era a que tinha a maior probabilidade de encaminhar os estudantes para uma universidade de prestígio. Ou para o Senado. Isso significava também, entretanto, que era a escola mais difícil em que Gansey já estudara. Antes de Henrietta, ele havia feito da busca por Glendower sua principal atividade, e a escola estivera em um distante segundo lugar. Gansey era inteligente e bom aluno, então não fora problema faltar às aulas ou empurrar as tarefas de casa para o fim da lista. Mas, em Aglionby, não havia como ter notas baixas. Se elas caíssem abaixo de B, você estava na rua. E Dick Gansey II havia deixado claro para o filho que, se ele não conseguisse se virar em uma escola particular, estaria fora do testamento.

Ele havia dito isso de forma amigável, diante de um prato de fettucine.

Gansey não podia faltar à aula. Não após ter deixado de ir à escola no dia anterior. Esse era o cerne da questão. Catorze minutos para fazer a viagem de quinze minutos para a escola, e Adam não o estava esperando.

Ele sentiu o velho temor como um calafrio nos pulmões.

Não entre em pânico. Você estava errado sobre o Ronan na noite passada. Você precisa parar com isso. A morte não está tão próxima quanto você pensa.

Desanimado, Gansey tentou o telefone de casa uma vez mais. Nada. Ele precisava ir. Adam devia ter saído de bicicleta, devia ter de trabalhar, tinha seus afazeres e se esqueceu de avisá-lo. O acesso sulcado para o bairro ainda estava vazio.

Vamos lá, Adam.

Ele secou as mãos na calça, colocou-as de volta no volante e partiu para a escola.

Gansey não teve como ver se Adam tinha chegado a Aglionby até o terceiro período, quando ambos tinham latim. Essa era, inexplicavelmente, a única aula que Ronan nunca perdia. Ronan era o líder da turma em latim. Ele estudava de maneira pouco entusiasmada, mas incansavelmente, como se sua vida dependesse dessa matéria. Depois dele vinha Adam, o pupilo mais destacado de Aglionby, o primeiro em todas as outras matérias. Assim como Ronan, Adam estudava incansavelmente, porque seu futuro *realmente* dependia disso.

Gansey preferia francês. Ele dissera a Helen que havia muito pouco proveito em uma língua que não podia ser usada para traduzir um cardápio, mas, realmente, o francês era mais fácil para ele; sua mãe falava um pouco. Ele havia se resignado originalmente a estudar latim a fim de traduzir textos históricos para a pesquisa sobre Glendower, mas a proficiência de Ronan na língua lhe permitiu relaxar de qualquer urgência no estudo da disciplina.

As aulas de latim aconteciam na Borden House, uma construção de madeira pequena do outro lado do Welch Hall, o principal prédio acadêmico. Gansey caminhava apressado pelo gramado central quando Ronan apareceu, batendo em seu braço. Os olhos denunciavam noites e mais noites de insônia.

Ronan sussurrou:

— Onde está o Parrish?

— Ele não veio comigo hoje — disse Gansey, cada vez mais desanimado. Ronan e Adam tinham o segundo período juntos. — Você não o viu ainda?

— Ele não estava na aula.

Atrás de Gansey, alguém bateu em suas costas e disse:

— E aí, Gansey! — seguindo em frente. Ele ergueu três dedos sem muito entusiasmo, o sinal da equipe de remo.

— Eu tentei ligar para ele em casa — disse.

Ronan respondeu:

— Bem, o Garoto Pobre precisa de um celular.

Alguns meses antes, Gansey havia se oferecido para comprar um celular para Adam, e, ao fazer isso, começara a briga mais longa que eles já tiveram, uma semana de silêncio que se resolvera somente quando Ronan fez algo mais ofensivo do que qualquer um dos dois conseguiria fazer.

— Lynch!

Gansey olhou na direção da voz; Ronan não o fez. O dono da voz estava a meio caminho no gramado, difícil identificá-lo naquela profusão homogênea de uniformes.

— Lynch! — a chamada veio de novo. — Vou acabar com você.

Ainda assim Ronan não olhou. Ajustou a alça da mochila no ombro e continuou andando a passos largos pela grama.

— O que foi isso? — demandou Gansey.

— Algumas pessoas não sabem perder — respondeu Ronan.

— Era o Kavinsky? Não me diga que você andou tirando racha de novo.

— Não pergunte, então.

Gansey pensou se podia obrigar Ronan a seguir um toque de recolher. Ou se deveria largar o remo para passar mais tempo com ele às sextas-

-feiras — ele *sabia* que era quando Ronan se metia em confusões com o BMW. Talvez ele pudesse convencer Ronan a...

Ronan ajustou a alça no ombro de novo, e dessa vez Gansey a examinou mais atentamente. Aquela mochila era visivelmente maior que a que ele costumava usar, e Ronan a carregava com cuidado, como se pudesse escapar algo de dentro dela.

Gansey perguntou:

— Por que você está carregando essa mochila? Meu Deus, você está com aquele pássaro aí dentro, não é?

— Ele precisa ser alimentado de duas em duas horas.

— Como é que você sabe?

— Internet, Gansey. — Ronan abriu a porta para a Borden House; tão logo eles transpuseram a soleira, tudo em seu campo de visão estava coberto por um tapete azul-marinho.

— Se você for pego com essa coisa... — Mas Gansey não conseguiu pensar em uma boa ameaça. Qual era a punição por trazer escondido um pássaro vivo para as aulas? Ele não estava certo se havia um precedente, e concluiu: — Se ele morrer na sua mochila, eu proíbo você de jogar o corpo fora na sala de aula.

— Se *ela* morrer — corrigiu Ronan. — É fêmea.

— Eu acreditaria nisso se ele tivesse qualquer característica sexual definida. Espero que não tenha gripe aviária ou algo do gênero. — Mas ele não estava pensando no corvo de Ronan. Estava pensando em por que Adam não estava na aula.

Ronan e Gansey assumiram as carteiras de sempre, no fundo da sala de carpete azul-marinho. Na frente, Whelk escrevia verbos no quadro.

Quando Gansey e Ronan entraram, Whelk parara de escrever no meio de uma palavra: *internac*... Apesar de não haver razão para pensar que Whelk se preocupasse com a conversa deles, Gansey teve a estranha impressão de que o pedaço de giz levantado na mão de Whelk era por isso e que o professor de latim havia parado de escrever só para ouvi-los. A desconfiança de Adam estava começando a passar para ele.

Ronan percebeu o olhar de Whelk e o sustentou de maneira um tanto hostil. Apesar de seu interesse por latim, Ronan havia declarado seu

111

professor um trapalhão socialmente desastrado no começo do ano, deixando claro que não gostava dele. Como desprezava todo mundo, Ronan não era um bom juiz de caráter, mas Gansey teve de concordar que havia algo desconcertante a respeito de Whelk. Algumas vezes, Gansey havia tentado conversar com ele sobre história romana, sabendo muito bem o efeito que uma conversa acadêmica entusiasmada podia ter sobre uma turma apática. Mas Whelk era jovem demais para ser um mentor e velho demais para ser um colega, e Gansey não conseguiu encontrar um ponto de vista.

Ronan seguiu encarando Whelk. Ele era bom em encarar pessoas. Havia alguma coisa em seu olhar fixo que tirava algo dos outros.

O professor de latim desviou o olhar rapidamente, embaraçado. Tendo lidado com a curiosidade de Whelk, Ronan perguntou:

— O que você vai fazer sobre o Parrish?

— Acho que vou passar lá depois da aula.

— Ele deve estar doente.

Eles olharam um para o outro. *Já estamos inventando desculpas para ele*, pensou Gansey.

Ronan espiou dentro da mochila de novo. No escuro, Gansey viu o bico do corvo apenas de relance. Normalmente, ele teria se deliciado mais uma vez com a improbabilidade de Ronan ter encontrado um corvo, mas, com Adam desaparecido, sua busca não parecia mágica — parecia mais anos passados juntando coincidências, e tudo que ele tinha feito com elas era um manto estranho, pesado demais para carregar, leve demais para oferecer proteção.

— Sr. Gansey, sr. Lynch?

Whelk havia conseguido se manifestar subitamente ao lado da carteira deles. Os dois garotos olharam para o professor. Gansey, educado. Ronan, hostil.

— Você parece ter uma mochila extremamente grande hoje, sr. Lynch — disse Whelk.

— Você sabe o que dizem sobre homens com mochilas grandes — respondeu Ronan. — *Ostendes tuum et ostendam meus.* *

---

* Em tradução livre: "Mostre o seu que eu mostro o meu". (N. do T.)

Gansey não fazia ideia do que o amigo tinha dito, mas ele estava certo, pelo sorriso afetado de Ronan, que não fora algo muito educado.

A expressão de Whelk confirmou a suspeita de Gansey, mas ele simplesmente deu uma batidinha na carteira de Ronan com os nós dos dedos e se afastou.

— Ser um merda em latim não é o caminho para um A — disse Gansey.

O sorriso de Ronan era dourado.

— No ano passado foi.

Na frente da sala, Whelk começou a aula.

Adam não apareceu.

13

— Mãe, por que a Neeve está aqui? — Blue perguntou. Assim como a mãe, ela estava de pé sobre a mesa da cozinha. Quando Blue chegara da escola, Maura convocara sua ajuda para trocar as lâmpadas do problemático lustre de vitral pendurado sobre a mesa. O complicado processo exigia pelo menos três pessoas e tendia a ser protelado até a maioria das lâmpadas se queimar. Blue não se importava em ajudar. Precisava de algo para distrair a mente da hora da consulta de Gansey. E de Adam não ter ligado. Quando pensou que lhe dera seu telefone na noite anterior, Blue se sentiu leve e insegura.

— Ela é da família — respondeu Maura com gravidade, pegando energicamente a corrente da instalação enquanto lutava com uma lâmpada teimosa.

— Família que volta para casa no meio da noite?

Maura lançou um olhar carregado para Blue.

— Você nasceu com orelhas maiores do que devia. Ela só está me ajudando a procurar algo enquanto está aqui.

A porta da frente se abriu. Nenhuma delas deu atenção, pois tanto Calla quanto Persephone estavam pela casa em algum lugar. Calla era a menos provável, pois era uma criatura de hábitos, irascível e sedentária, mas Persephone tendia a ser pega em correntezas esquisitas e a vagar por aí.

Ajustando a maneira de segurar o lustre, Blue perguntou:

— Que tipo de algo?

— Blue.

— Que tipo de algo?

— Um *alguém* — disse Maura finalmente.

— Que tipo de *alguém*?

Mas, antes que a mãe tivesse tempo de responder, elas ouviram a voz de um homem:

— Que jeito estranho de se tocar um negócio.

As duas se viraram lentamente. Os braços de Blue ficaram levantados por tanto tempo que pareceram meio elásticos quando ela os baixou. O dono da voz estava parado na entrada da casa, com as mãos nos bolsos. Não era velho, tinha uns vinte e cinco anos e um cabelo negro emaranhado. Era bonito de uma maneira que exigia um pouco de trabalho por parte do observador. Todos os traços faciais pareciam um pouquinho grandes demais para o rosto.

Maura olhou de relance para Blue, com uma sobrancelha erguida, e ela ergueu um ombro em resposta. Não parecia que ele estava ali para assassiná-las ou para roubar algum eletrônico portátil.

— E esse — disse a mãe, largando o lustre — é um jeito muito estranho de entrar na casa de alguém.

— Desculpe — disse o jovem. — Há um aviso ali na frente dizendo que aqui é um ponto comercial.

Havia realmente um aviso na frente, pintado à mão — apesar de Blue não saber pela mão de quem —, em que se lia MÉDIUM. E abaixo: "Apenas com hora marcada".

— Apenas com hora marcada — disse Maura para o homem. Ela fez uma careta em direção à cozinha, onde Blue havia deixado um cesto de roupa limpa com um dos sutiãs rendados no topo, à vista de todos. Mas Blue se recusou a se sentir culpada. Não era de esperar que homens passassem ao acaso pela cozinha.

O homem disse:

— Bem, então eu gostaria de marcar uma hora.

Uma voz da escada para o vão da porta fez com que os três se voltassem.

— Nós poderíamos fazer uma leitura tripla para você — disse Persephone.

115

Ela estava parada na base da escada, pequena e pálida, feita em grande parte de cabelo. O homem a encarou, e Blue não sabia se era porque ele estava considerando a proposta ou porque Persephone era informação demais para assimilar em um primeiro olhar.

— O que é isso? — o homem perguntou finalmente.

Blue levou um momento para perceber que ele se referia a "leitura tripla" e não a Persephone. Maura saltou da mesa, pousando no chão com tamanha força que os copos no armário tilintaram. Blue desceu mais respeitosamente. Afinal de contas, ela estava segurando uma caixa de lâmpadas.

Maura explicou:

— É quando nós três, Persephone, Calla e eu, lemos as cartas ao mesmo tempo e comparamos nossas interpretações. Ela não oferece isso para qualquer um, viu?

— É mais caro?

— Não se você trocar aquela lâmpada teimosa — disse Maura, secando as mãos no jeans.

— Tudo bem — disse o homem, parecendo irritado com a oferta.

Maura gesticulou para Blue dar uma lâmpada para o homem, então disse:

— Persephone, você chama a Calla?

— Ai, meu Deus — disse Persephone com uma voz pequena, e a voz de Persephone já era bem pequena, de maneira que sua voz pequena era mesmo minúscula, mas ela se virou e subiu as escadas. Os pés descalços não fizeram ruído algum enquanto ela subia.

Maura olhou para Blue, fazendo uma pergunta com sua expressão. Blue deu de ombros, concordando.

— Minha filha, Blue, vai ficar na sala, se você não se importar. Ela torna a leitura mais clara.

Com um olhar de relance desinteressado para a garota, o homem subiu na mesa, que rangeu um pouco sob seu peso. Ele gemeu enquanto tentava girar a lâmpada teimosa.

— Agora você vê o problema — disse Maura. — Qual é o seu nome?

— Ah — ele disse, dando um puxão na lâmpada. — Podemos deixar essa história anônima?

116

Maura respondeu:

— Nós somos médiuns, não strippers.

Blue riu, mas o homem não. Ela achou aquilo um tanto injusto da parte dele; talvez a piada fosse ligeiramente de mau gosto, mas era engraçada.

A cozinha subitamente se iluminou quando a lâmpada nova foi atarraxada no lugar. Sem comentários, ele pisou em uma cadeira e então no chão.

— Seremos discretas — prometeu Maura, gesticulando para que ele a seguisse.

Na sala de leitura, o homem olhou em volta com interesse clínico. Seu olhar passou pelas velas, as plantas nos potes, os queimadores de incenso, o candelabro elaborado da sala de jantar, a mesa rústica que dominava a sala, as cortinas rendadas e, por fim, uma fotografia emoldurada de Steve Martin.

— Assinada — disse Maura com algum orgulho, observando sua atenção. Então: — Ah, Calla.

Calla marchou sala adentro, com as sobrancelhas em fúria por ter sido perturbada. O batom que usava tinha um tom perigoso de ameixa, que fazia de sua boca um diamante pequeno e franzido sob o nariz pontudo. Calla lançou um olhar cortante para o homem, sondando as profundezas da sua alma e encontrando-a carente. Então apanhou seu baralho de cartas de uma prateleira ao lado da cabeça de Maura e se deixou cair pesadamente em uma cadeira na ponta da mesa. Atrás dela, Persephone estava parada no vão da porta, contraindo e abrindo as mãos. Blue se esgueirou apressadamente para uma cadeira na cabeceira da mesa. A sala parecia muito menor do que alguns minutos antes. Mais por culpa de Calla.

Persephone disse, em um tom de voz afável:

— Sente-se.

E Calla completou, de maneira nem um pouco afável:

— O que você quer saber?

O homem se deixou cair em uma cadeira. Maura pegou outra do lado oposto a ele na mesa, com Calla e Persephone (e o cabelo de Persephone) de cada lado dela. Blue, como sempre, estava só um pouco distante.

— Eu prefiro não dizer — disse o homem. — Talvez vocês me digam.

O sorriso ameixa de Calla era positivamente diabólico.

— Talvez.

Maura escorregou o baralho de cartas sobre a mesa para o homem e disse para ele embaralhá-lo. Ele o fez com proficiência e pouca inibição. Quando terminou, Persephone e Calla fizeram o mesmo.

— Você já esteve em uma leitura antes — observou Maura.

Ele fez um ruído vagamente inarticulado de assentimento. Blue podia ver que ele achava que qualquer informação poderia fazer com que elas falseassem a leitura. Ainda assim, ela não achava que ele era cético. Ele só era cético em relação a *elas*.

Maura escorregou o baralho na frente do homem. Ela tinha aquele baralho desde que Blue conseguia se lembrar, e as bordas estavam gastas pelo manuseio. Era um baralho comum de tarô, tão impressionante quanto ela o fazia parecer. Maura escolheu dez cartas e as abriu. Calla fez o mesmo com seu baralho ligeiramente mais inteiro — ela passara a usá-lo alguns anos atrás após um incidente infeliz que a fizera perder o gosto pelo baralho anterior. A sala estava quieta o suficiente para se ouvir o ruído das cartas contra a superfície desigual e marcada da mesa de leitura.

Persephone segurou as cartas nas mãos muito longas, encarando o homem durante um momento sugestivo. Por fim, contribuiu com apenas duas cartas, uma no começo e outra no fim do arranjo. Blue adorava observar Persephone abrir as cartas; o giro límpido do punho e o estalo da carta sempre faziam com que o gesto parecesse um movimento de prestidigitação ou balé. Até as cartas pareciam de outro mundo. As cartas de Persephone eram ligeiramente maiores do que as de Maura e Calla, e a arte nelas era curiosa. Linhas compridas e finas e fundos difusos sugeriam as figuras em cada carta; Blue nunca vira um baralho como aquele. Maura uma vez havia dito a Blue que era difícil fazer perguntas a Persephone cuja resposta você não precisasse absolutamente, de maneira que Blue nunca descobrira de onde viera aquele baralho.

Agora que as cartas estavam dispostas, Maura, Calla e Persephone estudaram a forma delas. Blue lutou para enxergar sobre as cabeças agrupadas. Tentou ignorar que, muito de perto, o homem tinha o aroma químico opressivo de um gel de banho bastante masculino. Do tipo que costuma vir em frascos pretos e com nomes como Shock, Excite ou Hit.

Calla foi a primeira a falar. Virou o três de espadas para o homem ver. Na carta dela, as três espadas perfuravam um coração escuro, sangrando, da cor de seus lábios.

— Você perdeu uma pessoa próxima.

O nomem olhou para as mãos.

— Eu perdi... — começou, mas considerou antes de terminar — ... muitas coisas.

Maura apertou os lábios. Uma das sobrancelhas de Calla se aproximou do cabelo. Elas lançaram olhares uma para a outra. Blue conhecia as duas bem o suficiente para interpretar as expressões. A de Maura perguntou: *O que você acha?* Calla disse: *Isso é ruim.* Persephone não disse nada.

Maura tocou a ponta do cinco de ouros.

— O dinheiro é uma preocupação — ela observou. Na carta, um homem com uma muleta capengava pela neve sob uma janela de vitral enquanto uma mulher segurava um xale abaixo do queixo.

Ela acrescentou:

— Por causa de uma mulher.

O olhar do homem era resoluto.

— Meus pais tinham recursos consideráveis. Meu pai se envolveu em um escândalo financeiro. Agora eles estão divorciados e não há mais dinheiro. Não para mim.

Era um jeito estranhamente desagradável de colocar as coisas. Implacavelmente factual.

Maura secou as mãos na calça e gesticulou para outra carta.

— E agora você tem um trabalho tedioso. Você é bom no que faz, mas está cansado disso.

Ele apertou os lábios com a verdade do que fora dito.

Persephone tocou a primeira carta que havia tirado. O cavaleiro de ouros. Um homem de armadura com olhos frios observa um campo no

119

lombo de um cavalo, com uma moeda na mão. Blue achou que, se olhasse a moeda de perto, poderia ver uma forma nela. Três linhas curvas, um triângulo longo e pontiagudo. A forma do adro da igreja, do desenho despretensioso de Maura, do diário.

Mas não — quando olhou com mais atenção, era apenas uma estrela de cinco pontas fracamente desenhada. Um pentáculo.

Persephone finalmente falou. Com uma voz fina e precisa, disse para o homem:

— Você está procurando algo.

A cabeça do homem se virou subitamente para ela.

A carta de Calla, ao lado da de Persephone, também era o cavaleiro de ouros. Era incomum que dois baralhos concordassem exatamente. Mais estranho ainda era ver que a carta de Maura também era o cavaleiro de ouros. Três cavaleiros de olhos frios observavam o campo diante deles.

Três novamente.

Calla disse amargamente:

— Você está disposto a fazer o que for preciso para encontrá-lo. Você está trabalhando nisso há anos.

— *Sim* — retrucou o homem, surpreendendo a todas com a ferocidade de sua resposta. — Mas quanto tempo mais? Eu vou encontrá-lo?

As três mulheres examinaram as cartas novamente, procurando por uma resposta. Blue olhou também. Talvez ela não tivesse a visão, mas sabia o que as cartas deveriam significar. Sua atenção foi da Torre, que significava que a vida dele estava prestes a mudar dramaticamente, para a última carta na leitura, o pajem de copas. Blue olhou de relance para a mãe, que franzia o cenho. Não é que o pajem de copas fosse uma carta ruim; na verdade, era a carta que Maura sempre disse que representava Blue quando ela estava fazendo uma leitura para si mesma.

"Você é o pajem de copas", Maura havia dito para ela certa vez. "Olhe todo o potencial que ele segura naquela taça. Veja, a figura até se parece com você."

E não havia apenas um pajem de copas naquela leitura. Como o cavaleiro de ouros, ele viera triplicado. Três jovens segurando uma taça cheia de potencial, todos trazendo o rosto de Blue. A expressão de Maura era extremamente sombria.

Blue sentiu a pele formigando. Subitamente sentiu como se não houvesse fim para os destinos aos quais ela estava vinculada. Gansey, Adam, aquele lugar impossível de ser visto na tigela de adivinhação de Neeve, aquele homem estranho sentado ao lado dela. Seu coração disparou.

Maura se levantou tão rápido que a cadeira emborcou contra a parede.

— A leitura terminou — disse bruscamente.

O olhar de Persephone se desviou até o rosto de Maura, perplexo, e Calla parecia confusa, mas contente com os indícios de um conflito. Blue não reconheceu o rosto da mãe.

— Perdão? — disse o homem. — As outras cartas...

— Você a ouviu — disse Calla, ácida. Blue não sabia dizer se Calla também se sentia desconfortável ou se estava só apoiando Maura. — A leitura terminou.

— Saia da minha casa — disse Maura. Então, fazendo um esforço evidente de solicitude: — Agora. Obrigada. Tchau.

Calla abriu caminho para Maura passar como um furacão até a porta da frente. Maura apontou para a entrada.

Levantando-se, o homem disse:

— Estou incrivelmente insultado.

Maura não respondeu. Tão logo ele passou pelo vão da porta, ela a bateu atrás dele. As louças nos armários tilintaram mais uma vez.

Calla foi até a janela, abriu as cortinas e inclinou a testa contra o vidro para vê-lo partir.

Maura andava de um lado para o outro ao longo da mesa. Blue pensou em fazer uma pergunta, mas ficou hesitante. Parecia errado fazer uma pergunta se ninguém mais estava fazendo.

Persephone disse:

— Que rapaz desagradável.

Calla deixou que as cortinas se fechassem e observou:

— Peguei o número da placa dele.

— Espero que ele *nunca* encontre o que está procurando — disse Maura.

Recuperando as cartas da mesa, Persephone disse, um tanto pesarosa:

— Ele está fazendo um esforço enorme. Acho que vai encontrar *algo*.

Maura avançou sobre Blue:

— Blue, se você vir este homem outra vez, mude de direção.

— Não — corrigiu Calla. — Dê-lhe um chute no saco. Depois *corra* em outra direção.

14

Helen, a irmã mais velha de Gansey, ligou bem quando ele entrou na estrada de terra que levava à casa dos Parrish. Atender chamadas no Pig era sempre complicado. O Camaro tinha câmbio manual, para começar, e era tão barulhento quanto uma picape, para terminar. E, entre as duas coisas, havia uma série de problemas de direção, interferências elétricas e comandos encardidos. O resultado foi que ele mal conseguiu ouvir Helen e quase caiu em uma vala.

— Quando é o aniversário da mamãe? — ela perguntou. Gansey se sentiu ao mesmo tempo contente em ouvir a voz dela e irritado por ser incomodado por algo tão trivial. Na maior parte do tempo, ele e a irmã se davam bem; os irmãos Gansey eram uma espécie rara e complicada, e não fingiam ser algo que não eram quando estavam juntos.

— Você é a cerimonialista — disse Gansey enquanto um cão irrompia do nada. Ele latia furiosamente, tentando morder os pneus do Camaro. — Datas não deviam estar no seu campo de conhecimento?

— Isso quer dizer que você não lembra — respondeu Helen. — E eu não sou mais cerimonialista. Bem, meio período. Bem, período integral, mas não todos os dias.

Helen não *precisava* ser nada. Ela não tinha uma profissão, tinha passatempos que envolviam a vida de outras pessoas.

— Eu lembro — ele disse, tenso. — É 10 de maio.

Um cão mestiço de labrador amarrado na frente da primeira casa uivou tristemente quando ele passou. O outro continuou a se ocupar dos pneus, rosnando no mesmo tom do motor. Três garotos de camiseta sem manga estavam em um dos pátios atirando em garrafas de leite com armas de chumbinho; eles gritaram: "Ei, Hollywood!" e amavelmente miraram as armas nos pneus do Pig. Eles fingiam segurar um telefone no ouvido. Gansey sentiu uma pontada peculiar ao ver os três, a amizade entre eles, o pertencimento a algo, mas não tinha certeza se era pena ou inveja. Por toda parte havia poeira.

Helen perguntou:

— Onde você está? Parece que está no set de um filme do Guy Ritchie.

— Estou indo ver um amigo.

— O malvado ou o caipira pobre?

— Helen.

Ela respondeu:

— Desculpe. Quero dizer o Capitão Frieza ou o Garoto do Trailer?

— *Helen*.

Adam não vivia em um estacionamento de trailers, tecnicamente, tendo em vista que todas as casas eram pré-fabricadas e de largura dupla. Adam lhe havia contado que o último dos trailers tinha sido removido alguns anos atrás, mas o dissera ironicamente, dando a entender que dobrar a largura dos trailers não mudava muita coisa.

— O papai os chama de coisas piores — disse Helen. — A mamãe disse que um dos seus livros esquisitos da Nova Era foi entregue lá em casa ontem. Você vai dar uma passada lá?

— Talvez — disse Gansey. De alguma maneira, ver os pais sempre o lembrava de quão pouco ele havia conquistado, quão parecidos ele e Helen eram, quantas gravatas vermelhas ele tinha, como ele estava lentamente amadurecendo para ser tudo que Ronan tinha medo de se tornar. Ele parou na frente da casa pré-fabricada azul-clara, onde a família Parrish morava. — Talvez para o aniversário da mamãe. Preciso desligar. A coisa pode ficar preta.

O viva-voz do celular fez a risada de Helen soar sibilante, sem tom.

— Olha só você, bancando o mauzão. Aposto que está ouvindo um CD chamado *Os sons do crime* enquanto caça garotas em volta do campus no seu Camaro.

— Tchau, Helen — disse Gansey, desligando o celular e saindo do carro.

Abelhas carpinteiras gordas e brilhantes se precipitaram sobre sua cabeça, distraídas do trabalho de destruir as escadas. Após bater à porta, Gansey olhou para a extensão, plana e feia, de grama morta. A ideia de que se tinha de pagar pela beleza em Henrietta deveria ter-lhe ocorrido antes. Não importava quantas vezes Adam lhe dissesse que ele era sem noção em relação a dinheiro, ele não parecia ficar nem um pouco mais sábio quanto a isso.

Não tem primavera aqui, percebeu Gansey, e o pensamento foi inesperadamente sombrio.

A mãe de Adam respondeu à sua batida. Ela era uma sombra do filho — os mesmos traços alongados, os mesmos olhos arregalados. Comparada à mãe de Gansey, parecia velha e sofrida.

— O Adam está nos fundos — ela disse, antes que ele pudesse perguntar qualquer coisa. Ela o olhou de relance e desviou o olhar, sem encará-lo. Gansey nunca deixava de ficar impressionado com como os pais de Adam reagiam ao blusão da Aglionby. Eles sabiam tudo que precisavam saber sobre ele antes mesmo que Gansey abrisse a boca.

— Obrigado — disse Gansey, mas a palavra parecia serragem na boca, e, de qualquer maneira, ela já estava fechando a porta.

Na velha garagem atrás da casa, ele encontrou Adam deitado debaixo de um velho Bonneville erguido sobre rampas, inicialmente invisível em sombras azuladas e frias. Uma lata de óleo vazia se projetava debaixo do carro. Não havia ruído algum, e Gansey suspeitou que Adam estivesse ali para evitar ficar dentro de casa.

— E aí, campeão — disse Gansey.

Os joelhos de Adam dobraram como se ele fosse se impulsionar para sair de debaixo do carro, mas ele não saiu.

— E aí? — ele disse sem emoção.

Gansey sabia o que aquilo significava, aquele não sair imediatamente de debaixo do carro, e a ira e a culpa lhe apertaram o peito. A coisa mais frustrante em relação à situação de Adam era que Gansey não conseguia controlá-la. Nem uma única parcela dela. Ele largou um caderno sobre o balcão.

— Aqui está a matéria de hoje. Eu não podia dizer que você estava doente. Você perdeu muitas aulas no mês passado.

A voz de Adam não denotava emoção.

— E o que você disse?

Uma das ferramentas embaixo do carro fez um ruído de raspadura sem entusiasmo.

— Vamos lá, Parrish, sai daí — disse Gansey. — Desencana.

Gansey deu um salto quando o focinho frio de um cão se enfiou em sua palma pendente — era o vira-lata que havia atacado de maneira tão selvagem os pneus de seu carro. Ele acariciou relutantemente uma das orelhas roídas e então puxou a mão de volta quando o cão pulou no carro, latindo para os pés de Adam quando eles começaram a se mexer. Os joelhos rasgados da calça cargo camuflada de Adam apareceram primeiro, depois a camiseta gasta da Coca-Cola e, por fim, o rosto.

Um hematoma se estendia sobre a maçã do rosto, vermelho e inchado como uma galáxia. Outro mais escuro serpenteava sobre a ponte do nariz.

Gansey disse imediatamente:

— Você vai embora comigo.

— Isso só vai piorar as coisas quando eu voltar — Adam respondeu.

— Quero dizer para sempre. Você vai se mudar para Monmouth. Chega.

Adam se levantou. O cão saracoteava alegremente em torno de seus pés, como se ele tivesse ido para outro planeta em vez de simplesmente entrado embaixo do carro. Cansado, ele perguntou:

— E quando Glendower levar você para longe de Henrietta?

Gansey não podia dizer que isso não aconteceria.

— Você vem junto.

— Eu vou junto? Me diz como isso ia funcionar. Eu ia perder todo o trabalho que fiz em Aglionby. Eu teria que fazer a mesma coisa de novo em outra escola.

Adam dissera uma vez para Gansey: "Histórias de superação só são interessantes depois do final feliz, não antes". Mas aquela era uma história difícil de terminar quando Adam havia faltado à escola mais uma vez. Não havia final feliz sem notas de aprovação.

Gansey disse:

— Você não precisaria ir para uma escola como a Aglionby. Não precisa ser uma escola tradicional. Existem maneiras diferentes de ter sucesso.

Imediatamente, Adam disse:

— Eu não te julgo pelo que você faz, Gansey.

E aquele era um lugar incômodo para estar, pois Gansey sabia que Adam precisara realizar um esforço considerável para aceitar suas razões para ir atrás de Glendower. Adam tinha motivos mais que suficientes para se sentir indiferente quanto à ansiedade obscura de Gansey, seu questionamento sobre por que o universo o havia escolhido para nascer filho de pais ricos, perguntando-se se havia um propósito maior para ele estar vivo. Gansey *sabia* que tinha de fazer a diferença, tinha de deixar uma marca maior no mundo por causa da vantagem que tivera na largada, ou ele seria o pior tipo de pessoa que havia.

Os pobres são tristes porque são pobres, Adam refletira certa vez, *e, no fim das contas, os ricos são tristes porque são ricos.*

E Ronan havia dito: *Ei, eu sou rico e isso não me incomoda.*

Com um tom incisivo, Gansey acrescentou:

— Está bem, então. Vamos encontrar outra escola boa. Vamos fazer tudo de novo e criar uma vida nova para você.

Adam passou por ele para pegar um trapo e limpar os dedos cheios de graxa.

— Eu teria que encontrar um emprego também. Isso não acontece da noite para o dia. Você sabe quanto tempo levei para encontrar esses?

Ele não se referia a trabalhar na garagem atrás da casa pré-fabricada do pai. Aquilo era só uma tarefa. Adam tinha três empregos, o mais importante deles na fábrica de trailers nos arredores de Henrietta.

— Eu posso cobrir suas contas até você encontrar algo.

Houve um longo silêncio enquanto Adam continuava a esfregar os dedos. Ele não olhou para Gansey. Aquela era uma conversa que eles já haviam tido antes, e dias inteiros de discussões eram repassados nos poucos momentos de sossego. As palavras haviam sido ditas tantas vezes que não precisavam mais ser ditas novamente.

O sucesso não significava nada para Adam se ele não o tivesse alcançado sozinho.

Gansey fez o possível para manter a voz calma, mas um traço de irritação se esgueirou nela.

— Então você não vai cair fora por causa do seu orgulho? Ele vai acabar te matando.

— Você vê programas policiais demais.

— Eu vejo o jornal da noite, Adam — disparou Gansey. — Por que você não deixa o Ronan te ensinar a lutar? Ele já ofereceu duas vezes. Ele está falando sério.

Com grande cuidado, Adam dobrou o trapo engraxado e o jogou de volta em uma caixa de ferramentas. Havia um amontoado de coisas na garagem. Estantes de ferramentas e calendários de mulheres de topless, assim como compressores de ar para trabalhos pesados e outros equipamentos que o sr. Parrish havia decidido que eram mais valiosos que o uniforme escolar de Parrish.

— Porque aí sim ele vai me matar.

— Não entendo.

Adam disse:

— Ele tem uma arma.

— Meu Deus.

Adam colocou a mão sobre a cabeça da vira-lata — o que a deixou maluca de alegria — e se inclinou para fora da garagem para espiar a estrada de terra. Ele não precisava dizer a Gansey o que estava procurando.

— Vamos, Adam — disse Gansey. *Por favor.* — A gente vai fazer dar certo.

Uma ruga se formou entre as sobrancelhas de Adam quando ele desviou o olhar. Não para as casas pré-fabricadas em primeiro plano, mas para além delas, para o campo plano e sem fim, com seus tufos de relva envelhecida. Tantas coisas sobreviviam ali sem estar realmente vivas. Ele disse:

— Eu nunca seria eu mesmo. Se eu deixar você pagar minhas contas, vou ser seu. Eu sou dele agora, e aí seria seu.

Isso foi mais duro de aceitar do que Gansey havia imaginado. Em certos dias, a única coisa em que ele podia se apoiar era saber que sua amizade com Adam era imune à influência do dinheiro. Qualquer coisa dita em contrário o magoava mais do que ele podia admitir.

Com precisão, ele perguntou:

— É isso que você pensa de mim?

— Você não sabe, Gansey — disse Adam. — Você não sabe nada sobre dinheiro, apesar de ter um monte. Você não sabe como isso faria as pessoas olharem para mim e para você. Seria tudo que elas precisariam saber sobre a gente. Elas pensariam que eu sou seu macaco.

Eu sou apenas o meu dinheiro. É tudo que as pessoas veem, até o Adam.
Gansey disparou de volta:

— Você acha que seus planos vão continuar dando certo se você faltar às aulas e ao trabalho porque deixa seu pai quebrar sua cara? Você está tão mal quanto ela. Você acha que merece isso.

Sem aviso, Adam arremessou no chão uma caixa pequena de pregos que estava na prateleira ao lado dele. O barulho que ela fez no concreto assustou os dois.

Adam voltou as costas para Gansey, com os braços cruzados.

— Não finja que você sabe — disse ele. — Não venha até aqui fingir que sabe alguma coisa.

Gansey disse a si mesmo para cair fora, para não dizer mais nada. Mas acrescentou:

— Então não finja que você tem alguma coisa de que se orgulhar.

Tão logo disse isso, ele soube que não era justo, ou, mesmo se tivesse sido, que não era certo. Mas não estava arrependido.

Gansey voltou para o Camaro e pegou o telefone para ligar para Ronan, mas o sinal do celular tinha desaparecido completamente, como acontecia com frequência em Henrietta. Normalmente, Gansey tomava isso como um indício de que algo sobrenatural estava afetando a energia em torno da cidade, derrubando o sinal do celular e às vezes até a eletricidade.

Mas, naquele momento, ele achou que significava tão somente que não conseguiria telefonar para ninguém.

Fechando os olhos, Gansey pensou no hematoma no rosto de Adam, com as bordas tênues e dispersas, e na marca intensa e vermelha sobre

129

o nariz. Imaginou aparecer naquele lugar um dia e não encontrar Adam ali, mas no hospital, ou, pior, encontrá-lo ali, mas descobrir que algo importante havia sido arrancado dele a socos e pontapés.

Imaginar aquilo o deixava doente.

Então o carro deu uma sacudida, e os olhos de Gansey se abriram quando a porta do passageiro rangeu.

— Espere, Gansey — disse Adam, sem fôlego. Ele estava curvado para poder ver dentro do carro. O hematoma era horrível. Fazia sua pele parecer transparente. — Não vá embora assim...

Deslizando as mãos do volante em direção ao colo, Gansey o observou. Aquela era a parte em que Adam falaria para não levar para o lado pessoal o que ele havia dito. Mas Gansey sentia como algo pessoal.

— Eu só estou tentando ajudar.

— Eu sei — Adam disse. — Eu sei. Mas eu não posso fazer desse jeito. Não conseguiria viver comigo mesmo assim.

Gansey não compreendia, mas anuiu com a cabeça. Ele queria que aquilo acabasse; ele queria que fosse ontem, quando ele, Ronan e Adam estavam ouvindo o gravador e o rosto de Adam ainda não trazia aquelas marcas. Atrás do amigo, ele viu a figura da sra. Parrish observando da varanda.

Adam fechou os olhos por um minuto. Gansey podia ver suas íris se movendo por baixo da pele fina das pálpebras, um sonhador acordado.

E então, com um movimento ágil, ele deslizou para o banco do passageiro. A boca de Gansey se abriu para formar uma pergunta que ele não fez.

— Vamos embora — disse Adam, sem olhar para Gansey. Sua mãe o encarava da varanda, mas ele tampouco a olhou. — A médium era o plano, certo? Vamos seguir o plano.

— Sim, mas...

— Eu preciso estar de volta às dez.

Adam olhou para Gansey. Havia algo de ameaçador e frio em seus olhos, uma coisa indefinível que Gansey sempre temeu que, no fim, tomasse conta dele completamente. Ele sabia que era um compromisso, um presente arriscado que ele podia escolher rejeitar.

Após um momento de hesitação, Gansey cumprimentou Adam sobre o câmbio do carro com uma batida de punhos. Adam abriu a janela e se agarrou ao teto do carro, como se precisasse se segurar.

O Camaro avançou lentamente pela estradinha de uma pista quando o caminho foi bloqueado por uma picape Toyota azul vindo na direção contrária. A respiração de Adam parou. Através do para-brisa, Gansey deu de cara com os olhos do pai de Adam. Robert Parrish era uma coisa grande, desprovida de cor como o mês de agosto, crescida da poeira que cercava os trailers. Seus olhos eram escuros e pequenos, e Gansey não conseguia ver nada de Adam neles.

Robert Parrish cuspiu para fora da janela. Ele não encostou para deixá-los passar. O rosto de Adam estava voltado para o campo de milho, mas Gansey não desviou o olhar.

— Você não precisa vir — disse Gansey, porque tinha de dizê-lo.

A voz de Adam soou distante:

— Mas eu vou.

Virando subitamente a direção do carro, Gansey acelerou com toda a potência. O Pig saiu da estrada em meio a uma nuvem de terra que explodira, vinda de debaixo dos pneus, e bateu na vala rasa. O coração golpeava o peito com a expectativa, o perigo e o desejo de gritar tudo que ele achava sobre o pai de Adam *para* o pai de Adam.

Quando eles aceleraram de volta para a pista do outro lado da Toyota, Gansey sentiu o olhar de Robert Parrish os seguindo.

O peso daquele olhar parecia com uma promessa mais substancial do futuro do que qualquer coisa que uma médium pudesse lhe dizer.

15

É claro que Gansey estava atrasado para a leitura. A hora marcada tinha chegado e passado. Nada de Gansey. E, talvez mais decepcionante ainda, nenhum telefonema de Adam. Blue abriu as cortinas e deu uma espiada para um lado e para o outro na rua, mas não havia nada, a não ser o tráfego normal após um dia de trabalho. Maura inventou desculpas.

— Talvez ele tenha escrito a hora errada — disse ela.

Blue não achava que ele havia escrito a hora errada.

Dez minutos mais se arrastaram. Maura disse:

— Talvez ele tenha tido problemas com o carro.

Blue não achava que ele havia tido problemas com o carro.

Calla pegou o romance que estava lendo e subiu a escada. Sua voz chegou até elas:

— Falando nisso, você precisa ver a correia do seu Ford. Vejo uma quebra no seu futuro. Ao lado daquela loja de móveis. Um homem muito feio com um celular vai parar e ser extremamente gentil.

Era possível que ela realmente tivesse *visto* uma quebra no futuro de Maura, mas também era possível que estivesse sendo hiperbólica. De qualquer maneira, Maura anotou no calendário.

— Talvez eu tenha me enganado e dito para ele amanhã à tarde em vez de hoje — disse Maura.

Persephone murmurou:

— *Isso sempre é possível* — então disse: — Talvez eu faça uma torta.

Blue olhou ansiosamente para Persephone. O preparo de uma torta era um processo demorado e carinhoso, e Persephone não gostava de ser interrompida enquanto estivesse cozinhando. Ela não começaria uma torta se realmente achasse que a chegada de Gansey a interromperia.

Maura também olhou para Persephone antes de tirar um saco de abóbora amarela e uma barra de manteiga da geladeira. Agora Blue sabia precisamente como o resto do dia se desenrolaria. Persephone faria algo doce. Maura faria algo com manteiga. Mais tarde, Calla reapareceria e faria algo com salsicha ou bacon. Era como prosseguiam todos os entardeceres se uma refeição não tivesse sido planejada antecipadamente.

Blue não achava que Maura tivesse dito para Gansey "amanhã à tarde" em vez de "hoje". O que ela achava era que Gansey havia olhado para o relógio no painel de seu Mercedes-Benz ou no rádio de seu Aston Martin e decidido que a leitura interferia com sua escalada ou seu jogo de tênis. E então ele lhe dera o fora, como Adam lhe dera ao não ligar para ela. Blue não podia estar realmente surpresa. Eles haviam feito exatamente o que ela esperava de garotos corvos.

Bem na hora em que Blue estava se preparando para se amuar no andar de cima, com suas agulhas e sua lição de casa, Orla deu um berro do Quarto do Telefone, um grito mudo finalmente se esclarecendo em palavras:

— Tem um Camaro 1973 na frente da casa! *Ele combina com as minhas unhas!*

Da última vez que Blue vira as unhas de Orla, elas traziam uma complicada estampa paisley. Ela não tinha certeza de como era um Camaro 1973, mas tinha certeza de que, se ele trazia um desenho persa, devia ser impressionante. Também tinha certeza de que Orla estava no telefone, ou ela estaria lá embaixo, espiando.

— Bem, lá vamos nós — disse Maura, abandonando a abóbora na pia. Calla reapareceu na cozinha, trocando um olhar rápido com Persephone.

O estômago de Blue se contorceu.

Gansey. É só isso.

A campainha tocou.

— Você está pronta? — Calla perguntou a Blue.

Gansey era o garoto que ela mataria ou por quem se apaixonaria. Ou ambos. Não havia como *estar pronta*. Havia apenas isto: Maura abrindo a porta.

Havia três garotos ali, contra a luz do sol da tarde, como Neeve estivera tantas semanas atrás. Três pares de ombros: um quadrado, um musculoso, um magro e rijo.

— Desculpe pelo atraso — disse o garoto da frente, com os ombros quadrados. O aroma de hortelã entrou naturalmente com ele, como naquele dia, no adro da igreja. — Tem algum problema?

Blue conhecia aquela voz.

Ela estendeu a mão para o corrimão da escada para manter o equilíbrio, enquanto o Presidente Celular entrava.

Ah, não. Ele não. Todo aquele tempo ela estivera se perguntando como Gansey morreria e no fim das contas ela iria estrangulá-lo. No Nino's, o ruído da música havia abafado os pontos mais refinados de sua voz e o cheiro de alho havia se sobrepujado ao aroma de hortelã.

Mas, agora que ela tinha somado dois mais dois, a questão parecia óbvia.

Quando entrou, ele parecia ligeiramente menos presidencial, mas apenas porque o calor havia feito com que arregaçasse desajeitadamente as mangas da camisa e tirasse a gravata. O cabelo castanho desgrenhado estava empoeirado também, como só o calor da Virgínia consegue fazer. Mas o relógio ainda estava ali, grande o suficiente para nocautear ladrões de banco, e ele ainda trazia aquele brilho de beleza. O brilho que significava não apenas que ele nunca fora pobre, mas que seu pai não o fora, nem seu avô e tampouco seu bisavô. Blue não conseguia dizer se ele era realmente muito bonito ou apenas muito rico. Talvez fossem a mesma coisa.

Gansey. Aquele era Gansey.

E isso significava que o diário pertencia a ele.

Isso significava que *Adam* pertencia a ele.

— Bem — disse Maura. Estava claro que sua curiosidade suplantava todas as regras sobre horários. — Não é tarde demais. Vamos para a sala de leitura. Posso saber alguns nomes?

Porque é claro que o Presidente Celular havia levado a maior parte do seu pelotão do Nino's, com exceção do garoto sujo. Eles ocupavam todo o espaço da entrada, apenas os três, viris e barulhentos, tão à vontade uns com os outros que não permitiam a mais ninguém que se sentisse confortável junto deles. Eram uma matilha de animais elegantes, blindados com seus relógios e mocassins e o corte caro de seus uniformes. Até mesmo a tatuagem do garoto ríspido, que lhe cortava a junta do pescoço acima do colarinho, era uma arma que de algum modo penetrava Blue.

— Gansey — disse o Presidente Celular novamente, apontando para si mesmo. — Adam, Ronan. Para onde vamos? Ali?

Ele apontou uma mão para a sala de leitura, a palma aberta, como se estivesse dirigindo o tráfego.

— Ali mesmo — concordou Maura. — Aliás, esta é minha filha. Ela vai estar presente para a leitura, se você não se importar.

Os olhos de Gansey encontraram os de Blue. Ele estivera sorrindo educadamente, mas então seu rosto congelou no meio do sorriso.

— Oi de novo — disse ele. — Isso é estranho.

— Vocês já se *conhecem*? — Maura lançou um olhar venenoso para Blue, que se sentiu injustamente perseguida.

— Já — respondeu Gansey, altivamente. — Tivemos uma discussão sobre profissões alternativas para mulheres. Eu não sabia que ela era sua filha. *Adam?*

Ele lançou um olhar quase tão venenoso para Adam, cujos olhos estavam bem abertos. Adam era o único que não estava de uniforme, e sua mão estava aberta sobre o peito, como se os dedos pudessem cobrir a camiseta puída da Coca-Cola.

— Eu também não sabia! — disse Adam. Se Blue soubesse que ele viria, talvez não vestisse a blusa azul-bebê com penas costuradas na gola. Adam olhava fixamente para a roupa dela. Para Blue, ele disse novamente: — Eu não sabia, juro.

— O que aconteceu com seu rosto? — perguntou Blue.

Adam deu de ombros pesarosamente. Ou ele ou Ronan tinham um cheiro de oficina. Sua voz era autodepreciativa.

— Você acha que me faz parecer mais durão?

Na verdade, aquilo o fazia parecer mais frágil e sujo, como uma xícara de chá desenterrada, mas Blue não disse nada.

Ronan disse:

— Faz você parecer um perdedor.

— Ronan — disse Gansey.

— *Eu preciso que todos se sentem!* — gritou Maura.

Foi uma coisa tão alarmante ouvir Maura gritar que quase todo mundo obedeceu, afundando ou se jogando nos móveis descombinados da sala de leitura. Adam esfregou a mão sobre a maçã do rosto, como se pudesse remover o hematoma. Gansey se sentou em uma cadeira de braços na ponta da mesa, com as mãos estendidas sobre cada um, como o presidente de um conselho, uma sobrancelha erguida enquanto olhava para o rosto emoldurado de Steve Martin.

Apenas Calla e Ronan permaneceram em pé, trocando olhares cautelosos.

Parecia que a casa nunca estivera tão cheia, o que era uma inverdade. Era possivelmente verdade que nunca houvera tantos homens ali antes. Certamente nunca tantos garotos corvos.

Blue sentiu como se a própria presença deles roubasse algo dela. Eles haviam feito a família dela parecer sombria.

— Está terrivelmente barulhento aqui — disse Maura. A maneira como ela o disse, no entanto, pressionando um dedo na pulsação logo abaixo do maxilar, dizia a Blue que não eram as vozes que estavam altas demais. Era algo que ela estava ouvindo dentro de sua cabeça. Persephone também estava se contraindo.

— Preciso sair? — perguntou Blue, apesar de ser a última coisa que ela quisesse fazer.

Não entendendo do que se tratava, Gansey imediatamente perguntou:

— Por que você teria de sair?

— Ela torna as coisas mais discerníveis para nós — disse Maura, franzindo o cenho para todos, como se estivesse tentando entender a situação. — E vocês três já são... *muito* ruidosos.

A pele de Blue estava quente. Ela podia imaginar a si mesma esquentando como um condutor elétrico, com faíscas de todas as partes viajando através dela. O que estaria acontecendo àqueles garotos corvos a ponto de ensurdecer sua mãe? Seria a conjunção de todos eles ou simplesmente Gansey, sua energia gritando a contagem regressiva para sua morte?

— O que você quer dizer com muito ruidosos? — perguntou Gansey. Estava claro que ele era o líder daquele pequeno bando, pensou Blue. Todos seguiam olhando para ele, para suas pistas de como interpretar a situação.

— O que quero dizer é que tem algo na energia de vocês que é muito... — disse Maura, deixando a frase morrer e perdendo o interesse em sua própria explicação. Ela se virou para Persephone, e Blue reconheceu a troca de olhares entre elas. Era um: *O que está acontecendo?* — Como vamos fazer isso?

A maneira como ela o perguntou, distraída e vaga, fez o estômago de Blue se apertar de nervosismo. Sua mãe estava *derrotada*. Pela segunda vez, uma leitura parecia empurrá-la para um lugar onde ela não se sentia confortável.

— Um de cada vez? — sugeriu Persephone, com a voz quase inaudível. Calla disse:

— Carta única. Você precisa fazer assim, ou alguns deles terão de sair. Eles são ruidosos demais.

Adam e Gansey olharam de relance um para o outro. Ronan brincou com as pulseiras de couro em torno do punho.

— Carta única? — perguntou Gansey. — Como isso é diferente de uma leitura comum?

Calla falou com Maura, como se ele não tivesse dito nada:

— Não importa o que eles queiram. É assim que é. É pegar ou largar.

O dedo de Maura ainda estava pressionado sob o maxilar. Então ela disse para Gansey:

— Carta única quer dizer que cada um tira apenas uma carta do baralho de tarô, e nós fazemos a interpretação.

Gansey e Adam compartilharam uma espécie de conversa privada com os olhos. Era o tipo de coisa que Blue estava acostumada a ver surgir entre sua mãe e Persephone ou Calla, e não achava que ninguém mais era capaz disso. O fato a fez se sentir estranhamente invejosa; ela queria algo assim, um laço forte o suficiente para transcender palavras. A cabeça de Adam anuiu rapidamente em resposta a qualquer coisa não dita por Gansey, que falou:

— Como você achar melhor.

Persephone e Maura deliberaram por um instante, apesar de não parecer que se sentiriam confortáveis com qualquer coisa no momento.

— Espere — disse Persephone quando Maura apresentou seu baralho. — Deixe que a Blue dê as cartas.

Não era a primeira vez que pediam para Blue dar as cartas. Às vezes, em leituras importantes ou difíceis, as mulheres queriam que ela tocasse o baralho primeiro, para tornar claras quaisquer que fossem as mensagens que as cartas pudessem conter. Dessa vez, ela estava excessivamente ciente da atenção dos garotos quando tomou o baralho de sua mãe. Aproveitando a situação, embaralhou as cartas de maneira ligeiramente teatral, movendo-as de uma mão à outra. Ela era muito boa com truques de cartas que não envolviam um dom paranormal. Enquanto os garotos, impressionados, observavam as cartas voarem de um lado para o outro, Blue refletiu que ela daria uma excelente falsa médium.

Como ninguém quis ser voluntário para começar, ela ofereceu o baralho a Adam. Ele a encarou e sustentou seu olhar por um momento. Havia algo de vigoroso e intencional a respeito do gesto, mais agressivo do que ele havia sido na noite em que a abordara.

Adam escolheu uma carta e a apresentou para Maura.

— Dois de espadas — disse ela. Blue estava demasiadamente consciente do sotaque de sua mãe, soando subitamente rural e ignorante para seus ouvidos. Era assim que *Blue* soava?

Maura continuou:

— Você está evitando uma escolha difícil. Agindo ao não agir. Você é ambicioso, mas sente como se alguém estivesse lhe pedindo algo que você não está disposto a dar. Pedindo que comprometa seus princípios. Creio que alguém próximo de você. Seu pai?

— Irmão, eu acho — disse Persephone.

— Eu não tenho irmão, senhora — respondeu Adam. Mas Blue viu seus olhos se lançarem para Gansey.

— Você quer fazer uma pergunta? — perguntou Maura.

Adam considerou:

— Qual é a escolha certa?

Maura e Persephone conferenciaram entre si. Maura respondeu:

— Não há uma escolha certa. Apenas uma com a qual você consiga conviver. Pode haver uma terceira opção que vai lhe cair melhor, mas, neste momento, você não a está vendo porque está muito envolvido com as outras duas. Pelo que estou vendo, eu diria que qualquer outro caminho requereria que você deixasse de lado essas duas opções e criasse a sua própria opção. Também estou sentindo que você é um pensador muito analítico. Você passou muito tempo aprendendo a ignorar suas emoções, mas não creio que seja a hora para isso.

— Obrigado — disse Adam. Não era exatamente a coisa certa a ser dita, mas não era inteiramente errada, também. Blue gostava do modo como ele era educado. Parecia diferente da educação de Gansey. Quando Gansey era educado, isso o tornava poderoso. Quando Adam era educado, ele estava concedendo poder.

Parecia certo deixar Gansey por último. Então Blue seguiu com Ronan, apesar de estar um pouco temerosa em relação a ele. Algo nele gotejava veneno, apesar de ele não ter aberto a boca. Pior de tudo, na opinião de Blue, era que havia algo a respeito de seu antagonismo que a fazia querer conquistar sua estima, para obter sua aprovação. A aprovação de alguém como ele, que claramente não se importava com ninguém, parecia que valeria mais.

Para oferecer o baralho a Ronan, Blue teve de se levantar, pois ele ainda estava de pé perto do vão da porta, próximo de Calla. Eles pareciam prontos para boxear.

Quando Blue abriu em leque as cartas, ele examinou as mulheres na sala e disse:

— Não vou pegar uma carta. Me digam algo verdadeiro primeiro.

— Como é? — disse Calla severamente, respondendo por Maura.

A voz de Ronan era de vidro, fria e quebradiça.

— Tudo que vocês disseram a ele poderia se aplicar a qualquer pessoa. Qualquer pessoa viva tem dúvidas. Qualquer um já discutiu com o irmão ou com o pai. Me digam algo que ninguém mais pode me dizer. Não me venham com uma carta de jogo e uma besteira junguiana para me enfiar goela abaixo. Me digam algo específico.

Os olhos de Blue se estreitaram. Persephone colocou ligeiramente a língua para fora, um hábito surgido da incerteza, não da insolência. Maura se mexeu na cadeira, incomodada.

— Nós não fazemos uma leitura especí...

Calla a interrompeu.

— Um segredo matou o seu pai e você sabe qual era.

A sala caiu em um silêncio mortal. Tanto Persephone quanto Maura olhavam fixamente para Calla. Gansey e Adam encaravam Ronan, e Blue olhava fixamente para a mão de Calla.

Maura muitas vezes chamava Calla para fazer leituras de tarô conjuntas, e Persephone às vezes a chamava para interpretar seus sonhos, mas muito raramente alguém pedia a Calla para usar um de seus dons mais estranhos: a psicometria. Calla tinha uma capacidade excepcional de segurar um objeto e sentir sua origem, sentir os pensamentos do dono e ver os lugares onde o objeto havia estado.

Nesse instante, Calla afastou a mão; ela a havia estendido para tocar a tatuagem de Ronan, bem onde ela encontrava o colarinho. O rosto dele estava voltado ligeiramente, olhando para onde os dedos dela haviam estado.

Poderia haver apenas Ronan e Calla na sala. Ele era uma cabeça mais alto que ela, mas parecia jovem ao seu lado, como um gato selvagem magricelo que ainda não ganhara peso. Ela era uma leoa.

Calla sibilou:

— O que você é?

O sorriso de Ronan gelou Blue. Havia algo de vazio nele.

— Ronan? — perguntou Gansey, com um tom preocupado na voz.

— Vou esperar no carro.

Sem mais um comentário sequer, Ronan partiu, batendo a porta com tanta força que as louças na cozinha tilintaram.

Gansey voltou um olhar acusador para Calla.

— O pai dele morreu.

— Eu sei — disse Calla, com os olhos estreitos.

O tom de voz de Gansey era cordial o suficiente para seguir direto do educado ao rude.

— Eu não sei como você descobriu isso, mas que coisa desprezível para jogar em um garoto.

— Em uma cobra, você quis dizer — Calla rosnou de volta. — E para que vocês vieram aqui, se não acreditam que podemos fazer o trabalho pelo qual estamos cobrando? Ele pediu algo específico, eu dei algo específico. Sinto muito se não eram filhotinhos.

— Calla — advertiu Maura, ao mesmo tempo em que Adam disse:

— Gansey.

Adam murmurou algo no ouvido do amigo e então se recostou. Um osso se moveu no maxilar de Gansey. Blue o observou voltando a ser o Presidente Celular; ela não havia se dado conta antes de que ele podia ser outra coisa. Agora ela gostaria que tivesse prestado mais atenção, para que pudesse ter visto o que havia de diferente nele.

Gansey disse:

— Desculpem. O Ronan é curto e grosso e, para começo de conversa, ele não estava se sentindo bem em vir aqui. Eu não estava tentando insinuar que vocês não são verdadeiras. Podemos continuar?

Ele soava tão *velho*, pensou Blue. Tão formal comparado aos garotos que o acompanhavam. Havia algo intensamente desconcertante nele, comparável a como ela se sentiu compelida a impressionar Ronan. Algo a respeito de Gansey a fazia se sentir tão fortemente *outra* que era como se ela tivesse de proteger suas emoções. Ela não conseguia gostar dele, ou do que quer que houvesse naqueles garotos que suprimia as habilidades paranormais de sua mãe e tomava conta da sala, a ponto de esmagá-la.

— Não tem problema — disse Maura, embora estivesse olhando para o rosto irado de Calla ao dizê-lo.

Quando Blue se deslocou para onde Gansey estava sentado, ela viu de relance seu carro na calçada: um brilho laranja impossível, o tipo de laranja com o qual Orla definitivamente pintaria suas unhas. Não era exatamente o que ela esperaria que um garoto de Aglionby dirigisse — eles gostavam de coisas novas e brilhantes, e aquela era uma coisa velha e brilhante —, mas, mesmo assim, era claramente o carro de um garoto corvo. E só então Blue teve uma sensação de queda, como se as coisas estivessem acontecendo rápido demais para absorvê-las apropriadamente. *Havia* algo esquisito e complicado a respeito de todos aqueles garotos, pensou Blue — esquisito e complicado assim como o diário era esquisito e complicado. Suas vidas estavam de certa forma interligadas, e de algum modo ela havia conseguido fazer algo para se manter presa naquela teia. Se esse algo fora feito no passado ou seria feito no futuro, parecia irrelevante. Naquela sala, com Maura, Calla e Persephone, o tempo parecia circular.

Ela parou na frente de Gansey. Tão próxima dele, sentiu mais uma vez o aroma de hortelã, e isso fez seu coração saltar incerto.

Gansey baixou o olhar para o baralho aberto em leque nas mãos dela. Quando Blue o viu assim, notou a curva de seus ombros e a parte de trás de sua cabeça, e então se lembrou agudamente de seu espírito, do garoto por quem ela temia se apaixonar. Aquela sombra não tinha nada da confiança jovial e desembaraçada daquele garoto corvo à sua frente.

O que acontece com você, Gansey?, ela se perguntou. *Quando você se torna aquela pessoa?*

Gansey ergueu o olhar para ela, com um vinco entre as sobrancelhas.

— Não sei como escolher. Você pode escolher uma carta para mim? Funcionaria assim?

De canto de olho, Blue viu Adam se mexendo na cadeira, franzindo o cenho.

Persephone respondeu por trás de Blue:

— Se você assim quiser.

— O que vale é a intenção — acrescentou Maura.

— Eu quero que você escolha — disse ele. — Por favor.

Blue colocou as cartas em leque sobre a mesa, que deslizaram soltas sobre a superfície. Deixou os dedos flutuarem acima delas. Uma vez

Maura havia lhe dito que as cartas corretas às vezes davam uma sensação de calor ou formigamento quando os dedos estavam próximos a elas. Para Blue, é claro, todas as cartas pareciam idênticas. Uma, no entanto, havia escorregado mais longe que as outras, e foi essa que ela escolheu.

Quando a abriu, Blue não conteve uma risadinha impotente.

O pajem de copas olhava de volta para Blue com o rosto dela. Parecia que alguém estava rindo dela, mas ela não tinha ninguém para culpar pela escolha da carta, a não ser ela mesma.

Quando Maura viu a carta, sua voz assumiu um tom sereno e distante.

— Essa não. Faça com que ele escolha outra.

— Maura — disse Persephone suavemente, mas Maura apenas gesticulou com a mão, desautorizando-a.

— Outra — ela insistiu.

— O que há de errado com essa carta? — perguntou Gansey.

— Ela tem a energia de Blue — disse Maura. — Não era para ser sua. Você mesmo terá de escolher uma carta.

Persephone mexeu a boca, mas não disse nada. Blue recolocou a carta e misturou o baralho com menos drama do que antes.

Quando ofereceu as cartas para Gansey, ele virou o rosto para o lado, como se estivesse tirando o número vencedor de uma rifa. Seus dedos tocaram de leve a ponta das cartas, contemplativos. Ele escolheu uma e a virou para mostrar para a sala.

Era um pajem de copas.

Ele olhou para o rosto da carta e então para o rosto de Blue, e ela sabia que ele tinha visto a similaridade.

Maura se inclinou para frente e tirou a carta de seus dedos.

— Escolha outra.

— *Mas por quê?* — disse Gansey. — O que há de errado com essa carta? O que ela quer dizer?

— Não há nada de errado com ela — respondeu Maura. — Ela só não é sua.

Pela primeira vez, Blue viu uma ponta de exasperação verdadeira na expressão de Gansey, e isso a fez gostar um pouco mais dele. Então talvez

143

houvesse algo por baixo do exterior de garoto corvo. Petulante, Gansey puxou outra carta, evidentemente cheio daquele exercício. Com um floreio, ele virou a carta e a bateu na mesa.

Blue engoliu em seco.

Maura disse:

— *Esta* é a sua carta.

Na mesa havia um cavaleiro negro montado um cavalo branco. O capacete do cavaleiro estava levantado, e seu rosto era uma caveira dominada por órbitas sem olhos. O sol se punha atrás dele, e embaixo dos cascos do cavalo jazia um corpo.

Do lado de fora das janelas atrás deles, uma brisa sibilava audivelmente pelas árvores.

— Morte — Gansey leu a parte de baixo da carta. Ele não parecia surpreso ou alarmado. Apenas leu a palavra como leria "ovos" ou "Cincinnati".

— Muito bem, Maura — disse Calla, com os braços cruzados firmemente sobre o peito. — Você vai interpretar isso para o garoto?

— Nós poderíamos devolver o dinheiro dele — sugeriu Persephone, embora Gansey não tivesse pago ainda.

— Achei que médiuns não previam a morte — disse Adam calmamente. — Li que a carta da Morte era apenas simbólica.

Maura, Calla e Persephone emitiram ruídos vagos. Blue, absolutamente ciente da verdade do destino de Gansey, sentiu-se enjoada. De Aglionby ou não, ele tinha a idade dela, obviamente tinha amigos que gostavam dele e uma vida que envolvia um carro muito laranja, e era terrível saber que ele estaria morto em menos de doze meses.

— Na verdade — disse Gansey —, não me importo com isso.

Todos na sala olharam para ele enquanto ele parava a carta de pé para estudá-la.

— Quer dizer, as cartas são muito interessantes. — Ele disse "as cartas são muito interessantes" como alguém diria "isso é muito interessante" para um tipo muito estranho de torta que a pessoa não gostaria realmente de terminar. — Não quero desprezar o que vocês fazem, mas eu não vim aqui para saber o meu futuro. Estou bastante satisfeito em descobri-lo por mim mesmo.

Ele lançou um rápido olhar para Calla ao dizê-lo, obviamente percebendo que estava caminhando em uma tênue linha entre "educado" e "Ronan".

— Na verdade, eu vim porque queria fazer uma pergunta sobre energia — continuou. — Eu sei que vocês lidam com um trabalho que envolve energia, e venho tentando encontrar uma linha ley que acredito estar próxima de Henrietta. Vocês sabem alguma coisa sobre isso?

O diário!

— Linha ley? — repetiu Maura. — Talvez. Mas não sei se conheço por esse nome. O que é isso?

Blue estava um pouco atordoada. Ela sempre achara que sua mãe era a pessoa mais confiável à sua volta.

— São linhas de energia diretas que cruzam o globo — explicou Gansey. — Elas supostamente conectam locais espirituais importantes. O Adam achou que talvez vocês soubessem alguma coisa sobre elas, porque vocês lidam com energia.

Era óbvio que ele se referia ao caminho dos corpos, mas Maura não ofereceu nenhuma informação. Apenas apertou os lábios e olhou para Persephone e Calla.

— Isso lembra alguma coisa a vocês duas?

Persephone apontou um dedo reto para cima e então disse:

— Esqueci a cobertura da minha torta.

E se retirou da sala. Calla continuou:

— Eu preciso pensar. Não sou boa em questões específicas.

Havia um ligeiro sorriso divertido no rosto de Gansey, que significava que ele sabia que elas estavam mentindo. Era uma expressão estranhamente sábia, e mais uma vez Blue percebeu que ele parecia mais velho que os garotos que havia levado consigo.

— Vou procurar me informar sobre isso — disse Maura. — Se você deixar o seu telefone, posso ligar para você se descobrir alguma coisa.

Gansey respondeu, friamente educado:

— Ah, isso seria ótimo. Quanto eu devo pela leitura?

De pé, Maura disse:

— Ah, só vinte.

Blue pensou que aquilo era um crime. Gansey claramente gastara mais de vinte dólares só nos cadarços de seus mocassins.

Ele franziu o cenho para Maura enquanto abria a carteira. Havia um monte de notas ali. Elas podiam ser de um, mas Blue duvidava que fossem. Ela também podia ver sua carteira de motorista com bastante clareza; não próxima o suficiente para perceber detalhes, mas bem o bastante para ver que o nome impresso parecia bem mais longo do que apenas *Gansey*.

— Vinte?

— Cada uma — acrescentou Blue.

Calla tossiu.

O rosto de Gansey se desanuviou e ele passou sessenta dólares para Maura. Obviamente aquilo era mais perto do que ele estivera esperando pagar, e agora o mundo estava certo de novo.

Foi Adam, no entanto, que Blue observou então. Ele estava olhando para ela atentamente, e ela se sentiu transparente e culpada. Não apenas por cobrar a mais, mas em relação à mentira de Maura. Blue tinha visto o espírito de Gansey trilhar o caminho dos corpos e tinha conhecimento de seu nome antes de ele entrar pela porta. Como a mãe, ela não dissera nada. Então, era cúmplice.

— Vou levar vocês até a porta — disse Maura, claramente ansiosa em vê-los sair. Por um momento, pareceu que Gansey sentia o mesmo, mas então ele parou e deu atenção excessiva para sua carteira enquanto a dobrava e a guardava no bolso. Depois ergueu o olhar para Maura e fez uma linha firme com a boca.

— Olhe, somos todos adultos aqui — ele começou.

Calla fez uma cara, como se discordasse.

Gansey endireitou os ombros e continuou:

— Então eu acho que merecemos a verdade. Me diga que você sabe de algo mas não quer me ajudar, se é isso que está acontecendo, mas não minta para mim.

Era uma coisa corajosa de dizer, ou arrogante, ou talvez não houvesse diferença suficiente entre as duas coisas. Todas as cabeças na sala se viraram para Maura.

146

Ela disse:

— Eu sei de algo, mas não quero te ajudar.

Pela segunda vez naquele dia, Calla parecia encantada. A boca de Blue estava aberta, mas ela logo a fechou.

Gansey apenas anuiu, não mais nem menos angustiado do que quando Blue lhe respondera de volta no restaurante.

— Tudo bem, então. Não, não, fique onde está. Nós encontramos a saída.

E, sem mais nem menos, eles foram embora, Adam lançando para Blue um último olhar que ela não pôde interpretar. Um segundo depois, a rotação do motor do Camaro subiu alta e os pneus cantaram os verdadeiros sentimentos de Gansey. Então a casa ficou em silêncio. Um silêncio forçado, como se os garotos corvos tivessem levado todo o ruído do bairro com eles.

Blue se lançou sobre a mãe.

— *Mãe*. — Ela ia dizer algo mais, mas tudo que conseguiu dizer novamente foi: — *Mãe!* — mais alto.

— Maura — disse Calla —, isso foi muito rude. — Então acrescentou: — Gostei.

Maura se virou para Blue, como se Calla não tivesse falado nada.

— Não quero que você veja esse garoto nunca mais.

Indignada, Blue protestou:

— E o que aconteceu com "crianças não devem receber ordens"?

— Isso foi antes de Gansey. — Maura virou a carta da Morte, dando a Blue um longo tempo para examinar o crânio dentro do capacete. — É o mesmo que dizer para você não atravessar a rua na frente de um ônibus.

Várias contestações se passaram rapidamente pela cabeça de Blue antes de encontrar a que ela queria.

— Por quê? A Neeve não me viu no caminho dos corpos. *Eu* não vou morrer no ano que vem.

— Em primeiro lugar, o caminho dos corpos é uma promessa, não uma garantia — respondeu Maura. — Em segundo lugar, existem outros destinos terríveis além da morte. Vamos falar de desmembramento?

Paralisia? Trauma psicológico interminável? Tem alguma coisa muito errada com esses rapazes. Quando sua mãe diz "não atravesse a rua na frente de um ônibus", ela tem uma boa razão para isso.

Da cozinha, a voz suave de Persephone soou:

— Se alguém tivesse evitado que você atravessasse a rua na frente de um ônibus, Maura, a Blue não estaria aqui.

Maura lançou uma careta em sua direção, então varreu com a mão a mesa de leitura, como se a estivesse limpando de migalhas de pão.

— O melhor cenário aqui é o de que você se tornará amiga de um garoto que vai morrer.

— Ah — disse Blue, de modo muito, muito astuto. — Agora entendi.

— Não venha me analisar — disse a mãe.

— Já fiz isso. E repito: "Ah".

Maura sorriu com um sarcasmo que não lhe era costumeiro e então perguntou a Calla:

— O que você viu quando tocou aquele outro garoto? O garoto corvo?

— Todos eles são garotos corvos — disse Blue.

A mãe balançou a cabeça.

— Não, ele é mais corvo do que os outros.

Calla esfregou a ponta dos dedos, como se estivesse limpando deles a memória da tatuagem de Ronan.

— É como a leitura daquele espaço estranho. Tem tanta coisa saindo dele que não deveria ser possível. Lembra daquela mulher que apareceu grávida de quádruplos? É assim, só que pior.

— Ele está grávido? — perguntou Blue.

— Ele está criando — disse Calla. — Aquele espaço está criando também. Não sei como colocar melhor do que isso.

Blue se perguntou a que tipo de criação ela se referia. *Ela* estava sempre criando coisas — pegando coisas velhas, cortando-as e tornando-as melhores. Pegando coisas que já existiam e transformando-as em algo mais. Ela achava que isso era o que a maioria das pessoas queria dizer quando chamavam alguém de *criativo*.

Mas ela suspeitava que não era isso que Calla queria dizer. Ela achava que o que Calla queria dizer era o verdadeiro significado de criativo: fazer uma coisa onde antes não havia nada.

Maura percebeu a expressão de Blue e disse:

— Eu nunca mandei você fazer algo antes, Blue. Mas estou mandando agora. Fique longe deles.

16

Na noite após a leitura, Gansey acordou com um ruído nada familiar e tateou em busca dos óculos. Soava um pouco como se um de seus companheiros de apartamento estivesse sendo morto por um gambá, ou possivelmente como os momentos finais de uma briga fatal entre gatos. Ele não estava certo quanto aos detalhes, mas tinha certeza de que havia morte envolvida.

Noah estava parado na porta do quarto, com uma expressão patética e muito sofrida.

— Faça parar — disse ele.

O quarto de Ronan era sagrado e, no entanto, ali estava Gansey, duas vezes na mesma semana, abrindo a porta com um empurrão. Ele encontrou a luz acesa e Ronan curvado sobre a cama, usando apenas uma cueca samba-canção. Seis meses antes, Ronan havia feito a tatuagem negra intricada que cobria a maior parte de suas costas e subia serpenteando o pescoço, e agora as linhas monocromáticas se sobressaíam na luz claustrofóbica da lâmpada, mais reais que qualquer outra coisa no quarto. Era uma tatuagem peculiar, ao mesmo tempo violenta e adorável, e toda vez que Gansey a via, descobria algo diferente no desenho. Naquela noite, aninhado em uma ravina de flores belas e perversas, havia um bico onde antes ele vira uma foice.

O som áspero ressoou pelo apartamento novamente.

— Mas que diabos é isso? — perguntou Gansey de maneira bem-humorada. Como sempre, Ronan estava com fones de ouvido, então Gansey teve de se estender para puxá-los para baixo. A música subiu fracamente como um lamento no ar.

Ronan levantou a cabeça. Quando o fez, as flores perversas nas costas se deslocaram e se esconderam atrás das omoplatas bem definidas. Em seu colo estava o corvo ainda em formação, com a cabeça inclinada para trás e o bico aberto.

— Achei que tínhamos deixado claro o que significa uma porta fechada — disse Ronan. Ele segurava uma pinça.

— Achei que tínhamos deixado claro que a noite é para dormir.

Ronan deu de ombros.

— Talvez para você

— Não hoje à noite. O seu pterodátilo me acordou. Por que ele está fazendo esse barulho?

Em resposta, Ronan enfiou a pinça em um saco plástico sobre o cobertor na frente dele. Gansey não tinha certeza se queria saber qual era a substância cinza na ponta da pinça. Tão logo o corvo ouviu o ruído do saco, fez aquele som sinistro novamente — um guincho irritante que se tornava um gorgolejar enquanto ele devorava a oferta. A cena inspirou ao mesmo tempo compaixão e o reflexo de vômito em Gansey.

— Assim não dá — disse ele. — Você precisa fazer ele parar.

— Ela precisa comer — respondeu Ronan. O corvo devorou mais uma porção. Dessa vez soou bastante como um aspirador de pó sobre uma salada de batata. — É só a cada duas horas nas primeiras seis semanas.

— Não dá para você deixar o pássaro no andar de baixo?

Em resposta, Ronan levantou um pouco o pequeno pássaro na direção dele.

— Você me diz.

Gansey não gostava que apelassem para sua bondade, especialmente quando ela tinha de enfrentar seu desejo de dormir. De jeito nenhum, é claro, ele forçaria o corvo escada abaixo. O bichinho era pequeno e improvável. Gansey não tinha certeza se ele era extremamente fofo ou terrivelmente feio, e se sentia incomodado que o pássaro conseguisse ser as duas coisas.

Por detrás dele, Noah disse, soando lamurioso:

— Eu não gosto dessa coisa aqui. Ela me faz lembrar...

Noah deixou a frase inacabada, como frequentemente fazia, e Ronan apontou a pinça para ele.

— Ei, cara, fique longe do meu quarto.

— Cala a boca — Gansey disse para os dois. — Isso inclui você, pássaro.

— Motosserra.

Noah se retirou, mas Gansey ficou. Por vários minutos observou o corvo engolir um lodo cinza enquanto Ronan arrulhava para o pássaro. Ele não era o Ronan com quem Gansey havia se acostumado a conviver, tampouco era o Ronan que Gansey havia encontrado pela primeira vez. Estava claro agora que os lamúrios que vinham dos fones de ouvido eram gaitas de fole irlandesas. Gansey não conseguia lembrar quando fora a última vez que Ronan havia escutado música celta. A música de Niall Lynch. De uma hora para outra, ele também sentiu saudades do pai carismático de Ronan. Mas, mais do que isso, sentiu saudades do Ronan que existia quando Niall Lynch ainda estava vivo. Aquele garoto à sua frente, com um pássaro frágil nas mãos, parecia um meio-termo.

Após um tempo, Gansey perguntou:

— O que a médium quis dizer, Ronan? Sobre o seu pai.

Ronan não levantou a cabeça, mas Gansey observou os músculos das suas costas se enrijecerem, tensionados, como se subitamente estivessem carregando peso.

— Essa é uma pergunta muito Declan.

Gansey considerou a questão.

— Não. Não creio que seja.

— Ela estava falando merda.

Gansey considerou isso, também.

— Não. Não acho que ela estava.

Ronan encontrou o aparelho de som ao lado dele na cama e apertou o botão de pausa. Quando respondeu, sua voz soou fria e desarmada.

— Ela é uma daquelas pessoas que entram na sua cabeça e saem bagunçando tudo. Ela disse aquilo porque sabia que ia causar problemas.

— De que tipo?

— Tipo você me fazendo perguntas como o Declan faria — disse Ronan, oferecendo ao corvo outra massa cinzenta, mas o pássaro apenas olhou para ele, paralisado. — Fazendo com que eu pense em coisas que não quero pensar. Esse tipo de problema. Entre outros. Aliás, o que houve com seu rosto?

Gansey coçou o queixo, pesaroso. Ele sentia a pele mal barbeada e irritada. Sabia que estava sendo distraído, mas não protestou.

— Está crescendo?

— Cara, você não vai entrar nessa de barba, vai? Achei que você estivesse brincando. Você sabe que isso deixou de ser bacana no século XIV ou sei lá quando Paul Bunyan viveu. — Ronan olhou para ele sobre o ombro. Gansey exibia aquela barba de fim de tarde que lhe crescia a qualquer hora do dia. — Pare com isso. Você parece sujo.

— Não tem importância. Ela não está crescendo. Estou fadado a ser um homem-criança.

— Se você for continuar dizendo coisas como "homem-criança", pode ir embora — disse Ronan. — Cara, não deixe isso te desanimar. Assim que você entrar na puberdade, essa barba vai crescer lindamente. Como um maldito tapete. Quando você comer sopa, ela vai filtrar as batatas. Que nem um terrier. Você tem pelo nas pernas? Nunca notei.

Gansey não dignificou nada disso com uma resposta. Com um suspiro, ele se afastou da parede e apontou para o corvo.

— Vou voltar para a cama. Mantenha essa coisa em silêncio. Você me deve essa, Lynch.

— Como quiser — disse Ronan.

Gansey voltou para a cama, mas não se deitou. Estendeu o braço para pegar o diário, mas ele não estava ali; ele o havia deixado no Nino's na noite da briga. Pensou em ligar para Malory, mas não sabia o que perguntar. Algo dentro dele parecia a noite, faminta, carente e negra. Ele pensou nas órbitas escuras dos olhos do cavaleiro esquelético na carta da Morte.

Um inseto zuniu na janela, o tipo de zunido que vinha de um inseto com algum tamanho. Gansey pensou em seu autoinjetor de adrenalina, longe dali, no porta-luvas do carro, distante demais para ser um antídoto útil se necessário. O inseto era provavelmente uma mosca ou uma maria-fedida ou ainda outra típula, mas, quanto mais ela ficava ali, mais Gansey considerava a ideia de que poderia ser uma vespa ou uma abelha.

Provavelmente não era.

Gansey abriu os olhos e desceu suavemente da cama, inclinando-se para pegar um sapato ao seu lado. Caminhou cuidadosamente até a janela e procurou pelo ruído do inseto. A sombra do telescópio era um monstro elegante no chão.

Apesar de o zunido ter desaparecido, ele precisou de apenas um momento para encontrar o inseto na janela: uma vespa subia rastejando pela esquadria de madeira, girando para frente e para trás. Gansey não se mexeu. Ele a observou escalar e parar, escalar e parar. As luzes da rua formavam a sombra ligeira de suas pernas, de seu corpo curvo, o ponto fino e frágil do ferrão.

Duas narrativas coexistiam na cabeça de Gansey. Uma era a imagem real: a vespa subindo a madeira, alheia à sua presença. A outra era uma imagem falsa, uma possibilidade: a vespa zunindo no ar, encontrando sua pele, inserindo-lhe o ferrão, e sua alergia tornando-o uma arma mortal.

Muito tempo atrás, sua pele fora tomada por marimbondos, as asas batendo mesmo quando seu coração não batia mais.

Agora, ele sentia a garganta apertada e obstruída.

— Gansey?

A voz de Ronan soou logo atrás dele, com um timbre estranho e inicialmente irreconhecível. Gansey não se virou. A vespa acabara de mover as asas, quase levantando voo.

— Cara, que merda! — disse Ronan. Ouviram-se três passos bem próximos, o chão estalando como um tiro, e então o sapato foi arrancado da mão de Gansey. Ronan o empurrou para o lado e bateu com o sapato tão forte na janela que o vidro quase quebrou. Após o corpo seco da vespa cair sobre a madeira do chão, Ronan o procurou na escuridão e o esmagou mais uma vez. — Merda — disse ele de novo. — Você é idiota?

Gansey não sabia dizer como se sentia, vendo a morte rastejando a centímetros dele, sabendo que em poucos segundos ele poderia ter passado de "um estudante promissor" para "além da salvação". Ele se virou para Ronan, que pegara cuidadosamente a vespa por uma asa quebrada, para que Gansey não pisasse nela.

— O que você queria? — ele perguntou.

— O quê? — demandou Ronan.

— Você veio aqui por algum motivo.

Com um piparote, Ronan lançou o corpo pequeno da vespa no cesto de lixo ao lado da escrivaninha. O lixo estava transbordando de papéis amassados, então o corpo repicou para fora e o forçou a encontrar uma fenda melhor para ele.

— Não consigo nem lembrar.

Gansey ficou ali parado e esperou que Ronan dissesse mais alguma coisa. Ronan mexeu um pouco mais na vespa antes de dizer algo, e, quando finalmente disse, não olhou para Gansey.

— Que papo é esse de você e o Parrish caírem fora?

Não era o que Gansey esperara. Ele não tinha certeza de como falar sem machucar Ronan. Ele não podia mentir para ele.

— Você me conta o que ouviu, e eu te conto o que é verdade.

— O Noah me contou — disse Ronan — que, se você fosse embora, o Parrish iria com você.

Ele havia deixado que o ciúme se infiltrasse em sua voz, e isso tornou a resposta de Gansey mais fria do que poderia ter sido. Gansey tentava não favorecer ninguém.

— E o que mais o Noah te disse?

Com um esforço visível, Ronan deu um passo atrás e se recompôs. Nenhum dos irmãos Lynch gostava de parecer qualquer outra coisa que não deliberado, mesmo que fosse deliberadamente cruel.

Em vez de responder, ele perguntou:

— Você quer que eu vá junto?

Algo atingiu o peito de Gansey.

— Eu levaria todos vocês a qualquer lugar comigo.

A luz do luar fez uma estranha escultura no rosto de Ronan, um retrato duro moldado de forma incompleta por um escultor que se esquecera de trabalhar com compaixão. Ele inspirou pesadamente e soltou o ar de leve, sua respiração de fumante.

Após uma pausa, Ronan disse:

— Aquela noite. Tem alguma coisa...

Mas então parou e não disse mais nada. Era uma parada completa, do tipo que Gansey associava com segredos e culpa. Era uma parada que acontecia quando uma pessoa se decidia a confessar, mas a boca a traía no fim.

— Tem o quê?

Ronan murmurou algo e sacudiu o cesto de lixo.

— Tem *o quê*, Ronan?

Ele disse:

— Uma coisa com a Motosserra e a médium, e também com o Noah. Eu acho que tem algo estranho acontecendo.

Gansey não conseguia esconder a exasperação da voz.

— *Estranho* não me ajuda. Eu não sei o que você quer dizer com isso.

— Eu não sei, cara, é maluco. Eu não sei o que te dizer. Estranho como a sua voz no gravador — respondeu Ronan. — Estranho como a filha da médium. As coisas parecem maiores. Eu não sei bem o que estou dizendo. Achei que, de todas as pessoas, você acreditaria em mim.

— Eu não faço nem ideia do que você está me pedindo para acreditar.

Ronan disse:

— Está começando, cara.

Gansey cruzou os braços. Ele podia ver a asa negra da vespa morta, esmagada contra a trama do cesto de lixo. Então esperou que Ronan elaborasse a questão, mas tudo que o garoto disse foi:

— Se eu pegar você encarando uma vespa de novo, vou deixar que ela te mate. Que se dane.

Sem esperar por uma resposta, ele se virou e voltou para o quarto.

Lentamente, Gansey pegou o sapato de onde Ronan o havia deixado. Quando se endireitou, percebeu que Noah tinha saído de seu quarto e estava ali, ao lado dele. Seu olhar ansioso adejava de Gansey para o cesto de lixo. O corpo da vespa havia escorregado vários centímetros para baixo, mas ainda era visível.

— Que foi? — perguntou Gansey.

156

Alguma coisa no rosto apreensivo de Noah o fez lembrar dos rostos assustados que o cercavam, marimbondos em sua pele, o céu azul como a morte acima dele. Há muito, muito tempo, ele havia recebido outra chance, e, ultimamente, o fardo de corresponder a ela parecia mais pesado.

Ele desviou o olhar de Noah, na direção da parede de vidraças. Mesmo agora, parecia que Gansey podia sentir a presença dolorosa das montanhas próximas, como se o espaço entre ele e os picos fosse algo tangível. Era tão penoso quanto o semblante adormecido de Glendower.

Ronan estava certo. As coisas pareciam maiores. Talvez ele não tivesse encontrado a linha, ou o centro da linha, mas algo estava acontecendo, algo estava começando.

Noah disse:

— Não jogue fora.

Vários dias depois, Blue acordou bem antes do amanhecer. Sombras irregulares se amontoavam em seu quarto, vindas da luz noturna do corredor. Como todas as noites desde a leitura, pensamentos sobre os traços elegantes de Adam e a memória da cabeça inclinada de Gansey lhe enchiam a mente tão logo o sono a soltava de seu domínio. Blue não conseguia deixar de reproduzir repetidas vezes aquele episódio caótico em sua mente. A resposta volátil de Calla para Ronan, a linguagem íntima de Adam e Gansey, o fato de Gansey não ser apenas um espírito no caminho dos corpos. Mas não era apenas com os garotos que ela estava preocupada, embora, tristemente, não parecesse provável que Adam ligaria para ela um dia. Não, a coisa que mais a incomodava era a ideia de que sua mãe a havia proibido de fazer algo. Isso a atormentava como uma coleira.

Blue empurrou as cobertas para se levantar.

Ela tinha certo carinho pela arquitetura esquisita do número 300 da Rua Fox; era um tipo de afeição meio a contragosto, nascida mais da nostalgia que de qualquer afeto de verdade. Mas, sobre o que sentia pelo pátio nos fundos da casa, ela não tinha nenhuma dúvida. Uma faia enorme e frondosa abrigava todo o quintal. Sua bela copa, perfeitamente simétrica, estendia-se de uma linha da cerca até a outra, tão densa que tingia de um verde exuberante mesmo o dia mais quente de verão. Apenas a chuva mais pesada podia penetrar as folhas. Blue tinha um punhado de memórias de quando parava junto ao tronco imponente e liso em dias chuvosos, ouvindo as gotas sibilarem, baterem e se dispersarem ao longo da copa, sem jamais alcançar o chão. Parada embaixo da faia, ela se sentia como se *fosse* a árvore, como se a chuva escorresse por suas folhas e por sua casca, macia como outra pele roçando contra a dela.

Com um breve suspiro, Blue foi até a cozinha. Empurrou a porta dos fundos para abri-la, usando as duas mãos para fechá-la silenciosamente atrás de si. Após o anoitecer, o quintal era seu mundo particular, privado e obscurecido. A cerca alta de madeira, coberta por uma madressilva bagunçada, bloqueava as luzes das varandas da vizinhança, e a copa inescrutável da faia impedia a passagem da luz do luar. Normalmente, ela teria de esperar vários longos minutos para seus olhos se ajustarem à escuridão relativa, mas não naquela noite.

Naquela noite, uma luz estranha, incerta, bruxuleava no tronco da árvore. Blue hesitou junto à porta, tentando entender a luz crepitante à medida que ela se deslocava sobre a casca pálida e cinza. Colocando uma mão contra a parede lateral da casa — ainda quente do calor do dia —, ela se inclinou para frente. Dali, viu uma vela do outro lado da árvore, aninhada nas raízes enroladas e expostas da faia. Uma chama trêmula sumia, aumentava e sumia de novo.

Blue deu um passo no pátio de tijolos rachados, então outro, olhando atrás de si de relance, para ver se alguém a observava da casa. De quem era aquele projeto? A alguns metros da vela havia outro emaranhado de raízes lisas, e uma poça de água escura havia se juntado nelas. A água refletia a luz bruxuleante, como outra vela por baixo da superfície escura.

Blue segurou a respiração tensa dentro de si enquanto dava outro passo.

De blusão solto e saia longa e rodada, Neeve estava ajoelhada próxima da vela e da pequena poça nas raízes. Com as belas mãos entrelaçadas no colo, estava tão imóvel quanto a própria árvore e tão escura quanto o céu acima de sua cabeça.

Blue perdeu o fôlego de repente ao ver Neeve pela primeira vez, e então, ao erguer os olhos para seu rosto indistinto, o fôlego faltou-lhe novamente, como se a surpresa se renovasse.

— Oh — ela sussurrou. — Desculpe. Eu não sabia que você estava aqui.

Mas Neeve não respondeu. Quando Blue olhou mais de perto, viu que os olhos da tia estavam fora de foco. Mas o que Blue não suportou ver foram as sobrancelhas; de um modo estranho, elas não tinham nenhuma expressão. Ainda mais vazias que os olhos de Neeve eram aquelas sobrancelhas sem forma, esperando por informações, duas linhas neutras e retas.

O primeiro pensamento de Blue foi de certa maneira clínico — não havia convulsões em que o sintoma era simplesmente ficar sentado, imóvel? Como elas eram chamadas? Mas então ela pensou na tigela cheia de suco de uva e cranberry na mesa da cozinha. Era muito mais provável que ela tivesse interrompido algum tipo de meditação.

Mas não parecia uma meditação. Parecia... um ritual. Sua mãe não fazia rituais. Maura certa vez dissera irritada para um cliente: "Eu não sou uma bruxa". E certa vez dissera triste para Persephone: "Eu não sou uma bruxa". Mas talvez Neeve fosse. Blue não estava certa de quais eram as regras nessa situação.

— Quem está aí? — perguntou Neeve.

Mas não era a voz dela. Era algo mais profundo e distante.

Um pequeno calafrio desagradável subiu pelos braços de Blue. Em algum lugar na árvore, um pássaro silvou. Pelo menos ela achou que era um pássaro.

— Venha para a luz — disse Neeve.

A água se moveu nas raízes, ou talvez tenha sido meramente o reflexo em movimento da vela solitária. Quando Blue abriu seu campo de visão, viu uma estrela de cinco pontas marcada em torno da faia. Uma ponta era a vela, e outra, a poça de água escura. Uma vela apagada marcava a terceira ponta, e uma tigela vazia, a quarta. Por um momento, Blue achou que estava equivocada, que não se tratava de uma estrela de cinco pontas. Mas então ela se deu conta: Neeve era a última ponta.

— Eu sei que você está aí — disse a não Neeve na voz que soava como lugares sombrios, distantes do sol. — Eu posso sentir o seu cheiro.

Algo subiu rastejando muito lentamente pela nuca de Blue, por dentro de sua pele. Era um rastejar tão horrivelmente real que ela sentiu uma vontade enorme de lhe dar um tapa ou arranhá-lo.

Blue queria entrar e fingir que não tinha saído da casa, mas não queria deixar Neeve para trás se algo...

Blue não queria pensar sobre isso, mas pensou.

Ela não queria deixar Neeve para trás se algo a tivesse *possuído*.

— Estou aqui — disse Blue.

A chama da vela se estendeu longa, muito longa.

A não Neeve perguntou:

— Qual é o seu nome?

Ocorreu a Blue que ela não tinha exatamente certeza se a boca de Neeve havia se movido quando ela falou. Era difícil olhar para seu rosto.

— Neeve — mentiu Blue.

— Venha onde eu possa vê-la.

Havia definitivamente algo se movendo na pequena poça escura. A água refletia cores que não estavam na vela. Elas se deslocavam e se moviam em um padrão completamente diferente do movimento da chama.

Blue sentiu um arrepio.

— Eu sou invisível.

— Ahhhhhhh — suspirou a não Neeve.

— Quem é você? — perguntou Blue.

A chama da vela ficou muito alta e fina, a ponto de se romper. Ela não se estendia para o céu, mas para Blue.

— Neeve — disse a não Neeve.

Havia um tom matreiro na voz sombria agora. Algo sagaz e malicioso, algo que fazia Blue querer olhar para trás. Mas ela não desviou o olhar da vela, pois temia que a chama a tocasse se ela lhe desse as costas.

— Onde você está? — perguntou Blue.

— No caminho dos corpos — rosnou a não Neeve.

Blue percebeu que sua respiração formava uma nuvem à sua frente. Arrepios lhe alfinetavam os braços, rápidos e dolorosos. Na meia-luz da vela, Blue notou que a respiração de Neeve também era visível.

A nuvem da respiração de Neeve se partia sobre a poça, como se algo físico estivesse subindo da água para romper seu caminho.

Avançando com ímpeto, Blue deu um pontapé na tigela vazia, derrubou a vela apagada e chutou terra na direção da poça escura.

A vela se apagou.

Houve um minuto de completa escuridão. Não havia nenhum ruído, como se a árvore e o jardim à sua volta não estivessem mais em Henrietta. Apesar do silêncio, Blue não se sentia sozinha, e era um sentimento terrível.

Eu estou dentro de uma bolha, ela pensou furiosamente. *Sou uma fortaleza. Há um vidro em toda minha volta. Posso olhar para fora, mas nada consegue entrar. Sou intocável.* Todos os exercícios visuais que Maura havia passado a ela para se proteger de um ataque paranormal não pareciam nada em comparação à voz que saíra de Neeve.

Mas então não havia mais nada. Seus arrepios desapareceram tão rapidamente quanto tinham aparecido. Lentamente, seus olhos se ajustaram à escuridão — embora parecesse que a luz havia escorrido de volta para o mundo —, e ela encontrou Neeve, ainda ajoelhada ao lado da poça de água.

— Neeve — sussurrou Blue.

Por um momento, nada aconteceu, então Neeve ergueu o queixo e as mãos.

Por favor, seja Neeve. Por favor, seja Neeve.

O corpo inteiro de Blue estava pronto para correr.

Foi quando ela viu que as sobrancelhas de Neeve estavam alinhadas e firmes sobre os olhos, apesar de as mãos tremerem. Blue soltou um suspiro de alívio.

— Blue? — perguntou Neeve, com a voz soando normal. E, em seguida, com uma súbita compreensão: — *Ah*. Você não vai contar para a sua mãe sobre isso, vai?

Blue a encarou.

— É claro que vou! O que era *isso*? O que você estava fazendo?

Seu coração ainda batia rápido, e ela percebeu que estava aterrorizada, agora que podia pensar no que havia acontecido.

Neeve contemplou o pentagrama interrompido, a vela e a tigela derrubadas.

— Eu estava fazendo uma leitura.

A voz meiga apenas enfureceu Blue.

— Leitura é o que você fez antes. Isso não era a mesma coisa!

— Eu estava buscando aquele espaço que vi da outra vez. Eu esperava fazer contato com alguém que estivesse nele para descobrir o que era.

A voz de Blue não soou nem de perto tão firme quanto ela gostaria.

— Alguém falou. *Não era você* quando eu cheguei aqui.

— Bem — disse Neeve, parecendo um pouco aborrecida —, isso foi culpa sua. Você deixa tudo mais intenso. Eu não estava esperando que você aparecesse aqui, ou teria...

Ela deixou a frase inacabada, olhando para o toco da vela e inclinando a cabeça para o lado. Não era um gesto particularmente humano, e fez Blue se lembrar do calafrio desagradável que sentira antes.

— Teria o quê? — demandou Blue. Ela também estava um pouco contrariada, por a tia lhe atribuir, de algum modo, a culpa pelo que quer que acontecera há pouco. — O que *foi* aquilo? A coisa disse que estava no caminho dos corpos. Isso é o mesmo que uma linha ley?

— É claro — disse Neeve. — Henrietta está sobre uma linha ley.

Isso significava que Gansey estava certo. Também significava que Blue sabia exatamente onde corria a linha ley, pois vira o espírito de Gansey caminhar ao longo dela alguns dias antes.

— É por isso que é fácil ser médium aqui — disse Neeve. — A energia é forte.

— Energia, como a minha energia? — perguntou Blue.

Neeve fez um gesto complicado com a mão antes de pegar a vela. Ela a segurou de cabeça para baixo à sua frente e apertou o pavio para ter certeza de que ele estava inteiramente apagado.

— Energia como a sua. Ela alimenta coisas. Como vocês colocaram a questão? Torna a conversa mais alta. A lâmpada mais brilhante. Tudo que precisa de energia para viver anseia por ela, da mesma maneira que anseiam por sua energia.

— O que você viu? — perguntou Blue. — Quando você estava...

— Fazendo a leitura — Neeve terminou por ela, embora Blue não tivesse certeza de que seria assim que ela terminaria a frase. — Existe uma pessoa lá que sabe o seu nome. E existe outra pessoa que está procurando por essa coisa que você está procurando.

— Que *eu* estou procurando?! — ecoou Blue, assombrada.

Não havia nada que *ela* estivesse procurando. A não ser que Neeve estivesse falando do misterioso Glendower. Ela se lembrou daquele sentimento de conexão, de se sentir envolvida naquela rede de garotos corvos, reis adormecidos e linhas ley. De sua mãe lhe dizendo para ficar longe deles.

— Sim, você sabe o que é — respondeu Neeve. — Ah! Tudo parece tão mais claro agora...

Blue pensou na chama da vela, estendida e faminta, nas luzes inconstantes dentro da poça de água. Sentiu frio em algum lugar muito profundo dentro de si.

— Você ainda não disse o que era aquilo. Na água.

Então Neeve olhou para ela, com todas as provisões reunidas nos braços. Seu olhar era inquebrantável e poderia durar uma eternidade.

— Porque eu não faço ideia — disse ela.

18

Whelk tomou a liberdade de mexer no armário de Gansey antes das aulas no dia seguinte.

O armário de Gansey, um dos poucos em uso, estava apenas algumas portas de distância do velho armário de Whelk, e o sentimento de abri-lo trouxe de volta uma torrente de memórias e nostalgia. Em outra época, *ele* havia sido isto: um dos garotos mais ricos de Aglionby, andando com os amigos que quisesse, com as garotas de Henrietta que lhe chamassem atenção, comparecendo às aulas que tivesse vontade. Seu pai não sentia arrependimento algum em fazer uma doação extra para ajudar Whelk a passar em uma disciplina que ele havia deixado de frequentar por algumas semanas. Whelk ansiava por seu velho carro. Os policiais dali conheciam bem o seu pai, eles nem se davam ao trabalho de parar Whelk.

E agora Gansey era o rei ali, e não sabia nem como usar sua condição.

Graças ao código de honra de Aglionby, não havia trancas em nenhum dos armários, o que permitia que Whelk abrisse o de Gansey sem problemas. Dentro, encontrou vários cadernos de espiral empoeirados com apenas algumas páginas usadas. Whelk deixou uma nota no armário ("Pertences removidos para aplicação de inseticida contra baratas"), caso Gansey decidisse ir para a escola duas horas mais cedo, e então se retirou para um dos banheiros desativados dos funcionários para examinar seu achado.

Sentou de pernas cruzadas no azulejo intacto, mas empoeirado, ao lado da pia, e descobriu que Richard Gansey III era mais obcecado com a linha ley do que ele havia sido um dia. Algo a respeito de todo o processo de pesquisa parecia... frenético.

O que há de errado *com esse garoto?*, perguntou-se Whelk, e então imediatamente se sentiu estranho por ter ficado tão velho a ponto de pensar em Gansey como um garoto.

Ouviu saltos de sapato no corredor do lado de fora do banheiro. O aroma de café veio por baixo do vão da porta; Aglionby estava começando a acordar. Whelk passou para o caderno seguinte.

Aquele não era sobre a linha ley. Só trazia questões históricas sobre o rei galês Owen Glendower, e Whelk não se interessou. Ele folheou, folheou, folheou, pensando que o assunto não estava relacionado, até perceber a tese que Gansey estava defendendo para vincular os dois elementos: Glendower e a linha ley. Comparsa ou não, Gansey sabia como vender uma história.

Whelk se concentrou em uma anotação.

"Quem quer que venha a acordar Glendower receberá um favor (ilimitado?) (sobrenatural?) (algumas fontes dizem *recíproco*, o que isso quer dizer?)."

Czerny nunca havia se preocupado com o resultado final da busca da linha ley. A princípio, Whelk também não se preocupara. O apelo havia sido meramente o enigma dela. Então, uma tarde, Czerny e Whelk estavam parados no meio do que parecia ser um círculo naturalmente formado de pedras magneticamente carregadas, empurrando experimentalmente uma das pedras fora de lugar. A onda de energia resultante havia lançado os dois ao chão e criado uma tênue aparição do que parecia ser uma mulher.

A linha ley era uma energia inexplicável, incontrolável, bruta. Algo lendário.

Quem quer que viesse a controlar as linhas ley seria mais do que rico. Quem quer que viesse a controlar as linhas ley seria algo que os outros garotos de Aglionby só poderiam começar a aspirar.

Mesmo assim Czerny não havia se importado, não de verdade. Ele fora a criatura mais sem ambição e doce que Whelk já vira na vida, razão pela qual provavelmente Whelk gostasse tanto de andar com ele. Czerny não se importava em não ser melhor que os outros estudantes de Aglion-by. Ele estava contente em acompanhar Whelk. Ultimamente, quando Whelk tentava se confortar, dizia para si mesmo que Czerny era um cordeirinho, mas às vezes ele se distraía e se lembrava dele como um sujeito leal.

As duas coisas não precisavam ser diferentes, não é?

— Glendower — disse Whelk em voz alta, testando a palavra, que ecoou pelas paredes do banheiro, vazia e metálica. Ele se perguntou o que Gansey, o estranho e desesperado Gansey, estava pensando em pedir como favor.

Whelk se levantou do chão do banheiro e recolheu todos os cadernos. Levaria apenas alguns minutos para copiá-los na sala dos professores, e, se alguém perguntasse, ele diria que Gansey havia pedido para ele fazê-lo.

Glendower.

Se Whelk o encontrasse, pediria o que sempre desejara: controlar as linhas ley.

Na tarde seguinte, Blue saiu descalça na frente do número 300 da Rua Fox e se sentou no meio-fio para esperar por Calla debaixo das árvores azul-esverdeadas. Durante a tarde inteira, Neeve ficara trancada em seu quarto e Maura estivera fazendo leituras de tarô dos anjos para um grupo de pessoas de fora que participava de um retiro de escritores. Então Blue havia tirado a tarde inteira para pensar no que fazer a respeito de ter encontrado Neeve no quintal. E o que fazer envolvia Calla.

Ela estava começando a ficar agitada quando a carona de Calla a deixou na calçada.

— Você está se colocando na rua com o lixo? — Calla perguntou enquanto descia do veículo, azul-esverdeado como todo o resto no dia. Ela usava um vestido estranhamente respeitável com sandálias de strass duvidosamente chiques. Com um aceno lânguido para o motorista, ela se virou para Blue quando o carro se afastou.

— Eu preciso te fazer uma pergunta — disse Blue.

— E é uma pergunta que fica melhor ao lado de uma lata de lixo? Segure isso — disse Calla, passando com esforço uma das sacolas que tinha no braço para o de Blue. Ela cheirava a jasmim e pimentão, o que queria dizer que tivera um dia ruim no trabalho. Blue não estava inteiramente certa a respeito do que Calla fazia para ganhar a vida, mas sabia que tinha algo a ver com Aglionby, com lidar com papeladas e praguejar com estudantes, muitas vezes nos fins de semana. Qualquer que fosse sua descrição de trabalho, envolvia recompensar a si mesma com burritos em dias ruins.

Calla começou a subir a passos largos o acesso até a porta da frente.

Blue a seguiu desamparada, arrastando a sacola, que parecia conter livros ou corpos.

— A casa está cheia.

Apenas uma das sobrancelhas de Calla estava prestando atenção.

— Sempre está cheia.

Elas estavam quase na porta da frente. Dentro, todos os quartos estavam ocupados com tias, primos e mães. O som raivoso da música de doutorado de Persephone já era audível. A única chance de ter privacidade era na rua.

Blue disse:

— Eu quero saber por que a Neeve está aqui.

Calla parou e olhou para ela por sobre o ombro.

— Ah, que graça — respondeu de maneira pouco agradável. — Eu também gostaria de saber a causa da mudança climática, mas ninguém vai me contar.

Agarrando a sacola de Calla como refém, Blue insistiu:

— Eu não tenho mais seis anos. Talvez todo mundo possa ver o que quiser em um baralho de cartas, mas estou cansada de me esconderem as coisas.

Agora ela tinha o interesse de ambas as sobrancelhas de Calla.

— Você está certa — concordou Calla. — Eu me perguntava quando você se rebelaria contra nós. Por que não pergunta isso à sua mãe?

— Porque estou brava com ela por me dizer o que fazer.

Calla trocou o peso de lado.

— Pegue outra sacola. Qual é a sua ideia?

Blue aceitou a sacola marrom-escura e com cantos. Parecia haver uma caixa dentro.

— Que você simplesmente me conte.

Com uma das mãos recém-liberadas, Calla tocou o lábio de leve com um dedo. A boca e as unhas tinham um tom profundamente índigo, a cor da tinta de um polvo, a cor das sombras mais profundas no jardim rochoso da frente.

— A única coisa é que não tenho certeza se o que nos foi dito é verdade.

Blue cambaleou um pouco. A ideia de mentir para Calla, Maura ou Persephone parecia ridícula. Mesmo se elas não soubessem a verdade, perceberiam a mentira. Mas parecia haver algo dissimulado a respeito de Neeve, sobre o fato de ela fazer uma leitura tarde da noite, onde achava provável que ninguém a veria.

Calla disse:

— Ela deveria estar aqui procurando por alguém.

— Meu pai — tentou adivinhar Blue.

Calla não disse *sim*, mas também não disse *não*. Em vez disso, respondeu:

— Mas acho que a visita se tornou algo mais para ela, agora que ela está aqui em Henrietta já faz um tempo.

Elas olharam fixamente uma para outra por um momento, como se conspirassem um plano.

— Minha ideia é diferente, então — disse Blue, finalmente. Tentou arquear a sobrancelha para combinar com a de Calla, mas faltou um pouco. — Nós procuramos nas coisas da Neeve. Você segura algum objeto e eu fico ao seu lado.

A boca de Calla ficou muito pequena. Suas meditações psicométricas eram muitas vezes vagas, mas, com Blue ao seu lado, seu dom ficava mais agudo. Certamente fora um momento dramático quando ela tocara a tatuagem de Ronan. Se ela segurasse as coisas de Neeve, elas poderiam ter algumas respostas concretas.

— Pegue esta sacola — disse Calla, passando a Blue a última delas. Era a menor de todas, feita de couro vermelho-sangue e incrivelmente pesada. Enquanto Blue dava um jeito de segurá-la com as outras, Calla cruzou os braços e tamborilou os dedos de unhas índigo um pouco abaixo dos ombros.

— Ela teria que ficar fora do quarto por pelo menos uma hora — disse. — E a Maura também teria que estar ocupada.

Calla havia observado certa vez que Maura não tinha animais de estimação porque cuidar de seus princípios já consumia tempo demais. Maura se dedicava a muitas coisas, e uma delas dizia respeito à sua privacidade.

— Mas você faria isso?

— Vou ficar sabendo de mais coisas hoje — disse Calla. — Sobre a agenda dela. O que é isso? — perguntou, com a atenção se desviando para um carro estacionado no fim da calçada. Tanto Calla quanto Blue se viraram para ler o adesivo na porta do passageiro: FLORES DA ANDI! A motorista remexeu no banco de trás do carro por dois minutos antes de subir a calçada com o menor arranjo de flores do mundo. Sua franja fofa era maior do que as flores.

— É difícil encontrar este lugar! — exclamou a mulher.

Calla apertou os lábios. Ela nutria um ódio puro e irascível por qualquer coisa que pudesse ser classificada como conversa fiada.

— O que é tudo isso? — perguntou, fazendo a pergunta soar como se as flores fossem filhotinhos indesejados.

— Isto é para... — respondeu a mulher, atrapalhada, à procura do cartão.

— Orla? — tentou adivinhar Blue.

Orla sempre recebia flores de homens apaixonados, de Henrietta e de outros lugares. Não eram só flores que eles mandavam. Alguns mandavam pacotes de spas. Outros, cestas de frutas. Um, memoravelmente, mandou um retrato a óleo de Orla. Ele a havia pintado de perfil, de maneira que o observador só conseguia ver completamente seu pescoço longo e elegante, as maçãs do rosto clássicas, os olhos românticos, de pálpebras pesadas, e o nariz enorme — o traço de que ela menos gostava. Orla rompera com ele imediatamente.

— Blue? — a mulher perguntou. — Blue Sargent?

Em um primeiro momento, Blue não compreendeu que ela queria dizer que as flores eram para ela. A mulher teve de empurrá-las em sua direção, e então Calla teve de pegar de volta uma das sacolas para que a garota fosse capaz de aceitá-las. Quando a mulher voltou para o carro, Blue virou o arranjo na mão. Era apenas um pequeno ramo de cravos-de-amor em torno de um cravo branco; as flores eram mais cheirosas que bonitas.

Calla comentou:

— A entrega deve ter custado mais do que as flores.

171

Tateando em torno dos caules rijos, Blue encontrou um pequeno cartão. Dentro, um garrancho feminino havia transcrito a mensagem:

Espero que você ainda queira que eu ligue. — Adam

Agora o pequeno ramo de flores fazia sentido. Elas combinavam com o blusão puído de Adam.

— E você está corando — disse Calla desaprovadoramente. Ela estendeu uma mão para as flores, a qual Blue afastou com uma palmada. Com sarcasmo, Calla acrescentou: — Quem quer que tenha sido, ele realmente se esforçou, não é?

Blue tocou a ponta do cravo branco no queixo. Era tão leve que não parecia mesmo que ela estivesse tocando algo. Não era um retrato ou uma cesta de frutas, mas ela não conseguia imaginar Adam enviando nada mais dramático. Aquelas pequenas flores eram tranquilas e frugais, assim como ele.

— Acho que são bonitas.

Blue teve de morder o lábio para evitar um sorriso bobo. O que ela queria fazer era abraçar as flores e dançar, mas ambas as coisas pareciam insensatas.

— Quem é ele? — perguntou Calla.

— Prefiro não dizer. Tome suas sacolas — Blue estendeu um braço de maneira que a sacola marrom e a outra, de lona, escorregaram para as mãos abertas de Calla.

Esta balançou a cabeça, sem parecer incomodada. No fundo, Blue suspeitava que ela era uma romântica.

— Calla? — perguntou Blue. — Você acha que eu devia contar para os garotos onde fica o caminho dos corpos?

Ela fitou Blue por tanto tempo quanto um olhar de Neeve. Então disse:

— O que faz você pensar que eu posso responder a essa pergunta?

— Porque você é adulta — respondeu Blue. — E imagino que tenha aprendido coisas até chegar à idade adulta.

— O que eu acho — disse Calla — é que você já se decidiu.

Blue baixou os olhos. Era verdade que ela ficava acordada à noite por causa do diário de Gansey e pela sugestão de algo a mais quanto ao mundo. Também era verdade que era assediada pela ideia de que talvez, apenas talvez, houvesse um rei adormecido e que ela seria capaz de colocar a mão sobre seu rosto e sentir um coração secular dentro do peito dele.

Mas, mais importante que qualquer uma dessas coisas, era o rosto dela naquela carta do pajem de copas, os ombros de um garoto salpicados pela chuva no adro da igreja e uma voz dizendo: "Gansey. É só isso".

Assim que ela vira a morte diante dele, e vira que ele era real e que ela estava destinada a ter uma parte nisso, não havia a menor possibilidade de que ficasse simplesmente parada e deixasse tudo acontecer.

— Não conte para a minha mãe — disse Blue.

Com um resmungo evasivo, Calla abriu a porta subitamente, deixando Blue com o buquê no degrau. As flores não pesavam nada, mas, para Blue, tinham a sensação de mudança.

Hoje, pensou Blue, *é o dia em que eu paro de ouvir o futuro e passo a vivê-lo.*

— Blue, se você conhecê-lo... — começou Calla, parada a meio passo da entrada. — É melhor proteger seu coração. Não esqueça que ele vai morrer.

20

Ao mesmo tempo em que as flores estavam sendo entregues para o número 300 na Rua Fox, Adam chegava à Indústria Monmouth com sua bicicleta de certa maneira patética. Ronan e Noah já estavam na rua no terreno coberto de vegetação, construindo rampas de madeira para algum propósito pouco recomendável.

Ele tentou duas vezes persuadir o descanso enferrujado a segurar a bicicleta de pé antes de largá-la de lado. O capim se enfiava pelos raios das rodas. Ele perguntou:

— Quando você acha que o Gansey vai chegar aqui?

Ronan não respondeu imediatamente. Ele estava deitado debaixo do BMW, medindo a largura dos pneus com uma trena amarela.

— Vinte e cinco centímetros, Noah.

Parado ao lado de uma pilha de madeira compensada, Noah perguntou:

— Só isso? Não parece muito.

— Eu mentiria para você? Vinte e cinco centímetros — disse Ronan, empurrando-se para sair debaixo do carro e levantando os olhos para Adam. Ele havia deixado a sombra de barba malfeita se tornar uma barba de vários dias, provavelmente para alfinetar a incapacidade de Gansey de deixar crescer pelos na cara. Agora parecia o tipo de pessoa da qual as mulheres esconderiam as bolsas e os bebês.

— Vai saber. Que horas ele disse?

— Três.

Ronan se pôs de pé e os dois se viraram para observar Noah trabalhando com os compensados para as rampas. *Trabalhando com* na verdade queria dizer *olhando para*. Noah mantinha os indicadores a vinte e cinco centímetros um do outro e, através do espaço entre eles, olhava perplexo para a madeira abaixo. Não havia ferramentas à vista.

— O que você vai fazer com essas coisas? — perguntou Adam.

Ronan abriu seu sorriso de lagarto.

— Uma rampa. BMW. A maldita lua.

Isso era tão típico de Ronan. Seu quarto dentro da Monmouth estava cheio de brinquedos caros, mas, como uma criança mimada, ele terminava brincando na rua com galhos.

— A trajetória que você está construindo não sugere uma lua — respondeu Adam. — Sugere o fim da sua suspensão.

— Não preciso da sua opinião, cientista.

E ele provavelmente não precisava. Ronan não precisava de física. Ele podia intimidar até um pedaço de compensado a fazer o que ele queria. Agachando-se ao lado da bicicleta, Adam mexia de novo no descanso, tentando ver se ele conseguiria soltá-lo sem quebrá-lo inteiramente.

— Qual é o seu problema, mesmo? — perguntou Ronan.

— Estou tentando decidir quando eu devo ligar para Blue.

Dizer isso em voz alta era como um convite à gozação de Ronan, mas tratava-se de um daqueles fatos que precisavam ser reconhecidos.

Noah disse:

— Ele mandou flores para ela.

— Como você sabe? — demandou Adam, mais mortificado que curioso.

Noah sorriu distante e soltou com um chute uma das placas do compensado, parecendo vitorioso.

— Para a médium? Você sabe o que era aquele lugar? — perguntou Ronan.— Um palácio de castração. Se você sair com essa garota, é melhor mandar suas bolas em vez de flores.

— Você é um neandertal.

— Às vezes você parece o Gansey falando — disse Ronan.

— Às vezes você não.

Noah deu sua risada suspirada, quase sem som. Ronan cuspiu no chão ao lado do BMW.

175

— Eu não tinha me dado conta de que o tipo favorito de Adam Parrish eram "anãs" — disse ele.

Ele não estava falando sério, mas Adam se sentiu, de uma hora para outra, cansado de Ronan e de sua inutilidade. Desde o dia da briga no Nino's, Ronan já havia recebido diversas advertências em sua caixa de estudante em Aglionby, avisando-o sobre as coisas terríveis que aconteceriam se ele não começasse a melhorar suas notas. Se ele não começasse a tentar *tirar* notas. Em vez disso, Ronan estava ali, construindo rampas.

Algumas pessoas invejavam o dinheiro de Ronan. Adam invejava seu tempo. Ser tão rico quanto Ronan significava ser capaz de ir à escola e não fazer mais nada, ter intervalos preciosos de tempo nos quais ele podia estudar, escrever ensaios e dormir. Adam não admitiria para ninguém, muito menos para Gansey, mas ele estava *cansado*. Cansado de ter de encontrar tempo para fazer a tarefa de casa entre seus empregos de meio período, de encontrar tempo para dormir, encontrar tempo para a caçada a Glendower. Os empregos pareciam um tamanho desperdício de tempo: em cinco anos, ninguém se importaria se ele havia trabalhado em uma fábrica de trailers. As pessoas só se importariam em saber se ele havia se formado em Aglionby com notas perfeitas, ou se havia encontrado Glendower, ou se ainda estava vivo. E Ronan não tinha de se preocupar com nada disso.

Dois anos antes, Adam havia decidido ir para Aglionby, e, na sua cabeça, Ronan tinha algo a ver com isso. Sua mãe o mandara para o supermercado com o cartão bancário dela — tudo que havia na esteira era um tubo de pasta de dentes e quatro latas de ravióli de micro-ondas —, e a caixa dissera naquele instante que não havia fundos na conta bancária para pagar a compra. Embora não fosse sua culpa, havia algo peculiarmente humilhante e íntimo a respeito do momento, curvado numa fila de supermercado, revirando os bolsos para fingir que talvez tivesse dinheiro para pagar a conta. Enquanto ele procurava, um garoto de cabelo raspado na fila da outra caixa seguiu rapidamente, passou o cartão de crédito e ensacou suas coisas em poucos segundos.

Até a maneira como o garoto havia se deslocado, lembrou Adam, havia chamado sua atenção: confiante e despreocupado, com os ombros jogados para trás, o queixo empinado, o filho de um imperador. Enquanto a caixa passava o cartão mais uma vez, ambos fingindo que a máquina poderia ter lido errado a fita magnética, Adam observava o garoto sair para a calçada onde um carro preto brilhante o esperava. Quando ele abriu a porta, Adam viu que havia outros dois garotos usando gravatas e blusões com um corvo no peito. Pareciam desprezivelmente despreocupados enquanto dividiam as bebidas.

Ele tivera de deixar as latas e a pasta de dentes na esteira, os olhos queimando com lágrimas de vergonha que não caíam.

Desde então, ele nunca quisera tanto ser outra pessoa.

Na sua cabeça, aquele garoto era Ronan, mas, em retrospectiva, Adam pensou que aquilo seria impossível. Ele não teria idade suficiente para ter carteira de motorista. Era apenas outro estudante de Aglionby com um cartão de crédito ilimitado e um carro bacana. Aquele dia não fora a única razão pela qual ele decidira lutar para entrar na Aglionby, mas fora um catalisador. A memória imaginada de Ronan, despreocupado e superficial, mas com o orgulho absolutamente intacto, e Adam, acovardado e humilhado, enquanto uma fila de senhoras esperava atrás dele.

Ele ainda não era aquele outro garoto na caixa registradora, mas estava mais próximo.

Adam olhou para o relógio velho e castigado, para ver o tamanho do atraso de Gansey, e disse para Ronan:

— Me passe seu telefone.

Com uma sobrancelha erguida, Ronan pegou o telefone do teto do BMW.

Adam digitou o número da médium. Tocou apenas duas vezes, e então uma voz suspirada disse:

— Adam?

Sobressaltado com o som do seu nome, ele respondeu:

— Blue?

— Não — disse a voz. — Persephone. — Em seguida, disse para alguém ao fundo: — Dez dólares, Orla. Essa foi a aposta. Não, a identidade de quem está fazendo a chamada não está aparecendo. Está vendo?

— Então, de volta para Adam: — Desculpe, viu? Eu sou terrível quando há uma disputa envolvida. Você é o garoto da camiseta da Coca-Cola, certo?

Adam levou um momento para se dar conta de que ela se referia à camiseta que ele usara no dia da leitura.

— Ah, hum... Sou.

— Que bom. Vou chamar a Blue.

Houve um instante breve e desconfortável enquanto vozes murmuravam ao fundo. Adam se defendia dos mosquitos aos tapas; era preciso cortar a grama do estacionamento de novo. Estava difícil ver o asfalto em alguns lugares.

— Não achei que você fosse ligar — disse Blue.

Adam não devia estar esperando realmente ouvir Blue ao telefone, pois a surpresa que ele sentiu quando ouviu a voz dela fez seu estômago parecer vazio. Ronan dava risadinhas de um jeito que o fez pensar em lhe dar um soco no braço.

— Eu disse que ia ligar.

— Obrigada pelas flores. São bonitas. — Então sussurrou: — *Orla, sai daqui!*

— Parece agitado por aí.

— Está sempre agitado por aqui. Tem trezentas e quarenta e duas pessoas morando aqui, e todas elas querem estar nesse quarto. O que você vai fazer hoje? — Blue perguntou muito naturalmente, como se fosse a coisa mais lógica no mundo para eles terem uma conversa ao telefone, como se já fossem amigos.

Ficou mais fácil para Adam dizer:

— Explorar. Quer vir junto?

Ronan arregalou os olhos. Não importava o que ela dissesse agora, o telefonema havia valido a pena pela expressão de choque genuína no rosto de Ronan.

— Que tipo de exploração?

Protegendo os olhos, Adam ergueu a cabeça para o céu. Ele achou que estava ouvindo Gansey chegar.

— Montanhas. Qual a sua opinião a respeito de helicópteros?

Houve uma longa pausa.

— O que você quer dizer? Eticamente falando?

— Como um meio de transporte.

— Mais rápidos que camelos, mas menos sustentáveis. Tem um helicóptero no seu futuro hoje?

— Tem. O Gansey quer procurar a linha ley, e normalmente elas são mais fáceis de ser vistas do ar.

— E, é claro, ele simplesmente... arrumou um helicóptero.

— Ele é o Gansey.

Houve outra longa pausa. Uma pausa para refletir, pensou Adam, de maneira que não a interrompeu. Por fim, Blue disse:

— Ok, eu vou junto. Isso é um... O que é isso?

Adam respondeu com sinceridade:

— Não faço ideia.

21

Era extraordinariamente fácil desobedecer a Maura. Maura Sargent tinha muito pouca experiência em disciplinar filhos, e Blue tinha muito pouca experiência em ser disciplinada, de maneira que não havia nada que a impedisse de ir com Adam quando ele a encontrou na frente da casa. Ela nem sentiu culpa, já que nem nisso tinha experiência ainda. Realmente, a coisa mais extraordinária sobre toda a situação era como ela se sentia *esperançosa*, apesar de todas as probabilidades. Ela estava indo contra a vontade de sua mãe, saindo com um garoto, saindo com um garoto *corvo*. Ela deveria temer a situação.

Mas era muito difícil imaginar Adam como um garoto corvo quando ele a cumprimentou, com as mãos elegantemente nos bolsos, fragrante com o odor empoeirado de grama cortada. O machucado que ele tinha estava antigo e por isso mesmo mais desagradável de olhar.

— Você está ótima — disse ele, caminhando com ela pela calçada.

Ela não tinha certeza se ele estava falando sério. Blue usava botas pesadas que encontrara em uma loja de artigos de segunda mão (ela as atacara com linha de bordado e uma agulha robusta) e um vestido que fizera alguns meses antes, com vários pedaços diferentes de tecidos verdes. Alguns deles listrados, outros de crochê e outros transparentes. O vestido fazia Adam parecer bastante conservador, como se ela o estivesse raptando. Eles não pareciam nem um pouco um casal, refletiu Blue um pouco inquieta.

— Obrigada — ela respondeu. E então, antes que perdesse a coragem, perguntou: — Por que você queria o meu telefone?

Adam seguiu caminhando, mas não desviou o olhar. Ele parecia tímido até não parecer mais.

— Por que eu não iria querer?

— Não me entenda errado — respondeu Blue, sentindo as bochechas um pouco quentes, mas, como a conversa seguia bem avançada, não houve como voltar atrás. — Porque eu sei que você vai achar que eu me sinto mal quanto a isso, e não é verdade.

— Tudo bem.

— Porque eu não sou bonita. Não da maneira que os garotos da Aglionby parecem gostar.

— Eu estudo na Aglionby — disse Adam.

Ele não parecia estudar na Aglionby como os outros garotos estudavam lá.

— Eu acho você bonita — disse ele.

Quando Adam disse isso, ela ouviu seu sotaque de Henrietta pela primeira vez naquele dia. Em uma árvore próxima, um cardeal chamou: *uik, uik, uik*. Os tênis de Adam se arrastavam na calçada. Blue considerou o que ele havia dito, e então um pouco mais.

— *Blé* — exclamou por fim. Blue se sentia como quando lera pela primeira vez o cartão com as flores. Estranhamente desconcertada. Era como se as palavras dele tivessem fiado uma espécie de linha entre eles, e ela sentia que devia aliviar a tensão de algum modo. — Mas obrigada. Eu também acho você bonito.

Ele deu sua risada surpresa.

— Eu tenho outra pergunta — disse Blue. — Lembra da última coisa que minha mãe disse para o Gansey?

A expressão pesarosa do rosto deixou claro que ele se lembrava.

— Então — disse Blue, respirando fundo. — Ela disse que não ia ajudar. Mas eu não.

Após Adam ter ligado, Blue havia rabiscado apressadamente um mapa impreciso para a igreja sem nome onde ela havia se sentado com Neeve na véspera do Dia de São Marcos. Eram apenas umas poucas linhas paralelas para indicar o caminho principal, algumas ruas laterais de nomes complicados e, por fim, um quadrado rotulado apenas de IGREJA.

Ela passou para Adam o mapa, pouco chamativo em um pedaço de papel amassado de caderno. Então, tirou o diário de Gansey da sacola e o entregou para o garoto.

Adam parou de caminhar. Blue, alguns metros à frente, esperou enquanto ele franzia o cenho diante das coisas em suas mãos. Ele segurava o diário com muito cuidado, como se fosse importante para ele, ou talvez para alguém que era importante para ele. Blue queria desesperadamente que Adam confiasse nela e a respeitasse, e ela podia dizer, pela expressão no rosto dele, que não tinha muito tempo para conseguir isso também.

— O Gansey deixou isso no Nino's — ela disse rapidamente. — O diário. Eu sei que eu devia ter devolvido no dia da leitura, mas minha mãe... bem, você a viu. Normalmente ela não faz... ela não é normalmente daquele jeito. Eu não sabia o que pensar. A questão é a seguinte: eu quero estar nessa busca que vocês estão fazendo. Tipo, se tem realmente algo sobrenatural acontecendo, eu quero ver. Só isso.

Adam perguntou:

— Por quê?

Com ele não havia opção a não ser a verdade, dita da maneira mais simples possível. Blue não acreditava que Adam aceitaria qualquer outra coisa.

— Eu sou a única pessoa na minha família que não é médium. Você ouviu minha mãe; eu apenas torno as coisas mais fáceis para as pessoas que *são*. Se a mágica existe, eu quero ver. Só uma vez.

— Você é um caso tão sério quanto Gansey — disse Adam, mas sem dar a impressão de que achava aquilo tão mau assim. — Ele não precisa de nada, a não ser saber que a história é real — completou, virando a folha de papel para lá e para cá.

Blue se sentiu instantaneamente aliviada; ela não havia se dado conta de como Adam estivera imóvel até ele começar a se mover novamente, e agora era como se a tensão tivesse sido retirada do ar.

— É assim que se chega ao caminho dos cor... à linha ley — ela explicou, apontando para o mapa rabiscado. — A igreja está sobre a linha ley.

— Tem certeza?

Blue lhe lançou um olhar absolutamente fulminante.

— Olha, ou você acredita em mim, ou não. Foi *você* quem me convidou para vir junto. "Explorar!"

O rosto de Adam se fundiu em um largo sorriso, uma expressão tão diferente do usual que seus traços precisaram mudar completamente para acomodá-la.

— Então você não faz nada sem estardalhaço, não é?

Do jeito que Adam disse isso, ela podia dizer que ele estava impressionado com ela da maneira que os homens normalmente ficavam impressionados com Orla. Blue gostou bastante disso, especialmente tendo em vista que ela não tivera de fazer nada além de ser ela mesma para conquistá-lo.

— Nada que valha a pena.

— Bom — ele disse —, acho que você vai descobrir que eu faço quase tudo sem chamar atenção. Se você não se importar com isso, acho que vamos nos dar bem.

No fim das contas, Blue percebeu que tinha passado a pé ou de bicicleta pelo apartamento de Gansey todos os dias do ano, a caminho da escola e do Nino's. À medida que eles caminhavam na direção do armazém enorme, ela percebeu o brilho diabolicamente laranja do Camaro no estacionamento tomado pela vegetação e, a apenas cem metros de distância, um helicóptero azul-marinho cintilante.

Blue não tinha acreditado realmente na parte do helicóptero. Não de uma maneira que a preparasse para ver um helicóptero de verdade, em tamanho real, parado ali no estacionamento, parecendo algo normal, como alguém estacionava uma camionete.

Blue parou no acesso e suspirou:

— Uau.

— Eu sei — disse Adam.

E ali, mais uma vez, estava Gansey, e mais uma vez Blue sentiu um choque estranho ao reconciliar a imagem dele como o espírito e a realidade dele ao lado de um helicóptero.

— *Finalmente!* — ele gritou, trotando na direção deles. Gansey ainda estava usando os mocassins ridículos que ela observara na leitura, dessa vez com uma bermuda cargo e uma camisa polo amarela que o fazia parecer preparado para qualquer tipo de emergência, desde que a emergência envolvesse um iate. Na mão, ele segurava uma garrafa de suco de maçã orgânico.

Ele apontou seu suco sem pesticidas para Blue:

— Você vem com a gente?

Assim como na leitura, Blue se sentiu barata, pequena e estúpida apenas por estar na presença dele. Podando suas vogais de Henrietta da melhor forma que pôde, ela respondeu:

— No helicóptero que está aí à sua disposição, é isso?

Gansey jogou uma mochila de couro polido sobre os ombros de algodão polido. Seu sorriso era cortês e generoso, como se a mãe de Blue não tivesse recentemente se recusado a ajudá-lo, como se ela não tivesse sido praticamente rude.

— Você fala como se fosse algo ruim.

Atrás dele, o helicóptero começou a troar. Adam estendeu o diário para Gansey, que pareceu surpreso. Apenas um pouquinho de sua compostura cedeu, o suficiente para Blue ver uma vez mais que aquilo era parte de sua máscara de Presidente Celular.

— Onde ele estava? — berrou Gansey.

Ele tinha de gritar. Agora que estavam girando, as hélices do helicóptero praticamente vociferavam. O ar batia contra os ouvidos de Blue, mais como um sentimento do que como um som.

Adam apontou para Blue.

— Obrigado — Gansey gritou de volta. Foi uma resposta vazia, ela percebeu; ele retomava sua formalidade poderosa quando era tomado de surpresa. Ele ainda estava observando Adam também, seguindo suas deixas de como deveria reagir a ela. Adam anuiu uma vez, brevemente, e a máscara escorregou um pouco mais. Blue se perguntou se a conduta de Presidente Celular chegava a sumir completamente quando ele estava com os amigos. Talvez o Gansey que ela vira no adro da igreja era o que se encontrava em seu íntimo.

Era um pensamento desalentador.

O ar rugia à volta deles. Blue achou que o vestido dela voaria longe. Então perguntou:

— Essa coisa é segura?

— Segura como a vida — respondeu Gansey. — Adam, estamos atrasados! Blue, se você vem com a gente, prepare-se e vamos nessa.

Enquanto ele se abaixava para se aproximar do helicóptero, sua camisa tremulou.

Subitamente, Blue se sentiu um pouco nervosa. Não era que ela estivesse assustada, exatamente. Era só que não havia se preparado psicologicamente para deixar o chão com um monte de garotos corvos quando acordara de manhã. O helicóptero, apesar de todo seu tamanho e ruído, parecia algo bastante frágil para confiar sua vida, e os garotos pareciam estranhos. Agora, parecia que ela estava verdadeiramente desobedecendo a Maura.

— Eu nunca voei antes — ela confessou para Adam, um grito alto o suficiente para sobrepujar o lamento do helicóptero.

— Nunca? — ele gritou de volta.

Ela balançou a cabeça, e ele colocou a boca contra o ouvido dela, de maneira que ela pudesse ouvi-lo. Adam cheirava a verão e xampu barato. Ela sentiu cócegas do umbigo aos pés.

— Eu voei uma vez — ele respondeu. Sua respiração era quente na pele dela. Blue estava paralisada; tudo que podia pensar era: *Isso é tão próximo quanto um beijo deve ser.* Parecia tão perigoso quanto ela imaginara. Ele acrescentou: — E odiei.

Um momento se passou com ambos imóveis. Ela precisava lhe dizer que ele não podia beijá-la — para o caso de ser seu verdadeiro amor. Mas como ela poderia? Como ela poderia dizer isso para um garoto sem nem saber se ele queria realmente beijá-la?

Blue o sentiu pegar sua mão. A palma dele estava suada. Ele realmente odiava voar.

Na porta do helicóptero, Gansey olhou sobre o ombro para eles, com um sorriso confuso quando os viu de mãos dadas.

— Eu odeio isso — Adam gritou para ele, com as bochechas vermelhas.

— Eu sei — Gansey berrou de volta.

Dentro do helicóptero, havia espaço para três passageiros em um banco nos fundos, e um assento utilitário ao lado do piloto. O interior teria lembrado o banco de trás de um carro enorme se os cintos de segurança não tivessem fechos de cinco pontos que pareciam pertencer a um caça de *Guerra nas estrelas*. Blue não gostava de pensar por que os passageiros tinham de ser amarrados de maneira tão segura; possivelmente estavam esperando que as pessoas fossem jogadas contra as paredes.

Ronan, o garoto corvo mais corvo que os outros, já estava instalado em um assento de janela. Ele não sorriu quando olhou para ela. Adam, dando um soco no braço de Ronan, assumiu o assento do meio, enquanto Blue pegou o da janela restante. Enquanto ela brincava com as faixas do cinto de segurança, Gansey se inclinou para dentro da cabine para cumprimentar Adam com um toque de mãos.

Alguns minutos mais tarde, quando Gansey subiu no assento da frente ao lado do piloto, ela viu que ele sorria largamente, efusivo e sincero, incrivelmente animado de estar indo para onde quer que eles estivessem indo. Não era nada como sua compostura refinada de momentos atrás. Era uma alegria íntima que ela conseguia sentir em virtude de estar no helicóptero e, de uma hora para outra, ela se sentiu animada também.

Adam se inclinou para ela como se estivesse prestes a dizer algo, mas, no fim, apenas balançou a cabeça, sorrindo, como se Gansey fosse uma piada complicada demais para explicar.

Na frente, Gansey se virou para o piloto, que surpreendeu um pouco Blue — uma jovem com o nariz incrivelmente reto, o cabelo castanho preso em um belo coque, fones de ouvido segurando alguns fios soltos. Ela parecia achar a proximidade de Blue e Adam bem mais interessante que Gansey.

A piloto gritou para Gansey:

— Não vai nos apresentar, Dick?

Ele fez uma careta.

— Blue — disse —, gostaria de lhe apresentar minha irmã, Helen.

22

Não havia muito que Gansey não gostasse a respeito de voar. Ele gostava de aeroportos, com suas massas de pessoas todas *fazendo* coisas, e gostava de aviões, com suas janelas de vidro grosso e suas bandejas dobráveis. A maneira como um jato acelerava na pista de decolagem o fazia lembrar de como o Camaro o pressionava contra o banco do motorista quando ele pisava fundo. O lamento de um helicóptero soava como produtividade. Ele gostava dos pequenos botões, das alavancas e dos indicadores dos *cockpits*. Gostava do atraso tecnológico dos cintos de segurança de trancas simples. Grande parte do prazer de Gansey vinha de alcançar metas, mais especificamente de alcançar metas de maneira eficiente. Não havia nada mais eficiente do que visar ao destino de chegada, como faziam os corvos ao voar.

E, é claro, de mil pés de altura, Henrietta deixou Gansey sem ar.

Abaixo deles, a superfície do mundo era profundamente verde, cortada por um rio estreito, brilhante, um espelho para o céu. Ele poderia seguir com os olhos todo o seu curso até as montanhas.

Agora que estavam no ar, Gansey se sentia um pouco ansioso. Com Blue ali, ele estava começando a achar que talvez tivesse exagerado com o helicóptero. Ele se perguntou se Blue se sentiria melhor ou pior ao saber que o helicóptero era de Helen, que ele não havia pagado para usá-lo. Provavelmente pior. Lembrando-se da promessa de pelo menos não machucar com suas palavras, ele manteve a boca fechada.

— Lá está ela — disse Helen, dirigindo-se diretamente a Gansey; no helicóptero, todos usavam fones de ouvido para permitir que conversassem mediante o ruído incessante das hélices e do motor. — A namorada de Gansey.

O riso desdenhoso de Ronan mal se fez notar pelo fone de ouvido, mas Gansey o ouvira bem o bastante para saber que ele estava ali.

Blue disse:

— Ela deve ser bem grande para ser vista daqui de cima.

— Henrietta — respondeu Helen, e espiou para a esquerda do helicóptero enquanto inclinava lateralmente o aparelho, fazendo uma curva. — Eles vão se casar. Só falta marcar a data.

— Se você vai me fazer passar vergonha, vou te jogar para fora e voar eu mesmo — disse Gansey no assento ao lado. Aquela não era uma ameaça de verdade. Ele não só não empurraria Helen daquela altura como não tinha permissão legal para voar sem ela. Também, verdade seja dita, ele não era muito bom em pilotar helicópteros, mesmo tendo feito várias aulas. Gansey parecia não ter a importante capacidade de se orientar verticalmente nem horizontalmente, o que levava a discussões envolvendo árvores. Ele se contentava em pelo menos saber pousar em paralelo muito bem.

— Você vai dar um presente de aniversário para a mamãe? — perguntou Helen.

— Sim — respondeu Gansey. — Eu mesmo.

— O presente de sempre.

— Não acho que menores de idade sejam obrigados a dar presentes para os pais. Eu sou dependente. Essa é a definição de dependente, não é?

— Você, dependente! — a irmã disse e riu. Helen tinha uma risada como a de um personagem de quadrinhos: *Ha ha ha ha!* Era uma risada intimidadora, que fazia os homens suspeitarem que talvez fossem o motivo dela. — Você não é dependente desde os quatro anos. De uma criança no jardim de infância, você se transformou direto em um velho com uma quitinete.

Gansey fez um gesto com a mão dispensando o comentário. Sua irmã era conhecida por exagerar as coisas.

— O que *você* comprou para ela?

— É surpresa — respondeu Helen arrogantemente, tocando de leve uma espécie de interruptor com um dedo de unha rosa. O tom rosa era a única coisa fantasiosa nela. Helen era bela como um supercomputador: com um estilo elegante, mas utilitário, cheio de *know-how* de ponta, caro demais para a maioria das pessoas possuírem.

— Isso quer dizer vidrarias.

A mãe de Gansey colecionava pratos decorativos raros com o mesmo fervor obsessivo que Gansey colecionava fatos a respeito de Glendower. Ele tinha dificuldade em ver a atração de um prato roubado de sua finalidade original, mas a coleção de sua mãe havia aparecido em revistas e tinha um seguro maior que o de seu pai, então claramente ela não estava sozinha em sua paixão.

Helen estava séria.

— Não quero ouvir. Você nem comprou um presente.

— Eu não disse nada!

— Você chamou de vidrarias.

Ele perguntou:

— O que eu devia ter dito?

— Nem todos são de vidro. Esse que eu comprei não é de vidro.

— Então ela não vai gostar.

O rosto de Helen passou de duro a muito duro. Ela olhou carrancuda para o GPS. Gansey não queria pensar quanto tempo ela havia investido no prato que não era de vidro. Ele não gostaria de ver nenhuma das duas mulheres da família desapontadas; isso arruinava refeições perfeitamente saborosas.

Helen ainda estava em silêncio, então Gansey começou a pensar sobre Blue. Algo a respeito dela o desconcertava, embora ele não pudesse dizer o quê. Tirou uma folha de hortelã do bolso, colocou-a na boca e observou as estradas familiares de Henrietta serpentearem abaixo deles. Do ar, as curvas pareciam menos perigosas do que eles as sentiam no Camaro. Qual *era* o problema com Blue? Adam não suspeitava dela, e ele suspeitava de todos. Mas ele estava claramente apaixonado. Isso também era um terreno estranho para Gansey.

— Adam — disse ele. Não houve resposta, e Gansey olhou para trás. Os fones de ouvido de Adam estavam soltos em torno do pescoço, e ele estava inclinado na direção de Blue, apontando para algo no chão. Como ela tinha se movimentado, seu vestido havia subido e Gansey pôde ver o longo e delgado triângulo de sua coxa. A mão de Adam estava retesada sobre o assento a alguns centímetros, os nós dos dedos pálidos com seu pavor de voar. Não havia nada particularmente íntimo a respeito da maneira como eles estavam sentados, mas algo na cena fez Gansey se sentir estranho, como se ele tivesse ouvido uma declaração desagradável e depois esquecido tudo sobre as palavras, exceto o modo como elas o haviam feito se sentir.

— Adam! — gritou Gansey.

A cabeça do amigo se virou de súbito, o rosto sobressaltado. Ele se apressou para colocar os fones de ouvido de volta. Sua voz seguiu pelo aparelho:

— Vocês já encerraram a conversa sobre os pratos da sua mãe?

— Totalmente. Aonde vamos dessa vez? Eu estava pensando em talvez voltar à igreja onde gravei a voz.

Adam passou a Gansey uma folha de papel amassado.

Gansey alisou o papel e encontrou um mapa tosco.

— O que é isso?

— Blue.

Gansey olhou para ela atentamente, tentando decidir se Blue tinha algo a ganhar ao desorientá-los. Ela não se esquivou do olhar. Voltando à posição original, ele estendeu o papel liso sobre os controles à sua frente.

— Para lá, Helen.

Helen inclinou o aparelho para seguir na nova direção. A igreja a que Blue os havia direcionado estava provavelmente a quarenta minutos de carro de Henrietta, mas, de helicóptero, eram apenas quinze minutos. Sem uma discreta intervenção de Blue, Gansey não a teria visto. Era uma ruína, vazia e tomada pela vegetação. A linha estreita de um muro de pedra muito antigo era visível em torno dela, assim como uma impressão no chão onde um muro adicional devia estar originalmente.

— É isso?

— É só isso que sobrou.

Algo dentro de Gansey ficou imóvel e muito quieto.

Ele perguntou:

— O que você disse?

— É uma ruína, mas...

— Não — disse ele. — Repita exatamente o que você disse. Por favor.

Blue lançou um olhar na direção de Adam, que deu de ombros.

— Eu não *lembro* o que eu disse. Será... É só isso?

Isso é tudo.

Tudo?

Era isso que o vinha incomodando esse tempo todo. Ele *sabia* que havia reconhecido a voz dela. Ele conhecia aquele sotaque de Henrietta, aquela cadência.

Era a voz de Blue no gravador.

Gansey.

Isso é tudo?

É só isso.

— Eu não sou feita de combustível — disparou Helen, como se já não tivesse dito isso antes e Gansey não tivesse prestado atenção. Talvez ele tivesse. — Me diga para onde ir agora.

O que isso quer dizer? Mais uma vez, ele começou a sentir a pressão da responsabilidade, da veneração, algo maior que ele. Gansey se sentia ao mesmo tempo temeroso e esperançoso.

— Qual é a orientação da linha, Blue? — perguntou Adam.

Blue, que tinha o polegar e o dedo indicador pressionados contra o vidro como se estivesse mensurando algo, respondeu:

— Ali. Na direção das montanhas. Está vendo aqueles dois carvalhos? A igreja é um ponto, e outro ponto é bem entre eles. Se traçarmos uma linha reta entre esses dois pontos, esse é o caminho.

Se era com Blue que ele estivera conversando na véspera do Dia de São Marcos, o que isso *queria dizer?*

— Tem certeza? — perguntou Helen, na sua voz enérgica de supercomputador. — Eu só tenho uma hora e meia de combustível

Blue parecia um pouco indignada.

— Eu não teria *dito* isso se não tivesse certeza.

191

Helen sorriu ligeiramente e levou o helicóptero na direção que Blue havia indicado.

— Blue.

Era a voz de Ronan, pela primeira vez, e todos, até Helen, se viraram para ele. Sua cabeça estava aprumada de um jeito que Gansey reconhecia como perigosa. Algo em seus olhos estava afiado quando ele encarou Blue. Então perguntou:

— Você já conhecia o Gansey?

Gansey se lembrou de Ronan encostado contra o Pig, rodando várias vezes a gravação.

Blue pareceu defensiva diante do olhar dos outros e disse relutantemente:

— Só o nome dele.

Com os dedos entrelaçados frouxamente e os cotovelos sobre os joelhos, Ronan se inclinou, intrometendo-se na frente de Adam para ficar mais próximo de Blue. Ele podia ser incrivelmente ameaçador.

— E como foi que você ficou sabendo do nome dele? — perguntou.

Para seu crédito, Blue não recuou. Suas orelhas estavam rosadas, mas ela disse:

— Em primeiro lugar, saia de perto de mim.

— E se eu não sair?

— Ronan — disse Gansey.

Ronan se recostou.

— Mas eu gostaria de saber — disse Gansey, com o coração parecendo não pesar nada.

Blue olhou para baixo e segurou algumas camadas do vestido nas mãos. Por fim, disse:

— Acho que é justo. — Ela apontou para Ronan. Parecia brava. — Mas *essa* não é a maneira de fazer com que eu responda nada. Da próxima vez que ele falar comigo desse jeito, vou deixar que você encontre essa coisa sozinho. Eu vou... Olha. Eu conto como eu sabia o seu nome se você me explicar o que é aquele desenho que tem no seu diário.

— Por que estamos negociando com terroristas? — perguntou Ronan.

— Desde quando eu sou uma terrorista? — demandou Blue. — Me parece que eu dei algo que vocês queriam e vocês estão sendo uns idiotas.

192

— Nem todos nós — disse Adam.

— Eu não estou sendo um idiota — disse Gansey, sentindo-se desconfortável com a ideia de que ela talvez não gostasse dele. — Agora, de que desenho você quer saber?

Blue estendeu a mão.

— Espere, vou te mostrar qual é.

Gansey deixou que ela tomasse o diário de novo. Folheando as páginas, ela o virou para ele de maneira que pudesse ver o desenho em questão. A página detalhava um artefato que ele havia achado na Pensilvânia. Ele também havia feito outros rabiscos em vários lugares da folha.

— Acho que isso é um homem correndo atrás de um carro — disse Gansey.

— Não esse. Este aqui — e apontou para um dos outros rabiscos:

— São linhas ley — ele respondeu, estendendo a mão para o diário. Por um momento estranho, hiperconsciente, Gansey percebeu quão atentamente ela o observava enquanto ele pegava o diário. Ele não achou que passara despercebido a Blue como sua mão esquerda se curvava familiarmente em torno da encadernação de couro, como o polegar e o dedo da mão direita sabiam exatamente quanta pressão aplicar para induzir as páginas a se abrirem onde ele queria. O diário e Gansey claramente se conheciam há muito tempo, e ele queria que ela soubesse disso.

Este sou eu. Quem sou de verdade.

Gansey não queria analisar a fundo a fonte daquele impulso. Em vez disso, ele se concentrou em folhear o diário e encontrou rapidamente a página desejada — um mapa dos Estados Unidos, marcado por toda parte com linhas curvas.

Gansey passou o dedo sobre uma linha que se estendia da cidade de Nova York até Washington, D.C. Outra se estendia de Boston a St. Louis. Uma terceira cortava horizontalmente as duas primeiras, estendendo-se da Virgínia até o Kentucky e seguindo para oeste. Havia, como sempre, algo satisfatório em rastrear as linhas, algo que fazia lembrar as brincadeiras de caça ao tesouro e os desenhos infantis.

— Estas são as três principais linhas — disse Gansey. — As que parecem importar.

— Importar como?

— Quanto você leu do diário?

— Humm... um pouco. Um monte. Quase tudo.

Ele continuou:

— As que parecem importar quanto a achar Glendower. Aquela linha que passa pela Virgínia é a que nos conecta com a Grã-Bretanha. Com o Reino Unido.

Ela revirou os olhos de maneira tão dramática que ele captou o gesto sem virar a cabeça.

— Eu sei o que é Grã-Bretanha, obrigada. O sistema de ensino público não é tão ruim assim.

Ele havia conseguido ofendê-la de novo, sem esforço algum. E concordou:

— Certamente não. Aquelas duas outras linhas têm um monte de relatos de visões extraordinárias nas proximidades delas. De... coisas paranormais. Poltergeists, homens-mariposa e cães negros.

Mas sua hesitação foi desnecessária; Blue não zombou dele.

— Minha mãe traçou esse desenho — ela disse. — As linhas ley. E também a Nee... uma das outras mulheres. Elas não sabiam o que era, mas sabiam que era importante. É por isso que eu queria saber.

— Agora você — disse Ronan para Blue.

— Eu... vi o espírito do Gansey — disse ela. — Eu nunca tinha visto um antes. Eu não vejo coisas assim, mas dessa vez vi. Eu perguntei o seu nome, e você me disse: "Gansey. É só isso". Honestamente, isso é parte da razão por que eu quis vir com vocês hoje.

Essa resposta satisfez Gansey relativamente bem — afinal de contas, Blue era filha de uma médium, e a história casava com o relato de seu gravador —, embora lhe soasse como uma resposta parcial. Ronan demandou:

— Viu onde?

— Enquanto eu estava sentada ao ar livre com uma das minhas meias--tias.

Isso pareceu satisfazer Ronan também, pois ele perguntou:

— Qual a outra metade dela?

— Meu Deus, Ronan — disse Adam. — Chega.

Houve um momento de silêncio tenso, ocupado apenas pelo lamento contínuo e monótono do helicóptero. Gansey sabia que eles estavam esperando pelo seu veredicto. Ele acreditava na resposta dela? Achava que eles deviam seguir as orientações dela? Ele confiava nela?

A voz de Blue estava no gravador, e Gansey se sentiu sem escolha. O que ele estava pensando, mas não queria dizer com Helen ouvindo, era: *Você está certo, Ronan, está começando, algo está começando.* E também pensava: *Me diga o que você acha dela, Adam. Me diga por que você confia nela. Pelo menos uma vez, não me obrigue a decidir. Não sei se estou certo.* Mas o que ele disse foi:

— De agora em diante, preciso que todo mundo seja sincero. Acabaram os joguinhos. Isso não vale só para a Blue; vale para todos nós

— Eu sempre sou sincero — disse Ronan.

— Ah, cara, essa é a maior mentira que você já contou — respondeu Adam.

— Ok — disse Blue.

Gansey suspeitou que nenhum deles estava sendo completamente honesto em suas respostas, mas pelo menos ele lhes havia dito o que queria. Às vezes, tudo que ele podia esperar era apenas deixar registradas suas palavras.

Os fones de ouvido ficaram em silêncio à medida que Adam, Blue e Gansey olhavam atentamente pela janela. Abaixo deles havia uma imensidão verde, tudo parecendo de brinquedo e gracioso daquela altura, um set de campos de veludo e árvores de brócolis.

— O que estamos procurando? — perguntou Helen.

— O de sempre — disse Gansey.

— O que é "o de sempre"? — perguntou Blue.

O de sempre frequentemente eram hectares de nada, mas Gansey disse:

195

— As vezes, as linhas ley são marcadas de forma visível. Por exemplo, no Reino Unido algumas das linhas são marcadas com cavalos entalhados em encostas.

Ele estivera em um avião pequeno com Malory da primeira vez que vira o Cavalo de Uffington, um cavalo de cem metros escavado na encosta de uma colina de calcário na Inglaterra. Como tudo associado às linhas ley, o cavalo não era muito... comum. Era estendido e estilizado, uma silhueta misteriosa e elegante, mais parecida com a sugestão de um cavalo real.

— Conte a ela sobre Nazca — murmurou Adam.

— Ah, certo — disse Gansey. Apesar de Blue ter lido grande parte do diário, havia muita coisa que não estava nele, e, diferentemente de Ronan, Adam e Noah, ela não vivera naquele universo durante o último ano. Era difícil que ele não ficasse animado com a ideia de explicar tudo a ela. A história sempre soava mais plausível quando ele colocava todos os fatos de uma vez só.

Gansey continuou:

— No Peru, existem centenas de linhas entalhadas no chão, no formato de coisas como pássaros, macacos, homens e criaturas imaginárias. Elas foram feitas há milhares de anos, mas só fazem sentido do ar. De um avião. São grandes demais para serem vistas do chão. Quando você está parado ao lado delas, parecem apenas caminhos escavados.

— Você viu tudo isso pessoalmente — disse Blue.

Quando Gansey vira as linhas Nazca em primeira mão, enormes, estranhas e simétricas, percebera que não seria capaz de desistir até encontrar Glendower. A escala das linhas fora o que havia lhe chamado atenção primeiro — centenas e centenas de metros de desenhos curiosos no meio do deserto. Ele ficara abismado com a precisão. Os desenhos eram matemáticos em sua perfeição, sem falhas em sua simetria. E a última coisa que o atingira em cheio fora o impacto emocional, uma dor bruta e misteriosa que não o deixava. Gansey sentiu como se não pudesse sobreviver sem saber se as linhas *significavam* algo.

Essa era a única parte de sua caçada por Glendower que ele nunca parecia conseguir explicar para as pessoas.

— Gansey — disse Adam —, o que é aquilo ali?

O helicóptero diminuiu a velocidade enquanto os quatro passageiros esticavam o pescoço. Àquela altura, eles estavam bem no meio das montanhas, e o chão se aproximava em sua direção. Ao redor deles, havia encostas de florestas verdes e misteriosas, um mar negro e ondulante lá de cima. Entre os declives e valas, entretanto, via-se um campo inclinado, como um carpete verde, marcado por linhas pálidas e fraturadas.

— Forma um desenho? — ele perguntou. — Helen, *pare*. Pare!

— Você acha que isto aqui é uma bicicleta? — perguntou Helen, sobrevoando o local.

— Olhe — disse Adam. — Tem uma asa ali. E ali um bico. É um pássaro?

— Não — disse Ronan, com a voz fria e neutra. — Não é apenas um pássaro. É um corvo.

Lentamente, a forma se tornou clara para Gansey, emergindo da relva crescida: um pássaro, sim, com o pescoço voltado para trás e as asas achatadas, como se estivessem entre as páginas de um livro. A cauda estava aberta em leque, e as garras esboçadas.

Ronan estava certo. Mesmo estilizado, o domo da cabeça, a curva generosa do bico e o eriçamento de penas no pescoço faziam do pássaro, sem dúvida alguma, um corvo.

Ele sentiu a pele arrepiar.

— Pouse o helicóptero — disse Gansey imediatamente.

— Não posso pousar em uma propriedade particular — respondeu Helen.

Ele lançou um olhar suplicante para a irmã. Gansey precisava anotar as coordenadas do GPS, precisava tirar uma foto para os seus registros, precisava fazer um esboço da forma em seu diário. Acima de tudo, precisava tocar as linhas do pássaro e torná-lo real em sua cabeça.

— Helen, dois segundos.

Ela respondeu com um olhar de entendimento; era o tipo de olhar condescendente que poderia ter causado discussões quando ele era mais jovem e se irritava com mais facilidade.

— Se o proprietário me descobrir aqui e decidir me denunciar, eu posso perder minha licença.

— Dois segundos. Você viu. Não tem ninguém em um raio de vários quilômetros. Não tem casas.

O olhar de Helen era equilibrado.

— Preciso estar na casa da mamãe em duas horas.

— Dois segundos.

Por fim, ela revirou os olhos e se recostou no assento. Balançou a cabeça e se voltou para os controles.

— Obrigado, Helen — disse Adam.

— Dois segundos — ela repetiu, séria. — Se você não aparecer, vou decolar sem você.

O helicóptero pousou a cinco metros do coração do estranho corvo.

Tão logo o helicóptero pousou, Gansey saltou da cabine e saiu caminhando a passos largos na relva à altura dos joelhos, como se fosse o proprietário do lugar, com Ronan ao lado. Pela porta aberta do helicóptero, Blue o ouviu dizer o nome de Noah no telefone antes de repetir as coordenadas do GPS. Ele estava energizado e poderoso, um rei em seu castelo.

No entanto, Blue se sentia um pouco mais lenta. Por uma série de razões, suas pernas estavam um pouco moles após o voo. Ela não tinha certeza se não contar para Gansey toda a verdade sobre a véspera do Dia de São Marcos era a decisão certa, e estava preocupada se Ronan tentaria falar com ela novamente.

O cheiro do campo era maravilhoso — tudo relva e árvores e, em algum lugar, água, muita água. Blue pensou que poderia viver bem feliz ali. Ao seu lado, Adam protegia os olhos. Ele parecia em casa, os cabelos combinando com o marrom desbotado da relva seca. Parecia mais bonito do que Blue se lembrava. Ela pensou em como Adam havia tomado sua mão antes, e concluiu que gostaria que ele fizesse aquilo de novo.

Com alguma surpresa, Adam disse:

— Aquelas linhas são bem difíceis de ver daqui.

Ele estava certo, é claro. Apesar de Blue ter visto o corvo bem pouco tempo atrás, enquanto eles pousavam ao seu lado, qualquer traço geográfico que dera sua forma estava agora completamente escondido.

— Eu ainda odeio voar. Desculpe pelo Ronan.

— A parte do voo não foi ruim — disse Blue. Na realidade, tirando Ronan, ela havia gostado de certa forma, a sensação de estar flutuando em uma bolha muito barulhenta em que todas as direções eram possíveis. — Achei que seria pior. Você tem que deixar rolar, não é? Aí é legal. Já o Ronan...

— Ele é um pit bull — disse Adam.

— Eu conheço alguns pit bulls bem simpáticos. — Um dos cães que Blue levava para passear toda semana era um pit bull com o pelo malhado e o sorriso mais simpático que se poderia esperar de um canino.

— Ele é o tipo de pit bull que aparece no jornal da noite. O Gansey está tentando domesticar o Ronan.

— Que nobre.

— Isso faz com que ele se sinta melhor como Gansey.

Blue não duvidava disso.

— Às vezes ele é muito arrogante.

Adam olhou para o chão.

— Não é por mal. É todo aquele sangue azul nas veias dele.

Ele estava prestes a dizer outra coisa quando um grito o interrompeu:

— *VOCÊ ESTÁ ME OUVINDO, GLENDOWER? EU VOU ENCONTRAR VOCÊ!*

A voz de Gansey, exaltada e ressonante, ecoou pelas encostas cobertas de árvores em torno do campo. Adam e Blue o viram parado no meio de uma trilha aberta e clara, os braços abertos e a cabeça inclinada para trás enquanto gritava para o ar. A boca de Adam assumiu a forma sem som de uma risada.

Gansey abriu um largo sorriso para ambos. Ele era difícil de resistir deste jeito: brilhando com fileiras e fileiras de dentes brancos, como uma propaganda de universidade.

— Conchas de ostras — disse ele, inclinando-se para pegar um dos pedaços claros que formavam a trilha. O fragmento era de um branco puro, as bordas obtusas e gastas. — É isso que forma o corvo. Como as que são usadas para pavimentar estradas nas regiões em que a maré avança. Conchas de ostras sobre rocha pura. O que vocês acham *disso*?

— Acho que são muitas conchas de ostras para trazer da costa — respondeu Adam. — E também acho que o Glendower viria da costa.

Como resposta, Gansey apenas apontou para Adam.

Blue colocou as mãos nos quadris.

— Então você acha que eles colocaram o corpo do Glendower em um barco no País de Gales, vieram até a Virgínia e o trouxeram montanha acima? Por quê?

— Energia — respondeu Gansey, remexendo na sacola e tirando uma caixinha preta que parecia muito uma bateria de carro bem pequena.

Blue perguntou:

— O que é isso? Parece sofisticado.

Gansey mexia nos botões na lateral do aparelho enquanto explicava:

— Um frequencímetro eletromagnético. Ele monitora os níveis de energia. Algumas pessoas usam para caçar fantasmas. Supostamente, ele deve exibir uma leitura alta quando você está próximo de um espírito ou de uma fonte de energia. Como uma linha ley.

Ela fez uma careta para o aparelho. Uma caixa de registrar magia parecia insultar tanto o portador quanto a magia.

— E é claro que você tem um... como é o nome? Eletromagnorífico de botão. Todo mundo tem um desses.

Gansey segurou o medidor acima da cabeça, como se estivesse chamando seres extraterrestres.

— Você não acha isso normal?

Blue podia perceber que ele queria muito que ela dissesse que não era normal, então respondeu:

— Ah, tenho certeza que é bastante normal em *alguns* círculos.

Ele pareceu um pouco magoado, mas a maior parte de sua atenção estava voltada para o medidor, que mostrava duas luzes vermelhas fracas. Gansey observou:

— Eu gostaria de estar nesses círculos. Então, como eu disse, energia. Outro nome para a linha ley é caminho dos...

— Caminho dos corpos — interrompeu Blue. — Eu sei.

Ele parecia satisfeito e magnânimo, como se ela fosse uma aluna destacada.

— Então me esclareça. Você provavelmente sabe melhor do que eu.

Como antes, seu sotaque era o antigo sotaque da Virgínia, aberto e glorioso, fazendo com que as palavras de Blue soassem desajeitadas perto dele.

201

— Eu só sei que os mortos viajam em linha reta — disse ela. — Que costumavam carregar os corpos em linha reta para as igrejas, para que fossem enterrados. Ao longo do que você chama de linha ley. Acreditava-se que era muito ruim seguir por qualquer outra rota que não a escolhida por eles para viajar como espíritos.

— Certo — disse ele. — Então podemos concluir que tem algo a respeito da linha que fortalece ou protege o corpo. A alma. O... *animus*. A quididade dele.

— Gansey, sério — Adam interrompeu, para o alívio de Blue. — Ninguém sabe o que é quididade.

— A *essência*, Adam. O que torna uma pessoa o que ela é. Se tirassem o Glendower do caminho dos corpos, acho que a magia que o mantém adormecido seria quebrada.

— Basicamente, você quer dizer que ele morreria para sempre se fosse tirado da linha — disse ela.

— Sim.

As luzes que piscavam na sua máquina haviam começado a brilhar com mais intensidade, levando-os ao longo do bico do corvo e na direção da linha de árvores onde Ronan já se encontrava. Blue levantou os braços para que o mato, que chegava à altura da sua cintura em alguns pontos, não acertasse o dorso das mãos.

Ela perguntou:

— E por que simplesmente não deixaram Glendower no País de Gales? Não é lá que eles querem que ele acorde e seja um herói?

— Foi uma insurreição, e ele era um traidor para a coroa inglesa — disse Gansey. A facilidade com que ele começou a história, ao mesmo tempo avançando a passos largos pelo campo e cuidando do frequencímetro, deixou claro para Blue que ele já a havia contado muitas vezes antes. — Glendower lutou contra os ingleses durante anos. Foi uma grande batalha entre famílias nobres, com alianças confusas. A resistência galesa fracassou. E então Glendower desapareceu. Se os ingleses soubessem onde ele estava, vivo ou morto, certamente não tratariam o corpo como os galeses desejariam. Você já ouviu falar em ser pendurado e esquartejado?

Blue perguntou:

— É tão doloroso quanto conversar com o Ronan?

Gansey lançou um olhar para Ronan, que era uma forma pequena, indistinta, perto das árvores. Adam engoliu uma risada.

— Depende se ele está sóbrio — respondeu Gansey.

Adam perguntou:

— Falando nisso, o que ele está fazendo?

— Mijando.

— Confie no Lynch para vandalizar um lugar como esse cinco minutos depois de chegar aqui.

— Vandalizar? Ele está marcando território.

— Ele deve ser dono de mais territórios na Virgínia do que o seu pai, então.

— Pensando bem, acho que ele nunca usou uma privada.

Aquilo tudo parecia muito masculino e muito Aglionby para Blue, essa coisa de chamar os amigos pelo sobrenome e fazer piadas sobre hábitos urinários públicos. Também parecia que aquilo poderia seguir por um bom tempo, então ela interrompeu, mudando o assunto de volta para Glendower.

— Eles realmente teriam todo esse trabalho para esconder o corpo dele?

Gansey disse:

— Bem, pense em Ned Kelly.

Ele proferiu o disparate de modo tão factual que Blue se sentiu repentinamente burra, como se talvez o sistema de ensino público *realmente* estivesse devendo alguma coisa.

Então Adam disse, com um rápido olhar para Blue:

— Ninguém sabe quem é Ned Kelly também, Gansey.

— Sério? — perguntou Gansey, tão inocentemente sobressaltado que ficou claro que Adam estivera certo antes: ele não tinha a intenção de ser arrogante. — Ele foi um fora da lei australiano. Quando os ingleses o pegaram, fizeram coisas terríveis com o corpo. Acho que o chefe de polícia usou a cabeça dele como peso de papel por um tempo. Agora imagine o que os inimigos do Glendower fariam com ele! Se os galeses quisessem ter uma chance de ressuscitar o cara, teriam de manter o corpo intacto.

— Mas por que as montanhas? — insistiu Blue. — Por que ele não está perto da costa?

Isso pareceu ter lembrado Gansey de algo, pois, em vez de responder, ele se virou para Adam:

— Liguei para o Malory para falar sobre aquele ritual, para saber se ele tinha tentado. Ele acha que o ritual não pode ser realizado em qualquer ponto da linha ley. Que precisa ser feito no "coração" dela, onde está a maior parte da energia. Acho que quiseram colocar o Glendower em um lugar assim.

Adam se virou para Blue.

— E a *sua* energia?

A pergunta a pegou de surpresa.

— O quê?

— Você disse que fazia as coisas ficarem mais claras para outros médiuns — disse Adam. — Estamos falando de energia?

Blue se sentiu absurdamente satisfeita por ele lembrar, e também por responder a ela em vez de a Gansey, que agora estava espantando mosquitos e esperando por sua resposta.

— Sim — disse ela. — Eu acho que torno mais fortes as coisas que precisam de energia. Sou como uma bateria ambulante.

— Você é a mesa que todo mundo quer no Starbucks — ponderou Gansey enquanto começava a caminhar novamente.

Blue piscou.

— Como?

Sobre o ombro, Gansey disse:

— Perto da tomada — e pressionou o frequencímetro ao lado de uma árvore, observando as duas coisas com grande interesse.

Adam balançou a cabeça para Blue e disse para Gansey:

— Estou dizendo que talvez ela possa transformar uma parte comum da linha ley em um lugar viável para o ritual. Espere, estamos entrando na mata? E a Helen?

— Não se passaram dois segundos — disse Gansey, embora claramente não fosse o caso. — Essa é uma ideia interessante sobre energia.

204

Mas... a sua bateria pode ficar fraca? Por questões além de conversas sobre prostituição?

Ela não honrou o comentário com uma resposta imediata. Em vez disso, pensou sobre como sua mãe tinha dito que não havia nada a temer dos mortos, e como Neeve parecera descrente. A vigília na igreja havia obviamente tomado *algo* dela; talvez houvesse consequências piores que ela ainda viria a descobrir.

— Bem, isso é interessante — observou Gansey, atravessando um pequeno regato com um passo largo perto da borda da mata, mantendo um pé em cada margem. Era apenas água que havia subido de uma fonte subterrânea, encharcando a relva. A atenção de Gansey estava focada no frequencímetro que ele segurava diretamente acima da água. O medidor chegara ao máximo.

— A Helen — disse Adam, advertindo-o. Ronan havia se juntado novamente a eles, e os dois garotos olharam na direção do helicóptero.

— Eu disse: *Isso é interessante* — repetiu Gansey.

— E eu disse: *A Helen*.

— Só mais alguns metros.

— Ela vai ficar brava.

A expressão de Gansey era perversa, e Blue pôde ver que Adam não teria como detê-lo.

— Eu avisei — disse Adam.

O regato corria preguiçoso para fora da mata, por entre dois cornisos. Com Gansey à frente, todos seguiram a água por entre as árvores. Imediatamente, a temperatura caiu vários graus. Blue ainda não havia percebido o enorme ruído de insetos no campo até que ele fosse substituído pelo ocasional canto de um pássaro debaixo das árvores. Aquela mata era linda, antiga, toda de carvalhos enormes e freixos encontrando espaço em meio a grandes lajes de rocha partida. Samambaias brotavam das pedras e o musgo verdejante subia pelos troncos. O próprio ar tinha um aroma verde, pujante, aquoso. A luz era dourada através das folhas. Tudo estava vivo, muito vivo.

Blue sussurrou:

— Isso é lindo.

O comentário fora para Adam, não para Gansey, mas ela viu que ele olhou de relance por cima do ombro para ela. Ao lado dele, Ronan estava curiosamente calado. Algo a respeito de sua postura era defensivo.

— O que estamos procurando mesmo? — perguntou Adam.

Gansey era um cão de caça guiado pelo frequencímetro ao longo do regato que se alargava. A água em movimento havia se tornado larga demais para manter um pé em cada margem, e agora corria em um leito de seixos, fragmentos afiados de pedra e, de maneira bastante estranha, algumas conchas de ostras.

— O que estamos sempre procurando.

Adam avisou:

— A Helen vai te matar.

— Ela vai me mandar uma mensagem se estiver muito brava — disse Gansey, tirando o celular do bolso. — Humm... não tem sinal...

Dada sua localização nas montanhas, a falta de sinal não causava surpresa, mas Gansey parou onde estava. Enquanto os quatro formavam um círculo irregular, ele passava as telas do celular com o polegar. Na outra mão, o frequencímetro brilhava com um tom vermelho sólido. Sua voz soou um pouco estranha quando ele perguntou:

— Alguém mais está usando relógio?

Fins de semana não eram geralmente dias de contar as horas para Blue, então ela não o usava, e Ronan tinha apenas suas tiras de couro entrelaçado em torno do braço. Adam levantou o punho. Ele usava um relógio de aparência barata e pulseira encardida.

— Eu estou — disse ele, acrescentando pesarosamente: — Mas ele não parece estar funcionando.

Sem falar nada, Gansey voltou a tela do celular para eles. Ela estava na função relógio, e Blue levou um momento para perceber que nenhum dos ponteiros se mexia. Por um longo momento, os quatro apenas olharam para os ponteiros parados no relógio do celular. O coração de Blue marcava cada segundo que o relógio não batia.

— Ele está... — começou Adam, e então parou e tentou de novo: — Será que a bateria está sendo afetada pela energia da linha?

A voz de Ronan soou cortante:

— Afetando o seu relógio? O seu relógio de corda?

— É verdade — respondeu Gansey. — Meu celular ainda está funcionando. Assim como o frequencímetro. É só a hora... Será que...

Mas não havia respostas, e todos eles sabiam disso.

— Quero seguir em frente — disse Gansey. — Só mais um pouco.

Ele esperou para ver se alguém o impediria. Ninguém disse nada, mas, quando Gansey partiu novamente, escalando o topo de uma pedra, com Ronan ao seu lado, Adam olhou para Blue de relance. Sua expressão perguntava: *Você está bem?*

Ela *estava* bem, mas da maneira que estivera bem antes do helicóptero. Não que Blue tivesse medo das luzes piscando no frequencímetro ou do relógio de Adam se recusando a funcionar, mas ela não saíra da cama de manhã esperando encontrar um lugar onde possivelmente o tempo não existia.

Blue estendeu a mão.

Adam a pegou sem hesitação, como se estivesse esperando que ela a oferecesse. Ele disse em voz baixa, apenas para ela ouvir:

— Meu coração está batendo como louco.

Estranhamente, não eram os dedos dele entrelaçados nos dela que mais afetavam Blue, e sim onde seu punho quente pressionava o dela, acima das mãos.

Eu preciso dizer ao Adam que ele não pode me beijar, ela pensou.

Mas ainda não. Nesse momento, ela queria sentir sua pele pressionada na dele, ambos os pulsos rápidos e incertos.

De mãos dadas, eles escalaram depois de Gansey. As árvores ficaram ainda maiores, algumas delas se juntando como castelos, imponentes e enormes. As copas pairavam alto acima da cabeça deles, farfalhando e reverentes. Tudo era muito verde. Em algum lugar à frente, ouviram o ruído de algo se mexendo na água.

Por um breve momento, Blue achou que ouvia música.

— Noah?

A voz de Gansey soou desamparada. Ele havia parado perto de uma faia poderosa e agora procurava em volta. Blue o alcançou e percebeu que ele havia parado na margem de um pequeno lago montanhoso que alimentava o regato que eles vinham seguindo. O lago tinha apenas alguns centímetros de profundidade e era perfeitamente limpo. A água era tão transparente que implorava para ser tocada.

— Achei que tinha ouvido... — Gansey interrompeu o que dizia. Seus olhos caíram para onde Adam segurava a mão de Blue. Mais uma vez, seu rosto aparentou certa confusão com o fato de os dois estarem de mãos dadas. Adam apertou a mão dela com mais força, apesar de Blue achar que essa não fosse sua intenção.

Era uma discussão sem palavras, embora ela não achasse que nenhum dos garotos soubesse o que estava tentando dizer.

Gansey se voltou para o pequeno lago. Em sua mão, o frequencímetro ficara escuro. Ele se agachou e passou a mão livre sobre a água. Os dedos estavam bem abertos, quase tocando a superfície. Sob a mão, a água se mexeu e ficou escura, e Blue percebeu que havia milhares de peixinhos ali. Eles brilhavam, prateados e então pretos, à medida que se moviam, apegando-se à sombra tênue que ele lançava.

Adam perguntou:

— Como é que há peixes aqui?

O regato que eles haviam seguido mata adentro era raso demais para ter peixes, e, acima dele, o pequeno lago parecia alimentado pela água da chuva da parte mais alta da montanha. Peixes não vinham do céu.

Gansey respondeu:

— Não sei.

Os peixes se revolviam e cruzavam uns sobre os outros, movendo-se incessantemente, como pequenos enigmas. Novamente, Blue achou que tinha ouvido música, mas, quando olhou para Adam, achou que talvez tivesse sido apenas o som de sua respiração.

Gansey olhou para os dois, e ela viu em seu rosto que ele adorava aquele lugar. Sua expressão indisfarçável trazia algo novo: não o prazer puro de encontrar a linha ley ou o prazer dissimulado de caçoar de Blue. Ela reconheceu a estranha felicidade que vinha de amar algo sem saber por quê, aquela estranha felicidade que às vezes era tão grande que parecia tristeza. Era a maneira como ela se sentia quando olhava para as estrelas.

Sem mais nem menos, ele pareceu mais com o Gansey que Blue tinha visto no adro da igreja, e ela achou que não suportaria olhar para ele.

Em vez disso, ela soltou a mão de Adam para ir até a faia ao lado da qual Gansey estava. Cuidadosamente, pisou nos nós expostos das raízes da árvore e então pousou a palma sobre a casca suave e cinzenta. Como a árvore atrás de sua casa, a casca daquela faia era fria como o inverno e estranhamente confortante.

— Adam. — Era a voz de Ronan, e Blue ouviu os passos de Adam se movendo cuidadosa e lentamente em torno do pequeno lago. O som de ramos quebrando ficou mais baixo à medida que ele se afastava.

— Não acho que esses peixes sejam de verdade — disse Gansey suavemente.

Era uma coisa tão ridícula de dizer que Blue se voltou para olhar para ele de novo. Ele corria os dedos para frente e para trás na superfície da água, enquanto a observava.

— Acho que eles estão aqui porque eu pensei que eles deveriam estar aqui — disse Gansey.

Blue respondeu sarcasticamente:

— Tá bom, Deus.

Ele girou a mão novamente, e ela viu as formas dos peixes brilharem na água mais uma vez. Hesitante, Gansey seguiu em frente:

— Na leitura, o que foi que aquela mulher disse? Aquela do cabelo? Ela disse que a questão era a... percepção... não, a intenção.

— Persephone. A intenção é para as cartas — disse Blue. — Para uma leitura, para deixar alguém entrar na sua mente, para ver padrões no futuro e no passado. Não para *peixes*. Como a intenção funcionaria com um peixe? A vida não é negociável.

Ele perguntou:

— Qual era a cor dos peixes quando chegamos?

Eles eram pretos e prata, ou pelo menos pareciam assim no reflexo. Ela tinha certeza de que Gansey estava buscando por sinais de magia inexplicável, mas ela não seria influenciada tão facilmente. Azul e marrom poderiam parecer preto ou prata, dependendo da luz. Mesmo assim, Blue se juntou a ele, agachando-se na terra úmida ao lado do pequeno lago. Os peixes eram todos escuros e indistintos sob a sombra de sua mão.

209

— Eu estava observando os peixes e pensando em como eles haviam chegado aqui, e então lembrei que existe uma espécie de truta que muitas vezes vive em regatos menores — disse Gansey. — Acho que são chamadas de truta de ribeiro selvagem. Achei que isso faria um pouco mais de sentido. Talvez elas tenham sido introduzidas pelo homem nesse laguinho, ou em outro mais para cima. Era nisso que eu estava pensando. As trutas de ribeiro são prateadas no dorso e vermelhas no ventre.

— *Tudo bem* — ela disse.

A mão estendida de Gansey estava absolutamente imóvel.

— Me diz que não tinha peixes vermelhos nesse lago quando chegamos.

Como Blue não respondeu, ele olhou para ela. Blue balançou a cabeça. Definitivamente não havia peixes vermelhos ali.

Gansey puxou a mão rapidamente.

O pequeno cardume disparou em busca de abrigo, mas não antes que Blue visse que cada um deles era prata e vermelho.

Não um vermelho fraco, mas vermelho-vivo, vermelho pôr do sol, vermelho como um sonho. Como se eles nunca tivessem sido de nenhuma outra cor.

— Não entendo — disse Blue. Algo nela doía, como se ela compreendesse, mas não conseguisse descrever com palavras. Algo embrulhava seus pensamentos. Ela sentia como se fizesse parte de um sonho que aquele lugar estava tendo, ou que o lugar fizesse parte de um sonho dela.

— Eu também não.

Então os dois se viraram ao mesmo tempo, ao som de uma voz que vinha do lado esquerdo.

— Isso foi o Adam? — perguntou Blue. Parecia estranho que ela tivesse de perguntar, mas nada parecia muito definido.

Eles ouviram novamente a voz de Adam, dessa vez mais clara. Ele e Ronan estavam parados do outro lado do pequeno lago. Bem ao lado dele, havia um carvalho. Uma cavidade apodrecida do tamanho de um homem se abria negra no tronco. No lago a seus pés, havia o reflexo de Adam e da árvore, uma imagem espelhada mais fria e mais distante que a realidade.

Adam esfregava os braços ferozmente, como se estivesse com frio. Ronan estava ao lado dele, olhando sobre o ombro para algo que Blue não podia ver.

— Venha aqui — disse Adam. — Agora pare ali. E me diga se estou ficando louco.

Seu sotaque estava pronunciado, e Blue estava começando a entender que isso significava que ele estava preocupado demais para escondê-lo.

Blue espiou na cavidade. Como todos os buracos nas árvores, ele parecia úmido, irregular e escuro, o fungo na casca ainda trabalhando para aumentar a cratera. As bordas da entrada eram irregulares e finas, fazendo com que a sobrevivência da árvore por tanto tempo parecesse milagrosa.

— Você está bem? — perguntou Gansey.

— Feche os olhos — Adam lhe disse. Seus braços estavam cruzados, as mãos segurando firmemente os bíceps. A forma que ele estava respirando lembrava Blue de como ela se sentia ao acordar depois de um pesadelo, o coração batendo forte, a respiração aos trancos, as pernas doendo de uma perseguição que nunca existiu de verdade. — Quer dizer, depois que você entrar lá dentro.

— Você entrou ali? — Gansey perguntou a Ronan, que balançou a cabeça.

— Foi ele quem encontrou o buraco — disse Adam.

Ronan disse, monótono como uma tábua:

— Não vou entrar aí.

A declaração soou como uma questão de princípio em vez de covardia, como a recusa de pegar uma carta na leitura.

— Eu não me importo — disse Blue. — Eu vou.

Foi difícil para ela se imaginar intimidada quando cercada por uma árvore, não importava quão estranha a floresta em torno dela pudesse ser. Ela entrou na cavidade e se virou de maneira que ficasse de frente para o mundo exterior. O ar lá dentro tinha um cheiro úmido e pesado. Estava quente também, e, apesar de Blue saber que devia ser por causa do processo de apodrecimento, isso fazia com que a árvore parecesse ter sangue quente como ela.

À sua frente, Adam ainda tinha os braços firmemente enlaçados em torno de si. *O que ele acha que vai acontecer aqui?*

Ela fechou os olhos. Quase imediatamente, pôde sentir o cheiro de chuva — não a fragrância da chuva que chega, mas o odor vivo e móvel de uma tempestade caindo, o aroma aberto de uma brisa se deslocando pela água. Então ela sentiu que algo estava tocando seu rosto.

Quando abriu os olhos, ela estava ao mesmo tempo dentro de seu corpo e o observando de fora, longe da cavidade da árvore. A Blue diante dela estava a centímetros de distância de um garoto com um blusão da Aglionby. Havia uma ligeira inclinação na postura dele, e seus ombros estavam salpicados de chuva. Foram os dedos dele que Blue sentiu no rosto. Ele tocou a face dela com o dorso dos dedos.

Lágrimas correram pelo rosto da outra Blue. Por uma estranha magia, ela podia senti-las em seu rosto também. Ela podia sentir, igualmente, a angústia crescente e doentia que sentira no adro da igreja, a tristeza que parecia maior do que ela. As lágrimas da outra Blue pareciam intermináveis. Uma lágrima seguia a outra, todas traçando um caminho idêntico em seu rosto.

O garoto de blusão da Aglionby inclinou a testa e a encostou na dela. Blue sentiu a pressão da pele dele e, subitamente, sentiu cheiro de hortelã.

Vai ficar tudo bem, Gansey disse para a outra Blue. Ela podia dizer que ele estava com medo. *Vai ficar tudo bem.*

Inacreditavelmente, ela percebeu que a outra Blue estava chorando porque amava Gansey. E que a razão de Gansey tocá-la daquela forma, com mãos tão cuidadosas, era porque ele sabia que o beijo dela poderia matá-lo. Ela podia sentir com que intensidade a outra Blue queria beijá-lo, mesmo que temesse isso. Embora ela não pudesse entender por quê, a memória real, do dia atual na cavidade da árvore, estava obscurecida por outras memórias, falsas, dos lábios deles quase se tocando, uma vida que aquela outra Blue já havia vivido.

Tudo bem, estou pronto — a voz de Gansey hesitou, só um pouco. *Me beije, Blue.*

Abalada, Blue abriu bem os olhos, viu a escuridão do espaço em volta de si e sentiu de novo o cheiro escuro e apodrecido da árvore. Seu estômago se embrulhou com a tristeza assustadora e o desejo que havia sentido durante a visão. Ela se sentia enjoada e envergonhada e, quando saiu da árvore, não conseguiu olhar para Gansey.

— E então? — ele perguntou.

Ela disse:

— É... muitas coisas.

Como ela não disse mais nada, Gansey assumiu seu lugar na árvore

Tudo parecera tão real. Aquilo era o futuro? Era um futuro alternativo? Ou apenas um sonho acordado? Ela não conseguia se imaginar apaixonada por Gansey, entre todas as pessoas, mas, naquela visão, isso pareceu não somente possível, mas indiscutível.

Quando Gansey se virou para dentro da cavidade, Adam tomou o braço de Blue e a arrastou para perto. Ele não foi gentil, mas Blue não achou que ele tivesse a intenção de ser bruto. No entanto, ela levou um susto quando Adam secou seu rosto com as costas da outra mão; ela estivera chorando de verdade.

— Quero que você saiba — sussurrou Adam furiosamente — que eu nunca faria aquilo. Não era real. Eu *nunca* faria aquilo com ele.

Seus dedos apertavam o braço dela, e ela sentiu que ele tremia. Ela piscou para Adam e secou o rosto. Levou um instante para perceber que ele devia ter visto algo inteiramente diferente do que ela.

Mas, se Blue perguntasse a Adam o que ele vira, teria de lhe contar também.

Ronan encarava os dois descaradamente, como se soubesse o que havia acontecido na árvore, ainda que ele mesmo não tivesse tentado.

Alguns metros adiante, na cavidade, a cabeça de Gansey estava inclinada como em uma mesura. Ele parecia uma estátua em uma igreja, com as mãos unidas à frente. Havia algo ancestral a respeito de Gansey naquele instante, com a árvore arqueada sobre ele e as pálpebras pálidas nas sombras. Gansey era ele mesmo, mas era algo mais também — aquilo que Blue vira pela primeira vez nele na leitura dos garotos, aquele sentido de *alteridade*, de *algo mais*, que parecia irradiar daquele retrato imóvel de Gansey preservado na árvore escura.

O rosto de Adam estava virado para o outro lado, e agora, *agora*, Blue sabia qual era a expressão dele: de vergonha. O que quer que ele tenha visto na árvore escavada, ele tinha certeza de que Gansey estava vendo também, e não conseguia suportar.

Os olhos de Gansey se abriram de uma vez.

— O que você viu? — Blue perguntou.

Ele inclinou a cabeça para o lado. Foi um gesto lento, como se estivesse sonhando.

— Eu vi o Glendower — disse Gansey.

24

Como Adam avisara, eles não haviam levado dois segundos para explorar o corvo cunhado no chão, seguir o regato mata adentro, observar os peixes mudarem de cor, descobrir uma árvore alucinatória e retornar até Helen.

Pelo relógio de Gansey, eles haviam levado sete minutos.

Helen estava furiosa. Quando Gansey lhe disse que sete minutos era um milagre, pois na verdade eles deviam ter ficado quarenta minutos ali, isso causou tamanha discussão que Ronan, Adam e Blue tiraram os fones de ouvido para permitir que os irmãos resolvessem suas diferenças. Sem os fones, é claro, os três no banco de trás ficaram impossibilitados de falar. A situação deveria ter criado um silêncio constrangedor, mas, em vez disso, foi mais fácil sem palavras.

— É impossível — disse Blue, no momento em que o helicóptero deixou o terreno em silêncio suficiente para que se pudesse falar. — O tempo não pode ter parado enquanto a gente estava na mata.

— Não é impossível — respondeu Gansey, atravessando o estacionamento até o prédio. Ele escancarou a porta do primeiro andar da Monmouth e gritou para a escada sombria: — Noah, você está em casa?

— É verdade — disse Adam. — De acordo com a teoria da linha ley, o tempo pode ser uma coisa fluida bem em cima da linha.

Aquele era um dos efeitos mais comumente relatados sobre as linhas ley, especialmente na Escócia. No folclore escocês, acreditava-se no mito de que os viajantes podiam ser "levados por duendes" ou desorientados por fadas locais. Andarilhos partiam em uma trilha reta apenas para se encontrar inexplicavelmente perdidos, parados em um local que eles não faziam a menor ideia de ter caminhado, com o relógio mostrando minutos antes ou horas depois de terem partido. Como se eles tivessem tropeçado em uma dobra no espaço-tempo.

Era a energia das linhas ley pregando peças.

— E o que tinha naquela árvore? — perguntou Blue. — Aquilo foi uma alucinação? Um sonho?

Glendower. Foi Glendower. Glendower. Glendower.

Gansey não conseguia parar de vê-lo. Ele se sentia excitado, temeroso ou ambas as coisas.

— Eu não sei — disse ele, tirando as chaves do bolso e dando um tapa na mão de Ronan quando ele tentou pegá-las. Seria um dia gelado no verão da Virgínia quando ele deixasse Ronan dirigir seu carro. Ele vira o que Ronan fizera com o próprio carro, e a ideia do que ele faria com algumas dezenas a mais de cavalos de potência ao seu comando era impensável. — Mas pretendo descobrir. Vamos nessa.

— Vamos? Para onde? — perguntou Blue.

— Para a prisão — disse Gansey agradavelmente. Os outros dois garotos já a estavam empurrando na direção do Pig. Ele se sentia nas alturas como uma pipa, eufórico. — Para o dentista. Para qualquer lugar terrível.

— Eu tenho que voltar às... — mas ela não terminou a frase. — Não sei quando. Numa hora razoável.

— O que é razoável? — perguntou Adam, e Ronan riu.

— Estaremos de volta antes que você vire abóbora — disse Gansey, prestes a acrescentar *Blue* no fim da frase, mas soava estranho chamá-la assim. — Blue é um apelido?

Ao lado do Camaro, as sobrancelhas de Blue ficaram subitamente angulosa.

Apressadamente, Gansey acrescentou:

— Não que não seja um nome legal. Só que é... incomum.

— Esquisitão — disse Ronan, enquanto mordia distraído uma das fitas de couro no pulso, de maneira que o efeito foi minimizado.

Blue respondeu:

— Infelizmente, não é nem um pouco normal. Não como *Gansey*.

Ele sorriu de maneira tolerante para ela. Coçou o queixo liso, com os pelos assassinados havia pouco, e a estudou. Blue mal batia no ombro de Ronan, mas era tão *grande* e tão presente quanto ele. Gansey teve um sentimento incrível de *coisa certa*, com todos reunidos em torno do Pig. Como se Blue, e não a linha ley, fosse a peça que faltava e de que ele estivera precisando todos aqueles anos, como se a busca por Glendower não estivesse verdadeiramente a caminho até que ela fizesse parte dela. Ela parecia certa como Ronan parecera, como Adam parecera, como Noah parecera. Quando cada um deles havia se juntado a Gansey, ele sentira uma torrente de alívio e, no helicóptero, se sentiu exatamente da mesma maneira quando percebeu que era a voz de Blue no gravador.

É claro, ela podia simplesmente cair fora.

Ela não vai, ele pensou. *Ela também deve sentir isso.*

E continuou:

— Eu sempre gostei do nome Jane.

Os olhos de Blue se arregalaram.

— Ja... o quê? Ah! Não, não... Você não pode simplesmente dar outro nome para as pessoas porque não gosta do nome verdadeiro delas.

— Eu gosto de *Blue* — disse Gansey. Ele não acreditava que ela estivesse realmente ofendida; seu rosto não parecia como parecera no Nino's, quando eles se encontraram pela primeira vez e as orelhas dela ficaram vermelhas. Gansey pensou que possivelmente estava se saindo um pouco melhor em conseguir não ofendê-la, mesmo não conseguindo parar de provocá-la. — Algumas das minhas camisas favoritas são azuis. Mas eu também gosto de *Jane*.

— Não vou nem responder.

— Eu não pedi que você respondesse. — Abrindo a porta do Camaro, ele empurrou o banco do motorista para frente, para que Adam entrasse atrás.

Blue apontou para Gansey.

— Não vou responder.

Mas ela entrou. Ronan procurou o aparelho de MP3 do BMW antes de entrar no banco do passageiro e, mesmo sabendo que o aparelho de

CD barato que fora colocado no Pig não estava funcionando direito, chutou o painel até que uma música eletrônica detestável e barulhenta começasse. Gansey escancarou a porta do motorista. Na verdade, ele deveria estar cuidando para que Ronan fizesse o dever de casa antes que a Aglionby o expulsasse. Mas, em vez disso, gritou por Noah uma última vez e então entrou no carro.

— Seu gosto para música é aterrorizante — ele disse a Ronan.

Do banco de trás, Blue gritou:

— Ele sempre cheira a gasolina?

— Só quando está ligado! — berrou Gansey de volta.

— Essa coisa é *segura*?

— Segura como a vida.

Adam deu um berro:

— Para onde estamos indo?

— Sorvete. A Blue vai nos contar como ela sabia onde estava a linha ley — disse Gansey. — Vamos bolar uma estratégia e decidir qual vai ser o próximo passo. Vamos aprender com a Blue sobre energia. Adam, você vai me contar tudo que lembra sobre o tempo e as linhas ley, e, Ronan, quero que você me conte de novo o que descobriu sobre o tempo do sonho e as trilhas do som. Antes de voltarmos lá, quero descobrir tudo que for possível para ter certeza que é um lugar seguro.

Mas não foi isso que aconteceu. O que aconteceu foi que eles dirigiram até o Harry's e estacionaram o Camaro entre um Audi e um Lexus, e Gansey pediu tanto sorvete que a mesa não tinha espaço para mais nada, e Ronan convenceu os atendentes a aumentarem o volume das caixas de som, e Blue riu pela primeira vez de algo que Gansey disse, e eles eram barulhentos e triunfantes e reis de Henrietta, pois tinham encontrado a linha ley e porque algo estava começando, tudo estava começando.

Energizado, Gansey mandou os garotos executarem tarefas relacionadas a Glendower nos três dias que se seguiram, e, para surpresa de Adam, Blue conseguiu dar um jeito de acompanhá-los a cada uma delas. Apesar de ela nunca ter chegado a dizer isso, era claro que os mantinha em segredo, pois nunca os contatava por telefone ou os encontrava próximo do número 300 da Rua Fox. Apesar da falta de planejamento formal e habilidade paranormal, todos eles tinham horários em grande parte ditados pela escola, de maneira que conseguiam se encontrar com uma precisão extraordinária.

A exploração, no entanto, não incluiu voltar para a estranha mata. Em vez disso, ficaram na prefeitura, pesquisando quem era o proprietário da terra onde tinham visto o desenho do corvo, examinando microfilmes na biblioteca de Henrietta, tentando determinar se a estranha mata tinha um nome, discutindo a história de Glendower, marcando a linha ley no mapa, medindo quão larga ela parecia ser, percorrendo campos, virando pedras, fazendo círculos em rochas e medindo a energia que vinha delas.

Eles também comeram bastante comida barata de lojas de conveniência, por culpa de Blue. Depois daquela primeira festa do sorvete, Blue insistiu em pagar ela mesma toda a comida que consumisse, o que limitava onde eles podiam comer. Ela detestava quando qualquer um dos garotos tentava comprar comida para ela, mas parecia odiar ainda mais quando era Gansey quem oferecia.

Em uma loja, Gansey havia começado a pagar as batatas fritas de Blue e ela as arrancou de sua mão.

— Eu não quero que você compre comida pra mim! — disse Blue.
— Se você pagar, é como se eu fosse... de... de...

— Devedora? Pra mim? — sugeriu Gansey agradavelmente.

— Não coloque palavras na minha boca.

— Foi a *sua* palavra.

— Você *presumiu* que era a minha palavra. Você não pode sair por aí presumindo coisas.

— Mas era o que você queria dizer, não é?

Blue fez uma careta.

— Essa conversa acabou.

Então ela comprou as próprias batatas, embora estivesse claro que o preço era caro para ela e nada para Gansey. Adam ficou orgulhoso dela.

Após o primeiro dia, Noah foi com eles também e isso agradou a Adam, pois ele e Blue se deram bem. Noah era um bom indicador para avaliar pessoas. Era tão tímido, desajeitado e invisível que podia ser facilmente ignorado ou ridicularizado. Blue não era somente gentil com Noah, mas realmente parecia se dar bem com ele. Por estranho que parecesse, isso aliviava Adam, que sentia como se a presença de Blue entre eles fosse em grande parte sua responsabilidade. A essa altura, Adam tomava decisões sem Gansey, Ronan ou Noah tão raramente que duvidava de seu julgamento quando agia sozinho.

Os dias se passavam facilmente com os cinco fazendo tudo, exceto retornar para o lago estranho e a árvore sonhadora. Gansey seguia dizendo: "Precisamos de mais informações".

Adam disse a Blue:

— Acho que ele está com medo da árvore.

Ele sabia que *ele* estava. A visão marcante que ele teve na árvore seguia invadindo seus pensamentos. Gansey morto, morrendo, por causa dele. Blue olhando para Adam, chocada. Ronan agachado ao lado de Gansey, o rosto miserável, rosnando: *Está feliz agora, Adam? Era isso que você queria?*

Aquilo fora um sonho? Uma profecia?

Gansey disse a Adam:

— Eu não sei o que foi aquilo.

Em ocasiões anteriores, essa frase havia sido uma maneira muito boa de perder o respeito de Adam. A única maneira de compensar a admissão de não saber algo era segui-la imediatamente com as palavras "mas vou descobrir". Adam não dava muito tempo para as pessoas descobrirem: apenas o tempo que daria para si mesmo. Mas Gansey nunca o deixara na mão. Eles descobririam o que era aquilo. Só que, dessa vez, Adam não tinha certeza se queria saber.

Ao fim da segunda semana, os garotos tinham estabelecido uma rotina de esperar por Blue na saída da escola e partir para qualquer que fosse a missão que Gansey lhes havia designado. Era um dia de primavera encoberto que mais parecia de outono, frio e úmido, e cinzento como aço.

Enquanto esperavam, Ronan decidiu finalmente aceitar a tarefa de ensinar Adam a dirigir um carro com câmbio manual. Por vários minutos, parecia que tudo ia bem, já que o BMW tinha uma embreagem macia. Ronan foi sucinto e direto ao ponto em suas instruções, e Adam era um aluno esperto, sem qualquer vaidade que atrapalhasse.

De um ponto de observação escondido ao lado do prédio, Gansey e Noah se juntaram e observaram enquanto Adam fazia círculos cada vez mais rápidos em torno do estacionamento. De tempos em tempos, suas vaias eram ouvidas através das janelas abertas do BMW.

Então — isso tinha de acontecer uma hora ou outra —, Adam deixou o carro morrer. Era um animal magnífico, pelo que mostraram os barulhos e os últimos trancos que o carro fez.

Do banco do passageiro, Ronan começou a xingar Adam. Foi um xingamento longo, confuso, com os mais escabrosos palavrões. Enquanto Adam olhava fixamente para o colo, penitente, refletiu que havia algo musical a respeito de Ronan quando ele xingava, uma precisão cuidadosa e carinhosa na maneira como ele encaixava as palavras, uma poesia pintada de negro. Soava muito menos odioso do que quando ele *não* xingava.

Ronan terminou com:

— Pelo amor de... Parrish, tome cuidado, isso aqui não é o Honda Civic 1971 da sua mãe.

Adam levantou a cabeça e disse:

— Só começaram a fazer o Civic a partir de 1973.

Houve um brilho de presas do banco do passageiro, mas, antes que Ronan tivesse tempo de atacar, ambos ouviram Gansey chamando afetuosamente:

— Jane! Achei que você não ia mais aparecer. O Ronan está ensinando o Adam a usar um câmbio manual.

Blue, com o cabelo desarrumado pelo vento, enfiou a cabeça através da janela do motorista. O perfume de flores silvestres acompanhava sua presença. Enquanto Adam catalogava o aroma no arquivo mental de coisas que tornavam Blue atraente, ela disse animada:

— Parece que está indo bem. Que cheiro é esse?

Sem responder, Ronan desceu do carro e bateu forte a porta.

Noah apareceu ao lado de Blue. Ele parecia alegre e afetuoso como um cão labrador. Noah decidira quase imediatamente que faria qualquer coisa por Blue, um fato que teria incomodado Adam se tivesse sido qualquer outra pessoa que não Noah.

Blue deixou que Noah arrumasse seu cabelo despenteado, algo que Adam também gostaria de fazer, mas sentia que significaria algo muito diferente vindo dele.

— Ok, vamos nessa — disse Gansey, agitado, abrindo o diário, conferindo o relógio e esperando que alguém lhe perguntasse para onde estavam indo.

Através da janela do carro, Adam perguntou:

— Para onde vamos hoje?

Gansey pegou uma mochila do chão.

— Para a mata.

Blue e Adam olharam um para o outro, sobressaltados.

— O tempo voa — disse Gansey pretensiosamente, passando a passos largos por eles na direção do Camaro.

Blue deu um salto para trás enquanto Adam lutava para sair do banco do motorista. Ela sussurrou para ele:

— Você sabia disso?

— Eu não sabia de nada.

— Temos que estar de volta em três horas — disse Ronan. — Acabei de dar comida para a Motosserra, mas depois ela precisa comer de novo.

— É por isso que eu não queria ter um filho com você — respondeu Gansey.

Eles se amontoaram no carro com o conforto da rotina, subindo no Camaro, embora toda a lógica sugerisse que eles pegassem o BMW. Ronan e Gansey lutaram brevemente pelas chaves (Gansey venceu, como vencia tudo). Adam, Blue e Noah subiram no minúsculo banco de trás, nessa ordem. Noah se encolheu no canto do carro, tentando desesperadamente não tocar em Blue. Adam não tomou tanto cuidado. Pelos primeiros dez minutos no primeiro dia, ele havia sido bastante educado, mas rapidamente ficou claro que Blue não se importava quando a perna dele encostava na dela.

E para Adam tudo bem.

Tudo estava como antes, mas, por alguma razão, o coração de Adam batia forte. Era primavera, e novas folhas, sacudidas das árvores pelo vento subitamente frio, caíam ao longo do estacionamento. Ele viu a pele arrepiada de Blue pela trama aberta do cardigã de crochê que ela vestia. Ela estendeu as mãos e pegou um punhado da camisa dele e da de Noah, puxando os dois na direção dela, como cobertores.

— Você está sempre frio, Noah — disse ela.

— Eu sei — ele respondeu, triste.

Adam não estava certo sobre o que vinha primeiro com Blue — ela tratando os garotos como amigos ou todos eles se tornando amigos. Ele achava que essa maneira de construir relações exigia uma boa dose de autoconfiança para ser levada adiante. Havia um tipo estranho de magia que fazia parecer que ela sempre estivera caçando Glendower com eles.

Com o ombro pressionado contra o ombro coberto pelo casaco de crochê de Blue, Adam se inclinou para frente, entre os dois bancos dianteiros, e perguntou:

— Gansey, não tem aquecimento?

— Se o carro ligar...

O motor girava sem parar, e Adam sentia tanto frio que seus dentes batiam, mesmo não estando muito gelado. Ele sentia um frio vindo *de dentro*, então ordenou:

— Acelere. Pise fundo.

— Estou pisando.

Ronan pressionou a perna direita de Gansey para baixo, com a palma no joelho dele. O motor gemeu alto e pegou. Gansey agradeceu secamente a Ronan pela ajuda.

— Seu coração — disse Blue no ouvido de Adam. — Posso sentir seu coração no seu braço. Você está nervoso?

— Só... não tenho certeza para onde estamos indo.

Como estavam viajando de Camaro, e não de helicóptero, eles leváram mais tempo para chegar às coordenadas que Gansey havia marcado no diário. Quando chegaram, estacionaram o carro em uma cabana de férias vazia e fizeram o resto do caminho a pé. Então viram que a mata tinha um aspecto bem diferente sob o céu enevoado. O corvo parecia desolado e morto em meio à grama, e havia conchas brancas como ossos na folhagem. As árvores na beira da floresta pareciam mais altas que antes, gigantes em meio às imponentes árvores montanhosas. Tudo parecia sombrio no dia sem sol, mas o trecho de relva mísera na borda da floresta parecia ainda mais escuro.

O coração de Adam ainda estava aos pulos. Ele teve de confessar para si mesmo que até aquele momento ele provavelmente nunca havia acreditado de verdade na explicação sobrenatural de Gansey para a linha ley, não de uma maneira que ele tivesse realmente internalizado. Agora, isso era real. A mágica existia, e Adam não sabia quanto isso mudava o mundo.

Por um longo momento, todos encararam silenciosamente a mata como se encarassem um adversário. Gansey passou um dedo sobre o lábio. Blue abraçou a si mesma, apertando os dentes por causa do frio. Até Ronan parecia inquieto. Apenas Noah parecia como de costume, com os braços soltos e os ombros caídos.

— Eu me sinto observada — disse Blue por fim.

Gansey respondeu:

— Leituras altas de campo eletromagnético podem causar isso. Casos de assombração muitas vezes não passam de fiação elétrica velha e exposta. Leituras altas podem fazer uma pessoa se sentir observada, nervosa, enjoada, apreensiva. Elas brincam com a fiação do cérebro.

Noah inclinou a cabeça bem para trás para olhar para as pontas das árvores que se moviam lentamente. Era o oposto do instinto de Adam — buscar por movimento entre os troncos das árvores.

— Mas elas podem provocar a situação contrária também. Leituras altas podem dar aos espíritos o poder que eles precisam para se manifestar, certo? De maneira que você *tem* mais chances de ser observado ou assombrado justamente quando está se sentindo observado ou assombrado — acrescentou Adam.

Gansey retrucou:

— E a água pode reverter isso, é claro. Pode tornar o campo eletromagnético e a energia sensações positivas.

— Daí — intercedeu Ronan, para não se deixar superar— toda essa bobagem de fontes de cura que circulam por aí.

Blue esfregou os braços.

— Bem, a água está lá dentro, não aqui fora. Vamos entrar?

As árvores suspiraram. Gansey estreitou os olhos.

— Nós fomos convidados? — perguntou Adam.

— Acho que você se convida — respondeu Noah.

Ele foi o primeiro a entrar. Ronan resmungou com raiva, provavelmente porque Noah — *Noah* — tivera mais coragem que qualquer um deles. E mergulhou na mata logo depois.

— Esperem — Gansey olhou para o relógio. — São 4h13. Precisamos lembrar disso mais tarde. — E seguiu Noah e Ronan.

O coração de Adam batia forte. Blue estendeu a mão, e ele a tomou. *Não esmague os dedos dela*, pensou.

E entraram na mata.

Debaixo da copa das árvores, estava ainda mais escuro que no campo. As sombras debaixo delas tinham um tom negro, opaco, e os troncos pareciam pintados de chocolate, carvão e ônix.

— Noah — sussurrou Gansey. — Noah, para onde você foi?

A voz dele surgiu detrás.

— Eu não fui para lugar nenhum.

Adam se voltou, ainda segurando firmemente a mão de Blue, mas não havia nada ali a não ser ramos tremulando na brisa leve.

— O que você viu? — perguntou Gansey. Quando Adam se virou novamente, Noah estava parado um pouco à frente de Gansey:

Brincam com a fiação do cérebro.

— Nada.

Ronan, uma forma escura curvada a alguns metros de distância, perguntou:

— Para onde estamos indo?

Para qualquer lugar a não ser aquela árvore, pensou Adam. *Eu não quero ver aquilo de novo.*

Gansey remexeu na terra em busca de sinais do regato que eles haviam seguido antes.

— De volta ao mesmo caminho, eu acho. Um experimento adequado recria as condições, não é? Mas o regato está mais raso dessa vez. Difícil de ver. Não era longe, era?

Eles tinham caminhado apenas por alguns minutos pelo leito do regato raso quando ficou evidente que a paisagem não era familiar. As árvores eram altas, finas e delgadas, todas inclinadas como em razão de algum vento forte. Grandes rochedos se projetavam sobre o solo pobre. Não havia sinal do leito do regato, do pequeno lago, da árvore sonhadora.

— Fomos direcionados para o lugar errado — disse Gansey.

Seu tom era ao mesmo tempo cortante e acusatório, como se a própria mata tivesse feito isso.

— Além disso — destacou Blue, largando a mão de Adam —, vocês observaram as árvores?

Adam precisou de um instante para se dar conta do que ela estava querendo dizer. Algumas das folhas que se prendiam aos galhos ainda traziam um tom amarelo-pálido, mas agora era o amarelo do outono, não da primavera. A maioria das folhas que os cercavam trazia o tom verde e vermelho-escuro característico do outono. As folhas caídas a seus pés tinham um tom marrom e laranja, folhas mortas pelo começo do frio de um inverno que não deveria estar próximo.

226

Adam estava dividido entre o assombro e a ansiedade.

— Gansey — ele disse —, que horas são?

Gansey girou o punho:

— São 5h27. O ponteiro dos segundos ainda está correndo.

Em pouco mais de uma hora, eles tinham caminhado através de duas estações. Adam captou o olhar de Blue, que apenas balançou a cabeça. O que mais havia a fazer?

— Gansey! — chamou Noah. — Tem algo escrito aqui!

Do outro lado de um afloramento de rochas, Noah estava parado perto de um grande bloco de rocha que batia na altura de seu queixo. A face da rocha trazia cortes e deformações e estava estriada com linhas como os esboços da linha ley de Gansey. Noah apontou para algumas dezenas de palavras pintadas na parte de baixo da pedra. Qualquer que tivesse sido a tinta usada pelo autor, estava gasta e irregular: negra em alguns lugares, de um ameixa profundo em outros.

— Que língua é essa? — perguntou Blue.

Adam e Ronan responderam em uníssono:

— Latim.

Ronan se agachou rapidamente ao lado da rocha.

— O que está escrito? — perguntou Gansey.

Os olhos de Ronan disparavam de um lado para o outro enquanto examinavam o texto. Inesperadamente, ele sorriu com afetação.

— É uma piada. Essa primeira parte. O latim é bem ruim.

— Uma piada? — ecoou Gansey. — Sobre o quê?

— Você não acharia engraçada.

O latim era difícil, e Adam desistiu de tentar ler. Algo naquelas letras, no entanto, o perturbava. Ele não conseguia dizer o quê. A própria forma delas...

Desconfiado, ele perguntou:

— Por que tem uma piada escrita em uma pedra qualquer?

O contentamento deixou o rosto de Ronan. Ele tocou as palavras e tateou as letras. Seu peito arfava sem parar.

— Ronan? — perguntou Gansey.

— É uma piada — respondeu Ronan por fim, sem parar de olhar para as palavras — para caso eu não reconhecesse minha própria letra.

227

Adam se deu conta de que era aquilo que o incomodava a respeito das palavras. Agora era óbvio que a letra era de Ronan. Só que elas estavam muito fora de contexto, pintadas com um pigmento misterioso, manchado e gasto pelo tempo.

— Eu não entendo — disse Ronan, continuando a traçar e a retraçar as letras. Ele estava realmente abalado.

Gansey se apressou em ajudar. Ele não suportava ver ninguém de sua turma amedrontado. Com a voz firme, como se tivesse certeza, como se estivesse dando uma aula de história geral, disse:

— Nós vimos antes como a linha ley brinca com o tempo. Podemos ver agora, mesmo no meu relógio. O tempo é flexível. Você não esteve aqui antes, Ronan, mas isso não quer dizer que não esteve aqui no futuro. Minutos mais tarde. Dias, anos, deixando uma mensagem para você mesmo, escrevendo uma piada de maneira que você acreditasse que foi você. Sabendo que haveria uma chance de que o tempo colocasse você aqui para encontrar essa mensagem.

Muito bem, Gansey, pensou Adam. Ele havia elaborado uma explicação para apoiar Ronan, mas Adam também se sentiu mais bem amparado. Eles eram exploradores, cientistas, antropólogos de magia histórica. Era isso que eles queriam.

Blue perguntou:

— E o que ela diz após a piada?

— *Arbores loqui latine* — respondeu Ronan. — As árvores falam latim.

A frase não fazia sentido, era um enigma talvez, mas mesmo assim Adam sentiu um arrepio na espinha. Eles olharam de relance para as árvores em volta: estavam cercados por mil tons de verde diferentes, presos a um milhão de garras que se sacudiam com o vento.

— E a última linha? — perguntou Gansey. — A última palavra não parece latim.

— *Nomine appellant* — leu Ronan. — Chame-o pelo nome. — E fez uma pausa. — Cabeswater.

228

26

— Cabeswater — repetiu Gansey.

Havia algo mágico a respeito daquela palavra. *Cabeswater*. Algo ancestral e enigmático, uma palavra que não parecia pertencer ao Novo Mundo. Gansey leu o latim na rocha novamente — a tradução parecia óbvia, uma vez que Ronan havia feito a parte pesada do trabalho — e então, como os outros, olhou à sua volta para as árvores que os cercavam.

O que foi que você fez?, ele perguntou a si mesmo. *Para onde você os trouxe?*

— Eu voto para que a gente procure água — disse Blue. — Para que a energia faça o que o Ronan disse que ela faria melhor, seja o que for. E então... acho que devemos dizer algo em latim.

— Parece um bom plano — concordou Gansey, refletindo sobre a estranheza daquele lugar, que uma sugestão tão sem sentido pudesse parecer tão prática. — A gente devia voltar pelo caminho que viemos ou seguir em frente?

Noah disse:

— Seguir em frente.

Tendo em vista que ele raramente expressava uma opinião, sua palavra reinou. Partindo novamente, eles ficaram num vaivém sobre a própria trilha, à procura de água. À medida que avançavam, as folhas caíam à sua volta, vermelhas e então cinzas, até que as árvores ficaram nuas. Apareceu gelo nas sombras.

— Inverno — disse Adam.

Era impossível, é claro, mas, novamente, tudo que viera antes disso também era. Como quando ele havia passado de carro pelo Lake District com Malory, pensou Gansey. Após um tempo, havia uma quantidade incrível de beleza para processar, e ela se tornara invisível.

Era impossível que fosse inverno. Mas não era mais impossível do que qualquer outra coisa que havia acontecido.

Eles haviam chegado a um agrupamento de salgueiros desfolhados, sobre um ligeiro aclive, e abaixo deles havia a curva de um regato lento e raso. Malory havia dito para Gansey certa vez que onde havia salgueiros, havia água. Salgueiros se propagavam, disse ele, largando sementes em água em movimento, que então as levava corrente abaixo, permitindo que as árvores criassem raízes em alguma margem distante.

— E tem água — acrescentou Blue.

Gansey se virou para os outros. Sua respiração vinha em nuvens e todos eles pareciam terrivelmente malvestidos para o frio. Mesmo a cor da pele deles parecia errada: bronzeada demais para aquele ar de inverno sem cor. Turistas de outra estação. Gansey percebeu que estava tremendo, mas não sabia se era por causa do frio invernal ou da expectativa.

— Ok — ele disse para Blue. — O que você queria dizer em latim?

Blue se virou para Ronan.

— Você pode dizer simplesmente "oi"? É educado.

Ronan pareceu desgostoso; educado não era seu estilo. Mas disse:

— *Salve.* — Para Blue, ele explicou: — Na verdade, isso quer dizer *Esteja bem.*

— Excelente — ela respondeu. — Pergunte se elas querem falar com a gente.

Agora Ronan parecia ainda mais incomodado, pois isso o fazia parecer ridículo, o que era ainda menos seu estilo, mas ele inclinou a cabeça para trás e disse: — *Loquere tu nobis?*

Eles ficaram parados em silêncio. Um sibilar parecia estar subindo, como se uma brisa ligeira de inverno farfalhasse nas árvores. Mas não havia mais folhas sobrando nos ramos para farfalhar.

— Nada — respondeu Ronan. — O que você esperava?

— Silêncio — ordenou Gansey. Porque agora o sibilar era definitivamente mais que um farfalhar. Agora ele havia se transformado no que soava distintamente como vozes secas, sussurradas. — Vocês estão ouvindo isso?

Todos, menos Noah, balançaram a cabeça.

— Eu estou — disse Noah, para o alívio de Gansey.

Gansey disse:

— Peça para elas falarem de novo.

Ronan pediu.

O farfalhar sibilado veio de novo, e agora parecia óbvio que era uma voz, que nunca haviam sido folhas. Gansey ouviu claramente uma declaração quebradiça em latim. Ele gostaria que tivesse estudado com mais afinco enquanto repetia as palavras foneticamente para Ronan.

— Elas disseram que já estavam falando com você, mas que você não estava ouvindo — disse Ronan, e coçou a parte de trás da cabeça raspada. — Gansey, você está brincando comigo? Você realmente está ouvindo alguma coisa?

— Você acha que o latim do Gansey é tão bom assim? — respondeu Adam, tenso. — Foi a *sua* letra na pedra, Ronan, que disse que elas falavam latim. Cale a boca.

As árvores sibilaram de novo, e Gansey repetiu as palavras para Ronan. Noah corrigiu um dos verbos que Gansey havia entendido errado.

Os olhos de Ronan se voltaram como dardos para Blue.

— Elas disseram que estão felizes em ver a filha da médium.

— Eu! — exclamou Blue.

As árvores sibilaram uma resposta e Gansey repetiu as palavras.

— Eu não sei o que isso quer dizer — disse Ronan. — Elas também estão felizes em ver mais uma vez... eu não sei que palavra é essa: *Greywaren?* Se é latim, eu não conheço.

Ronan, sussurraram as árvores, *Ronan Lynch*.

— É você — disse Gansey assombrado, sentindo um arrepio. — Ronan Lynch. Elas disseram o seu nome. É *você* que elas estão felizes em ver de novo.

A expressão de Ronan era reservada, seus sentimentos, escondidos.

— *De novo.* — Blue pressionou as mãos contra as faces vermelhas de frio, os olhos arregalados e o rosto transparecendo todo o espanto e a animação que Gansey sentia. — Incrível. As árvores? Incrível.

Adam perguntou:

— Por que só você e o Noah conseguem ouvir?

Em um latim trôpego — mesmo na aula, ele raramente falava latim, e era estranho tentar traduzir pensamentos de palavras que ele conseguia ver escritas na cabeça para palavras faladas —, Gansey disse:

— *Hic gaudemus. Gratias tibi... loquere... loqui pro nobis* — e olhou para Ronan. — Como eu pergunto por que vocês não conseguem ouvir?

— Nossa, Gansey. Se você tivesse prestado atenção em... — Fechando os olhos, Ronan pensou por um momento: — *Cur non te audimus?*

Gansey não precisou de Ronan para traduzir a resposta sussurrada das árvores; o latim era simples o suficiente.

Ele disse em voz alta:

— O caminho não está desperto.

— A... linha ley? — sugeriu Blue. Um pouco triste, acrescentou:

— Mas isso não explica por que só você e o Noah podem ouvir.

As árvores murmuraram: *Si expergefacere via, erimus in debitum.*

— Se você despertar a linha, elas terão uma dívida com você — disse Ronan.

Por um momento, todos ficaram em silêncio, olhando uns para os outros. Era muita coisa para assimilar. Não era somente porque as árvores estavam falando com eles, era porque elas eram seres conscientes, capazes de observar seus movimentos. Eram apenas as árvores naquela mata estranha, ou todas as árvores os observavam? Será que elas sempre haviam tentado falar com eles? Não havia uma maneira de saber, também, se as árvores eram boas ou más, se amavam ou odiavam os humanos, se tinham princípios ou compaixão. Eram como extraterrestres, pensou Gansey. Extraterrestres que tratamos muito mal, por muito tempo. *Se eu fosse uma árvore, não teria nenhum motivo para amar um humano .*

Gansey disse:

— Pergunte se elas sabem onde está o Glendower.

Adam pareceu sobressaltado. Rapidamente, Ronan traduziu a pergunta.

Levou um momento para as vozes sussurradas responderem, e, mais uma vez, Gansey não precisou de tradução.

232

— Não — disse Gansey. Algo dentro dele havia se apertado e apertado e apertado até ele fazer a pergunta. Ele achava que, ouvindo a resposta, ficaria aliviado, mas não foi assim. Todos olhavam para ele, mas Gansey não sabia por quê. Talvez algo em seu rosto estivesse errado. Parecia errado. Então ele desviou o olhar de todos e disse: — Está muito frio. *Valde frigida.* Onde é a saída? Por favor? *Amabo te, ubi exitum?*

As árvores sussurraram e sibilaram, e Gansey percebeu que ele podia estar errado, que podia ter sido apenas uma voz o tempo inteiro. Ele não estava inteiramente certo de que chegara a ouvi-la alto também, agora que pensava na questão. Era possível que ela tivesse sido dita em sua cabeça o tempo inteiro. Era um pensamento desconcertante, e ele distraiu sua atenção. Noah teve de ajudá-lo a se lembrar de tudo que havia sido dito, e Ronan precisou pensar por um momento muito longo antes que fosse capaz de traduzir.

— Desculpe — disse Ronan. Ele estava se concentrando demais para se lembrar de parecer descolado ou ranzinza. — É difícil. É... elas disseram que precisamos voltar através do ano. Contra... o caminho. A linha. Elas disseram que, se voltarmos ao longo do regato e virarmos à esquerda na grande... figueira? *Platanus?* Acho que é figueira. Então acharemos algo que elas acreditam que queremos achar. E aí seremos capazes de sair da mata e encontrar o caminho de volta para o nosso... o nosso dia. Sei lá. Tem partes faltando, mas acho que... desculpem.

— Está tudo bem — disse Gansey. — Você está se saindo bem. — Em voz baixa, ele perguntou a Adam: — Você acha que devemos fazer isso? Me ocorreu agora que talvez elas não sejam confiáveis.

O cenho franzido de Adam queria dizer que isso havia lhe ocorrido também, mas ele respondeu:

— Nós temos outra escolha?

— Acho que devemos confiar nelas — disse Blue. — Elas me conheciam, e conheciam o Ronan também. De alguma forma. E a rocha não disse para não confiar nelas. Certo?

Ela tinha razão. A caligrafia de Ronan, com seu grande cuidado para provar sua origem, tinha lhes dado a chave para falar com as árvores, não um aviso.

— Vamos voltar — disse Gansey. — Cuidado para não escorregar. — Então, mais alto, disse: *Gratias. Reveniemus.*

— O que você disse? — perguntou Blue.

Adam respondeu por ele:

— Obrigado. E que vamos voltar.

Não foi difícil seguir as orientações que Ronan havia traduzido. O regato era largo ali, a água fria e lenta entre duas encostas brancas de gelo. Ele os levou firmemente para baixo, e gradualmente o ar à volta deles começou a aquecer. Folhas vermelhas esparsas marcavam os galhos, e, no momento em que Blue apontou para uma enorme figueira, com o tronco branco e cinza perdendo parte da casca e largo demais para que ela o abraçasse, eles se viram nas mãos pegajosas do verão. As folhas eram vigorosas e verdes, movendo-se e esfregando-se umas nas outras em um constante farfalhar murmurado. Se havia uma voz agora, Gansey não tinha certeza se ele a ouvia.

— Nós pulamos o verão antes — Adam apontou. — Quando viemos pelo outro caminho, fomos direto para o outono.

— Mosquitos mágicos — disse Ronan, dando um tapa no braço. — Que lugar incrível é esse.

Seguindo as orientações da voz, eles viraram à esquerda na figueira enorme. Gansey se perguntou o que as árvores achavam que eles gostariam de encontrar. Ele achava que só havia uma coisa que ele estava procurando.

Então as árvores se abriram em uma clareira de verão, e ficou óbvio o que a voz queria dizer.

Na clareira, inteiramente fora de lugar, havia um carro abandonado. Um Mustang vermelho. O último modelo do Mustang. Num primeiro momento, pareceu que ele estava coberto de lama, mas uma inspeção mais atenta revelou que ele estava, na realidade, coberto por camadas e mais camadas de pólen e folhas caídas. Folhas haviam ficado presas aos montes nas fendas do capô e embaixo do aerofólio, emboladas nos limpadores de para-brisas e em torno dos pneus. Uma muda de árvore crescia debaixo do carro, enrolando-se em torno do para-choque dianteiro. A cena lembrava velhos naufrágios, barcos antigos transformados em barreiras de coral pelos estratagemas do tempo.

234

Atrás do carro se estendia um caminho tomado completamente pelo mato e que parecia levar para fora dali; aquela devia ser a saída a que as árvores se referiam.

— Espalhafatoso — observou Ronan, chutando um dos pneus. O Mustang tinha pneus enormes, caros, e, agora que Gansey olhou para o carro mais de perto, viu que ele estava cheio de acessórios: aros grandes, aerofólio novo, filme escuro nos vidros, escapamento duplo. *Dinheiro novo*, seu pai teria dito, *queima no bolso*.

— Olhem — disse Adam, passando um dedo sobre a poeira da janela de trás. Ao lado de um adesivo do Blink-182, havia outro da Aglionby.

— Lógico — disse Blue.

Ronan tentou a porta do motorista, que se abriu. Ele riu uma vez, de maneira cortante:

— Tem um hambúrguer mumificado aqui.

Todos se agruparam em volta dele para ver o interior, mas, fora o hambúrguer seco, meio comido, no banco do passageiro, ainda pousado sobre o embrulho, não havia muito para ver.

Aquele carro também era um enigma, como a voz de Blue no gravador. Gansey sentia como se fosse dirigido especificamente a ele.

— Abra o porta-malas — ele ordenou.

Dentro do porta-malas tinha um casaco e, embaixo dele, uma coleção esquisita de varas e molas. Franzindo o cenho, Gansey retirou o dispositivo e o segurou pela haste maior. As peças se ajeitaram em seus lugares, diversas varas suspensas que se retorciam debaixo da principal, e então ele compreendeu tudo.

— É uma vara de radiestesia.

Ele se virou para Adam, querendo uma verificação.

— Coincidência — disse Adam. É claro, querendo dizer que não era.

Gansey sentiu novamente o que sentira no estacionamento do Nino's, quando Adam o avisara que achava que havia outra pessoa procurando pela linha ley. Então ele percebeu que Blue e Noah não estavam por ali.

— Cadê a Blue e o Noah?

Ao ouvir seu nome, Blue reapareceu, passando por cima de um tronco caído e voltando para a clareira. Ela disse:

— O Noah está passando mal.

— Por quê? — perguntou Gansey. — Ele está doente?

— Vou perguntar — ela respondeu. — Assim que ele terminar de *botar as tripas pra fora*.

Gansey fez uma careta.

— Acho que o Gansey prefere a palavra *expelindo*. Ou *evacuando* — disse Ronan animadamente.

— Acho que *vomitando* é a palavra mais específica neste caso — corrigiu Blue precisamente.

— Vomitando! — disse Ronan despreocupado; isso, finalmente, era algo que ele conhecia. — Onde ele está? Noah! — gritou, afastando-se do Mustang e voltando pelo caminho de que ela tinha vindo.

Blue observou a vara de radiestesia nas mãos de Gansey.

— *Isso* estava no carro? Uma vara de radiestesia!

Ele não deveria ter ficado surpreso que ela soubesse do que se tratava. Mesmo que ela não fosse médium, sua mãe era, e aquela era tecnicamente uma ferramenta do negócio.

— No porta-malas.

— Mas isso significa que outra pessoa estava procurando a linha ley!

Do outro lado do Mustang, Adam passou os dedos pelo pólen na lateral do carro. Ele parecia perturbado.

— E eles acharam que ela era mais importante que o carro.

Gansey olhou de relance para as árvores em volta deles, então para o carro caro. Ao longe, ouviu as vozes baixas de Ronan e Noah.

— Acho melhor a gente ir embora. Precisamos de mais informações.

27

Quando Blue se aprontou para sair no domingo seguinte, ela estava oficialmente dividida. Domingo era dia de levar os cães para passear. Na realidade, domingos e quintas eram dias de fazer isso, mas Blue havia pedido para não trabalhar nas duas semanas anteriores para acompanhar os garotos, de maneira que fazia um longo tempo que não via seus cães postiços. O problema era que ela estava ficando sem dinheiro e, além disso, a culpa por desobedecer Maura estava finalmente começando a pesar sobre ela. A situação chegara a tal ponto que ela não conseguia olhar a mãe nos olhos durante o jantar, mas era impossível, agora, imaginar abandonar os garotos. Ela tinha de encontrar uma maneira de conciliar as duas coisas.

Mas, primeiro, ela tinha de levar os cães para passear.

Já de saída para Willow Ridge, o telefone da cozinha tocou, e Blue, com um copo de suco de maçã em uma mão e os cadarços do tênis de cano alto na outra, atendeu.

— Alô?

— Eu gostaria de falar com a Blue, por favor, se ela estiver em casa.

Era a inconfundível e educada voz de Gansey, a que ele usava para transformar palha em ouro. Certamente, ele sabia que estava se arriscando ao ligar para a casa dela e, certamente, tinha se preparado para falar com outra pessoa que atendesse. Apesar da crescente suspeita de que seu segredo não duraria, ela não sabia ao certo como se sentia com o fato de que ele podia ter revelado o segredo.

— A Blue está se preparando para levar os cães de outras pessoas para passear — ela disse, largando o suco e amarrando os cadarços do tênis, com o telefone enfiado entre a orelha e o ombro. — E que bom que foi ela que atendeu, e não outra pessoa.

— Eu estava preparado para essa eventualidade — disse Gansey. Era estranho ouvi-lo no telefone; a voz não combinava com o rosto. — De qualquer maneira, que bom que você atendeu. Como vai? Acredito que bem.

Ele não está querendo ser arrogante, Blue disse a si mesma, várias vezes.

— Acreditou certo.

— Ótimo. Escute. O Adam está trabalhando hoje e o Ronan está na igreja com os irmãos, mas eu gostaria de dar uma volta só... para ver as coisas. — E acrescentou rapidamente: — Não na mata. Eu estava pensando em ir até aquela igreja no seu mapa. Você quer...

Ele vacilou. *Gansey* vacilando? Blue levou um momento para perceber que ele estava perguntando se ela queria ir com ele. E levou outro momento para se dar conta de que nunca estivera em qualquer lugar com ele sem os outros garotos.

— Eu preciso levar os cães para passear.

— Ah — ele respondeu, soando vazio. — Tudo bem.

— Mas só vai levar uma hora.

— Ah — ele repetiu, uns catorze tons mais brilhante. — Posso ir te buscar, então?

Blue olhou furtivamente sobre o ombro na direção da sala de estar.

— Ah, não... Eu, humm... te encontro no estacionamento.

— Ótimo — ele disse de novo. — De primeira. Acho que vai ser interessante. Te vejo em uma hora.

De primeira? Gansey sem Adam... Blue não tinha certeza como isso funcionaria. Apesar do interesse hesitante de Adam nela, os garotos pareciam agir como uma unidade, uma única entidade com múltiplas cabeças. Ver qualquer um deles sem a presença dos outros parecia um pouco... perigoso.

Mas não havia outra opção a não ser ir com Gansey. Ela queria explorar tanto quanto ele.

Tão logo ela desligou o telefone, ouviu chamarem seu nome.

— Bluu-uuuu, minha menina, vem aqui!

Era a voz de Maura, e o ritmo cantado na maneira como ela falou era altamente irônico. Com uma sensação de afundamento, Blue seguiu até a sala de estar, onde encontrou Maura, Calla e Persephone bebendo o que Blue suspeitava que fossem drinques de vodca com suco de laranja. Quando ela entrou na sala, as mulheres olharam para ela com sorrisos indolentes. Um bando de leoas.

Blue ergueu as sobrancelhas diante dos coquetéis. A luz da manhã através das janelas transformava os drinques em um amarelo brilhante, translúcido.

— São dez da manhã.

Calla estendeu a mão, fechando o punho de Blue com os dedos, e a arrastou para a namoradeira verde-menta. Seu copo já estava quase vazio.

— É domingo. O que mais vamos fazer?

— *Eu* preciso levar os cães para passear — disse Blue.

Da cadeira com listras azuis do outro lado da sala, Maura bebericou seu drinque e fez uma careta de desagrado.

— Ah, Persephone. Você põe *muita* vodca nesses drinques.

— Eu sempre erro a mão — disse Persephone tristemente de um banco de vime na frente da janela.

Quando Blue começou a se levantar, Maura disse, com um quê de ligeira censura.

— Sente um pouco com a gente, Blue. Fale sobre ontem. E o dia anterior, e o outro. E... ah, vamos falar um pouco sobre essas últimas semanas.

Blue então percebeu que Maura estava furiosa. Ela só a tinha visto assim algumas vezes antes, e essa fúria direcionada a ela fez sua pele ficar instantaneamente fria e úmida.

— Bom, eu estava... — ela deixou a frase inacabada. Uma mentira parecia não fazer sentido.

— Eu não sou seu carrasco — interrompeu Maura. — Eu não vou amarrar você no quarto ou te mandar para um convento, por favor. Então pode parar com essa coisa de sair escondida agora mesmo.

— Eu não ia...

— Ia sim. Eu sou sua mãe desde que você nasceu e posso garantir que você ia. Vejo que você e o Gansey estão se dando bem, não é mesmo? — Maura tinha uma expressão irritante de malícia.

— *Mãe*.

— A Orla me contou do carrão de oito cilindros dele — continuou Maura. Sua voz ainda estava brava e artificialmente animada. O fato de Blue estar bem consciente de que merecia isso tornava a ferroada ainda pior. — Você não está planejando beijar aquele garoto, está?

— Mãe, isso *nunca* vai acontecer — assegurou Blue. — Você *conheceu* ele, não é?

— Eu não sabia que dirigir um Camaro velho e barulhento era o equivalente masculino de vestir camisetas rasgadas e grudar árvores de papelão nas paredes do quarto.

— Acredite em mim — disse Blue. — Eu e o Gansey não somos nem um pouco parecidos. E elas não são de papelão, são de lona reciclada.

— O meio ambiente suspira de alívio. — Maura deu mais um golinho em seu drinque, torceu o nariz e lançou um olhar irado para Persephone, que parecia martirizada. Após uma pausa, Maura observou, com uma voz ligeiramente mais suave: — Eu não fico muito feliz que você esteja entrando em um carro sem air bags.

— Nem o *nosso* carro tem air bags — destacou Blue.

Maura pegou um longo fio do cabelo de Persephone da borda do copo.

— Sim, mas você sempre sai de bicicleta.

Blue ficou de pé, suspeitando que a penugem verde do sofá havia grudado na parte de trás de sua legging.

— Posso ir agora? Eu estou encrencada?

— Está. Eu disse para você ficar longe dele e você não ficou — disse Maura. — Eu só não decidi ainda o que fazer. Estou magoada. Conversei com várias pessoas, e elas me disseram que eu tenho todo o direito de me sentir assim. Os adolescentes ainda ficam de castigo? Ou isso só acontecia nos anos oitenta?

— Eu vou ficar muito brava se você me colocar de castigo — disse Blue, ainda vacilante com a desaprovação pouco familiar de sua mãe.

240

— Depois não reclame se eu me rebelar e fugir pela janela do quarto numa corda de lençóis.

Sua mãe esfregou uma mão sobre o rosto. Sua ira tinha se consumido completamente.

— Você está bem envolvida nisso, não é? Não demorou muito.

— Se você não me proibir de ver meus amigos, não preciso te desobedecer — sugeriu Blue.

— É isso que você ganha, Maura, por usar o seu DNA para fazer um bebê — disse Calla.

Maura suspirou.

— Blue, eu sei que você não é idiota. Só que às vezes pessoas inteligentes cometem burrices.

Calla resmungou:

— Não seja uma delas.

— Persephone? — perguntou Maura.

Em sua voz pequena, Persephone disse:

— Não tenho nada a acrescentar. — Após um momento de consideração, no entanto, acrescentou: — Se você for dar um soco em alguém, não coloque o polegar dentro da mão. Seria uma pena quebrá-lo.

— Ok — Blue disse apressadamente. — Estou saindo.

— Você poderia ao menos dizer que sente muito — disse Maura. — Finja que eu ainda tenho algum poder sobre você.

Blue não tinha certeza de como reagir àquilo. Maura tinha toda sorte de controle sobre Blue, mas não era normalmente o tipo que vinha com ultimatos ou castigo. Então ela simplesmente disse:

— Desculpa. Eu devia ter te contado que eu ia fazer o que você não queria que eu fizesse.

Maura disse:

— Não era bem isso que eu queria ouvir.

Calla pegou a mão de Blue de novo, e, por um momento, Blue teve medo de que ela pudesse sentir o nível de estranheza que cercava a busca de Gansey. Mas então ela deu o último gole no drinque, antes de dizer com uma voz ronronante:

— Com toda essa correria, não esqueça do nosso cinema na sexta à noite, Blue.

— Nosso... cinema... — Blue repetiu.

Calla franziu o cenho.

— Você prometeu.

Por um momento, Blue tentou lembrar quando havia falado sobre uma noite de cinema com Calla, e então se deu conta do que se tratava: a conversa de dias e dias atrás. Sobre revistar o quarto de Neeve.

— Eu esqueci que era esta semana — respondeu Blue.

Maura mexeu o drinque, que ainda parecia praticamente cheio. Ela sempre preferia observar outras pessoas bebendo a fazê-lo ela mesma.

— Que filme?

— *Até os anões começaram pequenos* — respondeu Calla imediatamente. — No original alemão: *Auch Zwerge haben klein angefangen*.

Maura estremeceu, e Blue não sabia se era por causa do filme ou do sotaque de Calla. Então disse:

— Tanto faz. A Neeve e eu vamos sair na sexta à noite.

Calla ergueu uma sobrancelha e Persephone pegou uma ponta do cadarço do tênis.

— O que vocês vão fazer? — perguntou Blue. *Procurar meu pai? Fazer leituras em poças?*

Maura parou de agitar o drinque.

— Não vou sair com o Gansey.

Pelo menos Blue podia ter certeza de que sua mãe nunca mentiria para ela.

Ela simplesmente não diria nada.

Por que a igreja? — Blue perguntou do banco do passageiro do Camaro. Ela nunca andara na frente antes, e, dali, a sensação de o carro ser alguns milhares de partes voando em uma formação agitada era ainda mais pronunciada.

Gansey, instalado confortavelmente atrás da direção, com óculos escuros caros e *top siders*, respondeu calmamente:

— Não sei. Porque ela está na linha, mas não é como... o que quer que Cabeswater seja. Preciso pensar mais sobre Cabeswater antes de voltarmos.

— Porque parece que a gente está entrando na casa de alguém — disse Blue, tentando não olhar para os mocassins de Gansey. Ela se sentia melhor a respeito dele como pessoa se fingisse que ele não os estava usando.

— Exatamente! É exatamente assim que parece — e apontou para ela como tinha apontado para Adam quando este fizera um comentário que ele aprovara. Então colocou a mão de volta na alavanca do câmbio para parar com o barulho.

Na realidade, Blue achava uma ideia excitante que as árvores fossem criaturas pensantes, que elas pudessem falar. Que elas a *conhecessem*.

— Vire aqui! — ordenou Blue, enquanto Gansey quase passava pela igreja arruinada. Com um largo sorriso, ele virou a direção e reduziu algumas marchas. Com apenas alguns ruídos de protesto da borracha, eles conseguiram chegar ao acesso tomado pela vegetação crescida, ao que o porta-luvas se abriu e atirou o que tinha dentro no colo de Blue.

— Aliás, por que você tem esse carro? — ela perguntou. Gansey desligou o motor, mas as pernas dela ainda vibravam com ele.

— Porque é um clássico — ele respondeu formalmente. — Porque é único.

— Mas é uma lata-velha. Eles não fazem clássicos únicos que não... — Blue demonstrou seu argumento tentando fechar sem sucesso o porta-luvas algumas vezes. Nesse instante, enquanto ela recolocava os objetos que estavam ali e batia a tampa, o porta-luvas ejetou novamente o conteúdo em suas pernas.

— Ah, fazem sim — disse Gansey, e ela sentiu uma ponta de irritação em sua voz. Não era raiva, realmente, mas ironia. Ele colocou uma folha de hortelã na boca e saiu do carro.

Blue recolocou os documentos do carro e um velho pacote de carne desidratada no porta-luvas, então inspecionou o outro objeto que havia caído em seu colo. Era um autoinjetor de adrenalina — uma seringa para ressuscitar o coração de uma pessoa no caso de uma reação alérgica grave. Diferentemente da carne, a data de validade ainda não tinha vencido.

— De quem é isso? — ela perguntou.

Gansey já estava fora do carro, segurando o frequencímetro e se alongando como se tivesse dirigido por horas no carro em vez de trinta minutos. Ela observou que ele tinha músculos impressionantes no braço, provavelmente relacionados ao adesivo da equipe de remo Aglionby que ela observara no porta-luvas. Gansey olhou sobre o ombro para ela e respondeu, encerrando a questão:

— Meu. Você tem que virar a tranca para a direita para fechar.

Blue guardou o autoinjetor de adrenalina e fechou o porta-luvas.

Do outro lado do carro, ele inclinou a cabeça para trás para dar uma olhada nas nuvens de tempestade: coisas vivas, torres em movimento. Bem ao longe, elas eram quase da mesma cor que o cume azul das montanhas. A estrada pela qual eles tinham vindo margeava um rio verde--azulado que serpenteava de volta na direção da cidade. A luz indireta do sol era peculiar: quase amarela, espessa com a umidade. Fora os pássaros e o rugido lento e distante dos trovões, não havia nenhum outro barulho.

— Espero que o tempo não vire — ele observou.

Gansey seguiu a passos largos para a igreja arruinada. Blue havia descoberto que era assim que ele chegava aos lugares — a *passos largos*. Caminhar era para pessoas comuns.

Parada ao lado dele, Blue achou a igreja mais sinistra à luz do dia, como sempre achava: crescendo entre paredes arruinadas, em meio a pedaços de telhado caído, com a relva na altura dos joelhos e árvores da altura de Blue, que lutavam pela luz do sol. Não havia provas que um dia haviam existido bancos de igreja, ou qualquer congregação. Havia algo triste e sem sentido a respeito do lugar: morte não seguida de vida.

Blue se lembrou de parar ali com Neeve, todas aquelas semanas atrás. Ela se perguntou se Neeve estava realmente procurando pelo seu pai, e, se estava, o que ela pretendia fazer quando o encontrasse. Blue pensou nos espíritos caminhando para dentro da igreja e se perguntou se Gansey...

Ele disse:

— Eu sinto que já estive aqui antes.

Blue não sabia o que responder. Ela já havia lhe contado uma meia verdade sobre a véspera do Dia de São Marcos, e não tinha certeza se era certo contar a ele a outra metade. Além disso, Blue não tinha certeza se isso parecia *verdade*. Parada ao lado dele naquele estado muito vivo, ela não conseguia imaginar que Gansey estaria morto em menos de um ano. Ele estava usando uma camisa polo azul-petróleo, e parecia impossível que alguém em uma camisa polo azul-petróleo pudesse morrer de qualquer outra coisa que não uma doença cardíaca aos oitenta e seis anos, possivelmente em uma partida de polo.

Blue perguntou:

— O que o seu medidor de mágica está fazendo agora?

Gansey se voltou para ela. Os nós de seus dedos estavam pálidos, os ossos pressionados através da pele. Luzes vermelhas brilharam ao longo da superfície do medidor.

Ele disse:

— Chegou ao máximo. Como na mata.

Blue examinou o entorno. Muito provavelmente, toda aquela propriedade era privada, mesmo o terreno onde se encontrava a igreja, mas a área atrás dela parecia mais remota.

245

— Se formos por ali, acho que tem uma probabilidade menor de atirarem na gente por invasão de propriedade. Não tem como não chamar atenção com a sua camisa.

— Ciano é uma cor maravilhosa, e você não vai me deixar constrangido por causa disso — retorquiu Gansey. Sua voz estava um pouco fina, e ele olhou de relance para a igreja mais uma vez. Naquele instante, ele pareceu mais jovem do que jamais antes, os olhos estreitados, o cabelo desarrumado, os traços relaxados. Jovem e, de maneira bastante estranha, temeroso.

Blue pensou: *Eu não posso contar para ele. Eu nunca vou poder contar para ele. Só preciso tentar impedir que aconteça.*

Então Gansey, subitamente charmoso de novo, acenou ligeiramente na direção do seu vestido-túnica roxo.

— Vá na frente, berinjela.

Blue encontrou um pedaço de pau para cutucar o chão a fim de protegê-los das cobras antes que avançassem pela relva. O vento cheirava a chuva, o chão ribombava com os trovões, mas o tempo se mantinha firme. A máquina nas mãos de Gansey piscava uma cor vermelha constantemente, apenas oscilando para o laranja quando eles pisavam longe demais da linha invisível.

— Obrigado por ter vindo, Jane — disse Gansey.

Blue lhe lançou um olhar fuzilante.

— De nada, *Dick*.

Ele pareceu chateado.

— Por favor, não.

Aquela expressão genuína roubou toda a alegria de usar o seu nome verdadeiro. Ela seguiu caminhando.

— Você é a única que não parece perturbada com essa busca — ele disse, após um momento. — Não é que eu esteja acostumado com isso, mas já vi algumas coisas tão incríveis antes, que acho que eu só... Mas o Ronan, o Adam e o Noah parecem todos... estupefatos.

Blue fingiu que sabia o que *estupefatos* queria dizer.

— Mas eu convivo com isso. Quer dizer, minha mãe é médium. Todas as amigas dela são paranormais. Isto é... bem, não é como se fosse *normal*. Mas é como eu sempre achei que seria ser como elas. Sabe, ver coisas que as outras pessoas não veem.

— Eu passei anos tentando dar um jeito nisso — admitiu Gansey. Havia algo a respeito do timbre da voz dele que surpreendia Blue. Só quando ele falou novamente que ela percebeu que ele estava usando o tom que ela o ouvira usar com Adam. — Passei dezoito meses tentando encontrar a linha de Henrietta.

— Era o que você esperava?

— Eu não sei o que eu esperava. Eu já tinha lido tudo sobre os efeitos da linha, mas nunca achei que eles fossem tão claros. Tão... Nunca esperei as árvores. Nunca esperei que acontecesse tão rápido também. Estou acostumado a conseguir uma pista por mês, então checar todas as possibilidades até que outra apareça. Não isso. — Gansey fez uma pausa e abriu um sorriso largo e generoso — Isso é tudo por sua causa. Encontrar finalmente a linha. Eu poderia te dar um beijo.

Apesar de ele estar obviamente brincando, Blue se afastou para o lado.

— Por que você fez isso?

Ela perguntou:

— Você acredita em médiuns?

— Bom, eu *fui* a uma, não fui?

— Isso não quer dizer nada. Um monte de gente vai apenas para se divertir.

— Eu fui porque acredito. Bom, eu acredito naqueles que são bons no que fazem. Só acho que tem um monte de charlatões que se deve peneirar para chegar até eles. Por quê?

Blue cravou violentamente o chão com seu pedaço de pau para espantar cobras.

— Porque desde que eu nasci a minha mãe me diz que, se eu beijar meu verdadeiro amor, ele vai morrer.

Gansey riu.

— Não ria, seu... — Blue ia dizer *canalha*, mas pareceu uma palavra forte demais e ela perdeu a coragem.

— Bom, é só aquele tipo de coisa que soa alarmante demais, não é? Não saia com um garoto ou você vai ficar cega. Beije seu verdadeiro amor e ele vai te morder.

— Não foi só ela! — Blue protestou. — Toda médium ou paranormal que eu conheço me diz a mesma coisa. Além disso, minha mãe não é assim. Ela não brincaria com uma coisa dessas. Não é *fingimento*.

— Desculpe — disse Gansey, percebendo que ela estava realmente irritada com ele. — Eu estava sendo um idiota de novo. Você sabe como ele vai morrer, esse cara azarado?

Blue deu de ombros.

— Ah. O diabo está nos detalhes, imagino. Então você simplesmente não beija ninguém por precaução? — ele perguntou e a observou assentir com a cabeça. — Isso me parece cruel, Jane. Não vou mentir.

Ela deu de ombros de novo.

— Eu não conto para as pessoas normalmente. Não sei por que te contei. Não conte para o Adam.

As sobrancelhas de Gansey se espetaram no centro da testa.

— É assim com ele, então?

O rosto dela ficou instantaneamente quente.

— Não. Quer dizer... Não. *Não*. É só que, como não é... como eu não sei... eu prefiro não dar sopa pro azar.

Blue fantasiou que o tempo havia voltado e começado de novo com eles saindo do carro e, em vez de ter essa conversa, eles falavam sobre o clima e quais aulas ele estava fazendo. Parecia que seu rosto jamais pararia de queimar.

A voz de Gansey, quando ele respondeu, soou um pouco dura.

— Bom, se você matasse o Adam, eu ficaria bastante chateado.

— Vou fazer o meu melhor para isso não acontecer.

Por um momento, o silêncio foi desconfortável, então ele disse, com uma voz mais normal:

— Obrigado por me contar. Quer dizer, por me confiar algo assim.

Aliviada, Blue respondeu:

— Bom, você me contou como você se sentia em relação ao Ronan e ao Adam e aquela história de estupefatos. Tem só uma coisa que eu ainda quero saber... Por que você está procurando? O Glendower?

Ele sorriu pesarosamente, e por um momento Blue temeu que ele estivesse prestes a virar o Gansey petulante e metido, mas no fim ele apenas disse:

— É uma história difícil de resumir.

— Você está numa escola que vai te levar para as melhores universidades do país. Tente.

— Tudo bem. Por onde começar? Talvez... Você viu a seringa de adrenalina. É para picadas. Eu sou alérgico. Muito alérgico.

Blue parou onde estava, alarmada. Marimbondos faziam ninhos no chão, e aquele era um território primordial para eles: áreas sossegadas, próximas de árvores.

— Gansey! Estamos no *campo*. Onde as abelhas vivem!

Ele fez um gesto desdenhoso, como se estivesse ansioso para encerrar aquele assunto.

— Continue cutucando as coisas com seu pedaço de pau e não vai acontecer nada.

— Meu *pedaço de pau*! Nós caminhamos a semana inteira na mata! Isso é terrivelmente...

— Descuidado? — sugeriu Gansey. — A verdade é que não faz nem sentido ter uma seringa de adrenalina. A última que me contaram foi que ela funcionaria apenas se eu fosse picado uma vez, e mesmo assim eles não sabem. Eu tinha quatro anos a primeira vez que fui parar no hospital por causa de uma picada, e as reações só pioraram depois disso. A verdade é essa. É isso ou viver numa bolha.

Blue pensou na carta da Morte e como sua mãe não a havia interpretado realmente para Gansey. Era possível, ela pensou, que a carta não tivesse sido de maneira alguma sobre a tragédia prevista de Gansey, mas, em vez disso, sobre a vida dele, como ele caminhava lado a lado com a morte todos os dias.

Com o pedaço de pau, Blue dava pauladas no chão à frente deles.

— Ok, vá em frente.

Gansey apertou os lábios, então os soltou.

— Bom, sete anos atrás, eu estava em um jantar com meus pais. Não lembro o que era exatamente. Acho que um dos amigos do meu pai tinha sido indicado pelo partido.

— Para o... *Congresso*?

O chão debaixo dos pés deles ou o ar à sua volta vibrou com um trovão.

— Acho que sim. Não lembro. Sabe quando às vezes você não lembra de tudo direito? O Ronan diz que as memórias são como sonhos. Você nunca lembra como chegou até a sala de aula pelado. Enfim, a festa estava chata, eu tinha nove ou dez anos. Estavam todos de vestidinho preto e gravata vermelha, e tinha todas as comidas que você pudesse imaginar, desde que fosse camarão. Alguns meninos começaram a brincar de esconde-esconde. Lembro que eu me achava velho demais para brincar de esconde-esconde, mas não tinha mais nada para fazer.

Blue e ele entraram em um capão estreito de árvores, esparsas o suficiente para que a relva crescesse entre elas, em vez de arbustos. Aquele Gansey, aquele Gansey contador de histórias, era uma pessoa completamente diferente de qualquer uma das outras versões dele que ela havia encontrado. Ela não conseguia *não* ouvir.

— Estava quente como o Hades. Era primavera, mas parecia verão. Primavera na Virgínia, sabe como é. Pesada, de certa maneira. Não tinha sombra no quintal, mas tinha um grande bosque ali perto. Escuro, verde e azul. Era como mergulhar em um lago. Então eu entrei nele, e era incrível. Em apenas cinco minutos eu não conseguia mais ver a casa.

Blue parou de cutucar o chão.

— Você se perdeu?

Gansey balançou a cabeça um pouco.

— Eu pisei em um ninho. — Seus olhos estavam estreitados daquela maneira que as pessoas fazem quando estão se esforçando para parecer casuais, mas era óbvio que aquela história era qualquer coisa menos casual para ele. — Marimbondos, como você disse. Eles fazem ninhos no chão. Não preciso dizer isso para você. Mas eu não sabia na época. A primeira coisa que eu senti foi uma pequena alfinetada na meia. Achei que tinha pisado num espinho. Tinha uma tonelada deles, aqueles espinhos verdes em forma de chicote. Mas então senti mais uma. Eram umas pontadas tão pequenas, sabe?

Blue se sentiu um pouco enjoada.

Ele continuou:

— Mas então eu senti uma na mão, e quando saltei para longe eu vi os marimbondos. Eles enchiam meus dois braços.

De algum modo, ele a levara até ali, até aquele momento de descoberta. Blue sentia o coração pesado, atingido por uma seta envenenada.

— O que você fez? — ela perguntou.

— Eu sabia que estava morto. Eu sabia que estava morto antes de começar a sentir tudo dar errado no meu corpo. Porque eu tinha ido parar no hospital por causa de uma picada, e aquilo era, tipo, cem picadas. Eles estavam no meu cabelo, dentro dos meus *ouvidos*, Blue.

— Você ficou com medo?

Ele não precisou responder. Blue viu no vazio de seus olhos.

— O que aconteceu?

— Eu morri — ele disse. — Eu senti meu coração parar. Os marimbondos não se importaram. Eles continuavam me picando, mesmo eu já estando morto.

Gansey parou, depois disse:

— Agora vem a parte mais difícil.

— São as minhas favoritas — respondeu Blue. As árvores estavam em silêncio em volta deles; o único som eram os rugidos dos trovões. Após uma pausa, ela acrescentou, um pouco envergonhada: — Desculpe. Não era minha intenção ser... mas a minha vida inteira tem sido a "parte mais difícil". Ninguém acredita no que a minha família faz. Não vou rir.

Ele soltou o ar lentamente.

— Eu ouvi uma voz, um sussurro. Não vou esquecer o que ela disse. Ela disse: "Você vai viver por causa de Glendower. Alguém na linha ley está morrendo quando não deveria, e assim você vai viver quando não deveria".

Blue estava em absoluto silêncio. O ar os pressionava.

— Eu contei para a Helen. Ela disse que foi uma alucinação. — Gansey afastou do rosto uma trepadeira suspensa. O mato estava ficando mais fechado ali, as árvores mais próximas. Eles provavelmente deviam voltar. Sua voz era peculiar. Formal e determinada. — Não foi uma alucinação.

Aquele era o Gansey que havia escrito o diário. A verdade daquilo, a mágica daquilo, tomou conta dela.

Blue perguntou:

— E isso basta para fazer com que você passe a vida inteira procurando Glendower?

Gansey respondeu:

— Assim que Artur ficou sabendo que o Santo Graal existia, como ele poderia não procurar por ele?

Um trovão rosnou debaixo deles mais uma vez, o rosnar faminto de uma fera invisível.

Blue disse:

— Isso não é realmente uma resposta.

Ele não olhou para ela e respondeu com uma voz terrível:

— Eu *preciso*, Blue.

Todas as luzes no frequencímetro se apagaram.

Igualmente aliviada por estar de volta a um terreno seguro e desapontada por não espiar mais profundamente dentro do Gansey de verdade, Blue tocou a máquina.

— Nós saímos da linha?

Eles recuaram vários metros, mas a máquina não religou.

— A bateria está fraca? — ela sugeriu.

— Eu não sei como verificar. — Gansey a desligou e então a ligou de novo.

Blue estendeu a mão para o leitor. Assim que ela o tomou dele, as luzes irromperam num vermelho muito intenso. Ela o virou de um lado para o outro. Laranja para a esquerda. Vermelho para a direita.

Os dois trocaram um olhar.

— Pegue o leitor de volta — disse Blue.

Mas tão logo Gansey tocou o frequencímetro, as luzes se apagaram de novo. Quando o trovão veio dessa vez, sedutor e crepitante, ela sentiu que ele fazia algo dentro dela tremer, o que não parou após o som ter morrido.

— Eu fico achando que tem que ter uma explicação lógica — disse Gansey. — Mas não encontrei uma a semana inteira.

Blue pensou que provavelmente havia uma explicação lógica, e achou que era isto: Blue tornava as coisas mais perceptíveis. Só que ela não fazia ideia do que estava amplificando no momento.

O ar estremeceu de novo enquanto um trovão grunhiu. Não havia sinal do sol agora. Tudo que sobrara era o ar verde e pesado em volta deles.

Ele perguntou:

— Para onde ele está nos levando?

Deixando que a luz vermelha sólida os levasse, Blue avançou hesitantemente pelas árvores. Eles tinham caminhado apenas alguns metros quando a máquina apagou de novo. Dessa vez não adiantou trocar de mão e tentar mexer. O leitor não piscou mais.

Os dois pararam com a máquina entre eles, a cabeça baixa próxima uma da outra, olhando em silêncio para o visor escuro.

Blue perguntou:

— E agora?

Gansey olhou para o chão.

— Dê um passo para trás. Tem...

— Ai, meu Deus — exclamou Blue, distanciando-se com um pulo. Então, mais uma vez: — Ai, meu...

Mas ela não conseguiu terminar a frase, pois tinha acabado de tirar o pé de algo que parecia terrivelmente com o osso de um braço humano. Gansey foi o primeiro a se agachar, tirando as folhas do osso. Certamente, debaixo do primeiro osso havia um segundo. Um relógio sujo envolvia o osso do pulso. Tudo parecia irreal, um esqueleto na mata.

Isso não pode estar acontecendo.

— Ah, não — Blue sussurrou. — Não toque nele. Impressões digitais.

Mas o corpo já estava muito além de impressões digitais. Os ossos estavam limpos como peças de museu, a carne havia caído fazia tempo, restando apenas os farrapos do que quer que a pessoa estivesse vestindo. Tirando cuidadosamente as folhas, Gansey descobriu o esqueleto inteiro. Ele repousava contorcido, uma perna torta para cima, os braços esparramados de cada lado do crânio, o quadro congelado de uma tragédia. O tempo havia poupado determinados elementos e levado outros: o relógio estava ali, mas a mão não. A camisa tinha se consumido, mas a gravata permanecia, ondulada sobre os montes e vales dos ossos das costelas. Os sapatos estavam sujos, mas intactos. As meias também estavam preservadas dentro dos sapatos de couro, como sacos na altura dos tornozelos.

A maçã do rosto estava afundada. Blue se perguntou se fora assim que a pessoa havia morrido.

— Gansey — disse ela, com a voz inexpressiva. — Ele era um garoto. Ele era um garoto da Aglionby.

Ela apontou para a caixa torácica. Amarfanhada entre duas costelas nuas havia uma insígnia da Aglionby, as fibras sintéticas do ornamento impermeáveis ao tempo.

Eles se encararam sobre o corpo. Um raio iluminou o perfil de seus rostos. Blue estava absolutamente consciente do crânio por baixo da pele de Gansey, suas maçãs do rosto tão próximas da superfície, altas e angulosas como aquelas na carta da Morte.

— Precisamos ligar para a polícia — disse ela.

— Espere — ele respondeu. Gansey só precisou de um momento para encontrar uma carteira debaixo do osso do quadril. Era de um couro bom, enlameada e manchada, mas na maior parte inteira. Gansey a abriu, examinando as bordas multicoloridas dos cartões de crédito que se alinhavam de um lado. Ele viu a borda de cima de uma carteira de motorista e a puxou com o polegar.

Blue ouviu a respiração de Gansey presa pelo choque absoluto.

O rosto na carteira de motorista era de Noah.

Às oito da noite, Gansey ligou para Adam na fábrica de trailers.
— Estou indo aí pegar você — disse e desligou.

Ele não disse que era importante, mas aquela foi a primeira vez que ele havia pedido que Adam deixasse o trabalho, então devia ser realmente importante.

Na rua, o Camaro rodava o motor em marcha lenta no estacionamento, com a vibração irregular ecoando pela escuridão. Adam entrou no carro.

— Eu explico quando chegarmos lá — disse Gansey.

Ele engatou a marcha e pisou fundo de tal maneira que os pneus de trás guincharam no asfalto quando eles partiram. Pela expressão de Gansey, Adam achou que algo havia acontecido a Ronan. Talvez, finalmente, *Ronan* houvesse acontecido a Ronan. Mas não foi para o hospital que eles se dirigiram. O Camaro disparou direto para o terreno do lado de fora da Indústria Monmouth. Juntos, eles subiram os degraus escuros e barulhentos que levavam para o segundo andar. Sob as mãos de Gansey, a porta se escancarou, batendo contra a parede.

— Noah! — ele gritou.

O quarto se estendia sem limite no escuro. Contra as janelas, a Henrietta em miniatura era uma linha falsa da cidade. O despertador de Gansey tocava continuamente, soando um alarme para uma hora que havia passado há muito tempo.

Os dedos de Adam procuraram sem sucesso pelo disjuntor da luz. Gansey gritou mais uma vez:

— Nós precisamos conversar. Noah!

A porta para o quarto de Ronan se abriu, soltando um facho de luz. Ronan formava uma silhueta no vão da porta, uma mão fechada contra o peito, o filhote de corvo encolhido entre os dedos. Ele tirou um par de fones de ouvido macios e caros dos ouvidos e os enrolou em torno do pescoço.

— Cara, você voltou tarde. Parrish? Achei que você estivesse trabalhando.

Então Ronan não sabia mais do que Adam. Adam sentiu uma ponta de alívio com aquilo, que rapidamente se extinguiu.

— Eu *estava* — disse ele finalmente, encontrando o disjuntor de luz. O quarto tinha virado um planeta crepuscular, os cantos vivos com sombras de línguas afiadas.

— Onde está o Noah? — demandou Gansey, puxando o cabo de alimentação do despertador da parede para silenciá-lo.

Ronan avaliou o estado de Gansey e ergueu uma sobrancelha.

— Saiu.

— *Não* — disse Gansey, enfático —, ele não saiu. *Noah!*

Ele recuou até o centro do quarto, virando-se para olhar nos cantos, nas vigas, procurando em lugares em que ninguém jamais acharia um colega de quarto. Adam hesitou ao lado da porta. Ele não conseguia entender o que aquilo poderia ter a ver com Noah: Noah, que podia passar despercebido por horas, cujo quarto era intacto, cuja voz nunca se elevava.

Gansey parou de procurar e se virou para Adam.

— Adam — ele demandou —, qual é o sobrenome do Noah?

Antes de Gansey perguntar, Adam sentia como se certamente soubesse. Mas agora a resposta escapou de sua boca e de seus pensamentos inteiramente, deixando seus lábios entreabertos. Era como se perder a caminho da aula, se perder a caminho de casa, esquecer o número de telefone da Indústria Monmouth.

— Eu não sei — admitiu Adam.

Gansey apontou para o peito de Adam como se estivesse atirando com uma arma ou salientando um ponto.

— É Czerny. Zerny. *Chér-ni.* Qualquer que seja a pronúncia. Noah Czerny. — Jogando a cabeça para trás, ele gritou para o ar: — Eu sei que você está aqui, Noah.

— Cara — observou Ronan. — Você pirou.

— Abra a porta dele — ordenou Gansey. — Me conte o que tem ali.

Com um dar de ombros cortês, Ronan deslizou do vão da porta e virou a maçaneta da porta de Noah. Ela se abriu, revelando o canto de uma cama sempre arrumada.

— Como sempre, parece o quarto de uma freira — disse Ronan. — Ou de um hospício. O que eu estou procurando? Drogas? Garotas? Armas?

— Me diz — perguntou Gansey — que aulas você faz com o Noah.

Ronan bufou.

— Nenhuma.

— Eu também não — respondeu Gansey, olhando para Adam, que balançou a cabeça ligeiramente. — Nem o Adam. Como isso é possível? — Ele não esperou por uma resposta, no entanto. — Quando ele come? Vocês *já* o viram comer?

— Eu não me importo, na verdade — disse Ronan, acariciando a cabeça de Motosserra com um único dedo, que virou o bico para cima em resposta. Foi um momento estranho em uma noite estranha, e, se isso tivesse acontecido no dia anterior, teria chamado a atenção de Adam, pois ele raramente via uma bondade irrefletida como aquela vindo de Ronan.

Gansey disparou perguntas para os dois:

— Ele paga aluguel? Quando ele se mudou para cá? Vocês já se perguntaram sobre isso um dia?

Ronan balançou a cabeça.

— Cara, você realmente saiu da casinha. Qual é o problema?

— Eu passei a tarde com a polícia — disse Gansey. — Fui com a Blue até a igreja...

Agora o ciúme atingiu Adam como uma facada, profunda e inesperada, uma ferida que seguia ardendo, não menos dolorosa por ele não ter certeza do que, precisamente, o tinha atingido.

Gansey continuou:

— Não olhem para mim desse jeito, vocês dois. O fato é o seguinte: nós encontramos um corpo. Apodrecido até os ossos. Vocês sabem de quem era?

Ronan sustentou no seu o olhar firme de Gansey.

Adam sentiu como se tivesse sonhado a resposta para aquela questão.

Atrás deles, a porta para o apartamento subitamente se fechou com violência. Eles se viraram rapidamente para encará-la, mas não havia ninguém ali, apenas a vibração dos cantos dos mapas na parede para mostrar que ela havia se movido.

Os garotos olharam fixamente para o movimento sutil do papel e ouviram o eco da batida.

Não ventava, mas Adam sentiu um arrepio na pele.

— Meu — disse Noah.

Como se fossem um, eles giraram de volta.

Noah estava parado no vão da porta do quarto.

Sua pele era pálida como um pergaminho, e seus olhos, sombreados e fora de foco, como sempre ficavam de noite. Havia a onipresente mancha em seu rosto só que agora parecia terra, sangue ou possivelmente com um buraco, os ossos esmigalhados por baixo da pele.

A postura de Ronan era rígida.

— Seu quarto estava vazio. Acabei de olhar.

— Eu disse para vocês — Noah falou. — Eu disse para todo mundo.

Adam teve de fechar os olhos por um longo momento.

Gansey parecia finalmente ter recuperado o controle. O que ele precisava da vida eram fatos, coisas que ele pudesse escrever em seu diário, coisas que pudesse citar duas vezes e sublinhar, não importava quão improváveis elas fossem. Adam percebeu que o tempo inteiro Gansey não sabia realmente o que encontraria quando o levara ali. Como ele poderia? Como alguém poderia realmente acreditar...

— Ele está morto — disse Gansey, com os braços cruzados firmemente sobre o peito. — Você está morto, não está?

A voz de Noah soou melancólica.

— Eu *disse* para vocês.

Eles olharam para ele, perto de Ronan. Realmente, ele era bem menos *real* do que Ronan, pensou Adam — aquilo deveria ter sido óbvio. Era absurdo que eles não tivessem notado. Ridículo que não tivessem pensado em seu sobrenome, de onde ele tinha vindo, nas aulas a que ele ia ou deixava de ir. Suas mãos pegajosas, seu quarto intacto, seu rosto manchado sempre igual. Ele estava morto desde que eles o conheciam.

A realidade era como uma ponte desmoronando debaixo de Adam.

— Que merda, cara — disse Ronan, por fim. E um pouco desesperado: — Todas essas noites que você me encheu sobre te deixar acordado, e você nem precisa dormir!

Adam perguntou com uma voz que mal se ouvia:

— Como você morreu?

Noah virou o rosto.

— Não — disse Gansey, a resolução cristalizada na palavra. — A questão não é essa, é? A questão é: *quem* matou você?

Agora Noah exibia a expressão reclusa que tinha quando algo o deixava desconfortável. O queixo virado, os olhos embaçados e alheios. Subitamente, Adam estava profundamente consciente de que Noah era uma coisa morta e ele não.

— Se você puder me contar — disse Gansey —, eu posso descobrir uma maneira de colocar a polícia no caminho certo.

O queixo de Noah havia encolhido ainda mais, e sua expressão era, de algum modo, negra, as órbitas dos olhos vazias, lembrando uma caveira. Eles estavam olhando para um garoto? Ou algo que parecia um garoto?

Adam queria dizer: *Não o pressione, Gansey*.

Nas mãos de Ronan, Motosserra começou a gritar. Guinchos desesperados que atravessavam o ar. Era como se não houvesse nada no mundo a não ser o ruído daqueles gritos frenéticos. Parecia impossível que um corpo tão pequeno pudesse fazer um ruído tão grande.

Noah ergueu a cabeça, com os olhos bem abertos e normais. Ele parecia assustado.

Ronan tapou a cabeça do pássaro com uma mão até que ele se acalmou.

Noah disse:

— Eu não quero falar sobre isso.

Seus ombros estavam encolhidos próximos às orelhas, e ele parecia, agora, com o Noah que eles sempre conheceram. O Noah que eles nunca questionaram se era um deles.

Um dos *vivos*.

— Tudo bem — disse Gansey. Então, novamente: — Tudo bem. O que você gostaria de fazer?

— Eu gostaria... — Noah começou, deixando a frase inacabada como ele sempre fazia, sumindo de volta em seu quarto. Isso era o que Noah fazia quando estava vivo, pensou Adam, ou seria um exercício de estar morto, de tentar manter uma conversa comum?

Ronan e Adam olharam ao mesmo tempo para Gansey. Parecia que não havia mais nada a ser feito ou dito. Até Ronan parecia vencido, com as farpas de sempre escondidas. Até eles terem certeza de quais eram as novas regras, ele também parecia relutante em descobrir como o Noah de outro mundo poderia ser quando provocado.

Desviando o olhar dos outros, Gansey chamou:

— Noah?

O espaço no vão da porta de Noah estava vazio.

Na soleira do quarto, Ronan empurrou a porta, abrindo-a completamente. O cômodo parecia sério e intocado, a cama visivelmente não utilizada.

O mundo zunia à volta de Adam, subitamente carregado de possibilidades, nem todas agradáveis. Ele sentiu como se estivesse sonâmbulo. Nada era verdade até que ele pudesse colocar as mãos nela.

Ronan começou a praguejar de maneira longa, suja e contínua, sem parar para respirar.

Preocupado, Gansey corria o polegar sobre o lábio inferior. Então perguntou a Adam:

— O que está acontecendo?

Adam respondeu:

— Estamos sendo assombrados.

30

Blue estava sofrendo mais do que achou que estaria pelo fato de Noah estar morto. Do contato com a polícia, era claro que ele nunca *estivera* vivo, pelo menos não desde que ela o conhecera, mas mesmo assim ela sentia um curioso pesar em relação à história. Para começar, a presença de Noah em Monmouth mudou distintamente após eles terem descoberto seu corpo. Eles nunca pareciam ter o Noah inteiro novamente: Gansey ouvia a voz dele no estacionamento, ou Blue via sua sombra se projetar ao longo da calçada enquanto ia para Monmouth, ou Ronan encontrava arranhões em sua pele.

Ele sempre fora um fantasma, mas agora estava agindo como um.

— Talvez — sugeriu Adam — seja porque o corpo dele foi tirado da linha ley.

Blue não conseguia parar de pensar no crânio com o rosto afundado e em Noah passando mal ao ver o Mustang. Sem vomitar de verdade. Apenas fazendo as ações envolvidas no ato, porque na verdade ele já estava *morto*.

Ela queria descobrir quem tinha feito aquilo e que apodrecesse em uma cela pelo resto da vida.

Blue estava tão absorta com a tragédia de Noah que quase esqueceu que ela e Calla haviam combinado de fazer uma busca no quarto de Neeve na sexta-feira. Calla devia ter percebido que ela estava distraída, pois deixara um bilhete descaradamente óbvio na geladeira para que Blue visse antes de ir para a escola: BLUE — NÃO SE ESQUEÇA DO FILME HOJE À NOITE. Blue surrupiou o lembrete da geladeira e o enfiou na mochila.

— Blue — disse Neeve.

Ela saltou tão alto quanto possível para um ser humano e girou ao mesmo tempo. Neeve estava sentada à mesa da cozinha, com uma xícara de chá diante dela e um livro na mão. Usava uma camisa creme da mesmíssima cor das cortinas atrás dela.

— Eu não vi você aí! — disse Blue com a voz entrecortada. O bilhete na mochila parecia uma confissão abrasadora.

Neeve sorriu suavemente e colocou o livro de cabeça para baixo.

— Quase não vi você esta semana também.

— Eu... estive... fora... com... amigos. — Entre cada palavra, Blue dizia para si mesma para parar de soar suspeita.

— Eu fiquei sabendo sobre o Gansey — disse Neeve. — Avisei a Maura que não era inteligente tentar manter vocês dois separados. Está escrito claramente que o caminho de vocês vai se cruzar.

— Ah. Hum... Obrigada mesmo.

— Você parece aflita — disse Neeve. Com uma de suas adoráveis mãos, ela bateu de leve no assento da cadeira ao lado dela. — Quer que eu olhe algo para você? Faça uma leitura?

— Ah, obrigada, mas não posso. Tenho que ir para a escola — Blue disse rapidamente. Parte dela se questionou se Neeve perguntava essas coisas por gentileza ou como uma psicologia invertida, porque ela sabia o que Calla e Blue estavam planejando. De qualquer maneira, Blue não queria ter nada a ver com as leituras que Neeve fazia. Juntou suas coisas enquanto ia em direção à porta e fez um meio aceno descuidado por cima do ombro.

Ela tinha avançado apenas alguns passos quando Neeve disse:

— Você está procurando por um deus. Não suspeitou que tinha também um diabo?

Blue congelou no vão da porta. Ela virou a cabeça, sem encará-la realmente.

— Ah, eu não estive xeretando por aí — disse Neeve. — O que você está fazendo é grande o suficiente para que eu veja enquanto estou olhando para outras coisas.

Agora Blue a encarou. A expressão suave de Neeve não havia mudado; suas mãos estavam fechadas em torno da xícara.

262

— Números são fáceis para mim — disse Neeve. — Eles vieram primeiro. Eu sempre consegui tirá-los do nada. Datas importantes. Números de telefone. São os mais fáceis. Mas a morte vem em segundo lugar. Posso dizer quando alguém a tocou.

Blue segurou firme as alças da mochila. Sua mãe e suas amigas eram estranhas, sim, mas elas *sabiam* que eram estranhas. Sabiam que estavam dizendo algo esquisito. Neeve não parecia ter esse filtro.

Ela respondeu finalmente:

— Ele estava morto fazia tempo.

Neeve deu de ombros.

— Haverá mais antes que isso termine.

Sem saber o que dizer, Blue apenas balançou lentamente a cabeça.

— Eu só estou avisando — disse Neeve. — Cuidado com o diabo. Quando há um deus, sempre há uma legião de diabos.

Pela primeira vez na vida, Adam não estava feliz por ter um dia de folga em Aglionby. Sendo a sexta-feira um dia programado para o expediente dos professores, Gansey fora relutantemente para a casa de seus pais, para o aniversário atrasado de sua mãe; Ronan, grosseiro como sempre, estava bebendo em seu quarto; e Adam estava estudando na mesa de Gansey na Indústria Monmouth, na ausência dele. A escola pública estava tendo aulas normalmente, mas ele sempre podia ter a esperança de que Blue aparecesse mais tarde.

O apartamento passava uma sensação opressiva sem ninguém mais na sala principal. Parte de Adam queria atrair Ronan para fora do quarto para ter companhia, mas a maior parte dele percebia que Ronan estava, à sua maneira desagradável e muda, de luto por Noah. Então Adam permaneceu na mesa de Gansey, rabiscando uma tarefa de latim, consciente de que a luz que entrava pelas janelas não parecia iluminar as tábuas do chão tão bem como de costume. As sombras se deslocavam e então se demoravam. Adam sentiu o cheiro do vaso de hortelã na mesa de Gansey, mas também sentiu o cheiro de Noah — aquela combinação de desodorante, sabonete e suor.

— Noah — Adam disse para o apartamento vazio. — Você está aqui? Ou está assombrando o Gansey?

Não houve resposta.

Ele olhou para baixo, para o papel. Os verbos em latim pareciam sem sentido, uma linguagem fabricada.

— Podemos consertar isso, Noah? O que quer que tenha deixado você assim, em vez do jeito que era antes?

Adam deu um salto com o barulho de uma batida ao lado da mesa. Ele levou um momento para perceber que o vaso de hortelã de Gansey havia sido varrido para o chão. Um único triângulo do pote de cerâmica havia se quebrado e pousava ao lado de um monte de terra.

— Isso não vai ajudar — disse Adam calmamente, mas ele estava perturbado. Entretanto, ele não tinha certeza do que *ajudaria*. Depois de terem descoberto os ossos de Noah, Gansey havia chamado a polícia para aprofundar a investigação, mas eles não tinham descoberto muito mais, apenas que Noah tinha desaparecido havia sete anos. Como sempre, Adam havia insistido que fossem reservados, e dessa vez Gansey tinha ouvido, não contando sobre a descoberta do Mustang para a polícia. O carro os levaria a Cabeswater, e isso era complicado demais, público demais.

Ao ouvir uma batida na porta, Adam não respondeu logo em seguida, pensando que fosse Noah novamente. Mas então bateram de novo e surgiu a voz de Declan:

— *Gansey!*

Com um suspiro, Adam ficou de pé, recolocando o vaso de hortelã no lugar antes de ir abrir a porta. Declan estava parado na soleira, sem o uniforme de Aglionby nem o terno de estagiário. Ele parecia uma pessoa diferente de jeans, mesmo que eles fossem impecavelmente escuros e caros. Parecia mais jovem do que Adam normalmente o via.

— Oi, Declan.

— Onde está o Gansey? — Declan demandou.

— Não está aqui.

— Ah, fala sério.

Adam não gostava de ser acusado de mentir. Normalmente ele tinha meios melhores de conseguir o que queria.

— Ele foi para casa, para o aniversário da mãe dele.

— Onde está o meu irmão?

— Não está aqui.

— Agora você está mentindo.

Adam deu de ombros.

— Sim, estou.

Declan avançou para passar por ele, mas Adam estendeu o braço, bloqueando a porta.

— Agora não é uma boa hora. E o Gansey disse que não era uma boa ideia vocês dois conversarem sem ele por perto. E acho que ele está certo.

Declan não recuou. O peito dele pressionava o braço de Adam. Adam sabia apenas isto: não havia a menor possibilidade de que Declan pudesse falar com Ronan naquele momento. Não se Ronan estivesse bebendo, não se Declan já estivesse irado. Sem Gansey ali, certamente haveria uma briga. Essa era a única coisa que importava.

— Você não vai brigar comigo, vai? — perguntou Adam, como se não estivesse nervoso. — Achei que isso era coisa do Ronan, não sua.

A colocação funcionou melhor do que Adam imaginara; Declan imediatamente deu um passo para trás. Do bolso de trás da calça, tirou um envelope dobrado. Adam reconheceu o timbre da Aglionby no endereço do remetente.

— Ele está sendo expulso — disse Declan, enfiando o envelope na direção de Adam. — Gansey tinha me *prometido* que ia melhorar as notas dele. E isso não aconteceu. Eu confiei no Gansey e ele me decepcionou. Quando ele voltar, diga que ele conseguiu fazer meu irmão ser expulso.

Aquilo era mais do que Adam podia suportar.

— Ah, não — disse ele, esperando que Ronan estivesse ouvindo. — O Ronan fez tudo isso sozinho. Eu não sei quando vocês dois vão perceber que só o Ronan pode resolver essa situação. Algum dia ele vai ter que se virar sozinho. Até esse dia chegar, vocês dois estão perdendo tempo.

Não importava quanto fosse verdadeiro, não havia argumento que Adam Parrish pudesse apresentar, com seu sotaque de Henrietta, que demovesse alguém como Declan.

Adam redobrou o envelope. Gansey ficaria doente com aquilo. Por um brevíssimo momento, Adam considerou não repassar a carta até que fosse tarde demais, mas ele sabia que seu caráter não lhe permitiria fazer isso.

— Fique tranquilo que a carta vai chegar às mãos dele.

— Ele vai embora daqui — disse Declan. — Lembre o Gansey disso. Sem Aglionby, nada de Monmouth.

Então você matou o seu irmão, pensou Adam, porque não podia imaginar Ronan vivendo sob o mesmo teto que Declan. Ele não podia imaginar Ronan vivendo sem Gansey, ponto-final. Mas tudo o que disse foi:

— Vou dizer a ele.

Declan desceu as escadas, e, um momento mais tarde, Adam ouviu o carro dele deixando o estacionamento.

Adam abriu o envelope e lentamente leu a carta que havia dentro. Com um suspiro, retornou à mesa, pegou o telefone que se encontrava ao lado do vaso de hortelã quebrado e digitou o número de memória.

— Gansey?

A várias horas de distância, Gansey estava começando a perder o interesse no aniversário da mãe. A ligação de Adam eliminou o pouco de leveza que ainda havia em seu humor, e não demorou muito para que Helen e a mãe de Gansey se envolvessem em uma conversa educadamente queixosa que elas fingiam não ser sobre o prato que não era de vidro presenteada por Helen. Durante um diálogo particularmente tenso, Gansey colocou as mãos nos bolsos e saiu para a garagem do pai.

Geralmente, sua casa — uma enorme mansão de pedra nas proximidades de Washington, D.C. — representava uma espécie de conforto nostálgico, mas, naquele dia, Gansey estava sem paciência para ela. Ele só conseguia pensar no esqueleto de Noah, nas notas terríveis de Ronan e nas árvores que falavam latim.

E em Glendower.

Glendower, deitado em sua bela armadura, mal iluminado na escuridão de sua tumba. Na visão de Gansey na árvore, ele parecera tão real. Gansey havia tocado a superfície coberta de pó da armadura, corrido os dedos sobre a ponta da lança que repousava ao lado dele, assoprado o pó da taça envolvida na manopla que cobria a mão direita de Glendower. Quando chegou ao capacete, havia deixado que suas mãos pairassem sobre ele, sem que o tocassem. Aquele era o momento pelo qual estivera esperando, a descoberta, o despertar.

E foi então que sua visão terminou.

Gansey sempre sentira como se existissem dois dele: o Gansey que estava no controle, capaz de lidar com qualquer situação, capaz de falar com qualquer pessoa, e o outro, o Gansey mais frágil, ansioso e inseguro, embaraçosamente sério, movido por uma aspiração ingênua. Esse segundo Gansey se manifestava dentro dele agora, mais do que nunca, e ele não gostava disso.

Ele apertou o código-chave (o aniversário de Helen) no painel perto da porta da garagem. Esta, tão grande quanto a casa, era toda de pedra, madeira e tetos em arco, um estábulo que abrigava milhares de cavalos cobertos com capas.

Assim como Dick Gansey III, Dick Gansey II também adorava carros velhos, mas, diferentemente de Dick Gansey III, todos os carros do velho Gansey haviam sido restaurados perfeita e elegantemente por especialistas familiarizados com termos como *rotisserie* e *Barrett-Jackson*. A maioria havia sido importada da Europa e muitos tinham a direção do lado direito ou vieram com o manual do proprietário em uma língua estrangeira. E, mais importante, os carros do seu pai eram todos famosos de alguma maneira: tinham sido de uma celebridade, parte da cena de um filme ou se envolvido num acidente de alguém famoso.

Gansey se ajeitou em um Peugeot da cor de um sorvete de creme que provavelmente havia sido de Lindbergh, Hitler ou Marilyn Monroe. Recostando-se no assento, com os pés pousados sobre os pedais, Gansey percorreu os cartões de visita na carteira com o dedão e por fim ligou para o orientador educacional da escola, sr. Pinter. Enquanto o telefone tocava, Gansey invocou aquela versão controlada de si mesmo que ele sabia que espreitava dentro dele.

— Sr. Pinter? Desculpe ligar para o senhor fora do expediente — disse Gansey, passando a pilha de cartões de crédito e de visita sobre a direção. Todo o interior do carro lhe lembrava bastante a batedeira de sua mãe. O câmbio, pelo jeito, poderia fazer um merengue razoável, quando não estivesse movendo o carro da primeira marcha para a segunda. — Aqui é Richard Gansey.

— Sr. Gansey — disse Pinter, levando um tempo muito longo para dizer as sílabas, durante o qual Gansey o imaginou lutando para colocar um rosto em um nome. Pinter era um homem motivado e metódico que Gansey chamava de "muito tradicional" e que Ronan considerava "uma fábula moral".

— Estou ligando em nome de Ronan Lynch.

— Ah. — Pinter não precisou de tempo para associar um rosto ao nome. — Bem, eu não posso realmente discutir os detalhes da expulsão iminente do sr. Lynch...

— Com todo respeito, sr. Pinter — interrompeu Gansey, absolutamente consciente de que não estava concedendo respeito algum a ele ao fazer isso. — Não sei ao certo se o senhor sabe da nossa situação específica.

Ele coçou a nuca com um cartão de crédito enquanto explicava o estado emocional frágil de Ronan, as provações agonizantes do sonambulismo, as alegrias reconfortantes da Indústria Monmouth e os avanços que eles haviam alcançado desde que Ronan passara a viver com eles. Gansey concluiu com um resumo de tese sobre sua certeza de quanto sucesso Ronan Lynch teria uma vez que ele encontrasse uma maneira de tapar o buraco, em forma de Niall Lynch, que sangrava em seu coração.

— Eu não estou inteiramente convencido de que o sucesso futuro do sr. Lynch seja do tipo que a Aglionby acalenta — disse Pinter.

— Sr. Pinter — protestou Gansey, apesar de estar inclinado a concordar com ele nesse ponto. E girou a manivela da janela. — A Aglionby tem um corpo discente variado e complexo. Esse é um dos motivos por que meus pais a escolheram para mim.

Na verdade, haviam sido quatro horas de Google e um telefonema persuasivo com seu pai, mas Pinter não precisava saber disso.

— Sr. Gansey, eu estimo sua preocupação com seu ami...

— Irmão — interrompeu Gansey. — Eu passei a ver o Ronan realmente como um irmão. E para os meus pais ele é um filho. Em todos os sentidos da palavra. Emocionalmente, praticamente, *fiscalmente*.

Pinter não disse nada.

— Da última vez que o meu pai visitou a biblioteca da Aglionby, ele achou que ela parecia um pouco desfalcada no departamento de história náutica — disse Gansey, enfiando o cartão de crédito nas saídas de ar para ver até onde ele iria antes de encontrar alguma resistência. Gansey teve de segurar o cartão antes que ele desaparecesse nas entranhas do carro. — Ele percebeu que a biblioteca parecia um... buraco de trinta mil dólares no orçamento.

A voz de Pinter soou um pouco mais grave quando ele disse:

— Creio que o senhor não compreende por que a permanência do sr. Lynch em Aglionby está sendo ameaçada. Ele não faz nenhum caso dos regulamentos da escola e não parece ter nada além de desprezo pelos estudos. Nós demos um desconto para ele considerando suas circunstâncias pessoais extremamente difíceis, mas ele parece esquecer que estudar na Academia Aglionby é um privilégio, e não um fardo. A expulsão dele deverá ser efetivada a partir de segunda-feira.

Gansey se inclinou para frente e descansou a cabeça na direção. *Ronan, Ronan, por quê...*

Ele disse:

— Eu sei que ele está estragando tudo. Sei que ele devia ter sido mandado embora faz tempo. Apenas me dê um tempo, até terminarem as aulas. Eu consigo fazer o Ronan passar nos exames finais.

— Ele não tem ido a *nenhuma* aula, sr. Gansey.

— Eu consigo fazer o Ronan passar nos exames finais.

Por um longo momento houve silêncio. Gansey ouviu o ruído de uma televisão ligada ao fundo.

Finalmente, Pinter disse:

— Ele tem de conseguir B em todos os exames finais. E andar na linha até lá, ou estará fora da Aglionby. É a última chance dele.

Endireitando-se, Gansey soltou o ar.

— Obrigado, senhor.

— E não esqueça o interesse do seu pai na nossa seção de história náutica. Estarei atento.

E Ronan achava que não tinha nada a aprender com Pinter. Gansey sorriu penosamente para o painel, embora estivesse tão longe de se sentir feliz como jamais estivera.

— Os barcos sempre foram parte importante da nossa vida. Obrigado por me atender fora do expediente.

— Aproveite o fim de semana, sr. Gansey — respondeu Pinter.

Gansey encerrou a chamada e jogou o telefone no painel. Fechou os olhos e suspirou um palavrão. Gansey havia arrastado Ronan pelos exames semestrais. Certamente poderia fazer isso de novo. Ele *tinha* de fazer isso de novo.

O Peugeot balançou quando alguém sentou no banco do passageiro. Por um momento ofegante, Gansey pensou: *Noah?*

Mas então seu pai disse:

— Você está sendo seduzido por essa belezinha francesa? Esse Peugeot faz aquele seu carro parecer bem grosseiro, não?

Gansey abriu os olhos. Ao lado dele, seu pai correu uma palma sobre o painel do carro e então verificou se havia pó. Ele encarou Gansey com os olhos semicerrados, como se pudesse determinar o estado das capacidades mentais e físicas do filho meramente olhando para ele.

— Ele é bacana — disse Gansey. — Mas não faz realmente meu tipo.

— Estou surpreso que a sua lata-velha tenha trazido você até aqui — disse o pai. — Por que você não pega o Suburban para voltar?

— O Camaro está bom.

— Ele cheira a gasolina.

Agora Gansey conseguia imaginar seu pai pondo defeitos no Camaro estacionado na frente da garagem, com as mãos para trás enquanto cheirava se havia vazamentos de óleo e observava os arranhões na pintura.

— Ele está bom, pai. Está *impecável.*

— Duvido — disse o seu pai, em tom amigável. Richard Gansey II raramente se apresentava de outro modo. "Um homem adorável, seu pai", as pessoas diziam a Gansey. "Sempre sorrindo. Nada o tira do sério. Que figura." Essa última parte era porque ele colecionava coisas antigas estranhas, espiava por buracos nas paredes e mantinha um diário de coisas que haviam acontecido no dia 14 de abril de todos os anos desde o começo da história. — Você sabe por que a sua irmã comprou aquele prato de bronze horroroso por três mil dólares? Ela está brava com a sua mãe? Ou é uma brincadeira?

— Ela achou que a mamãe ia gostar.

— Não é *vidro.*

271

Gansey deu de ombros.

— Eu tentei falar para ela.

Por um momento eles ficaram ali. Seu pai perguntou:

— Você gostaria de dar partida nele?

Gansey não se importava, mas encontrou a chave na ignição e a virou. O motor girou no ato, despertando para a vida obediente, nada como o Camaro.

— Baia quatro, aberta — disse o pai, e a porta da garagem diante deles começou a se abrir automaticamente. Quando ele viu o olhar de Gansey, explicou:

— Eu instalei comandos de voz. O único problema é que, se você gritar muito alto na rua, a porta mais próxima de você vai abrir. Obviamente, isso é ruim para a segurança. Estou trabalhando nisso. Nós tivemos uma tentativa de arrombamento algumas semanas atrás. Eles só conseguiram chegar até o portão da frente. Instalei um sistema com pesos ali.

A porta da garagem se abriu para o Camaro, estacionado bem na frente deles, bloqueando a saída. O Pig era baixo, desafiador e nada sofisticado, em comparação ao Peugeot reservado, contido e sempre sorrindo. Gansey sentiu um súbito e irrepreensível amor por seu carro. Comprá-lo fora a melhor decisão de sua vida.

— Nunca me acostumei com essa coisa — disse o pai de Gansey, olhando para o Pig sem rancor.

Uma vez Gansey ouvira seu pai dizendo: "Por que diabos ele preferiu aquele carro?", e sua mãe respondendo: "Ah, eu sei por quê". Um dia ele teria aquela conversa com ela, pois queria saber por que ela achava que ele o havia comprado. Analisar o que o motivara a suportar o Camaro fazia Gansey se sentir perturbado, mas ele sabia que tinha algo a ver com a maneira como dirigir aquele Peugeot perfeitamente restaurado o fazia se sentir. Um carro era um envoltório para o seu conteúdo, ele achava, e, se ele parecesse por dentro como qualquer um dos carros naquela garagem parecia por fora, não poderia viver consigo mesmo. Por fora, ele sabia que parecia bastante com seu pai. Por dentro, Gansey gostaria de parecer mais com o Camaro. O que significava dizer: mais com Adam.

272

Seu pai perguntou:

— Como está indo na escola?

— Muito bem.

— Qual é sua aula favorita?

— História geral.

— O professor é bom?

— Perfeitamente adequado.

— Como está indo o seu amigo bolsista? Achando as aulas mais difíceis do que na escola pública?

Gansey virou o espelho do lado do motorista, que refletiu o teto.

— O Adam está indo bem.

— Ele deve ser muito inteligente.

— Ele é um gênio — disse Gansey, sem hesitar.

— E o irlandês?

Gansey não conseguiu encontrar forças para elaborar uma mentira envolvendo Ronan. Não logo após ter conversado com Pinter. Só então ele sentiu o peso considerável de ser Gansey, o Jovem. E respondeu: — O Ronan é o Ronan. É difícil para ele sem o pai.

Gansey Sênior não perguntou sobre Noah, e Gansey não conseguiu se lembrar de seu pai ter feito isso um dia. Na realidade, ele não conseguia se lembrar de algum dia ter se referido a Noah para sua família. Ele se perguntou se a polícia ligaria para seus pais a respeito de ele ter achado o corpo. Se ainda não havia ligado, parecia improvável que o fizessem. Eles haviam dado a Gansey e a Blue cartões com o número de um advogado, mas Gansey achava que provavelmente eles precisavam de um outro tipo de ajuda.

— Como está a caçada à linha ley?

Gansey considerou quanto deveria dizer.

— Na verdade fiz alguns avanços que não estavam no programa. Henrietta parece promissora.

— Então as coisas não estão indo mal? Sua irmã disse que você parecia um pouco melancólico.

— *Melancólico*? A Helen é uma idiota.

Seu pai estalou a língua.

— Dick, você não quis dizer isso. Uma questão de escolha de palavras?

Gansey desligou o motor e trocou um olhar com o pai.

— Ela comprou um prato de bronze de aniversário para a mamãe.

Gansey Sênior fez um pequeno ruído que queria dizer que o filho tinha razão.

— Desde que você esteja feliz e se mantendo ocupado... — disse o pai.

— Ah — disse Gansey, pegando o telefone do painel. Sua mente já estava revolvendo como enfiar três meses de estudo no cérebro de Ronan, como devolver Noah à antiga forma, como convencer Adam a deixar a casa dos pais mesmo que Henrietta não parecesse mais um tamanho caso perdido, que esperteza diria para Blue quando a visse de novo. — Estou me mantendo ocupado.

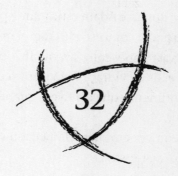

32

Quando Blue bateu na porta da Indústria Monmouth após a escola, Ronan foi atender.

— Vocês não estavam esperando na rua — disse ela, sentindo-se um pouco constrangida. Após todo aquele tempo, ela nunca tinha entrado ali, e se sentia um pouco como uma invasora meramente por estar parada na escada decrépita. — Achei que talvez vocês não estivessem aqui.

— O Gansey está festejando com a mãe dele — disse Ronan, cheirando a cerveja. — E o Noah está morto. Mas o Parrish está aqui.

— Ronan, deixe a Blue entrar — disse Adam, aparecendo atrás dele. — Oi, Blue. Você nunca entrou aqui, não é?

— É. Eu não devia...

— Não, entre...

Eles se atrapalharam um pouco, e então Blue entrou. A porta se fechou atrás dela, e os dois garotos ficaram observando sua reação cuidadosamente.

Blue olhou em volta, no segundo andar. Parecia a casa de um inventor maluco, um acadêmico obsessivo ou um explorador muito bagunçado; após se encontrar com Gansey, ela estava começando a suspeitar que ele era todas essas coisas. E disse: — Como é o andar de baixo?

— Empoeirado — respondeu Adam, chutando discretamente um par de jeans sujos, com as cuecas ainda enfiadas dentro deles, para fora da linha de visão direta de Blue. — Só concreto, e mais pó e sujeira.

— Fora isso, tem ainda mais pó — disse Ronan, caminhando em direção às duas portas na outra extremidade do andar.

Por um momento, Ronan e Adam esticaram o pescoço, olhando em volta para o amplo espaço, como se eles também o estivessem vendo pela primeira vez. O vasto aposento, avermelhado com o sol da tarde que entrava pelas dezenas de vidraças, era bonito e atulhado de coisas. Lembrava a Blue o sentimento que ela tivera quando vira pela primeira vez o diário de Gansey.

Então, pela primeira vez em dias, ela pensou sobre a visão dos dedos dele pousando em seu rosto.

Blue, me beije.

Por meia respiração, Blue fechou os olhos para reconfigurar os pensamentos.

— Preciso dar comida para a Motosserra — disse Ronan, uma frase que não fez sentido algum para Blue. Ele desapareceu no escritório minúsculo e fechou a porta atrás de si. Um guincho inumano foi emitido lá dentro, o qual Adam não comentou.

— Estamos de folga hoje, obviamente — disse Adam. — Quer ficar por aqui?

Blue olhou à sua volta em busca de um sofá. Seria mais fácil ficar por ali com um sofá. Havia uma cama desfeita no meio do aposento, uma poltrona de couro de aparência bastante cara (o tipo com parafusos de bronze lustrosos segurando o couro) na frente de uma das janelas que iam do chão ao teto, e uma cadeira de escrivaninha com papéis espalhados sobre ela. Mas nada de sofá.

— E o Noah...?

Adam balançou a cabeça.

Blue suspirou. Talvez, ela pensou, Adam estivesse certo a respeito do corpo de Noah. Talvez o fato de tirá-lo da linha ley houvesse roubado sua energia.

— Ele está aqui? — ela perguntou.

— Parece que sim. Não sei.

Blue disse para o ar vazio:

— Você pode usar minha energia, Noah. Se precisar.

A expressão de Adam era enigmática.

— Isso foi corajoso de sua parte.

Blue achava que não; se ela precisasse ser corajosa em relação a isso, ela tinha certeza de que sua mãe não a levaria junto na vigília da igreja.

— Eu gosto de ser útil. Então, você mora aqui também?

Adam balançou a cabeça, com os olhos na extensão de Henrietta do lado de fora das janelas.

— O Gansey gostaria que eu morasse. Ele gosta de ter todas as coisas dele num lugar só. — Sua voz soava um pouco mais amarga, e, após uma pausa, ele acrescentou: — Eu não devia dizer essas coisas. Ele não é mal-intencionado. E nós estamos... é só que este lugar é do Gansey. Tudo aqui é do Gansey. Eu preciso ser um igual, e não conseguiria morando aqui.

— Onde você mora?

A boca de Adam estava muito tensa.

— Num lugar feito para ser deixado.

— Isso não é realmente uma resposta.

— Não é realmente um lugar.

— E seria terrível morar aqui? — ela perguntou, inclinando a cabeça para trás para olhar para o teto lá no alto. O lugar inteiro tinha um cheiro empoeirado, mas da boa e velha maneira de uma biblioteca ou um museu.

— Sim — respondeu Adam. — Quando eu sair de casa, vai ser para algum lugar que eu mesmo fiz.

— E é por isso que você estuda na Aglionby.

Ele a olhou nos olhos.

— E é por isso que eu estudo na Aglionby.

— Mesmo que você não seja rico.

Ele hesitou.

— Adam, eu não me importo — disse Blue. De forma geral, não foi realmente a frase mais corajosa já dita, mas pareceu corajosa a Blue quando ela a disse. — Eu sei que outras pessoas se importam, mas eu não.

Ele fez uma pequena careta, então inclinou a cabeça, anuindo muito ligeiramente.

— Mesmo que eu não seja rico.

— Uma confissão de verdade — disse Blue. — Eu também não sou rica.

Adam riu alto, e Blue descobriu que estava começando a gostar muito daquela risada que irrompia de dentro dele e parecia surpreendê-lo a cada vez. Ela estava um pouco assustada com a ideia de que estava começando a gostar daquilo.

Ele disse:

— Ei, vem cá. Você vai gostar disso.

Com o piso estalando sob os pés, ele tomou a frente, passando pela escrivaninha até as janelas na outra extremidade. Blue tinha uma sensação de altura vertiginosa ali; aquelas enormes e velhas janelas de fábrica começavam apenas alguns centímetros acima das velhas e largas tábuas, e o primeiro andar era muito mais alto que o primeiro andar da sua casa. Adam se agachou e começou a remexer numa pilha de caixas de papelão encostadas nas janelas.

Finalmente, ele arrastou uma das caixas e gesticulou para que Blue se sentasse ao lado dele. Ela o fez. Adam se endireitou para ficar mais confortável, o osso do seu joelho pressionado contra o de Blue. Ele não estava olhando para ela, mas havia algo na postura dele que traía o reconhecimento de sua presença. Blue engoliu em seco.

— Essas são algumas coisas que o Gansey encontrou — disse Adam. — Coisas que não eram interessantes o suficiente para museus, ou que eles não conseguiam provar a antiguidade, ou que ele não quis passar adiante.

— Nesta caixa? — perguntou Blue.

— Em todas as caixas. Essa é a caixa da Virgínia. — Ele a inclinou de maneira que o conteúdo se esparramou entre eles, com uma quantidade prodigiosa de terra.

— Caixa da Virgínia? Humm... De onde são as outras caixas?

Havia algo de infantil no sorriso dele.

— País de Gales, Peru, Austrália, Montana e outros lugares estranhos.

Blue tirou um galho em forma de garfo da pilha.

— Isso é mais uma varinha de radiestesia?

Embora ela nunca tivesse usado uma, sabia que alguns paranormais a usavam como ferramenta para concentrar sua intuição e os levar na direção de objetos perdidos, cadáveres ou lençóis de água escondidos.

278

Uma versão de tecnologia simples para o frequencímetro bacana de Gansey.

— Acho que sim, mas pode ser apenas um galho. — Adam mostrou a ela uma velha moeda romana. Blue a usou para raspar a poeira secular de um cãozinho esculpido em pedra. Faltava uma perna de trás do cão; a ferida dentada revelava uma pedra mais clara que o resto da superfície encardida.

— Ele parece um pouco faminto — comentou Blue. A estrutura estilizada do cão a fazia lembrar o corvo entalhado na encosta do morro, a cabeça inclinada para trás, o corpo alongado.

Adam pegou uma pedra com um buraco e olhou para ela através dela. A forma da pedra cobria perfeitamente os últimos resquícios do seu machucado.

Blue escolheu uma pedra que casava com aquela e olhou para ele através do buraco similar. Um lado do seu rosto estava vermelho com a luz da tarde.

— Por que elas estão na caixa?

— A água fez esses buracos — disse Adam. — A água do mar. Mas ele encontrou essas pedras nas montanhas. Acho que ele disse que elas casavam com algumas das pedras que ele encontrou no Reino Unido.

Ele ainda estava olhando para Blue através do buraco, a pedra parecendo um estranho monóculo. Ela observou sua garganta se mover, e então Adam estendeu a mão e tocou seu rosto.

— Você é muito bonita — ele disse.

— É a pedra — ela respondeu de imediato. A pele de Blue estava quente, e a ponta do dedo de Adam tocou apenas o canto de sua boca. — Ela tem propriedades embelezadoras.

Adam tirou delicadamente a pedra da mão dela e a colocou nas tábuas do assoalho entre eles. Entre os dedos, ele envolveu um dos cachos rebeldes junto ao rosto dela.

— Minha mãe costumava dizer: "Não desperdice elogios enquanto eles forem de graça". — O rosto de Adam estava muito sério. — Esse elogio não era para custar nada, Blue.

Ela brincou com a bainha do vestido, mas não desviou o olhar dele.

— Eu não sei o que dizer quando você fala essas coisas.

— Você pode me dizer se quer que eu continue falando.

Ela estava dividida pelo desejo de encorajá-lo e o temor de aonde aquilo iria levar.

— Eu gosto quando você diz essas coisas.

Adam perguntou:

— Mas o quê?

— Eu não disse *mas*.

— Você ia dizer. Eu ouvi.

Blue olhou para o rosto dele, frágil e estranho por baixo do machucado. Era fácil fazer uma leitura dele como frágil ou problemático, ela pensou, mas ele não era nenhuma das duas coisas. *Noah* era. Mas Adam era apenas calado. Não que lhe faltassem palavras. Ele era observador.

Mas saber essas coisas sobre ele não a ajudava a responder à pergunta: Ela deveria lhe contar sobre o perigo do beijo? Fora tão mais fácil contar para Gansey, quando parecia que realmente não importava. A última coisa que ela queria fazer era assustar Adam lançando frases como *verdadeiro amor* logo após tê-lo conhecido. Mas se ela *não* dissesse nada, havia uma chance de que ele pudesse roubar um beijo e então ambos teriam problemas.

— Eu gosto quando você diz essas coisas, *mas...* tenho medo de que você me beije — admitiu Blue. Já de saída, parecia um caminho insustentável para se percorrer. Como ele não disse nada na hora, Blue se apressou: — A gente acabou de se conhecer. E eu... eu tenho... eu sou *muito nova*.

Na metade do caminho, Blue perdeu a coragem de explicar a profecia, mas não tinha certeza de qual parte dela sentia que aquela era uma confissão melhor para deixar escapar. *Eu sou muito nova.* Ela se contorceu.

— Isso parece... — Adam buscou as palavras — muito sensato.

O adjetivo preciso que Neeve havia encontrado para Blue logo na primeira semana. Então ela era verdadeiramente sensata. Isso era penoso. Ela sentia como se tivesse trabalhado tanto para parecer o mais excêntrica possível, e ainda assim, quando a avaliavam, ela era *sensata*.

Tanto Adam quanto Blue ergueram o olhar com o som de passos cruzando o piso na direção deles. Era Ronan, segurando algo embaixo do braço. Ele se abaixou cuidadosamente até se sentar de pernas cruzadas ao lado de Adam e então suspirou pesadamente, como se tivesse sido parte da conversa até aquele ponto e isso o tivesse cansado. Blue estava igualmente aliviada e desapontada com sua presença efetivamente encerrando qualquer conversa sobre beijos.

— Quer segurar? — perguntou Ronan.

Foi então que Blue descobriu que a coisa que Ronan estava segurando estava viva. Por um breve momento, ela se sentiu incapaz de fazer qualquer coisa a não ser contemplar a ironia de que um dos garotos corvos possuía de fato um corvo. Àquela altura, estava claro que Ronan havia decidido que a resposta era não.

— O que você está fazendo? — perguntou Blue, enquanto ele recuava a mão. — Eu quero.

Ela não estava exatamente certa de que queria — o corvo parecia muito frágil —, mas era uma questão de princípios. Blue percebeu, mais uma vez, que estava tentando impressionar Ronan apenas porque era impossível impressioná-lo, mas se consolou com o fato de que pelo menos tudo que estava fazendo em busca de sua aprovação era segurar o filhote de um pássaro. Ronan aninhou o corvo nas mãos dela em concha. O filhote parecia não pesar nada, e sua pele e penas pareciam úmidas onde haviam estado em contato com as mãos de Ronan. O corvo inclinou a cabeça enorme para trás e arregalou os olhos para Blue e então para Adam, com o bico aberto.

— Como é o nome dela? — perguntou Blue. Segurá-lo era aterrorizante e adorável; era uma vidinha tão pequena, tão frágil, o pulso batendo rapidamente contra a pele de Blue.

Adam respondeu de maneira fulminante:

— Motosserra.

O corvo abriu bem o bico, arregalando mais ainda os olhos.

— Ela quer você de novo — disse Blue, pois era claro que queria. Ronan aceitou o pássaro e acariciou as penas na parte de trás da cabeça dela.

— Você parece um supervilão com seu assistente — disse Adam.

O sorriso de Ronan cortou seu rosto, mas ele parecia mais amável do que Blue já o tinha visto um dia na vida, como se o corvo em sua mão fosse seu coração, finalmente exposto abertamente.

Todos eles ouviram uma porta se abrir do outro lado do aposento. Adam e Blue olharam um para o outro. Ronan baixou a cabeça, só um pouco, como se estivesse esperando um golpe.

Ninguém disse nada enquanto Noah se ajeitava no espaço entre Ronan e Blue. Ele estava como Blue se lembrava dele, os ombros curvados para frente e as mãos se mexendo inquietamente de um lugar para o outro. A onipresente mancha em seu rosto claramente ficava onde ele havia sido atingido. Quanto mais ela o encarava, mais certa ficava de que estava vendo ao mesmo tempo seu corpo morto e seu corpo vivo. Aquela mancha era a maneira que seu cérebro encontrara para reconciliar esses fatos.

Adam foi o primeiro a dizer alguma coisa.

— Noah — ele levantou o punho.

Após uma pausa, Noah o cumprimentou com um toque de mãos. Então esfregou a nuca.

— Estou me sentindo melhor — ele disse, como se estivesse doente em vez de morto. As coisas da caixa ainda estavam espalhadas por todo o chão, e ele começou a remexê-las. Pegou algo que se parecia com um pedaço de osso talhado; devia ter existido ali um desenho maior, mas tudo que sobrara agora era algo que parecia a borda de uma folha de acanto e possivelmente alguns arabescos. Noah o segurou contra a garganta como um amuleto. Seus olhos não miravam nenhum dos outros dois garotos, mas seu joelho tocava o de Blue.

— Eu gostaria que vocês soubessem — disse Noah, pressionando com força o osso entalhado contra o pomo de adão, como se fosse arrancar as palavras dele — que eu era.... *mais*... quando estava vivo.

Adam mordeu o lábio, procurando por uma resposta. No entanto, Blue achava que sabia o que ele queria dizer. A semelhança de Noah com a foto fingidamente sorridente na carteira de motorista que Gansey havia descoberto era comparável à semelhança de uma fotocópia com uma pintura original. Ela não conseguia imaginar o Noah que ela conhecia dirigindo aquele Mustang envenenado.

— Você é o suficiente agora — disse Blue. — Senti sua falta.

Com um sorriso abatido, Noah estendeu a mão e acariciou o cabelo de Blue, bem como costumava fazer. Ela mal podia sentir seus dedos.

Ronan disse:

— Ei, cara. Todas aquelas vezes que você não me passava a matéria porque dizia que eu devia ir às aulas. Você *nunca* foi às aulas.

— Mas você *ia*, não é, Noah? — Blue interrompeu, pensando no emblema da Aglionby que ela havia encontrado com o corpo. — Você era aluno da Aglionby.

— Sou — disse Noah.

— *Era* — disse Ronan. — Você não vai às aulas.

— Nem você — respondeu Noah.

— E ele está prestes a virar um *era* também — intercedeu Adam.

— *Ok!* — gritou Blue, com as mãos no ar. Ela estava começando a sentir uma profunda sensação de frio, à medida que Noah sugava energia dela. A última coisa que ela queria fazer era ficar completamente exaurida, como havia acontecido no adro da igreja. — A polícia disse que você estava desaparecido há sete anos. É isso mesmo?

Noah piscou os olhos para ela, vago e alarmado.

— Eu não... eu não posso...

Blue ofereceu a mão.

— Pegue minha mão — disse ela. — Quando estou nas leituras com a minha mãe e ela precisa se concentrar, ela segura a minha mão. Talvez ajude.

Hesitante, Noah pegou a mão dela. Quando ele pousou a palma da mão contra a dela, Blue ficou chocada com como ela estava gelada. Não era apenas fria, mas de certa maneira vazia também, uma pele sem pulso.

Noah, por favor, não morra de verdade.

Ele soltou um longo suspiro.

— Meu Deus — disse.

E sua voz soou diferente do que antes. Agora ela soava mais próxima do Noah que ela conhecera, o Noah que havia se passado por um deles. Blue sabia que ela não fora a única a perceber isso, pois Adam e Ronan trocaram intensos olhares.

Ela viu o peito dele arfar, sua respiração se tornar mais regular. Blue realmente não havia notado, antes, se ele estava mesmo respirando.

Noah fechou os olhos. Ele ainda segurava frouxamente o osso entalhado na outra mão, pousada com a palma para cima sobre os mocassins.

— Eu consigo lembrar das minhas notas, a data delas... sete anos atrás.

Sete anos. A polícia estava certa. Eles estavam falando com um garoto que tinha morrido havia sete anos.

— O mesmo ano em que o Gansey foi picado por marimbondos — Adam observou. Então ele disse: — *Você vai viver por causa de Glendower. Alguém na linha ley está morrendo quando não deveria, e assim você vai viver quando não deveria.*

— Coincidência — disse Ronan, porque não era.

Os olhos de Noah ainda estavam fechados.

— Era para ter acontecido alguma coisa com a linha ley. Não lembro o que ele disse que era para ter acontecido.

— Despertar a linha ley — sugeriu Adam.

Noah anuiu, com as pálpebras ainda fechadas. O braço inteiro de Blue estava gelado e insensível.

— É, isso mesmo. Eu não me importava. Era sempre o lance dele, e eu só ia junto porque era algo para fazer. Eu não sabia que ele ia...

— Esse é o ritual de que o Gansey estava falando — disse Adam para Ronan. — Alguém *tentou*. Com um sacrifício como a maneira simbólica de tocar a linha ley. Você era o sacrifício, não era, Noah? Alguém te matou para isso.

— Meu rosto — disse Noah suavemente e virou o rosto para o lado, pressionando a bochecha arruinada contra o ombro. — Não lembro quando deixei de ser vivo.

Blue estremeceu. A luz do fim da tarde banhando os garotos e o chão lembrava a primavera, mas parecia inverno em seus ossos.

— Mas não funcionou — disse Ronan.

— Eu quase despertei Cabeswater — sussurrou Noah. — Nós estávamos muito perto de fazer isso. Não foi por nada. Mas fico contente que ele nunca o encontrou. Ele não sabe. Ele não sabe onde Cabeswater está.

Blue se arrepiou por dentro, resultado tanto da mão fria de Noah quanto do horror da história. Ela se perguntou se era assim para sua mãe, suas tias e as amigas de sua mãe, quando elas estavam fazendo uma sessão espírita ou uma leitura.

Será que elas seguram as mãos de pessoas mortas?

Ela havia pensado que *morto* era algo mais permanente, ou pelo menos algo mais claramente não vivo. Mas Noah parecia incapaz de ser ambas as coisas.

Ronan disse:

— Tudo bem, é hora de parar com a brincadeira. Quem fez isso, Noah?

No aperto de Blue, a mão de Noah tremeu.

— Sério, cara. Pode falar. Não estou perguntando sobre notas. Estou perguntando quem arrebentou a sua cabeça.

Quando Ronan disse isso, soou como algo irado e sincero, mas era uma ira que também incluía Noah e que, de certa maneira, o tornava culpado.

Havia humilhação em sua voz quando Noah respondeu:

— Nós éramos amigos.

De maneira um tanto mais feroz do que um momento antes, Adam disse:

— Um amigo não mataria você.

— Você não compreende — sussurrou Noah. Blue temia que ele desaparecesse. Ela compreendia que aquilo era um segredo, carregado dentro dele por sete anos, e que ele ainda não queria confessá-lo. — Ele estava transtornado. Tinha perdido tudo. Se ele estivesse pensando direito, não acho que teria... Ele não queria... Nós éramos amigos como... Vocês têm medo do Gansey?

Os garotos não responderam; não precisavam. O que quer que Gansey fosse para eles, era algo à prova de balas. Novamente, no entanto, Blue viu a vergonha passar rapidamente pela expressão de Adam. O que quer que tenha acontecido entre os dois na visão dele, ainda o preocupava.

— Vamos lá, Noah. Um nome. — Era Ronan, a cabeça aprumada, intenso como seu corvo.

Noah ergueu a cabeça e abriu os olhos. Tirou a mão da de Blue e a colocou no colo. O ar estava frígido em volta deles. O corvo estava encolhido bem no fundo do colo de Ronan, e ele segurava uma mão protetora sobre o pássaro.

Noah disse:

— Mas vocês já sabem.

Estava escuro quando Gansey deixou a casa dos pais. Ele estava cheio da energia angustiada e insatisfeita que ultimamente sempre parecia se instalar em seu coração depois de visitar a casa dos pais. Tinha algo a ver com o conhecimento de que a casa deles não era mais verdadeiramente sua — se é que fora um dia — e com a percepção de que eles não haviam mudado, mas Gansey havia.

Ele baixou a janela e colocou a mão para fora enquanto dirigia. O rádio tinha parado de funcionar novamente, e a única música que se ouvia era a do motor; o Camaro era mais barulhento depois de escurecer.

A conversa com Pinter corroía Gansey por dentro. Suborno. Então era a esse ponto que a coisa havia chegado. Ele desconfiou que o sentimento que possuía dentro de si era vergonha. Não importava quanto se esforçasse, ele sempre voltava a ser um Gansey.

Mas de que outra maneira conseguiria manter Ronan em Aglionby e em Monmouth? Ele repassou os pontos principais de sua futura conversa com Ronan, e todos eles soaram com coisas a que Ronan não daria atenção. Era tão difícil assim para ele ir às aulas? Quão *difícil* poderia ser passar só mais um ano na escola?

Gansey ainda tinha meia hora de estrada até chegar a Henrietta. Em uma cidadezinha que consistia apenas de um posto de gasolina artificialmente luminoso, Gansey parou no semáforo que ficou vermelho para o cruzamento de um tráfego invisível.

Tudo que Ronan tinha de fazer era ir às aulas, fazer as tarefas, conseguir as notas. E então ele estaria livre e receberia seu dinheiro de Declan e poderia fazer o que bem entendesse.

Gansey conferiu o telefone. Nenhum sinal. Ele queria falar com Adam.

A brisa que entrava pela janela enchia o interior do carro com aromas de folhas e de água, coisas em crescimento e coisas secretas. Mais do que qualquer coisa, Gansey queria passar mais tempo em Cabeswater, mas as aulas tomariam tempo demais na semana seguinte — não poderia haver mais tolerância para nenhum dos dois após a conversa com Pinter — e, depois da escola, ele tinha de arrastar Ronan para o dever de casa. O mundo estava se abrindo na frente de Gansey, Noah precisava dele e Glendower parecia uma possibilidade novamente. E, em vez de sair à caça e aproveitar a oportunidade, Gansey tinha de dar uma de babysitter. *Maldito* Ronan.

A luz ficou verde. Gansey pisou tão forte no acelerador que os pneus guincharam e fizeram fumaça. O Pig partiu como um foguete. *Maldito* Ronan. Gansey foi passando as marchas, muito rápido. O motor afogando a batida do seu coração. *Maldito* Ronan. O ponteiro subiu no velocímetro e tocou a área de advertência vermelha.

Gansey havia atingido o limite de velocidade. O carro tinha muito mais para dar. O motor se saía bem naquele ar frio, era rápido e descomplicado, e Gansey queria realmente ver o que aconteceria se corresse mais.

Ele se recompôs, soltando um suspiro áspero.

Se tivesse sido Ronan, ele teria seguido em frente. A questão quanto a Ronan era que ele não tinha limites, temores, fronteiras. Se Gansey tivesse sido Ronan, ele teria afundado o pé no acelerador até que a estrada, um policial ou uma árvore o tivessem parado. Ele faltaria à aula no dia seguinte para ver a floresta. Ele diria a Ronan, caso este se desse o trabalho de ouvi-lo, que ser expulso era problema dele.

Gansey não sabia ser essa pessoa.

Abaixo dele, o Camaro estremeceu abruptamente. Gansey aliviou o acelerador e conferiu todos os medidores mal iluminados, mas nada chamou sua atenção. Logo em seguida, o carro estremeceu de novo e Gansey sabia que estava com problemas.

Ele só teve tempo de encontrar um local ligeiramente plano para parar o carro quando o motor morreu, como havia feito no Dia de São

Marcos. Enquanto margeava a estrada abandonada, ele tentou a chave, mas não havia nada.

Gansey se permitiu o prazer escasso de um palavrão suspirado, o pior que ele conhecia, e então saiu do carro e abriu o capô. Adam havia lhe ensinado o básico: mudar as velas de ignição, drenar o óleo. Se houvesse uma correia solta ou a extremidade de uma mangueira recentemente rasgada saindo para fora das entranhas do carro, ele talvez fosse capaz de consertar. Do jeito que estava, o motor era um mistério.

Ele tirou o telefone do bolso de trás e descobriu que só tinha um fiapo de sinal. O suficiente para provocá-lo, mas não para fazer uma ligação. Gansey caminhou ao redor do carro como a Estátua da Liberdade. Nada.

Amargamente, ele se lembrou da sugestão do pai de que pegasse o Suburban para voltar.

Ele não estava certo sobre a distância que havia percorrido desde o posto de gasolina, mas parecia estar próximo do limite de Henrietta. Se começasse a caminhar na direção da cidade, ele poderia conseguir um sinal antes de chegar ao próximo posto. Talvez ele devesse apenas ficar onde estava. Às vezes, quando o Pig parava, começava a funcionar de novo após o motor ter esfriado um pouco.

Mas ele estava agitado demais para ficar parado.

Ele mal tinha terminado de trancar o carro quando luzes de faróis pararam atrás do Camaro, cegando-o. Gansey desviou o rosto e ouviu a porta de um carro bater e passos rangendo sobre o cascalho solto ao lado da estrada.

Por um piscar de olhos, a figura à sua frente não lhe pareceu familiar, um homúnculo em vez de um homem. Então Gansey o reconheceu. Ele disse:

— Sr. Whelk?

Barrington Whelk usava uma jaqueta escura e tênis de corrida, e havia algo estranho e intenso nos traços exagerados de seu rosto. Era como se ele precisasse fazer uma pergunta, mas não conseguisse achar as palavras.

Ele não disse "Problemas com o carro?" ou "Sr. Gansey?" ou qualquer uma das coisas que Gansey achou que ele poderia dizer.

Em vez disso, lambeu os lábios e soltou:

— Eu quero aquele seu livro. E é melhor me passar o celular também.

Gansey achou que só podia ter ouvido mal, então perguntou:

— Como?

Whelk tirou uma arma pequena, impossivelmente real, do bolso da jaqueta escura.

— Aquele livro que você leva para a aula. E o celular também. Vamos.

De certa maneira, era difícil processar a arma. Era difícil passar da ideia de que Barrington Whelk era um sujeito horripilante de uma maneira a respeito da qual era divertido brincar com Ronan e Adam para a ideia de que Barrington Whelk tinha uma arma e a estava apontando para Gansey.

— Bom — Gansey piscou. — Tudo bem.

Não parecia haver nada mais a dizer. Ele preferia sua vida a quase todos os seus bens, com a possível exceção do Camaro, e Whelk não havia pedido o carro. Gansey passou o celular para Whelk.

— O diário está no carro — explicou.

— Vá pegar — ordenou Whelk, apontando a pistola para o rosto de Gansey.

Gansey destrancou o Camaro.

Na última vez em que o tinha visto, Whelk estava entregando um teste sobre a quarta declinação dos substantivos em latim.

— Nem pense em tentar fugir nessa coisa — disse Whelk.

Não havia ocorrido a Gansey que, se o Camaro estivesse funcionando, fugir seria uma opção.

— Também quero saber por onde você andou esta semana — disse Whelk.

— Perdão? — perguntou Gansey educadamente. Ele estivera remexendo o banco de trás em busca do diário, e os papéis amarfanhados haviam abafado a voz de Whelk.

— Não teste a minha paciência — disparou Whelk. — A polícia ligou para a escola. Não posso acreditar. Depois de sete anos. Agora eles vão fazer um milhão de perguntas e só vão precisar de *dois segundos* para responder a um monte delas com o meu nome. Isso é tudo culpa sua. Sete anos e eu achei que estava... Estou ferrado. Você me ferrou.

Quando Gansey saiu do Camaro com o diário nas mãos, ele se deu conta do que Whelk estava dizendo: Noah. Aquele homem à sua frente havia matado Noah.

Gansey começara a sentir algo em algum ponto de suas entranhas. Ainda não parecia medo. Era algo tenso como uma ponte de cordas. Era a suspeita de que nada mais na vida de Gansey havia sido real, exceto aquele momento.

— Sr. Whelk...

— *Me diz onde você esteve.*

— Nas montanhas, perto de Nethers — disse Gansey, com a voz remota. Era verdade, e, de qualquer maneira, não importava se ele tinha mentido ou não; ele havia incluído as coordenadas do GPS no diário que estava prestes a passar adiante.

— O que você encontrou? Encontrou Glendower?

Gansey se encolheu, e o gesto o surpreendeu. Ele havia se convencido, de alguma forma, de que aquilo estava relacionado a alguma outra coisa, mais lógica. Por isso, ao ouvir o nome de Glendower, ele ficou chocado.

— Não — respondeu Gansey. — Nós encontramos um desenho entalhado no chão.

Whelk estendeu a mão para o diário. Gansey engoliu em seco. Então perguntou:

— Whelk... senhor... tem certeza que essa é a única maneira?

Ouviu-se um inconfundível e suave clique. Era um som que ele conhecia de tanto assistir a filmes de ação e videogames. Apesar de Gansey nunca o ter ouvido pessoalmente antes, sabia exatamente que som uma pistola fazia quando a trava de segurança era removida.

Whelk colocou o cano da arma na testa de Gansey.

— Não — disse Whelk. — Esta é a outra maneira.

Gansey teve o mesmo sentimento de distanciamento que tivera na Indústria Monmouth olhando para a vespa. Ele viu a realidade imediatamente: uma arma pressionada contra sua pele, acima das sobrancelhas, tão fria a ponto de parecer afiada — e também a possibilidade: o dedo de Whelk puxando para trás, uma bala entrando em seu crânio, a morte em vez do caminho de volta para Henrietta.

O diário pesava em suas mãos. Ele não precisava dele. Gansey sabia tudo que havia ali.

Mas o diário era *ele*. Gansey estava abrindo mão de tudo que havia trabalhado para conquistar.

Vou conseguir um novo.

— Se você tivesse perguntado — disse Gansey —, eu teria contado a você tudo que tem nele. Teria sido um prazer. Não era um segredo.

A arma tremeu contra a testa de Gansey. Whelk disse:

— Não acredito que você está argumentando quando eu tenho uma arma apontada para a sua cabeça. Não acredito que você tenha se dado o trabalho de dizer isso.

— É assim — respondeu Gansey — que você sabe que é verdade. — Ele deixou Whelk tomar o diário.

— Tenho nojo de você — disse Whelk, segurando o livro contra o peito. — Você se acha invencível. Sabe de uma coisa? Eu também achava.

Quando ele disse isso, Gansey soube que Whelk iria matá-lo. Pois não havia como alguém ter tanta raiva e rancor na voz segurando uma arma e não puxar o gatilho.

O rosto de Whelk ficou tenso.

Por um instante, não houve tempo: apenas o espaço entre uma respiração que escapava e outra que acorria.

Sete meses antes, Ronan havia ensinado a Gansey como aplicar um gancho.

Bata com o corpo, não apenas com o punho.

Olhe onde você está socando.

Cotovelo a noventa graus.

Não pense em quanto isso vai doer.

Gansey, repito: não pense em quanto isso vai doer.

E ele golpeou.

Gansey se esqueceu de quase tudo que Ronan havia lhe dito, mas se lembrou de olhar, e foi apenas isso — e um pouco de sorte — que derrubou a arma no cascalho ao lado da estrada.

Whelk deu um grito sem palavras.

Ambos se lançaram sobre a arma. Gansey, caindo sobre um joelho, chutou cegamente na direção dela. Ele ouviu o pé fazer contato com algo. O braço de Whelk primeiro, então algo mais sólido. A arma voou no chão, indo para perto das rodas traseiras do carro, e Gansey chegou tateando até o outro lado do Camaro. A luz dos faróis do carro de Whelk não alcançava aquele lado. Seu único pensamento era encontrar cobertura e ficar imóvel na escuridão.

Havia silêncio do outro lado do carro. Lutando para manter a respiração ofegante sob controle, Gansey encostou o rosto contra o metal quente do Pig. O polegar da mão latejava onde ele havia atingido a arma.

Não respire.

Ao lado da estrada, Whelk praguejava de novo, e de novo, e de novo. O cascalho rangeu quando ele se agachou ao lado do carro. Ele não conseguia encontrar a arma e praguejou de novo.

Longe dali, um motor zuniu. Outro carro, possivelmente vindo naquela direção. Alguém para salvá-lo, ou pelo menos uma testemunha.

Por um momento, Whelk ficou completamente em silêncio, e então, abruptamente, saiu correndo, seus passos desaparecendo na distância à medida que voltava para o próprio carro.

Gansey abaixou a cabeça e espiou embaixo da carroceria do Pig, que dava estalidos enquanto esfriava. Ele viu a silhueta delgada da arma entre os pneus traseiros, iluminada por trás pelos faróis do carro de Whelk.

Gansey não tinha certeza se Whelk estava batendo em retirada ou indo buscar uma lanterna. Recuou mais ainda na escuridão. Então esperou ali, com o coração palpitando nos ouvidos e a grama arranhando seu rosto.

O carro de Whelk acelerou na estrada, rugindo na direção de Henrietta.

O outro carro passou logo depois, sem notar nada.

Gansey ficou deitado na grama por um longo tempo, ouvindo o zunido dos insetos nas árvores à sua volta e os sons da respiração que o Pig emitia enquanto o motor esfriava. O polegar estava começando a doer bastante onde ele havia acertado a arma. Realmente, Gansey havia escapado com pouco mais que isso. Mas mesmo assim doía.

E o diário. Gansey se sentia ferido: a crônica de seus desejos mais intensos havia sido arrancada dele à força.

Como o carro de Whelk não voltou, Gansey se pôs de pé e foi até o outro lado do Camaro. Ele se ajoelhou e rastejou até onde pôde por baixo do carro, pescando a ponta da arma com o polegar bom. Devagar, acionou a trava de segurança. Gansey podia ouvir a voz de Blue quando eles encontraram o corpo de Noah: *impressões digitais!*

Movimentando-se como em um sonho, Gansey abriu a porta do carro e largou a arma no banco do passageiro. Parecia que em outra noite, em outro carro, outra pessoa havia deixado a casa dos pais.

Ele fechou os olhos e virou a chave.

O Pig tossiu, tossiu, e então o motor pegou.

Ele abriu os olhos, e nada naquela noite parecia ser como antes.

Ligou os faróis e dirigiu de volta para a estrada. Pressionou o pedal do acelerador e testou o motor. Ele se manteve, sem nenhum soluço.

Então ele acelerou fundo e correu na direção de Henrietta. Whelk havia matado Noah, e ele sabia que seu segredo havia sido descoberto. Para onde quer que ele estivesse indo em seguida, não tinha mais nada a perder.

34

Blue nunca havia sido uma grande fã do sótão, mesmo antes de Neeve ter se mudado para lá. Numerosas vigas inclinadas do telhado proporcionavam dezenas de oportunidades para bater a cabeça no teto em declive. No piso, tábuas carcomidas e áreas remendadas com compensados cheios de farpas eram inimigas de pés descalços. O verão transformava o sótão em um inferno. Além disso, geralmente não havia nada lá a não ser poeira e vespas. Maura era uma não acumuladora convicta e, assim, qualquer coisa que não fosse usada era doada para os vizinhos ou para uma instituição de caridade. Realmente, não havia nenhuma razão para visitar o sótão.

Até aquele momento.

Como estava ficando tarde, Blue havia deixado Ronan, Adam e Noah para trás para discutir se era possível implicar o professor de latim dos garotos na morte de Noah e se a polícia já não tinha estabelecido um elo. Adam havia ligado apenas cinco minutos após ela ter chegado em casa para lhe contar que Noah havia desaparecido no instante em que ela partira.

Então era verdade. Ela realmente *era* a mesa no Starbucks que todos queriam.

— Acho que temos uma hora — disse Calla enquanto Blue abria a porta do sótão. — Elas devem voltar lá pelas onze. Eu vou primeiro. Caso...

Blue ergueu uma sobrancelha.

— O que você acha que ela tem lá em cima?

— Eu não sei.

— Furões?

— Não seja ridícula.

— Magos?

Calla se esgueirou para passar por Blue e começou a subir os degraus. A única lâmpada que iluminava o sótão não ia longe escada abaixo.

— Isso é mais provável. Nossa, que *cheiro*.

— São os furões.

Do alto da escada, Calla lançou um olhar para Blue que ela suspeitou ser mais perigoso que qualquer coisa que elas encontrariam no sótão. No entanto, Calla estava certa. O ar que se movia lentamente à volta delas era um tanto fétido; Blue não conseguia dizer ao certo qual era o cheiro, embora ele lembrasse coisas familiares, como pés e cebolas podres.

— Cheira a enxofre — disse Blue. — Ou a um defunto.

Pensando na voz terrível vinda da boca de Neeve antes, ela não se surpreenderia com nenhum dos dois.

— Cheira a assa-fétida — corrigiu Calla gravemente.

— O que é isso?

— Algo que fica delicioso no curry, e algo que é muito útil na bruxaria.

Blue tentou respirar pela boca. Era difícil imaginar alguma coisa que cheirava a pé de defunto sendo delicioso em qualquer coisa.

— Qual dos dois você acha que é?

Calla havia chegado ao topo da escada.

— Não é o curry — disse ela.

Agora que Blue estava no alto da escada, pôde ver que Neeve havia transformado o sótão em algo bem diferente do que ela lembrava. Um colchão coberto com tapetinhos estava no chão. Em torno do aposento, velas apagadas de diferentes alturas, tigelas escuras e copos de água estavam reunidos em grupos. Uma fita adesiva colorida desenhava padrões no chão entre alguns dos objetos. Ao lado dos pés de Blue, o talo de uma planta meio queimada repousava sobre um prato coberto de cinzas. Em uma das trapeiras estreitas, dois espelhos de corpo inteiro estavam colocados frente a frente, refletindo imagens espelhadas de um para o outro, *in perpetuum*.

Também estava frio. O sótão não deveria estar frio após o calor do dia.

— Não toque em nada — Calla disse a Blue. O que Blue achou irônico, considerando o motivo pelo qual elas tinham vindo.

Blue não tocou em nada, mas avançou aposento adentro, examinando uma estátua pequena de uma mulher com olhos na barriga. O sótão inteiro estava lhe deixando com uma sensação de formigamento.

— Ela deve estar fazendo um monte de curry.

Atrás delas, os degraus rangeram, e tanto Calla quanto Blue deram um salto.

— Posso subir? — perguntou Persephone. Era uma pergunta irrelevante, pois ela já tinha subido. Usando uma túnica de renda que Blue havia feito para ela, Persephone parou no alto da escada. Seu cabelo estava amarrado firmemente, o que sinalizava que ela não estava com medo de sujar as mãos.

— *Persephone* — bradou Calla, superando o susto, mas com raiva por ter ficado chocada. — Você devia fazer algum barulho quando entrasse num quarto.

— Eu deixei a escada ranger — salientou Persephone. — A Maura disse que vai voltar à meia-noite, então estejam prontas até lá.

— Ela sabe? — perguntaram Blue e Calla em uníssono.

Persephone se agachou para examinar uma máscara de couro preta com um longo bico pontudo.

— Vocês não acharam que ela tinha acreditado na história do filme dos anões, acharam?

Calla e Blue trocaram um olhar. Blue refletiu sobre o que aquilo queria dizer: que Maura queria saber mais sobre Neeve, tanto quanto elas.

Blue perguntou:

— Antes de começarmos, você vai explicar o que a Neeve *disse* que estava fazendo aqui em Henrietta?

Calla caminhou pelo aposento esfregando as mãos, como se estivesse se aquecendo ou planejando o que pegar primeiro. — Isso é fácil. A sua mãe chamou a Neeve aqui para encontrar o seu pai.

— Bem — corrigiu Persephone —, isso não é totalmente verdade. A Maura me disse que a Neeve a procurou primeiro. A Neeve disse que talvez fosse capaz de encontrá-lo.

— Do nada? — Calla perguntou, pegando uma vela. — Parece estranho.

Blue cruzou os braços.

— Ainda faltam muitos detalhes.

Calla passou a vela da mão esquerda para a direita. — Basicamente, o seu pai apareceu dezoito anos atrás, roubou o coração da Maura, a tornou uma amiga absolutamente inútil por um ano, a engravidou e então desapareceu depois que você nasceu. Ele era bonito e cheio de segredos, então presumi que fosse um pobretão que morava em um trailer e tinha ficha na polícia.

— *Calla!* — Persephone a advertiu.

— Isso não me incomoda — respondeu Blue. Como ela poderia se incomodar com o passado de um estranho? — Eu só quero saber os fatos.

Persephone balançou a cabeça. — Você precisa ser tão sensata?

Blue deu de ombros e perguntou a Calla:

— O que a vela está lhe dizendo?

Com a vela distante do corpo, Calla semicerrou os olhos. — Apenas que ela foi usada para uma leitura. Para localizar objetos, que é o que eu esperaria.

Enquanto Calla remexia em mais coisas, Blue pensou no que ela havia acabado de saber sobre seu pai e se deu conta de que mantinha o mesmo carinho infundado por ele. Ela também gostou de saber que ele era bonito. E disse: — Eu ouvi minha mãe dizer para a Neeve procurar meu pai como uma busca online.

— Acho que sim — disse Calla. — Era apenas uma curiosidade. Ela não estava querendo encontrá-lo de verdade.

— Ah — murmurou Persephone —, não tenho tanta certeza.

Isso fez os ouvidos de Blue formigarem com interesse.

— Espere, você acha que a minha mãe ainda está apaixonada por... ele tem um nome?

— Filhote — respondeu Calla, e Persephone deu uma risadinha, claramente se lembrando de Maura cega de paixão.

— Eu me recuso a acreditar que minha mãe um dia chamou um homem de *filhote* — disse Blue.

— Ah, mas ela chamou. E também de *amor*. — Calla pegou uma tigela vazia. Havia uma crosta no fundo, como se ela tivesse contido um dia um líquido relativamente espesso. Como pudim. Ou sangue. — E *chuchu*.

— Você está *inventando* isso. — Blue estava envergonhada por sua mãe.

Persephone, um pouco vermelha por tentar não rir, balançou a cabeça. Grandes madeixas de cabelo escaparam do nó, fazendo-a parecer que havia escapado de um tornado. — Temo que não.

— Por que alguém *chamaria* uma pessoa...

Virando-se para Blue com as sobrancelhas extremamente desalinhadas, Calla disse: — Use sua imaginação — e Persephone não se conteve e explodiu em um acesso de riso.

Blue cruzou os braços. — Ah, é mesmo? — Sua seriedade só serviu para dissipar qualquer autocontrole que as duas mulheres ainda tivessem. Rindo sem parar, elas começaram a trocar outros nomes carinhosos que Maura aparentemente havia cunhado dezoito anos atrás.

— Senhoras — disse Blue num tom sério. — Temos apenas quarenta e cinco minutos. Calla, toque naquilo — e apontou para os espelhos. De todas as coisas esquisitas no aposento, Blue achou os espelhos as mais horripilantes, e essa parecia uma razão tão boa quanto qualquer outra para tentá-los.

Engolindo uma risada, Calla se dirigiu até os espelhos. Havia algo angustiante a respeito da absoluta impraticabilidade de duas superfícies refletoras apontadas apenas uma para a outra.

— Não fique entre eles — avisou Persephone.

— Não sou idiota — rebateu Calla.

Blue perguntou:

— Por quê?

— Vai saber o que ela faz com eles. Não quero que a minha alma seja colocada em uma garrafa em outra dimensão ou algo assim. — Calla segurou a borda do espelho mais próximo, tomando cuidado para ficar fora do campo de visão do outro. Franzindo o cenho, estendeu sem jeito uma mão na direção de Blue, que prestativamente deu um passo à frente para permitir que Calla pressionasse os dedos em seu ombro.

Um momento se passou em silêncio, exceto pelo barulho dos insetos do lado de fora da janela.

— Nossa pequena Neeve é ambiciosa — resmungou Calla finalmente, aumentando a intensidade do aperto dos dedos em Blue e no espelho. — Pelo visto sua fama não é o bastante para ela. Programas de TV são para joões-ninguém.

— Não seja sarcástica, Calla — disse Persephone. — Nos conte o que você está vendo.

— Eu a vejo usando aquela máscara negra ali, parada entre estes espelhos. Eu a vejo de costas em qualquer direção, pois ela tem quatro espelhos. Dois outros espelhos grandes atrás de cada um desses. Posso vê-la em cada um dos quatro espelhos, e ela está usando a máscara em todos eles, mas parece diferente em cada um. Está mais magra em um deles, e vestida de preto em outro. A pele dela parece esquisita em mais um. Não sei direito o que são... Podem ser possibilidades. — Calla parou, e Blue sentiu um ligeiro arrepio com a ideia de quatro Neeves. — Me traga a máscara. Não, você não, Blue, fique aqui. Persephone...?

Persephone buscou a máscara animadamente. Mais uma vez, houve uma pausa enquanto Calla lia o objeto, os nós dos dedos brancos com a pressão.

— Ela estava decepcionada quando comprou isso — disse Calla. — Tinha recebido uma crítica ruim, eu acho, de um de seus livros? Ou de um de seus programas? Não. Ela tinha visto os números de um ou do outro, e eles foram decepcionantes. Eu definitivamente vejo os números, e é isso que ela estava pensando quando comprou a máscara. Ela estava se comparando com Leila Polotsky.

— Quem é ela? — perguntou Blue.

— Uma médium mais famosa que a Neeve — disse Calla.

— Eu não sabia que isso era possível — respondeu Blue. Um programa de televisão e quatro livros pareciam o ápice a que qualquer médium poderia almejar em um mundo descrente.

— Ah, é muito possível — disse Calla. — Pergunte a Persephone.

— Não sei não — disse Persephone. Blue não tinha certeza se ela estava falando sobre ser famosa ou sobre perguntar a ela.

Calla seguiu em frente:

— Seja como for, nossa querida Neeve gostaria de viajar o mundo e conquistar algum respeito. E essa máscara a ajuda a visualizar isso.

— O que isso tem a ver com ela estar aqui? — perguntou Blue.

— Ainda não sei. Preciso de um objeto melhor. — Calla soltou o espelho e retornou a máscara ao gancho na parede.

Elas bisbilhotaram o quarto. Blue encontrou um chicote feito de três varas amarradas com uma fita vermelha e uma máscara da mesma cor fazendo par com a preta. Próximo da janela, encontrou a fonte do cheiro horroroso: um saquinho de pano com algo costurado.

Ela passou o saco para Calla, que o segurou por apenas um momento antes de dizer desdenhosamente:

— É a assa-fétida. É apenas um amuleto de proteção. Ela ficou assustada com um sonho e fez isso.

Persephone se agachou e pairou as mãos sobre uma das tigelas. O modo como ela mantinha as palmas abertas e os dedos mal se movendo fez Blue se lembrar de Gansey com a mão sobre o lago raso de água em Cabeswater. Persephone disse:

— Tem muita incerteza em tudo isso, não tem? É isso que eu sinto. Talvez a questão seja simples assim: ela veio para ajudar a Maura, mas está se deixando levar um pouco por Henrietta.

— Por causa do caminho dos mortos? — perguntou Blue. — Eu peguei a Neeve fazendo uma leitura no meio da noite e ela me disse que o caminho dos mortos tornava fácil ser médium aqui.

Calla sorriu com pouco caso antes de começar a remexer nas coisas ao lado da cama.

— Mais fácil e mais difícil — disse Persephone. — A cidade tem bastante energia, então é como ter você no quarto o tempo inteiro. Mas também é como os seus garotos. Bastante ruidoso.

Meus garotos!, pensou Blue, primeiro ofendida, depois lisonjeada, então ofendida de novo.

Persephone perguntou:

— Calla, o que você está descobrindo?

Calla estava de costas para elas quando respondeu.

— Onze meses atrás, um homem telefonou para Neeve para perguntar se podia trazê-la a Henrietta com todas as despesas pagas. Enquanto ela estivesse aqui, deveria usar qualquer meio à sua disposição para apontar com precisão uma linha ley e um "lugar de poder" que ele sabia estar próximo, mas não conseguia encontrar. Ela disse a ele que não estava interessada, mas depois decidiu que poderia investigar essa possibilidade sozinha. A Neeve achou que a Maura a deixaria ficar na cidade se ela oferecesse ajuda para encontrar seu antigo namorado.

Persephone e Blue tinham a mesma expressão de espanto.

— Isso é incrível! — disse Blue.

Calla se virou. Estava segurando um pequeno caderno de notas, que acenou para elas.

— *Esta* é a agenda da Neeve.

— Que tecnologia — suspirou Persephone. — Acho que ouvi um carro. Já volto.

Enquanto ela descia com cuidado os degraus, tão silenciosamente quanto havia subido, Blue se aproximou discretamente de Calla, erguendo o queixo sobre o ombro dela, para poder ver por si mesma a agenda.

— Onde diz tudo isso?

Calla folheou as páginas com a caligrafia de Neeve e mostrou a Blue as páginas de anotações rotineiras sobre horas de consultas, datas finais de publicações e datas de almoços. Então chegou às anotações relativas ao telefonema do homem de Henrietta. Era tudo como Calla havia dito, com uma exceção notável. Neeve também tinha anotado o nome e o número de telefone do homem.

Todos os músculos de Blue se afrouxaram.

Porque o nome do homem que havia ligado para Neeve meses atrás era bastante peculiar, e Blue, àquela altura, o conhecia muito bem: Barrington Whelk.

Atrás delas, o único degrau rangeu de novo. Persephone disse algo parecido com um *āhā*.

— Isso foi um pouco sinistro — disse Calla, se virando.

As mãos de Persephone estavam unidas diante dela. — Tenho duas notícias ruins — e se virou para Blue. — Em primeiro lugar, seus garotos

302

corvos estão aqui, **e** um deles parece ter quebrado o polegar em uma arma.

Atrás de Persephone, houve outro rangido quando uma segunda pessoa subiu a escada. Blue e Calla se contraíram ligeiramente enquanto Neeve aparecia ao lado de Persephone, com o olhar eterno e inabalável.

— Em segundo lugar — acrescentou Persephone —, Neeve e Maura chegaram mais cedo.

35

A cozinha estava bastante cheia. Para começo de conversa, nunca fora uma cozinha grande, e, quando três garotos, quatro mulheres e Blue estavam ali, a sensação era de que ela não fora construída com chão suficiente. Adam era educado e ajudava Persephone a fazer chá para todos, apesar de que tinha de seguir perguntando: "Onde estão as xícaras? E as colheres? E o açúcar?" Ronan, entretanto, mais do que compensava a calma de Adam — ele ocupava espaço suficiente para três pessoas com seu andar agitado de um lado para o outro. Orla desceu, atraída pela fofoca, mas olhava com tamanha admiração para Ronan que Calla mandou que ela saísse para dar mais espaço para todos.

Neeve e Gansey se sentaram à mesa da cozinha. Adam e Ronan pareciam exatamente como antes, quando Blue os vira pela última vez, mas os olhos de Gansey estavam diferentes. Ela passou um longo minuto tentando descobrir o que era — por fim, achou que era uma combinação entre estarem um pouco mais brilhantes e a pele em volta deles estar um pouco mais tensa.

O braço de Gansey se estendeu sobre a mesa, deixando à mostra o polegar imobilizado.

— Alguém poderia tirar essa tala? — ele pediu. Havia algo corajoso e agitado na maneira deliberadamente espontânea como ele havia feito o pedido. — Me sinto um inválido. Por favor.

Passando para ele uma tesoura, Persephone observou:

— Blue, eu *disse* para você colocar o polegar fora da mão se fosse acertar alguém.

— Você só não me falou para dizer isso a *ele* — retrucou Blue.

— Tudo bem — disse Maura do vão da porta, coçando a testa. — Tem algumas coisas acontecendo aqui, obviamente. Alguém tentou matar *você* há pouco. — Aquilo era para Gansey. — *Vocês dois* estão me dizendo que o amigo de vocês foi morto pelo homem que tentou matá-lo há pouco. — Aquilo era para Ronan e Adam. — *Vocês três* estão me dizendo que a Neeve falou ao telefone com o homem que matou o amigo deles e acabou de tentar matar o Gansey. — Aquilo era para Blue, Persephone e Calla. — E *você* está me dizendo que não teve nada a ver com ele desde o telefonema.

Essa última foi para Neeve. Embora Maura tivesse falado com cada um deles, todos seguiam olhando para Neeve.

— E você deixou que elas mexessem nas minhas coisas — respondeu Neeve.

Blue esperava que sua mãe parecesse repreendida, mas, em vez disso, Maura pareceu ficar mais altiva.

— E por uma boa razão, obviamente. Não posso acreditar que você não tenha me contado a verdade. Se você queria brincar pelo caminho dos corpos, por que simplesmente não me pediu? Como você sabe que eu teria dito não? Em vez disso, você fingiu que estava comprometida com...

Ela fez uma pausa e olhou para Blue, que terminou a frase:

— Encontrar o Chuchu.

— Ah, meu Deus — disse Maura. — Calla, isso é culpa sua, não é?

— Não — disse Blue. Ela fez um grande esforço para fingir que os garotos não estavam olhando para ela e continuou: — Acho que também posso estar brava aqui. Por que você simplesmente não me contou que não conhecia realmente o meu pai e me teve sem estar casada? Por que isso é um grande segredo?

— Eu nunca disse que não o conhecia realmente — respondeu Maura, com a voz vazia. Ela tinha uma expressão no rosto que Blue não gostava; era um pouco emocional demais.

Então Blue olhou para Persephone.

— Como você sabe que eu simplesmente não ficaria contente com a verdade? Eu não me *importo* que meu pai fosse um vagabundo chamado Chuchu. A essa altura, isso não muda nada.

— O nome dele não era Chuchu mesmo, era? — Gansey perguntou a Adam em voz baixa.

A voz de Neeve, suave como sempre, trespassou a cozinha.

— Acho que a questão toda foi simplificada demais. Eu *estava* procurando pelo pai da Blue, só que isso não era *tudo* que eu estava procurando.

Calla disse abruptamente:

— Por que então esse segredo todo?

Neeve olhou séria para o polegar imobilizado de Gansey.

— É o tipo de descoberta que pode se tornar perigosa. Certamente todas vocês sentiram necessidade de agir em segredo também, ou teriam compartilhado com a Blue tudo que sabem.

— A Blue não é médium — disse Maura em tom enérgico. — A maior parte do que não passamos adiante são coisas que têm significado apenas quando fazemos uma leitura ou uma adivinhação no caminho dos corpos.

— Você também não me contou — disse Gansey, olhando para o polegar com o cenho franzido. Subitamente, Blue percebeu o que parecia diferente nele: ele estava usando óculos com armação de metal. Eram finos, discretos, aqueles que você normalmente não nota até chamarem sua atenção. Eles o faziam parecer ao mesmo tempo mais velho e mais sério, ou talvez fosse apenas a expressão dele no momento. Embora jamais fosse lhe confessar, ela preferia esse Gansey àquele levado pelo vento, de beleza fácil. Ele seguiu em frente:

— Na leitura, quando eu perguntei sobre a linha ley, você não dividiu essa informação comigo.

Agora Maura parecia um pouco arrependida.

— Como eu podia saber o que você ia fazer com isso? Onde está esse homem agora? Barrington? Esse é *realmente* o nome dele?

— Barrington Whelk — Adam e Ronan responderam em uníssono, trocando um olhar esquisito.

— No hospital, a polícia me disse que estão procurando por ele. A polícia de Henrietta *e* a polícia do estado — disse Gansey. — Mas disseram que ele não estava em casa e que aparentemente tinha ido embora.

306

— Acredito que ele tenha *dado no pé,* como se diz — disse Ronan.

— Você acredita que ele ainda tem algum interesse em você? — perguntou Maura.

Gansey balançou a cabeça.

— Não sei se ele já chegou a se importar *comigo.* Não acho que ele tivesse um plano. Ele queria o diário. Ele quer Glendower.

— Mas ele não sabe onde está Glendower?

— *Ninguém* sabe — respondeu Gansey. — Eu tenho um colega — Ronan conteve um riso quando Gansey usou a palavra *colega,* mas ele seguiu em frente — no Reino Unido que me contou sobre o ritual que o Whelk usou com o Noah. É possível que ele tente de novo em um lugar diferente. Como Cabeswater.

— Acho que devíamos despertá-la — disse Neeve.

Todos a encararam novamente. Ela parecia imperturbável, um mar de calma, com as mãos cruzadas à frente.

— Como? — demandou Calla. — Até onde eu sei, isso envolve uma morte.

Neeve ergueu a cabeça.

— Não necessariamente. Um sacrifício nem sempre significa uma morte.

Gansey pareceu um pouco hesitante.

— Mesmo que isso seja verdade, Cabeswater é um lugar um pouco estranho. Como seria o resto da linha ley se nós a despertássemos?

— Não tenho certeza, mas posso te dizer que ela vai ser despertada — disse Neeve. — Nem preciso de minha tigela de leitura para ver isso. — E se voltou para Persephone. — Você discorda?

Persephone segurou a xícara na frente do rosto, escondendo a boca.

— Não, eu também vejo isso. Alguém *vai* despertá-la nos próximos dias.

— E eu não creio que você queira que seja o sr. Whelk — continuou Neeve. — Quem quer que venha a despertar o caminho dos mortos vai ser favorecido por ele. Tanto quem fizer o sacrifício quanto quem for sacrificado.

— Favorecido como o Noah? — interrompeu Blue. — Ele não parece muito sortudo.

307

— Pelo que eu soube aqui, ele estava vivendo uma vida física em um apartamento com esses meninos — observou Neeve. — Isso parece muito melhor do que uma existência espiritual tradicional. Eu contaria isso como uma coisa favorável.

Gansey correu um dedo pensativo sobre o lábio inferior e disse:

— Não estou certo quanto a isso. O favorecimento do Noah também está ligado à linha ley, não é? Quando o corpo dele foi retirado de lá, ele perdeu bastante presença. Se um de nós fizesse o ritual, estaríamos ligados à linha ley da mesma maneira, mesmo se o sacrifício não envolvesse morte? Tem muita coisa que não sabemos. É mais prático *impedir* Whelk de realizar o ritual de novo. A gente podia simplesmente dar a localização de Cabeswater para a polícia.

— *NÃO* — Neeve e Maura disseram ao mesmo tempo. Neeve, no entanto, venceu pela impressão geral, ao combinar sua exclamação com um salto da cadeira.

— Achei que vocês tinham ido a Cabeswater — ela disse.

— Nós fomos.

— Vocês não sentiram o lugar? Querem vê-lo destruído? Quantas pessoas vocês querem pisoteando por ali? Parece um lugar que pode viver cheio de turistas? Ele é... *sagrado*.

— Eu não gostaria — disse Gansey — nem de mandar a polícia a Cabeswater nem de despertar a linha ley. Eu gostaria de descobrir mais sobre Cabeswater e então encontrar Glendower.

— E o Whelk? — perguntou Maura.

— Eu não sei — ele admitiu. — Simplesmente não quero me preocupar com ele.

Vários rostos exasperados se voltaram para Gansey. Maura disse:

— Bom, ele não vai simplesmente desaparecer porque você não quer lidar com ele.

— Eu não disse que seria possível — respondeu Gansey, sem deixar de olhar para sua tala. — Só disse que era o que eu gostaria.

Foi uma resposta ingênua, e Gansey sabia disso.

Então ele continuou:

— Vou voltar a Cabeswater. Ele pegou meu diário, mas não vou deixar que pegue Glendower também. Não vou parar de procurar só porque ele também está procurando. E vou ajudar o Noah. De algum jeito.

Blue olhou para sua mãe, que observava de braços cruzados. E disse:

— Eu vou ajudar você.

36

— Última parada — disse Ronan, puxando o freio de mão. — Lar, merda de lar.

No escuro, a casa pré-fabricada da família Parrish era uma caixa cinza melancólica com duas janelas iluminadas. Uma silhueta na janela da cozinha abriu as cortinas para olhar para o BMW. Ele e Adam estavam sozinhos no carro; Gansey tinha dirigido o Camaro do hospital até a Rua Fox, então o levou de volta para Monmouth. Era um acerto bastante cômodo; Adam e Ronan não estavam brigados, e ambos estavam sobressaltados demais pelos eventos do dia para começar uma nova briga.

Adam buscou no banco de trás a pasta a tiracolo, o único presente que ele havia aceitado de Gansey, e apenas porque ele não precisava dela.

— Obrigado pela carona.

Outra silhueta, distintamente o pai de Adam, havia se juntado à primeira na janela. O estômago de Adam gelou. Ele apertou os dedos em torno da alça da pasta, mas não saiu do carro.

— Cara, você não precisa descer — disse Ronan.

Adam não comentou a oferta; não ia ajudar. Em vez disso, perguntou:

— Você não tem dever de casa para fazer?

Mas Ronan, o mestre das observações irônicas, era à prova delas. Seu sorriso era implacável no brilho do painel.

— Sim, Parrish. Acho que tenho.

Adam, contudo, não saiu. Ele não gostou da agitação da silhueta do pai. Mas era pouco inteligente se demorar no carro — especialmente *naquele* carro, inegavelmente de Aglionby —, ostentando suas amizades.

— Você acha que eles vão prender o Whelk antes da aula amanhã? — perguntou Ronan. — Porque, se eles prenderem, não vou precisar ler nada.

— Se ele aparecer para a aula — respondeu Adam —, acho que a leitura vai ser a menor das suas preocupações.

Houve um silêncio, então Ronan disse:

— É melhor eu ir dar comida para o pássaro.

Ele olhou para baixo, para o câmbio, com os olhos perdidos e prosseguiu:

— Eu fico pensando no que teria acontecido se o Whelk tivesse atirado no Gansey hoje.

Adam não insistira nessa possibilidade. Sempre que seus pensamentos chegavam perto de tocar a quase perda, surgia algo escuro e afiado dentro dele. Era difícil lembrar como a vida em Aglionby havia sido antes de Gansey. As memórias distantes pareciam difíceis, solitárias, mais povoadas por noites tardias em que Adam se sentava nos degraus da casa pré-fabricada, piscando lágrimas dos olhos e se perguntando por que se importava. Ele era mais jovem naquela época, apenas pouco mais de um ano atrás.

— Mas ele não atirou.

— É — disse Ronan.

— Que sorte que você ensinou aquele gancho para ele.

— Eu nunca ensinei ele a quebrar o polegar.

— Esse é o Gansey. Aprende o suficiente para ser superficialmente competente.

— Perdedor — concordou Ronan, voltando a ser ele mesmo.

Adam anuiu, buscando coragem.

— Nos vemos amanhã. Obrigado de novo.

Ronan desviou o olhar da casa para o campo escuro, e sua mão mexeu na direção. Algo o estava frustrando, mas com ele não dava para saber se ainda era Whelk ou algo completamente diferente.

— Tudo bem, cara. Nos vemos amanhã.

Com um suspiro, Adam desceu do carro, bateu no capô do BMW e Ronan arrancou lentamente. No céu, as estrelas eram enormes e brilhantes.

Quando Adam subiu os três degraus para entrar em casa, a porta da frente se abriu e a luz jorrou sobre suas pernas e pés. Seu pai deixou a porta aberta e parou no vão, encarando o filho.

— Oi, pai — disse Adam.

— Não me venha com "oi, pai" — ele respondeu, já esquentado. Ele cheirava a cigarro, embora não fumasse. — Chegando em casa à meia-noite. Tentando se esconder das suas mentiras?

Com cuidado, Adam perguntou:

— O quê?

— A sua mãe esteve no seu quarto hoje e encontrou algo. Você faz ideia do que seria?

Os joelhos de Adam começaram a derreter. Ele fazia o melhor que podia para manter a maior parte de sua vida na Aglionby escondida do pai, e ele podia pensar em diversas coisas a respeito de si mesmo e de sua vida que não agradariam a Robert Parrish. Não saber exatamente o que havia sido encontrado era agonizante. Ele não conseguia olhar o pai nos olhos.

Robert Parrish segurou o colarinho de Adam, forçando seu queixo para cima.

— Olhe para mim quando estiver falando com você. Um holerite. Da fábrica.

Ah.

Pense rápido, Adam. O que ele precisa ouvir?

— Eu não entendo por que você está bravo — disse Adam, tentando manter a voz o mais equilibrada possível, mas, agora que ele sabia que a questão dizia respeito a dinheiro, não fazia ideia de como sair da situação.

O pai puxou o rosto de Adam para bem perto do seu, de maneira que o garoto pudesse sentir as palavras, além de ouvi-las.

— Você mentiu para a sua mãe sobre o seu salário.

— Eu não menti.

Aquilo foi um erro, e Adam soube disso tão logo as palavras deixaram sua boca.

— *Não olhe na minha cara e minta para mim!* — gritou seu pai.

312

Mesmo sabendo que o golpe estava vindo, o braço de Adam foi lento demais para proteger o rosto.

Quando a mão do pai o atingiu, foi mais um som que um sentimento: uma batida como um martelo distante acertando um prego. Adam lutou para se equilibrar, mas o pé errou a beirada da escada e seu pai o deixou cair.

Quando o lado da cabeça de Adam acertou o corrimão, foi uma catástrofe de luz. Ele viu todas as cores se combinando para fazer o branco em um único momento.

A dor sibilava dentro da cabeça.

Adam estava no chão junto à escada e não conseguia se lembrar daquele segundo entre acertar o corrimão e o chão. Seu rosto estava coberto de poeira, até a boca. Adam tinha de colocar em funcionamento os mecanismos de respirar, abrir os olhos, respirar de novo.

— Ah, vamos lá — disse o pai, cansado. — Levanta. Sinceramente...

Adam se levantou devagar, apoiando-se nas mãos e nos joelhos. Ele se agachou, os joelhos firmes no chão, enquanto os ouvidos zuniam, zuniam, zuniam. Quando o barulho parou, não havia nada além de um lamento crescente.

A meio caminho da estrada, ele viu as luzes de freio do BMW de Ronan.

Apenas vá, Ronan

— Não acredito que você está fazendo esse jogo! — disparou Robert Parrish. — Não vou parar de falar sobre isso só porque você se jogou no chão. Eu sei quando você está fingindo, Adam. Não sou idiota. Não acredito que você ganharia esse dinheiro todo e jogaria fora naquela maldita escola! E todas as vezes que você ouviu a gente falar sobre a conta de luz, de telefone?

Seu pai estava longe de ter terminado. Adam podia ver sua perturbação, pela maneira como ele erguia os pés a cada passo quando desceu a escada. Adam trouxe os cotovelos para junto do corpo, escondendo a cabeça e querendo que seus ouvidos clareassem. O que ele precisava fazer era se colocar no lugar do pai e imaginar o que precisava dizer para apaziguar a situação.

Mas ele não conseguia pensar. Seus pensamentos se chocavam explosivamente na terra à sua frente, no ritmo do coração. A orelha esquerda gritava com ele, tão quente que parecia úmida.

— Você mentiu — rosnou o pai. — Você disse pra gente que a escola estava te dando uma bolsa de estudos. Você não me disse que estava ganhando — ele parou tempo suficiente para tirar um pedaço de papel castigado do bolso da camisa — dezoito mil, quatrocentos e vinte e três dólares por ano!

Adam arfou uma resposta.

— Como é que é? — Seu pai se aproximou, pegou o colarinho do filho e o puxou para cima, tão fácil quanto levantaria um cão. Adam ficou de pé com dificuldade. O chão estava fugindo, e ele tropeçou. Ele teve de lutar para encontrar as palavras de novo; algo havia se quebrado dentro dele.

— Parcial — Adam respirou com dificuldade. — Bolsa parcial.

Seu pai berrou algo mais para ele, mas foi na orelha esquerda, e não havia nada a não ser um rugido daquele lado.

— *Não me ignore* — rosnou o pai. E então, inexplicavelmente, ele desviou a cabeça de Adam e gritou: — O que *você* quer?

— Fazer isso — Ronan Lynch respondeu rispidamente, acertando o punho no rosto de Robert Parrish. Atrás dele, o BMW estava parado, com a porta do motorista aberta e os faróis iluminando nuvens de poeira na escuridão.

— *Ronan* — disse Adam. Ou talvez apenas pensou. Sem seu pai o segurando, ele cambaleou.

O pai de Adam agarrou a camisa de Ronan e o jogou na direção da casa pré-fabricada. Mas Ronan precisou de apenas um momento para voltar a ficar de pé, e seu joelho encontrou a barriga de Parrish. Dobrado ao meio, o homem lançou o braço na direção de Ronan. Seus dedos passaram sobre a cabeça raspada do garoto sem lhe causar dano. Isso o fez recuar apenas meio segundo, e Parrish bateu com a cabeça no rosto de Ronan.

Com o ouvido direito, Adam ouviu sua mãe gritando para eles pararem. Ela estava segurando o telefone e acenando o aparelho para Ronan, como se isso fosse fazê-lo parar. Mas havia apenas uma pessoa que poderia parar Ronan, e a mãe de Adam não tinha esse número.

— Ronan — disse Adam, e dessa vez ele estava certo de que dissera em voz alta. Sua voz soava estranha para ele, obstruída com algodão. Ele deu um passo e o chão sumiu de seus pés completamente. *Levante-se, Adam.* Ele se apoiou com as mãos e os joelhos. O céu parecia o mesmo que o chão. Adam se sentia todo quebrado e não conseguia ficar de pé. Só conseguia observar seu amigo e seu pai se agarrando a alguns metros de distância. Adam era um par de olhos sem corpo.

A luta era suja. Em determinado momento, Ronan foi ao chão e Robert Parrish deu um chute forte no rosto dele. Os antebraços de Ronan se ergueram por puro instinto para se proteger. Parrish investiu para abri-los à força. A mão de Ronan avançou como uma cobra, trazendo Parrish para o chão com ele.

Adam viu alguns trechos da briga: seu pai e Ronan rolando, se agarrando e socando. Luzes estroboscópicas brilhantes, vermelhas e azuis, ricocheteavam nas paredes da casa pré-fabricada, iluminando os campos por um segundo de cada vez. Eram os policiais.

Sua mãe ainda estava gritando.

Havia barulho por toda parte. Adam precisava ficar de pé, caminhar, pensar, e então ele poderia parar Ronan antes que algo terrível acontecesse.

— Garoto? — perguntou um policial, ajoelhando-se ao seu lado. Ele cheirava a zimbro. Adam pensou que ia sufocar com aquilo. — Você está bem?

Com a ajuda do policial, Adam se levantou cambaleante. Outro policial arrastou Ronan para longe de Robert Parrish.

— Eu estou bem.

O tira soltou seu braço e então, tão rapidamente quanto, pegou-o de novo.

— Rapaz, você não está bem. Você andou bebendo?

Ronan deve ter ouvido a pergunta, pois, do outro lado do terreno, gritou uma resposta que envolvia uma série de palavrões e a frase *bate até quase matar.*

A visão de Adam sumia e voltava, sumia e voltava. Ele conseguia distinguir Ronan vagamente. Chocado, perguntou:

— Ele está sendo algemado?

Isso não pode acontecer. Ele não pode ser preso por minha causa.

— Você andou bebendo? — repetiu o tira.

— Não — respondeu Adam, com as pernas ainda frouxas; o chão ondulava a cada movimento de cabeça. Adam sabia que parecia bêbado. Ele precisava se aprumar. Naquela tarde mesmo, ele havia tocado o rosto de Blue. A sensação que tivera era de que qualquer coisa era possível, como se o mundo decolasse à sua frente. Ele tentou canalizar aquela sensação, mas ela pareceu apócrifa. — Eu não...

— Eu não o quê?

Não escuto nada com o ouvido esquerdo, pensou Adam.

Sua mãe estava parada na varanda, observando o filho e o policial, com os olhos estreitados. Adam sabia o que ela estava pensando, pois eles haviam tido aquela conversa muitas vezes antes: *Não diga nada, Adam. Diga para ele que você caiu. Na realidade foi um pouco sua culpa, não foi? Vamos lidar com isso em família.*

Se Adam entregasse o pai, tudo desmoronaria à sua volta. Se Adam o entregasse, sua mãe nunca o perdoaria. Se Adam o entregasse, ele nunca mais poderia voltar para casa.

Do outro lado do terreno, um dos policiais colocou a mão na nuca de Ronan, guiando-o para dentro da viatura.

Mesmo sem escutar com o ouvido esquerdo, Adam ouviu a voz de Ronan claramente:

— Eu disse que *não* preciso de ajuda, cara. Você acha que nunca andei num desses antes?

Adam não podia ir morar com Gansey. Ele havia feito tanto para ter certeza de que, quando saísse de casa, seria de acordo com seus termos. Não com os de Robert Parrish. Não com os de Richard Gansey.

De acordo com os termos de Adam Parrish. Era isso ou nada.

Adam tocou o ouvido esquerdo. A pele estava quente e dolorida, e, sem a audição para lhe dizer que seu dedo estava próximo da cavidade da orelha, seu toque parecia imaginário. O ruído no ouvido havia diminuído e agora não havia... nada. Nada mesmo.

316

Gansey dissera: "Você não vai cair fora por causa do seu orgulho?"

— O Ronan estava me defendendo. — A boca de Adam estava seca como a terra à sua volta. A expressão do policial se concentrou nele enquanto ele prosseguia. — Do meu pai. Tudo isso... é por causa dele. Meu rosto e meu...

Sua mãe o encarava.

Ele fechou os olhos. Adam não conseguiria olhar para ela e dizê-lo. Mesmo com os olhos fechados, ele sentia como se estivesse caindo, como se o horizonte se movesse, como se sua cabeça pendesse para o lado. O mal-estar de Adam lhe indicava que seu pai havia conseguido acertar algo vital.

E então ele disse o que antes não conseguia dizer. Adam perguntou:

— Posso... posso dar queixa?

37

Whelk sentia falta da comida boa que vinha com o fato de ser rico. Quando ele voltava para casa de Aglionby, nem sua mãe nem seu pai cozinhavam. Eles haviam contratado uma chef para vir a cada duas noites fazer o jantar. Carrie era uma mulher efusiva, mas intimidante, que adorava picar coisas com facas. Nossa, ele sentia falta do guacamole dela.

Naquele momento, Whelk estava sentado no meio-fio de um posto de atendimento fechado, comendo um hambúrguer seco que havia comprado em uma lanchonete a vários quilômetros dali; era o primeiro lanche de fast-food que ele comia em sete anos. Sem saber quanto os policiais estariam procurando seu carro, ele o estacionou fora do alcance da luz da rua e voltou ao meio-fio para comer.

Enquanto mastigava, um plano tomava forma, e envolvia dormir no banco de trás do carro e elaborar outro plano de manhã. Não era algo que inspirasse confiança, e seu ânimo estava baixo. Ele devia ter raptado Gansey, agora que considerava a questão, mas um rapto exigia muito mais planejamento que um roubo, e, ao sair de casa, ele não tinha se preparado para colocar alguém no porta-malas. Ele devia ter aproveitado a oportunidade quando o carro de Gansey quebrara. Se ele tivesse realmente considerado a questão, teria raptado Gansey para o ritual mais tarde, após chegar ao coração da linha ley.

Só que Gansey jamais seria um bom alvo; a caçada humana por seu assassino seria monumental. Realmente, Parrish teria sido uma aposta melhor. Ninguém sentiria falta de um garoto nascido em um trailer. Contudo, ele sempre entregava o dever de casa pontualmente.

Whelk deu outra mordida raivosa no hambúrguer empoeirado, o que não ajudou em nada para melhorar seu humor.

Ao lado dele, o telefone público começou a tocar. Até então, Whelk nem tomara conhecimento de que o telefone estava ali; ele achava que os celulares haviam varrido do mercado os telefones públicos. Olhou para o único outro carro parado no estacionamento para ver se alguém estava esperando uma chamada. No entanto, o outro veículo estava vazio, e o pneu direito esvaziado indicava que ele estava estacionado ali há mais tempo que alguns minutos.

Ele esperou ansiosamente enquanto o telefone tocou doze vezes, mas ninguém apareceu para atender. Whelk se sentiu aliviado quando ele parou, mas não o suficiente para continuar onde estava. Embrulhou a outra metade do hambúrguer e se pôs de pé.

Mas então o telefone começou a tocar de novo.

E tocou o tempo inteiro enquanto ele caminhava até a lata de lixo do outro lado da porta do posto de atendimento (SEJA BEM-VINDO, ESTAMOS ABERTOS!, mentia o letreiro reversível pendurado na porta). E não parou de tocar enquanto ele voltava para o meio-fio para recuperar uma das batatas fritas que havia deixado. E ainda tocou enquanto ele caminhava de volta para onde estacionara o carro.

Whelk não era dado à filantropia, mas lhe ocorreu que quem quer que estivesse do outro lado do telefone público estava realmente tentando entrar em contato com alguém. Ele voltou para o telefone, que ainda estava tocando — um toque tão antiquado, pensou, telefones não soavam mais assim —, e tirou o fone do gancho.

— Alô?

— Sr. Whelk — disse Neeve suavemente. — Espero que esteja tendo uma noite agradável.

Whelk se agarrou ao telefone.

— Como você sabia onde me encontrar?

— Números são algo muito simples para mim, sr. Whelk, e o senhor não é difícil de ser encontrado. Eu também tenho um pouco do seu cabelo. — A voz de Neeve era suave e esquisita. Nenhuma pessoa viva, pensou Whelk, deveria soar tanto como o menu de uma secretária eletrônica computadorizada.

— Por que você está me ligando?

— Que bom que perguntou — observou Neeve. — Estou ligando a respeito da ideia que o senhor propôs da última vez que conversamos.

— Da última vez que conversamos, você disse que não estava interessada em me ajudar — respondeu Whelk. Ele ainda estava pensando sobre o fato de que aquela mulher havia coletado um fio de cabelo dele. A imagem dela se mexendo lenta e suavemente pelo seu apartamento escuro e abandonado não era agradável. Ele virou as costas para o posto de atendimento e olhou para dentro da noite. Possivelmente ela estava lá, em algum lugar; talvez o tivesse seguido e fora assim que ela soubera para onde ligar. Mas Whelk sabia que aquilo não era verdade. A única razão para que ele a tivesse contatado em primeiro lugar era porque ele sabia que Neeve era real.

— Então, sobre ajudar você — disse Neeve. — Eu mudei de ideia.

— Ei, Parrish — disse Gansey.

O Camaro estava estacionado na sombra do caminho para pedestres, junto das portas de vidro do hospital. Enquanto Gansey esperava Adam sair, ele as observara abrir e fechar para pacientes invisíveis. Agora ele estava atrás do volante enquanto Adam se abaixava para entrar no banco do passageiro. Estranhamente, Adam não trazia nenhuma marca; normalmente, após encontros com o pai, havia hematomas ou arranhões, mas dessa vez a única coisa que Gansey podia ver era um ligeiro vermelhão na orelha dele.

— Eles disseram que você não tinha seguro — disse Gansey. E também que Adam provavelmente nunca mais voltaria a escutar com o ouvido esquerdo. Essa era a informação mais difícil de absorver, que algo permanente, mas invisível, havia acontecido. Gansey esperou que Adam lhe dissesse que encontraria uma maneira de pagar a conta. Mas Adam só ficava girando o bracelete do hospital no pulso.

Gansey acrescentou delicadamente:

— Eu já cuidei da conta.

Aquele era o momento em que Adam sempre dizia algo. Ou ele ficava bravo, ou disparava: "Não, não vou aceitar seu maldito dinheiro, Gansey. Você não pode me comprar". Mas ele apenas continuou virando o bracelete em torno do pulso.

— Você venceu — disse Adam por fim, passando a mão no cabelo despenteado. Ele parecia cansado. — Me leve pra casa para pegar minhas coisas.

Gansey ia ligar o Camaro, mas tirou a mão da ignição.

— Eu não venci nada. Você acha que era assim que eu queria que as coisas acontecessem?

— Sim — respondeu Adam, sem olhar para Gansey. — Sim, eu acho.

Dor e raiva brigaram furiosamente dentro de Gansey.

— Não seja um pé no saco.

Adam não parava de mexer na ponta desigual onde o bracelete de papel fechava.

— Estou dizendo que você pode dizer "Eu avisei". Diga: "Se você tivesse ido embora antes, isso não teria acontecido".

— Eu disse isso algum dia? Você não precisa agir como se fosse o fim do mundo.

— É o fim do mundo.

Uma ambulância estacionou entre eles e as portas do hospital; as luzes não estavam ligadas, mas os paramédicos saltaram da cabine e correram para a parte de trás para atender a alguma emergência silenciosa. Algo queimava por trás das costelas de Gansey.

— Sair da casa do seu pai é o fim do mundo?

— Você sabe o que eu queria — disse Adam. — Você sabe que não era isso.

— Você fala como se a culpa fosse minha.

— Me diz que você não está feliz com o desfecho disso tudo.

Gansey não mentiria; ele queria ver Adam fora daquela casa. Mas nunca existira uma parte dele que quisesse ver o amigo machucado para conseguir isso. Nunca existira uma parte dele que quisesse que Adam tivesse de fugir de casa em vez de sair de lá triunfalmente. Nunca existira uma parte dele que quisesse que Adam olhasse para ele como estava olhando agora. Então era verdade quando Gansey respondeu:

— Eu não estou feliz com o desfecho disso tudo.

— Até parece — disparou Adam de volta. — Você queria que eu saísse de lá para sempre.

Gansey não gostava de levantar a voz (na sua cabeça, sua mãe dizia: *As pessoas gritam quando não têm palavras para sussurrar*). Quando percebeu que isso estava acontecendo, fez um esforço e manteve a voz estável.

— Não assim. Mas pelo menos você tem um lugar para ir. "Fim do mundo"... Qual é o seu *problema*, Adam? Quer dizer, tem algo na minha casa que seja repulsivo demais para você se imaginar vivendo lá? Por que tudo que eu faço de generoso você encara como pena? Como caridade? Pois vou dizer a verdade: estou *de saco cheio* de ficar pisando em ovos por causa dos seus princípios.

— Meu Deus do céu, não aguento mais a sua arrogância, Gansey — disse Adam. — Não tente fazer com que eu me sinta burro. Quem é que fala uma palavra como *repulsivo*? Não finja que você não está tentando me fazer sentir burro.

— Eu falo assim. Desculpe se o seu pai nunca lhe ensinou o significado de *repulsivo*. Ele estava ocupado demais batendo sua cabeça contra a parede do trailer enquanto você pedia desculpas por existir.

Os dois pararam de respirar.

Gansey sabia que tinha ido longe demais. Longe demais, tarde demais, coisas demais.

Adam escancarou a porta.

— Vá se foder, Gansey. Vá se foder — ele disse, com a voz baixa e furiosa.

Gansey fechou os olhos.

Adam bateu a porta, e então a bateu de novo quando o trinco não fechou. Gansey não abriu os olhos. Ele não queria ver o que Adam estava fazendo. Não queria ver se as pessoas estavam observando um garoto brigando com o outro em um Camaro laranja brilhante e com um blusão da Aglionby. Só então ele odiou seu uniforme com o corvo no peito e seu carro chamativo e todas as palavras de três e quatro sílabas que seus pais haviam usado em conversas casuais na mesa do jantar. E também odiou o pai abominável de Adam e a mãe permissiva de Adam e, mais do que tudo, o som das últimas palavras de Adam se repetindo sem parar.

Ele não suportava tudo aquilo dentro dele.

No fim das contas, ele não era ninguém para Adam nem para Ronan. Adam cuspia as palavras de volta para ele, e Ronan desperdiçava todas as chances que ele lhe dava. Gansey era apenas um cara com um monte de coisas e um buraco dentro dele que mastigava um pedaço a mais de seu coração a cada ano.

Os amigos estavam sempre se afastando dele. Mas ele nunca parecia capaz de se afastar deles.

Gansey abriu os olhos. A ambulância ainda estava ali, mas Adam tinha partido.

Ele levou alguns momentos para localizá-lo. Adam já estava a alguns metros de distância, atravessando o estacionamento na direção da estrada, sua sombra uma coisa pequena e azul ao seu lado. Gansey se esticou para o lado do carro para baixar a janela do passageiro e então deu partida no Pig. Após dar a volta em torno da área de carga para chegar ao estacionamento, Adam havia chegado à pista de quatro faixas que corria ao largo do hospital. Havia um pouco de tráfego, mas Gansey encostou perto de onde Adam caminhava, fazendo com que os carros na faixa da direita o ultrapassassem, alguns buzinando.

— Para onde você está indo? — ele gritou. — Para onde você precisa ir?

É claro que Adam sabia que ele estava ali — o Camaro era mais alto que qualquer coisa —, mas apenas seguiu caminhando.

— Adam — repetiu Gansey. — Só me diga que não vai voltar pra lá. Nada.

— Não precisa ser Monmouth — Gansey tentou uma terceira vez. — Mas me deixe te levar para onde você está indo.

Por favor, apenas entre no carro.

Adam parou. Entrou no carro abruptamente e fechou a porta. Como não bateu com força suficiente, teve de tentar duas vezes mais. Eles ficaram em silêncio enquanto Gansey voltava para o tráfego. As palavras pressionavam sua boca, implorando para serem ditas, mas ele se manteve calado.

Adam não olhou para ele quando disse, finalmente:

— Não importa como você diga isso. No fim, é o que você queria. Todas as suas coisas num só lugar, debaixo do mesmo teto. Tudo que você tem sob sua vista...

Mas então ele parou. Deixou cair a cabeça nas mãos. Os polegares trabalharam em meio ao cabelo acima das orelhas, de novo e de novo, os nós dos dedos brancos. Quando inspirou com força, foi o som áspero que vinha de tentar não chorar.

Gansey pensou em uma centena de coisas que poderia dizer para Adam sobre como ficaria tudo bem, como tudo mudaria para melhor, como Adam Parrish era dono do próprio nariz antes de ter conhecido Gansey, e não tinha como ele deixar de ser independente apenas mudando de casa, como em alguns dias Gansey gostaria de estar na pele dele, porque Adam era tão real e verdadeiro, de uma maneira que Gansey nunca parecia capaz de ser. Mas as palavras de Gansey tinham se tornado armas inconscientes, e ele não confiava em si mesmo para não descarregá-las acidentalmente de novo.

Então ele dirigiu em silêncio para buscar as coisas de Adam, e, quando eles deixaram o parque dos trailers pela última vez, sua mãe observando por detrás da janela da cozinha, Adam não olhou para trás.

Quando Blue chegou à Indústria Monmouth aquela tarde, pensou que o armazém estava vazio. Sem nenhum carro no estacionamento, a quadra inteira tinha um ar abandonado e triste. Ela tentou se imaginar como Gansey, vendo o armazém pela primeira vez, decidindo que ali seria um grande lugar para viver, mas não conseguiu. Assim como não conseguia imaginar olhar para o Pig e achar que ele era um grande carro para dirigir, ou ver Ronan e pensar que ele era um bom amigo para se ter. Mas, de certa maneira, a coisa funcionara, pois ela adorava o apartamento, e Ronan estava começando a crescer a seus olhos, e o carro...

Bem, o carro ela ainda poderia viver sem.

Blue bateu na porta.

— Noah! Você está aí?

— Estou aqui.

Blue não se surpreendeu quando sua voz surgiu atrás dela em vez de ecoar do outro lado da porta. Quando ela se virou, pareceu ver primeiro as pernas dele, e então, lentamente, todo o resto. Ela ainda não tinha certeza se ele estava realmente lá ou se estivera lá o tempo inteiro — era difícil tomar uma decisão sobre a existência de Noah ultimamente.

Ela deixou que ele acariciasse seu cabelo com os dedos gelados.

— Não está tão espetado como sempre — ele disse tristemente.

— Eu não dormi o suficiente. Preciso dormir para ficar com o cabelo bem espetado. Que legal ver você.

Noah cruzou os braços, então os descruzou, então colocou as mãos nos bolsos, então as tirou.

— Eu só me sinto normal quando você está por perto. Quer dizer, normal como eu era antes de encontrarem o meu corpo. Mesmo assim, eu ainda não era o que eu era quando estava...

— Não acho que você era tão diferente quando estava vivo — disse Blue. Mas a verdade é que ela ainda não conseguia ligar Noah àquele Mustang vermelho abandonado.

— Eu acho — disse Noah cuidadosamente, se lembrando — que eu era pior na época.

Como aquela discussão parecia prestes a fazê-lo desaparecer, Blue perguntou rapidamente:

— Onde estão os outros?

— O Gansey e o Adam foram pegar as coisas do Adam para que ele possa se mudar pra cá — disse Noah. — O Ronan foi para a biblioteca.

— Se mudar pra cá! Achei que ele tinha dito... Espera... *Aonde* o Ronan foi?

Após uma série de pausas e suspiros mirando as árvores na rua, Noah descreveu os eventos da noite anterior e concluiu:

— Se o Ronan tivesse sido preso por socar o pai do Adam, ele estaria fora da Aglionby, não importa o que tenha acontecido. De maneira alguma eles deixariam uma acusação de agressão passar batido. Mas o Adam deu queixa para que o Ronan não fosse preso. É claro que isso quer dizer que o Adam tem que se mudar, porque o pai dele o odeia agora.

— Mas isso é terrível — disse Blue. — Noah, isso é *terrível*. Eu não sabia sobre o pai do Adam.

— É assim que ele queria que fosse.

Um lugar feito para ser deixado. Ela se lembrou de como Adam se referira à sua casa. E agora, é claro, ela se lembrou de seus machucados horrorosos e de um monte de comentários entre os garotos que haviam parecido inexplicáveis à época, todas referências veladas à sua vida em família. Seu primeiro pensamento foi estranhamente desagradável — que ela não havia sido uma amiga boa o suficiente para que Adam pudesse compartilhar aquilo com ela. Mas a ideia foi fugaz, substituída quase imediatamente pela percepção horrível de que Adam não tinha família. Quem ela seria sem a sua?

Então ela perguntou:

— Ok, mas por que o Ronan está na biblioteca?

— Está enfiado nos livros — disse Noah. — Para um exame na se-gunda-feira.

Era a coisa mais bacana que Blue já tinha visto Ronan fazer.

O telefone tocou alto no andar de cima.

— Você devia atender! — disse Noah abruptamente. — Rápido!

Blue tinha vivido tempo demais com as mulheres da Rua Fox, 300, para questionar a intuição de Noah. Correndo em um trote rápido para acompanhá-lo, ela o seguiu até a porta do andar superior. Estava tran-cada. Noah fez uma série de gestos incompreensíveis, mais agitado que de costume.

Ele irrompeu:

— Eu conseguiria se...

Se ele tivesse mais energia, pensou Blue. Ela tocou o ombro dele na mesma hora. Imediatamente fortalecido pela energia dela, Noah se in-clinou na direção do trinco, soltou a tranca e liberou a porta. Blue se atirou ao telefone.

— Alô? — ela arfou. O telefone sobre a mesa era preto e antigo, da-queles de disco, combinando completamente com o amor de Gansey pelo bizarro e pelo quase não funcional. Conhecendo-o, era possível que ele tivesse uma linha fixa só para justificar ter aquele telefone em particular sobre a mesa.

— Ah, olá, querida — disse uma voz estranha do outro lado da li-nha. Blue percebeu um forte sotaque. — Richard Gansey está?

— Não — respondeu Blue. — Mas posso anotar o seu recado.

Esse, ela sentia, havia sido seu papel na vida até aquele momento. Noah a cutucou com um dedo frio.

— Diga a ele quem é você.

— Eu estou trabalhando com o Gansey — acrescentou Blue. — Na linha ley.

— Ah! — disse a voz. — Bem, que ótimo conhecê-la. Como é mes-mo o seu nome? Eu me chamo Roger Malory.

Ele estava fazendo algo extremamente complicado com seus Rs que dificultavam compreendê-lo.

328

— Blue. Meu nome é Blue Sargent.

— Blair?

— Blue.

— Blaize?

Ela suspirou.

— Jane.

— Ah, Jane! Achei que você estava dizendo *Blue* por alguma razão. Prazer em conhecê-la, Jane. Acho que tenho más notícias para o Gansey. Diga a ele que eu tentei aquele ritual com um colega... aquele camarada de Surrey que eu mencionei antes, um sujeito cativante, mas com um hálito terrível... e o ritual simplesmente não deu muito certo. Meu colega vai ficar bem, os médicos dizem que vai levar algumas semanas para a pele dele sarar. Os enxertos estão funcionando esplendidamente, eles disseram.

— Espere — disse Blue, pegando o pedaço de papel mais próximo que havia na mesa de Gansey, no qual parecia ter um cálculo ou algo do gênero. Ele já havia rabiscado ali um gato atacando um homem, então Blue pensou que não haveria problemas em usá-lo. — Estou anotando tudo isso. Esse é o ritual para despertar a linha ley, certo? O que exatamente deu errado?

— É muito difícil dizer, Jane. Basta afirmar que as linhas ley são ainda mais poderosas do que o Gansey e eu havíamos imaginado. Elas podem ser magia, podem ser ciência, mas são inegavelmente energia. Meu colega saiu de sua pele com bastante facilidade. Eu estava certo de que o havia perdido; eu não achava que um homem pudesse sangrar tanto sem sucumbir. Ah, quando você contar tudo isso para o Gansey, não conte essa parte. O garoto tem uma questão e tanto com a morte, e não quero angustiá-lo.

Blue não notara que Gansey tinha uma "questão" com a morte, mas concordou em não contar para ele.

— Mas o senhor ainda não me falou o que o senhor *tentou* — destacou Blue.

— Ah, não falei?

— Não. O que significa que podemos fazer a coisa acidentalmente, se a gente não souber o que é.

Malory deu uma risadinha. Aquilo soava muito com tomar somente o chantili do chocolate quente.

— De fato, você está certa. Era bastante lógico, realmente, e foi baseado em uma das antigas ideias do Gansey, para lhe dizer a verdade. Nós montamos um novo círculo de pedras usando algumas que descobrimos terem excelentes leituras de energia... São termos de radiestesia, é claro, Jane, não sei quanto você conhece a respeito de todas essas coisas, mas é bacana ver uma garota envolvida com tudo isso. Linhas ley tendem a ser uma coisa de homens, e é bacana ouvir uma senhorita como você...

— Sim — concordou Blue. — É fantástico. Estou me divertindo. Então, o senhor montou um círculo de pedras?

— Ah, sim, certo. Nós colocamos sete pedras em um círculo sobre o que eu esperava ser o centro da linha ley e mexemos em suas posições até termos uma leitura de energia bastante alta no meio. Mais ou menos como posicionar um prisma, creio eu, para focar a luz.

— E foi então que a pele do seu parceiro se desprendeu?

— Mais ou menos isso. Ele estava fazendo uma leitura no meio e... É triste, mas não sei descrever exatamente o que ele falou, porque fiquei tão entretido pelo que veio depois... Mas enfim, ele fez uma observação ou piada ou sei lá o quê... Você sabe como são os jovens, o próprio Gansey pode ser bastante dado a leviandades...

Blue não estava certa se Gansey *era* bastante dado a leviandades, mas fez uma anotação mental para reparar nisso no futuro.

— ... e ele disse algo sobre perder a pele ou deixar cair a pele ou algo do gênero. E aparentemente essas coisas são bastante literais. Não estou certo de como as *palavras* dele provocaram algum tipo de reação, e acho que não despertamos a linha, pelo menos não do modo correto, mas enfim. Decepcionante, realmente.

— Exceto que o seu parceiro viveu para contar a história — disse Blue.

Malory respondeu:

— Bem, sou *eu* quem está tendo de contá-la.

Blue achou que aquilo era uma piada. De qualquer maneira, ela riu e não se sentiu mal por causa disso. Então agradeceu a Malory, trocou gentilezas com ele e desligou.

— Noah? — ela perguntou ao aposento vazio, pois ele havia desaparecido. Não houve resposta, mas, na rua, ela ouviu portas de carro batendo e vozes.

Blue repetiu a frase em sua cabeça: *Meu colega saiu de sua pele com bastante facilidade.* Blue *não tinha* uma "questão" com a morte, mas até ela achou que a cena pintava uma imagem um tanto horrível e vívida.

Um momento depois, ela ouviu a porta bater quando se fechou no primeiro andar e passos na escada.

Gansey foi o primeiro a entrar no aposento. Certamente ele não esperava encontrar ninguém ali, pois seus traços não haviam se composto nem um pouco para disfarçar seu sofrimento. Quando viu Blue, ele imediatamente conseguiu tirar um sorriso cordial de algum lugar.

E ele era tão convincente. Ela vira sua expressão apenas um segundo antes, mas, mesmo a tendo visto, era difícil lembrar que aquele sorriso era falso. O motivo pelo qual um garoto com uma vida tão despreocupada como a de Gansey precisou aprender a fazer uma expressão falsa de felicidade de um modo tão rápido e convincente estava além de sua compreensão.

— Jane — ele disse, e Blue achou que ouviu um pouco da infelicidade dele na voz radiante, mesmo se seu rosto não a traísse mais. — Desculpe por não estar aqui para te receber.

A voz de Noah, e nada mais, se manifestou no ouvido de Blue, um sussurro gelado: *Eles brigaram.*

Adam e Ronan entraram. Ronan estava curvado com uma sacola de lona e uma mochila nas costas, e Adam carregava uma caixa de cereal amassada, dentro da qual um Transformer espiava para fora.

— Belo Transformer — disse Blue. — É o do carro de polícia?

Adam olhou para Blue sem sorrir, como se não a tivesse visto realmente. Então, um segundo tarde demais, respondeu:

— É.

Ronan, ainda curvado sob o peso da bagagem, atravessou o aposento na direção do quarto de Noah, rindo de maneira sincronizada com seus passos. Era o tipo de risada que denunciava que uma única pessoa ria.

— Esse cara ligou — disse Blue, segurando o pedaço de papel em que havia anotado o nome. O lugar onde ela o havia escrito fazia parecer como se o gato ali desenhado estivesse chamando alguém.

— Malory — disse Gansey, não tão entusiasmado como de costume. Enquanto Adam carregava a caixa atrás de Ronan, Gansey observou suas costas com olhos estreitos. Somente após a porta de Noah ter se fechado atrás dele, Gansey desviou o olhar e encarou Blue. O apartamento parecia vazio sem os outros, como se eles tivessem ido para outro mundo em vez de para outro quarto.

Gansey perguntou:

— O que ele queria?

— Ele tentou o ritual na linha ley e disse que deu errado. E que uma outra pessoa... seu, humm, colega?... se machucou.

— Se machucou como?

— Apenas se machucou. Feio. Por causa da energia — disse Blue.

Gansey chutou com força os sapatos para longe. Um voou sobre sua Henrietta em miniatura e o outro percorreu todo o caminho até cair do lado da mesa, batendo com força na madeira velha e escorregando até o chão. Com um murmúrio, ele disse:

— *Uhuu*.

Blue observou:

— Você parece chateado.

— Pareço? — ele perguntou.

— Por que você e o Adam brigaram?

Gansey lançou um olhar para a porta fechada de Noah.

— Como você sabe? — perguntou desconfiado, jogando-se na cama desfeita.

— Por favor — disse Blue, porque, mesmo que Noah não tivesse contado, ela teria sabido.

Ele murmurou algo para os lençóis e gesticulou com uma mão no ar. Blue se agachou ao lado da cama e apoiou os braços na beirada.

— O quê? Você pode falar sem o travesseiro na boca dessa vez?

Gansey não virou a cabeça, de maneira que sua voz continuou abafada.

332

— Minhas palavras são ferramentas certeiras de destruição, e não consigo fazer nada para mudar isso. Você acredita que eu só estou vivo porque o Noah morreu? Que belo sacrifício foi esse, que bela contribuição para o mundo eu sou.

Ele fez outro pequeno volteio com a mão sem tirar o rosto do travesseiro. A intenção provavelmente era fazer parecer que ele só estava brincando. Ele seguiu em frente:

— Ah, eu sei que estou com pena de mim mesmo. Não ligue. Então o Malory acha que é uma má ideia despertar a linha ley? É claro que ele acha. Eu adoro becos sem saída.

— Você *está* com pena de si mesmo. — Mas Blue gostava disso de certa maneira. Ela nunca tinha visto Gansey ser tão verdadeiro por tanto tempo de uma só vez. Só era uma pena que ele tivesse de estar por baixo para que isso acontecesse.

— Já estou terminando. Você não vai precisar aguentar muito mais.

— Eu prefiro você assim.

Por alguma razão, admitir aquilo fez seu rosto ficar rubro; Blue ficou bastante satisfeita que ele ainda tivesse o rosto pressionado no travesseiro e os outros garotos ainda estivessem no quarto de Noah.

— Destruído e quebrado — disse Gansey. — Bem do jeito que as mulheres gostam. Ele disse que o cara se machucou muito?

— Sim.

— Bom, então está cancelado. — Ele rolou de costas e olhou para Blue de cabeça para baixo, onde ela se inclinara sobre a cama. — Não vale o risco.

— Achei que você tinha dito que *precisava* encontrar o Glendower.

— Eu preciso — disse Gansey. — Eles não.

— Então você vai fazer isso sozinho?

— Não, vou encontrar outra maneira. Eu adoraria ter o poder da linha ley apontando setas gigantes para onde ele está, mas vou apenas seguir me arrastando ao longo do velho caminho. Que tipo de ferimento esse cara teve?

Blue fez um ruído evasivo, lembrando-se do aviso de Malory de lhe poupar os detalhes.

— Blue. Que tipo? — Seu olhar era resoluto, como se encará-la fosse mais fácil com seus rostos de cabeça para baixo um em relação ao outro.

— Ele disse algo sobre perder a pele e aí parece que a pele dele caiu. O Malory não queria que eu te contasse isso.

Gansey apertou os lábios.

— Ele ainda se lembra de quando eu... Esqueça. A pele dele caiu? Isso é terrível.

— O que é terrível? — perguntou Adam, atravessando o aposento.

Notando a postura de Blue e Gansey, Ronan observou:

— Se você der uma cuspida, Blue, vai acertar bem no olho dele.

Gansey passou para o lado contrário da cama com uma agilidade surpreendente, olhando de relance para Adam e desviando o olhar tão rapidamente quanto.

— A Blue disse que o Malory tentou despertar a linha e o homem que estava com ele ficou muito ferido. Então nós não vamos fazer nada. Não agora.

Adam disse:

— Não me importo com o risco.

Ronan palitou os dentes.

— Eu também não.

— Você não tem nada a perder — disse Gansey, apontando para Adam. Em seguida, olhou para Ronan. — E você não se importa se vai viver ou morrer. Isso incapacita vocês como juízes.

— Você não tem nada a ganhar — salientou Blue. — Isso torna você um juiz igualmente ruim. Mas acho que eu concordo. Quer dizer, veja o que aconteceu com o seu amigo inglês.

— Obrigado, Jane, por ser a voz da razão — disse Gansey. — Não me olhe desse jeito, Ronan. Desde quando nós decidimos que despertar a linha ley é a única maneira de encontrar Glendower?

— Nós não temos tempo para encontrar outro caminho — insistiu Adam. — Se o Whelk despertar a linha, ele vai ter uma vantagem. Além disso, ele fala latim. E se as árvores souberem? Se encontrar o Glendower, ele recebe o favor e se livra da morte do Noah. Fim do jogo, o bandido ganha.

Qualquer traço de vulnerabilidade havia desaparecido do semblante de Gansey enquanto ele passava as pernas sobre o lado da cama.

— É uma má ideia, Adam. Arrume um jeito de fazer o ritual sem machucar ninguém e estou junto nessa. Até lá... vamos esperar.

— Nós não temos *tempo* — disse Adam. — A Persephone disse que alguém vai despertar a linha ley nos próximos dias.

Gansey ficou de pé.

— Adam, o que está acontecendo agora é que alguém do outro lado do mundo não tem pele porque brincou com a linha ley. Nós *vimos* Cabeswater. Isso não é um jogo. É muito real e muito poderoso e *não vamos mexer com isso*.

Ele manteve o olhar de Adam por um longo momento. Havia algo pouco familiar na expressão de Adam, algo que fazia Blue pensar que ela não o conhecia de verdade.

Em sua mente, Blue o imaginou passando a carta de tarô para sua mãe e, enquanto se lembrava de como Maura havia interpretado o dois de espadas, ela pensou, tristemente: *Minha mãe é muito boa no que faz.*

— Às vezes — disse Adam — eu não sei como você consegue viver consigo mesmo.

Barrington Whelk não estava satisfeito com Neeve. Para começo de conversa, desde que ele entrara no carro, ela não fizera nada além de comer homus e bolachas, e a combinação do cheiro de alho e da mastigação de bolachas era incrivelmente irritante. O pensamento de que ela estava enchendo o banco do carro dele com migalhas era um dos mais perturbadores que ele tivera em uma semana de pensamentos extremamente perturbadores. Também, a primeira coisa que ela havia feito após eles terem trocado cumprimentos foi usar seu *taser* nele. Isso foi seguido pela infâmia de ser amarrado na parte de trás de seu próprio carro.

Como se não bastasse eu ter que suportar esse carrinho de merda, pensou Whelk, *agora vou morrer nele.*

Ela não havia dito que sua intenção era matá-lo, mas Whelk tinha passado os últimos quarenta minutos sem conseguir ver grande coisa a não ser o assoalho atrás do banco do passageiro. Havia uma tigela larga e rasa de cerâmica com uma coleção de velas, tesouras e facas. As facas eram de um tamanho considerável e sinistro, mas não uma garantia de assassinato iminente. As luvas de borracha que Neeve usava, e o par extra dentro da tigela, eram.

Da mesma maneira, Whelk não podia ter certeza se eles se dirigiam para a linha ley, mas, pelo tempo que Neeve passara examinando o diário antes de seguir em frente pela estrada, ele suspeitava se tratar de um bom palpite. Whelk não era dado a suposições — mas ele pensou que seu destino provavelmente estava fadado a ser o mesmo de Czerny, sete anos atrás.

Uma morte ritual, então. Um sacrifício, com seu sangue penetrando a terra até alcançar a linha ley adormecida embaixo. Esfregando os punhos amarrados um contra o outro, ele virou a cabeça para Neeve, que segurava a direção com uma mão, enquanto comia as bolachas e o homus com a outra. Para agravar ainda mais a situação, ela estava ouvindo algum tipo de CD de sons da natureza em batida *trance* no rádio do carro. Talvez se preparando para o ritual.

Sua morte na linha ley, pensou Whelk, teria uma espécie de circularidade.

Mas ele não se importava com a circularidade. Ele se importava com seu carro perdido, com seu respeito perdido. Ele se importava com a capacidade de dormir à noite. Ele se importava com línguas mortas há tanto tempo que não mudariam em seu tempo de vida. Ele se importava com o guacamole que a antiga chef de seus pais costumava fazer.

E também com o fato de que Neeve não o havia amarrado firme o suficiente.

41

Após deixar a Indústria Monmouth, Blue voltou para casa e se retirou para o canto mais distante da faia no quintal para tentar fazer o dever de casa. Mas ela se viu passando menos tempo tentando solucionar *x* e mais tempo tentando solucionar *Noah* ou *Gansey* ou *Adam*. Ela havia desistido e se recostado quando Adam apareceu. Ele adentrou a sombra verde e suave da árvore pela lateral da casa.

— A Persephone disse que você estava aqui. — Ele apenas ficou parado ali, na beira da sombra.

Blue pensou em dizer *Sinto muito pelo seu pai*, mas em vez disso apenas estendeu uma mão na direção dele. Adam deu um suspiro inseguro do tipo que ela poderia ver a dois metros de distância. Sem dizer uma palavra, ele se sentou ao lado dela e colocou a cabeça em seu colo, com o rosto nos braços.

Sobressaltada, Blue não reagiu imediatamente, fora olhar de relance sobre o ombro para ter certeza de que a árvore os escondia da casa. Ela se sentiu um pouco como se tivesse sido abordada por um animal selvagem, ao mesmo tempo lisonjeada por sua confiança e preocupada com o fato de que teria de espantá-lo dali. Após um momento, acariciou com cuidado alguns fios finos e empoeirados de cabelo enquanto olhava para a nuca dele. Blue sentiu o peito se aquecer ao tocá-lo e ao sentir seu cheiro de poeira e óleo.

— Seu cabelo é da cor da terra — ela disse.

— Ele sabe de onde veio.

— Engraçado — observou Blue —, porque então o meu devia ser dessa cor também.

Os ombros dele se moveram em resposta. Após um momento, ele disse:

— Às vezes tenho medo de que ele nunca me compreenda.

Blue correu um dedo ao longo da parte de trás da orelha dele. Parecia perigoso e emocionante, mas não tão perigoso e emocionante como teria sido tocá-lo enquanto ele olhava para ela.

— Só vou dizer isso uma vez, depois não toco mais no assunto — ela disse. — Mas acho que você é tremendamente corajoso.

Ele ficou em silêncio por um longo momento. Um carro zuniu pelo bairro. O vento passou pelas folhas da faia, revirando-as de um jeito que prenunciava chuva.

Sem erguer a cabeça, Adam disse:

— Eu gostaria de te beijar, Blue, nova ou não.

Os dedos dela pararam de se mover.

— Eu não quero te machucar — ela disse.

Adam se livrou dela e se sentou a poucos centímetros de distância. Sua expressão era fria, nem um pouco parecida com quando ele quisera beijá-la antes.

— Eu já estou todo machucado.

Blue não achou que a questão realmente tivesse algo a ver com beijá-la, e isso fez suas faces arderem. Não era para acontecer um beijo de forma alguma, mas, se fosse, ele definitivamente não deveria ser assim. Ela disse:

— O pior ainda está por vir.

Alguma coisa naquele comentário fez com que Adam engolisse em seco e desviasse o rosto. Suas mãos estavam largadas no colo. *Se eu fosse qualquer outra pessoa no mundo*, ela pensou, *teria sido o meu primeiro beijo*. Ela se perguntou como teria sido beijar aquele garoto ansioso e desolado.

Os olhos de Adam se moveram, seguindo a luz que se deslocava através das folhas no alto. Ele não olhou para ela quando disse:

— Eu não lembro como a sua mãe disse que eu devia resolver o meu problema. Na leitura. A escolha que eu não podia fazer.

Blue suspirou. *Essa* era a verdadeira questão, e ela soubera o tempo inteiro, mesmo que ele não soubesse.

— Faça uma terceira opção — disse ela. — Da próxima vez você devia trazer um caderno.

— Eu não lembro dela dizendo a parte do caderno.

— Sou eu quem está te dizendo isso. Da próxima vez que alguém ler cartas para você, tome nota. Assim você pode comparar com o que realmente acontece, e você vai saber se a médium é boa.

Adam olhou para ela, mas Blue não tinha certeza se ele estava realmente *olhando* para ela.

— Vou fazer isso.

— Dessa vez vou te poupar o trabalho — Blue acrescentou, inclinando a cabeça para trás enquanto ele se punha de pé. Seus dedos e sua pele desejavam o garoto com o qual ela ficara de mãos dadas dias antes, mas ele não parecia ser o garoto de pé à sua frente. — Minha mãe é uma boa médium.

Enfiando as mãos nos bolsos, ele coçou o rosto no ombro.

— Então você acha que eu devo dar atenção a ela?

— Não, você deve dar atenção a mim.

O sorriso apressadamente delineado era tão tênue que podia se romper.

— E o que você diz?

Blue ficou subitamente com medo por ele.

— Continue sendo corajoso.

Havia sangue por toda parte.

— *Está feliz agora, Adam?* — rosnou Ronan. Ele se ajoelhou ao lado de Gansey, que convulsionava no chão. Blue encarou Adam, e o horror no rosto dela era a pior parte. A culpa era dele. O rosto de Ronan estava transtornado pela perda. — *Era isso que você queria?*

Num primeiro momento, quando Adam abriu os olhos do sonho sangrento, com os membros formigando com a adrenalina, ele não tinha certeza de onde estava. Ele sentia como se levitasse; o espaço à sua volta estava todo errado, com muito pouca luz, muito espaço acima da cabeça, nenhum som de sua respiração voltando para ele das paredes.

Então ele se lembrou de onde estava, no quarto de Noah, com suas paredes fechadas e seu teto altíssimo. Uma nova onda de angústia o varreu, e ele pôde identificar sua fonte muito precisamente: saudades de casa. Por incontáveis minutos, Adam ficou deitado, acordado, debatendo consigo mesmo. Logicamente, ele sabia que não tinha nenhum motivo para sentir saudades, que ele efetivamente era vítima da síndrome de Estocolmo, identificando-se com seus raptores, considerando uma bondade quando seu pai *não* batia nele. Obviamente, ele sabia que sofria abuso. Ele sabia que o dano era mais profundo que qualquer machucado que já apresentara na escola um dia. Adam podia dissecar interminavelmente suas reações, duvidar de suas emoções, perguntar se ele também bateria no próprio filho.

Contudo, deitado na escuridão da noite, tudo em que conseguia pensar era: *Minha mãe nunca mais vai falar comigo. Não tenho um lar.*

O espectro de Glendower e a linha ley perduravam na mente de Adam. Eles pareciam mais próximos do que nunca, mas a possibilidade de um resultado bem-sucedido também parecia mais tênue do que nunca. Whelk estava solto por aí, e ele estivera procurando por isso por mais tempo ainda do que Gansey. Certamente, se o deixassem agir livremente, ele encontraria o que procurava mais cedo do que eles.

Precisamos despertar a linha ley.

A cabeça de Adam era uma confusão de pensamentos: a última vez em que o pai havia batido nele, o Pig encostando ao lado dele com Gansey dentro, o sósia de Ronan na caixa registradora naquele dia em que decidira que precisava ir para Aglionby, o primeiro golpe de Ronan no rosto do pai. Ele tinha tantos anseios, todos tão importantes, tão urgentes. Não precisar trabalhar tantas horas, entrar para uma boa faculdade, ficar bem de terno, não se sentir ainda com fome após comer o sanduíche fino que levava para o trabalho, dirigir o Audi reluzente que Gansey havia parado para olhar uma vez com ele depois da escola, ir para casa, bater ele mesmo no pai, ser dono de um apartamento com balcões de granito e uma televisão maior que a mesa de Gansey, pertencer a algum lugar, ir para casa, ir para casa, ir para casa.

Se eles despertassem a linha ley, se eles encontrassem Glendower, ele poderia ter todas essas coisas. A maioria delas.

Mas, novamente, ele viu Gansey ferido, e viu também o rosto de Gansey ferido antes, quando eles haviam brigado. Simplesmente não havia a possibilidade de Adam colocar a vida de Gansey em perigo.

Mas também não havia nenhuma possibilidade de ele deixar Whelk se intrometer e tomar o que eles tinham trabalhado tão duro para conseguir. *Esperar!* Gansey sempre poderia se dar ao luxo de esperar. Adam não.

Ele estava decidido, então. Andando furtivo e silencioso pelo quarto, colocou algumas coisas na mochila. Era difícil prever o que deveria levar. Adam puxou a arma que estava debaixo da cama e a olhou por um longo momento, uma forma escura e sinistra nas tábuas do chão. Mais cedo, Gansey o tinha visto tirando-a de suas coisas.

— O que é *isso?* — perguntara, horrorizado.

— Você sabe o que é — Adam havia respondido. Era a arma do pai dele, e, apesar de ele não ter certeza se seu pai a usaria um dia contra sua mãe, ele não correria o risco.

A ansiedade de Gansey ao ver a arma havia sido palpável. Era possível, pensou Adam, que fosse por Whelk ter enfiado uma arma na cara dele.

— Eu não quero isso aqui.

— Não posso vender — Adam havia dito. — Eu já tinha pensado nisso. Mas legalmente eu não posso. Está registrada no nome dele.

— Com certeza existe um jeito de se livrar dela. Enterre.

— E correr o risco de alguma criança encontrar?

— Eu não quero isso aqui.

— Vou encontrar uma maneira de me livrar dela — Adam havia prometido. — Mas não posso deixar a arma lá. Não agora.

Adam não queria levá-la com ele essa noite, não mesmo.

Mas ele não sabia o que precisaria sacrificar.

Ele conferiu a trava de segurança e colocou a arma na mochila. Ficou de pé, se virou na direção da porta e conseguiu abafar um som. Noah estava parado bem na sua frente, os olhos vazios alinhados com os de Adam, a face afundada alinhada com o ouvido arruinado de Adam, a boca sem respiração alinhada com a respiração entrecortada de Adam.

Sem Blue ali para torná-lo mais forte, sem Gansey ali para torná-lo humano, sem Ronan ali para fazê-lo pertencer, Noah era algo assustador.

— Não jogue fora — sussurrou Noah.

— Estou tentando não fazer isso — Adam respondeu, pegando a bolsa a tiracolo. A arma a deixava estranhamente pesada. *Eu conferi a trava de segurança, não? Sim. Eu sei que sim.*

Quando ele se endireitou, Noah já tinha partido. Adam caminhou através do ar escuro e frio onde ele estivera há pouco e abriu a porta. Gansey estava encolhido na cama, com tampões de ouvido e olhos fechados. Mesmo sem a audição no ouvido esquerdo, Adam podia ouvir o ruído baixinho da música — o que quer que Gansey tivesse colocado para lhe fazer companhia e induzi-lo ao sono.

Eu não estou traindo o Gansey, pensou Adam. *Nós ainda estamos fazendo isso juntos. Só que, quando eu voltar, seremos iguais.*

Seu amigo não se mexeu enquanto Adam passava pela porta. Quando ele partiu, o único barulho que ouviu foi o sussurro do vento noturno nas árvores de Henrietta.

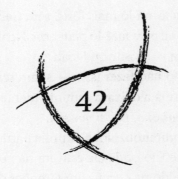

42

Gansey acordou no meio da noite e se deparou com a lua inteira sobre seu rosto.

Então, quando abriu os olhos de novo, despertando de verdade, percebeu que não era a lua — as poucas luzes de Henrietta refletiam um roxo fosco por causa de uma faixa de nuvens baixa, e as janelas estavam salpicadas com gotas de chuva.

Não havia lua, mas algo como uma luz o havia acordado. Ele achou que tinha ouvido a voz de Noah ao longe. Os pelos dos braços se arrepiaram devagar.

— Não consigo te entender — ele sussurrou. — Desculpe. Você pode falar mais alto, Noah?

Os pelos da nuca também se arrepiaram. Uma nuvem de respiração perdurou na frente da boca, no ar subitamente frio.

A voz de Noah disse:

— Adam.

Gansey pulou da cama, mas era tarde demais. Adam não estava no antigo quarto de Noah. Suas coisas estavam espalhadas. Ele havia feito as malas, havia partido. Mas não — suas roupas tinham ficado para trás. Adam não pensara em partir para sempre.

— Ronan, levante — disse Gansey, escancarando a porta do quarto dele. Sem esperar por resposta, foi até a escada e, da plataforma, olhou pela janela quebrada que dava para o estacionamento. A chuva caía como uma garoa, um spray fino que fazia halos em torno das luzes de casas distantes. De certa maneira, Gansey já sabia o que encontraria, mas mesmo assim a realidade foi um choque. O Camaro não estava no estacionamento. Era mais fácil para Adam fazer uma ligação direta no Camaro do que no BMW de Ronan. Provavelmente o que acordara Gansey fora o ronco do motor, a luz do luar meramente uma memória.

— Gansey, cara, o que foi? — perguntou Ronan, parado no vão da porta, coçando a parte de trás da cabeça.

Gansey não queria dizer. Ele tinha medo de que, se dissesse em voz alta, aquilo se tornasse real, palpável, verdadeiro. Não teria sido um problema se fosse Ronan; esse era o tipo de coisa que ele esperaria de Ronan. Mas era Adam. *Adam.*

Eu disse para ele, não disse? Eu disse que a gente devia esperar. Ele me entendeu muito bem.

Gansey tentou várias formas de pensar na situação, mas não havia nada que a retratasse de uma maneira que doesse menos. Algo continuava se dilacerando dentro dele.

— O que está acontecendo? — O tom da voz de Ronan havia mudado.

Não havia mais nada a fazer a não ser dizê-lo.

— O Adam foi despertar a linha ley.

A apenas um quilômetro e meio dali, na Rua Fox, 300, Blue levantou o olhar quando ouviu uma batida leve na porta rachada de seu quarto.

— Você está dormindo? — perguntou Maura.

— Sim — respondeu Blue.

Maura entrou no quarto.

— A sua luz estava acesa — ela observou e, com um suspiro, se sentou na beirada da cama de Blue, tão suave quanto um poema na luz fraca. Por longos minutos, ela não disse absolutamente nada, repassando as escolhas de leitura de Blue empilhadas na mesa de cartas enfiada na extremidade do colchão. Não havia nada de estranho naquele silêncio entre elas; desde quando Blue podia se lembrar, sua mãe entrava em seu quarto à noite, e juntas elas liam livros, cada uma num canto da cama. Seu velho colchão duplo parecia ter mais espaço quando Blue era pequena, mas, agora que ela tinha o tamanho de uma adulta, era impossível que elas se sentassem sem que joelhos ou cotovelos se tocassem.

Após alguns momentos de impaciência com os livros de Blue, Maura pousou as mãos no colo e olhou ao redor, para o pequeno quarto da filha. Ele estava iluminado por uma luz verde fraca da lâmpada na mesa de cabeceira. Na parede do outro lado da cama, Blue havia disposto árvores de lona, decoradas com uma colagem de folhas naturais e papel reciclado, e havia colado flores secas sobre toda a porta do armário embutido. A maioria delas ainda parecia bastante bem, mas algumas estavam um pouco passadas. O ventilador de teto estava enfeitado com penas coloridas e rendas. Blue vivera ali todos os dezesseis anos de sua vida, e o quarto não deixava dúvidas quanto a isso.

— Acho que eu devia me desculpar — disse Maura finalmente.

Blue, que estivera lendo e relendo sem grande sucesso um dever sobre literatura americana, largou o livro.

— Por quê?

— Por não ter sido franca, eu acho. Sabe, é muito difícil ser mãe. Eu culpo o Papai Noel. Você passa tanto tempo trabalhando duro para que seu filho não perceba que ele não existe que não sabe quando parar.

— Mãe, eu vi você e a Calla embrulhando meus presentes quando eu tinha, sei lá, seis anos.

— Foi uma metáfora, Blue.

Blue tamborilou no livro de literatura.

— Uma metáfora deve esclarecer algo com um exemplo. Isso não esclareceu nada.

— Você sabe o que eu estou querendo dizer ou não?

— O que você está querendo dizer é que lamenta por não ter me contado sobre o Chuchu.

Maura olhou furiosa para a porta, como se Calla estivesse parada atrás dela.

— Eu gostaria que você não o chamasse assim.

— Se tivesse sido você quem tivesse me contado sobre ele, eu não estaria usando o nome que a Calla me contou.

— Muito bem.

— Então, qual *era* o nome dele?

Sua mãe se recostou na cama. Ela estava de atravessado, de maneira que teve de recolher os joelhos para segurar os pés na beirada do colchão, e Blue teve de tirar as próprias pernas para evitar que fossem esmagadas.

— Artemus.

— Não é à toa que você preferiu Chuchu — disse Blue. Mas, antes que sua mãe tivesse tempo de dizer algo, ela acrescentou: — Espere... Artemus não é um nome romano? Latino?

— É. E eu não acho um nome feio. Eu não eduquei você para julgar os outros.

— Claro que educou — disse Blue Ela estava se perguntando se era coincidência ter tanto latim em sua vida no momento. Gansey estava começando a contagiá-la, pois coincidências não pareciam mais tão coin cidentes.

— Provavelmente – concordou Maura após um momento. — Escute. Isso é o que eu sei. Acho que o seu pai tem algo a ver com Cabeswater ou com a linha ley. Lá atrás, antes de você nascer, Calla, Persephone e eu estávamos envolvidas com coisas que provavelmente não deveríamos estar...

Drogas?

— Rituais. *Você* está envolvida com drogas?

— Não Talvez rituais.

— Drogas talvez sejam melhores.

— Não estou interessada nelas. Seus efeitos são comprovados. Onde esta a graça disso? Conta mais.

Maura tamborilou um ritmo na barriga enquanto olhava para cima. Blue havia copiado um poema no teto, e era possível que ela estivesse tentando lê-lo.

— Bom, ele apareceu após um ritual. Acho que ele estava preso em Cabeswater e nós o soltamos.

— Você não *perguntou*?

— A gente não tinha... esse tipo de relação.

— Eu nem quero saber de que tipo era, se ela não envolvia conversar.

— A gente *conversava*. Ele era uma pessoa muito decente — disse Maura. — Era muito generoso. As pessoas o incomodavam. Ele achava que nós devíamos estar mais preocupadas com o mundo à nossa volta e como as nossas ações afetariam as coisas no futuro. Eu gostava dessa parte dele. Ele não era dado a sermões, era assim mesmo.

— Por que você está me contando isso? — perguntou Blue, porque ela estava um pouco incomodada ao ver a pressão inconstante dos lábios de Maura um contra o outro.

— Você disse que queria saber sobre ele. Eu estava te contando porque você lembra muito o Artemus. Ele teria gostado de ver o seu quarto, com todas essas merdas que você colocou nas paredes.

— Nossa, valeu — disse Blue. — Então, por que ele foi embora?

Logo após ter feito a pergunta, Blue percebeu que talvez tivesse sido direta demais.

— Ele não foi embora — disse Maura. — Ele desapareceu. Bem quando você nasceu.

— Isso se chama ir embora.

— Não acho que ele fez de propósito. Bom, num primeiro momento eu achei. Mas agora, pensando melhor e aprendendo mais sobre Henrietta, eu acho... Você é uma garota estranha. Eu nunca encontrei ninguém que fizesse médiuns ouvirem as coisas melhor. Eu não tenho certeza se não fizemos acidentalmente outro ritual quando você nasceu. Quer dizer, um ritual em que a parte final era você ter nascido. Isso pode ter prendido ele lá de novo.

Blue disse.

— Você acha que a culpa é minha!

— Não seja ridícula — disse Maura, endireitando-se. Seu cabelo estava todo amassado de se deitar sobre ele. — Você era apenas um bebê, como alguma coisa poderia ser sua culpa? Eu só pensei que talvez tenha sido isso que aconteceu. Foi por isso que eu liguei para a Neeve para ela procurá-lo. Eu gostaria que você entendesse por que eu liguei para ela.

— Você conhece a Neeve de verdade?

Maura balançou a cabeça.

— *Pff*. Nós não crescemos juntas, mas nos reunimos algumas vezes ao longo dos anos, apenas um dia ou dois, aqui ou ali. Nunca fomos amigas, muito menos irmãs de verdade. Mas a reputação dela... Nunca achei que a situação ficaria esquisita como ficou.

Elas ouviram passos avançando suavemente no corredor, então Persephone parou no vão da porta.

— Eu não queria interromper, mas em três ou sete minutos — disse Persephone — os garotos corvos vão encostar o carro na rua e esperar na frente da casa enquanto tentam encontrar uma maneira de convencer a Blue a escapulir com eles.

Maura coçou a pele entre as sobrancelhas.

— Eu sei.

O coração de Blue disparou.

— Isso parece terrivelmente específico.

Persephone e sua mãe trocaram um rápido olhar.

— Isso é outra coisa sobre a qual eu não fui muito sincera — disse Maura. — Às vezes Persephone, Calla e eu somos muito boas com questões específicas.

— Só às vezes — ecoou Persephone. Então, um pouco tristemente: — Cada vez mais, pelo visto.

— As coisas estão mudando — disse Maura.

Outra silhueta apareceu no vão da porta, e Calla disse:

— A Neeve ainda não voltou também. E ela mexeu no carro. Ele não liga.

Do lado de fora da janela, todas ouviram o som de um carro estacionando na frente da casa. Blue olhou suplicante para a mãe.

Em vez de responder, a mãe olhou para Calla e para Persephone.

— Diga que estamos erradas.

Persephone disse do seu jeito suave:

— Você sabe que eu não posso dizer isso, Maura.

Maura se pôs de pé.

— Vá com eles. Nós cuidaremos da Neeve. Espero que você entenda como isso é sério, Blue.

— Eu faço uma ideia — a garota respondeu.

350

44

Existem árvores, e existem árvores à noite. Árvores depois de escurecer se tornam coisas móveis, sem cor e sem tamanho definido. Quando Adam chegou a Cabeswater, o local parecia um ser vivo. O vento entre as folhas era como a brisa de uma expiração, e o sibilar da chuva nas copas, como um suspiro contido. O ar cheirava a terra molhada.

Adam lançou um facho da lanterna para a entrada da mata. A luz mal penetrou as árvores, engolida pela chuva de primavera intermitente que começava a encharcar seu cabelo.

Pena que não pude fazer isso durante o dia, ele pensou.

Ele não tinha fobia do escuro. Uma fobia significava um medo irracional, e Adam achava que tinha motivos suficientes para estar com medo em Cabeswater após o pôr do sol. *Pelo menos*, ponderou, *se o Whelk estiver aqui com uma lanterna, eu o verei.*

Não chegava a ser um grande consolo, mas Adam tinha vindo de muito longe para voltar. Lançou mais um olhar à sua volta — você sempre se sentia observado naquele lugar — e então avançou na direção do gorgolejar invisível do pequeno regato, mata adentro.

Estava claro.

Baixando subitamente o queixo e com os olhos quase fechados, Adam protegeu o rosto com sua lanterna. As pálpebras queimavam vermelhas com a diferença da escuridão para a luz. Lentamente, ele as abriu de novo. Em toda parte ao seu redor, a floresta brilhava com a luz da tarde. Hastes de ouro em pó penetravam a copa das árvores e cobriam de manchas o regato diáfano à sua esquerda. Sob a luz oblíqua, as folhas se tornavam amarelas, marrons, cor-de-rosa. O líquen peludo nas árvores era laranja-escuro.

Sua mão se tornara rosa e bronzeada. O ar se movia lento em torno de seu corpo, de certa maneira tangível, folheado a ouro, como se cada grão de poeira fosse uma lanterna.

Não havia sinal da noite, e não havia sinal de ninguém mais nas árvores.

Lá no alto, um pássaro cantou, o primeiro que Adam se lembrava de ouvir na mata. Foi um canto longo e agudo, somente quatro ou cinco notas. Era como o som que as cornetas de caça faziam no outono. *Longe, longe, longe.* O canto deixou Adam maravilhado e entristecido ao mesmo tempo, a marca de Cabeswater de beleza agridoce.

Este lugar não deveria existir, pensou Adam, e imediatamente pensou o contrário. Cabeswater ficara claro assim que Adam desejara que ele não estivesse escuro, como havia mudado a cor dos peixes no laguinho tão logo Gansey pensou que seria melhor se eles fossem vermelhos. Cabeswater era tão literal quanto Ronan. Ele não sabia se poderia *pensá-lo* até que se esvanecesse, e não queria descobrir.

Adam precisava cuidar de seus pensamentos.

Ele desligou a lanterna, guardou-a na mochila e avançou ao longo do pequeno regato que eles haviam seguido da primeira vez. O riozinho estava cheio pela água da chuva, o que tornava mais fácil acompanhar a direção da nascente, seguindo um caminho de relva recentemente pisada montanha abaixo.

Adiante, Adam viu reflexos se movendo com lentidão nos troncos das árvores, a forte luz oblíqua da tarde se espelhando na superfície do laguinho misterioso que eles haviam encontrado no primeiro dia.

Ele estava quase lá.

Tropeçou. Seu pé havia virado sobre algo duro e inesperado.

O que é isso?

A seus pés, havia uma tigela larga e vazia, de um roxo feio e brilhante, estranho e artificial para estar naquele lugar.

Confusos, os olhos de Adam deslizaram da tigela seca para outra, a aproximadamente dez metros dali, igualmente proeminente em meio às folhas cor-de-rosa e amarelas no chão. A segunda tigela era idêntica

352

à que estava a seus pés, à diferença de que essa última estava cheia até a borda com um líquido escuro.

Adam se espantou mais uma vez pelo fato de aquele objeto tão artificial estar ali, em meio às árvores. Então se sentiu confuso novamente quando percebeu que a superfície da tigela estava inalterada e perfeita; nenhuma folha, lodo, galhos ou insetos desfiguravam o líquido escuro. O que significava que a tigela havia sido cheia recentemente.

O que significava...

A adrenalina atingiu seu sistema um segundo antes de ele ouvir uma voz.

Amarrado no banco de trás do carro, Whelk estava tendo dificuldade em decidir quando tomaria a iniciativa para se libertar. A questão era que Neeve claramente tinha um plano, o que era muito mais do que Whelk poderia dizer de si mesmo. E parecia extremamente improvável que ela tentasse matá-lo até que tivesse arrumado todos os detalhes do ritual. Então Whelk deixou que ela o levasse em seu próprio carro, agora com um ranço de alho e cheio de migalhas, até a entrada da mata. Como Neeve não era corajosa o suficiente para tirar o carro da estrada — fato pelo qual ele era muito grato —, ela o estacionou em uma pequena rotatória de cascalho, e eles fizeram o restante do trajeto a pé. Ainda não estava escuro, mas mesmo assim Whelk tropeçou sobre montículos de relva no caminho.

— Desculpe — disse Neeve. — Eu procurei no Google Maps um lugar mais próximo para estacionar.

Whelk, incomodado por absolutamente tudo a respeito de Neeve, das mãos delicadas e fofas à saia longa e rodada e o cabelo ondulado, respondeu sem grande civilidade:

— Por que você se dá ao trabalho de pedir desculpas? Não está planejando me matar?

Neeve fez uma careta.

— Eu gostaria que você não falasse assim. Você está destinado a ser um sacrifício. Ser um sacrifício é algo admirável, uma adorável tradição. Além disso, você merece isso. É justo.

Whelk disse:

— Se você me matar, quer dizer que alguém deve matá-la por uma questão de justiça? No futuro?

Ele tropeçou em mais um feixe de relva, e dessa vez Neeve não se desculpou nem respondeu a suas perguntas. Em vez disso, fiou nele um olhar de uma duração interminável. Era tão profundamente penetrante quanto exaustivamente comprido.

— Por um breve momento, Barrington, admito que senti um ligeiro arrependimento por ter te escolhido. Você parecia muito agradável até eu lhe aplicar o *taser*.

É difícil manter uma conversa civilizada após a lembrança de que alguém usou um *taser* no outro. Então, os dois terminaram a caminhada em silêncio. Era um sentimento estranho para Whelk estar de volta à mata onde ele vira Czerny vivo pela última vez. Ele havia pensado que uma mata era somente isso e que ele não seria afetado ao voltar, especialmente em uma hora diferente do dia. Mas algo a respeito da atmosfera imediatamente o levou de volta para aquele momento, com o skate na mão, a pergunta triste presa na respiração agonizante de Czerny.

Os sussurros sibilavam e pipocavam em sua cabeça, como um fogo prestes a ser aceso, mas Whelk os ignorava.

Ele sentia falta da sua vida. Ele sentia falta de tudo a respeito dela: a despreocupação, os Natais extravagantes em família, o pedal do acelerador embaixo do pé, o tempo livre que parecia uma bênção em vez de uma maldição vazia. Sentia falta de matar aulas e de participar delas, de pichar a placa de Henrietta na I-64 depois de ficar extraordinariamente bêbado no seu aniversário.

Ele sentia falta de Czerny.

Ele não se permitira pensar nisso nem uma vez nos últimos sete anos. Ao contrário, Whelk havia tentado se convencer da inutilidade de Czerny e da praticidade da morte.

No entanto, ele se lembrou do som que Czerny fez na primeira vez em que ele o acertou.

Neeve não precisou dizer para Whelk se sentar calmamente enquanto ela arranjava o ritual. Enquanto ela arrumava os cinco pontos do pentagrama, com uma vela apagada, uma vela acesa, uma tigela vazia, uma tigela cheia e três pequenos ossos dispostos em forma de triângulo, ele se sentou com os joelhos dobrados perto do queixo e as mãos ainda amarradas nas costas, desejando encontrar forças para chorar. Algo para aliviar aquele peso terrível dentro dele.

Neeve o olhou de relance e imaginou que Whelk estava chateado com sua morte próxima.

— Ah — ela disse suavemente —, não fique assim. Não vai doer muito. — Depois reconsiderou o que havia dito e corrigiu: — Pelo menos não por muito tempo.

— Como você vai me matar? Como funciona esse ritual?

Neeve franziu o cenho.

— Não é uma pergunta fácil. É como perguntar a um pintor por que ele escolheu aquelas cores. Às vezes não é um *processo*, mas um *sentimento*.

— Muito bem, então — disse Whelk. — O que você está *sentindo*?

Neeve pressionou no lábio uma unha malva perfeitamente cuidada enquanto examinava seu trabalho.

— Eu fiz um pentagrama. É uma forma forte para qualquer tipo de feitiço, e eu trabalho bem com ele. Alguns o consideram desafiador ou muito limitante, mas ele me satisfaz. Tenho a vela acesa para dar energia e a vela apagada para chamar energia. A tigela de leitura para ver o outro mundo e a tigela vazia para o outro mundo enchê-la. Cruzei os ossos das pernas de três corvos que matei para mostrar ao caminho dos mortos a natureza do feitiço que quero fazer. E então acho que vou sangrar você no centro do pentagrama enquanto invoco a linha para despertar.

Ela olhou duro para Whelk ao dizer isso, e então acrescentou:

— Talvez eu mude um pouco o ritual ao longo da execução. Essas coisas precisam ser flexíveis. As pessoas raramente demonstram interesse na mecânica do meu trabalho, Barrington.

— Eu estou muito interessado — disse ele. — Às vezes o processo é a parte mais interessante.

Quando ela deu as costas para pegar as facas, ele escorregou as mãos do laço. Então escolheu um galho caído e acertou a cabeça de Neeve com toda a força que conseguiu reunir. Whelk não achou que seria suficiente para matá-la, pois o galho ainda era verde e macio, mas certamente a deixou de joelhos.

Neeve gemeu e balançou a cabeça lentamente, e Whelk lhe acertou mais um golpe para não ter dúvidas. Ele a amarrou com o laço do qual tinha conseguido se desvencilhar — fez um nó bem apertado, tendo aprendido com os erros dela — e a arrastou meio desmaiada até o centro do pentagrama.

Quando ele ergueu o olhar, viu Adam Parrish.

Era a primeira vez que Blue sentia como se fosse verdadeiramente perigoso para ela estar em Cabeswater — perigoso porque ela tornava as coisas mais intensas. Mais poderosas. Ao chegarem à mata, a noite já parecia carregada. A chuva havia dado lugar a um chuvisqueiro intermitente. A combinação do sentimento carregado e da chuva fez Blue olhar com bastante ansiedade para Gansey quando ele saiu do carro, mas seus ombros mal estavam úmidos e ele não estava usando o uniforme da Aglionby. Ele definitivamente estava usando o blusão com o corvo quando ela o viu na vigília da igreja, e seus ombros estavam definitivamente mais molhados. Certamente ela não havia conseguido mudar o futuro dele o suficiente para tornar aquela noite a ocasião em que ele morreria, não é? Certamente ela estivera fadada o tempo inteiro a encontrá-lo, tendo em vista que deveria matá-lo ou se apaixonar por ele. E certamente Persephone não os teria deixado ir se sentisse que aquela era a noite em que Gansey morreria.

Eles abriram caminho com o facho das lanternas e encontraram o Pig estacionado próximo de onde haviam encontrado o Mustang de Noah. Vários caminhos pisoteados levavam do carro para a mata, como se Adam tivesse sido incapaz de decidir por qual vereda entrar.

Ao ver o Camaro, o rosto de Gansey, que já era sério, ficou realmente duro como uma pedra. Nenhum deles falou enquanto eles passavam pela linha das árvores.

Na beira da mata, o sentimento de carga, de *possibilidade*, imediatamente ficou mais pronunciado. Lado a lado, eles entraram em meio às árvores e, entre um piscar e outro de olhos, se viram cercados por uma luz sonhadora e vespertina.

Mesmo tendo se preparado para a magia, Blue estava atônita com o que via.

— O que está se passando na cabeça do Adam? — murmurou Gansey, mas para ninguém em particular. — Como ele pode brincar com... — e perdeu o interesse em responder à própria pergunta.

Diante deles estava o Mustang de Noah, na luz dourada de outro mundo, parecendo ainda mais surreal que da primeira vez em que eles o tinham encontrado. Raios de sol pálidos atravessavam a copa das árvores, formando listras sobre o teto coberto de pólen.

Parada na frente do carro, Blue chamou a atenção dos garotos. Eles se juntaram a ela, olhando fixamente para o para-brisa. Desde que eles haviam estado pela última vez na clareira, alguém havia escrito uma palavra no vidro empoeirado. Em letras arredondadas e escritas à mão, lia-se: ASSASSINADO.

— Noah? — perguntou Blue para o ar vazio, embora ele não parecesse tão vazio. — Noah, você está aqui com a gente? Foi você quem escreveu isso?

Gansey disse:

— Ah.

Foi um ruído abafado e, em vez de pedir que ele esclarecesse, Blue e Ronan seguiram seu olhar para a janela do lado do motorista. Um dedo invisível estava no processo de desenhar outra letra no vidro. Embora Blue achasse que só podia ser Noah quem escrevera a primeira palavra, em sua cabeça ela ainda o imaginava tendo um corpo enquanto escrevia. Observar as letras aparecerem espontaneamente era muito mais difícil. Fazia com que ela pensasse em Noah com os buracos escuros no lugar dos olhos, a face esmagada, a forma quase desumana. Mesmo na tarde quente da mata, ela sentiu frio.

É o Noah, ela pensou. *Drenando energia de mim. É isso que eu sinto.*

No vidro, a palavra tomou forma.

ASSASSINADO.

Mais uma palavra começou a ser desenhada. Não havia espaço suficiente entre o O e a próxima palavra, então esta obliterou parcialmente a primeira.

ASSASSINADO.

E de novo, de novo, de novo, uma sobre a outra:

ASSASSINADO.

ASSASSINADO.

ASSASSINADO.

A escrita continuou até que o vidro do lado do motorista ficou limpo, inteiramente varrido por um dedo invisível, até que havia tantas palavras que nenhuma delas podia ser lida. Então era apenas uma janela em um carro vazio com a memória de um hambúrguer sobre o banco do passageiro.

— Noah — disse Gansey. — Eu sinto muito.

Blue secou uma lágrima.

— Eu também.

Ronan deu um passo à frente, se inclinou sobre o capô do carro, pressionou o dedo contra o para-brisa e, enquanto eles observavam, escreveu:

LEMBRADO.

A voz de Calla falou na cabeça de Blue, tão claramente que ela se perguntou se alguém mais podia ouvi-la: *Um segredo matou o seu pai e você sabe qual era.*

Sem nenhum comentário, Ronan colocou as mãos nos bolsos e se embrenhou mata adentro.

A voz de Noah sibilou no ouvido de Blue, fria e urgente, mas ela não conseguia compreender o que ele estava tentando dizer. Ela pediu que ele repetisse, mas não adiantou. Esperou em vão por mais alguns segundos, mas ainda assim — nada. Adam estava certo: Noah estava ficando cada vez menos presente.

Agora que Ronan tinha tomado a dianteira, Gansey parecia ansioso em seguir em frente. Blue compreendeu totalmente. Parecia importante manter todos dentro do campo de visão uns dos outros. Cabeswater parecia um lugar onde as coisas se perderiam a qualquer momento.

— *Excelsior* — disse Gansey sombriamente.

358

Blue perguntou:

— Isso quer dizer alguma coisa?

Gansey olhou para ela por cima do ombro. Ele estava, mais uma vez, um pouco mais parecido com o garoto que ela vira no adro da igreja.

— Adiante e acima.

45

— Pelo amor de Deus — disse Whelk quando viu Adam parado ao lado da tigela que ele tinha chutado havia pouco. Whelk brandia uma faca enorme de aparência bastante eficiente. Estava sujo e com a barba por fazer. Parecia um garoto da Aglionby depois de um fim de semana ruim. — *Por quê?*

Sua voz tinha um tom genuíno de agravo.

Adam não via o professor de latim desde que havia descoberto que ele matara Noah, e ficou surpreso com a torrente de emoções que a visão de Whelk lhe provocou. Especialmente quando ele percebeu que aquele era mais um ritual, com mais um sacrifício. Naquele contexto, levou um momento para reconhecer o rosto de Neeve — aquela noite na Rua Fox, 300. Neeve olhou para ele do centro, feito a partir dos pontos em um pentagrama. Adam achou que ela não parecia tão *apavorada* quanto se poderia esperar de uma pessoa amarrada no meio de um símbolo diabólico.

Adam pensou em dizer várias coisas, mas, quando abriu a boca, não foi nenhuma dessas coisas que saiu.

— Por que o Noah? — ele perguntou. — Por que não alguém horrível?

Whelk fechou os olhos por um mero segundo.

— Não vou discutir isso. Por que você está *aqui*?

Era óbvio que ele não tinha certeza sobre o que fazer com o fato de Adam estar ali — o que era justo, porque Adam não tinha ideia do que fazer com o fato de Whelk estar ali. A única coisa que ele tinha de fazer era evitar que Whelk despertasse a linha ley. Tudo o mais (colocá-lo fora de combate, salvar Neeve, vingar Noah) era negociável. Ele lembrou, de uma hora para outra, que tinha a arma do pai na mochila. Era possível que conseguisse apontá-la para Whelk e convencê-lo a fazer algo, mas o quê? Nos filmes, isso parecia simples: quem quer que tivesse a arma vencia. Mas, na vida real, ele não podia apontar a arma para Whelk *e* amarrá-lo ao mesmo tempo, ainda que tivesse algo para amarrá-lo. Whelk poderia dominá-lo. Talvez Adam pudesse usar o laço de Neeve para...

Adam sacou a arma. Parecia pesada e malévola em sua mão.

— Estou aqui para evitar que isso aconteça de novo. Desamarre ela.

Whelk repetiu:

— Pelo amor de Deus.

Então deu dois passos até Neeve e colocou a faca em um lado do rosto dela. Neeve apertou a boca apenas um pouquinho. Ele disse:

— Ponha a arma no chão, senão eu retalho o rosto dela. Ou melhor, jogue a arma para cá. E verifique se acionou a trava de segurança antes de jogar, ou você pode acabar atirando nela.

Adam desconfiava secretamente de que, se fosse Gansey, ele teria sido capaz de sair daquela situação com seu poder de convencimento. Ele endireitaria os ombros, pareceria impressionante e Whelk faria o que ele lhe dissesse. Mas Adam não era Gansey, então tudo que conseguiu pensar em dizer foi:

— Eu não vim aqui para que alguém morresse. Vou jogar a arma longe, mas não na sua direção.

— Então eu vou retalhar o rosto dela.

O rosto de Neeve estava bastante tranquilo.

— Você vai estragar o ritual se fizer isso. Você não estava me ouvindo? Achei que estivesse interessado no processo — ela disse.

Adam tinha a sensação curiosa e desconcertante de ver algo extraordinário quando a olhava nos olhos. Era como se ele visse um breve flash de Maura, Persephone e Calla neles.

Whelk disse:

— Muito bem. Jogue a arma pra lá, mas não se aproxime. — Para Neeve, ele perguntou: — O que você quer dizer com estragar o ritual? Você está blefando?

— Pode jogar a arma — Neeve disse para Adam. — Não me importo.

Adam jogou a arma no matagal. Ele se sentiu péssimo quando fez isso, mas mesmo assim era melhor do que segurá-la.

Então Neeve declarou:

— Barrington, o ritual não vai funcionar porque precisa de um sacrifício.

— Você estava planejando me matar — disse Whelk. — Você espera que eu acredite que o ritual não vai funcionar de modo contrário?

— Sim — respondeu Neeve, sem desviar o olhar de Adam. Mais uma vez, ele teve a impressão de ver um flash de algo quando olhou para o rosto dela: uma máscara negra, dois espelhos, o rosto de Persephone. — Tem de ser um sacrifício pessoal. Não vai adiantar me matar. Eu não sou nada para você.

— E eu não sou nada para você — disse Whelk.

— Mas matar é — ela respondeu. — Eu nunca matei ninguém. Eu abro mão da minha inocência se fizer isso. É um sacrifício incrível.

Quando Adam falou, ficou surpreso com quão claramente o desprezo que sentia veio à tona.

— E você já matou uma pessoa, então não tem isso para abrir mão.

Whelk começou a praguejar muito suavemente, como se ninguém mais estivesse ali. Folhas da cor e do formato de moedas esvoaçavam em volta deles. Neeve ainda estava encarando Adam. A sensação de ver algum outro lugar em seus olhos agora era inegável. Era um lago espelhado e negro, era uma voz profunda como a terra, eram dois olhos vítreos, era outro mundo.

— Sr. Whelk!

Gansey!

A voz de Gansey vinha logo de trás da árvore oca divinatória, e então o resto dele a seguiu, enquanto ele entrava no campo de visão. Atrás dele estavam Ronan e Blue. O coração de Adam era um pássaro e uma pedra; seu alívio era palpável, assim como sua vergonha.

— Sr. Whelk — disse Gansey. Mesmo de óculos e com os cabelos de quem acabou de acordar, ele aparentava o esplendor absoluto de Richard Gansey III, reluzente e poderoso. Ele não olhou para Adam. — A

362

polícia está a caminho. É melhor se afastar da mulher para não piorar as coisas.

Whelk fez menção de responder, mas não respondeu. Em vez disso, todos olharam para a faca que ele tinha na mão e para o chão logo abaixo dela.

Neeve havia sumido.

Imediatamente, todos olharam em torno do pentagrama, para a árvore oca, para o pequeno lago — mas era ridículo. Neeve não poderia ter deslizado para longe sem que ninguém a visse, não em dez segundos. Ela não havia se movido. Ela havia *desaparecido*.

Por um momento, nada aconteceu. Todos estavam congelados em um diorama de incerteza.

Whelk mergulhou para fora do pentagrama. Adam precisou de apenas um segundo para perceber que ele estava arremetendo na direção da arma.

Ronan se jogou na frente de Whelk no mesmo instante em que este se levantou com o revólver. Whelk deu uma coronhada no queixo de Ronan, o que fez a cabeça dele dar um estalo para trás.

Então Whelk apontou a pistola para Gansey.

Blue gritou:

— *Pare!*

Não havia tempo.

Adam se atirou no meio do pentagrama.

Curiosamente, não havia nenhum ruído ali, não que se pudesse ouvir de maneira razoável. O fim do grito de Blue foi abafado, como se tivesse sido mergulhado em água. O ar estava parado à sua volta. Era como se o tempo tivesse se tornado um ente letárgico, mal existindo. A única sensação verdadeira que Adam sentia era a da eletricidade — o ligeiro formigar de uma tempestade elétrica.

Neeve havia dito que a questão não era a morte, mas o sacrifício. Era óbvio que isso havia travado Whelk completamente.

Mas Adam sabia o que significava sacrifício, mais do que Whelk ou Neeve já haviam precisado saber na vida, ele acreditava. Ele sabia que sacrifício não tinha a ver com matar alguém ou desenhar uma forma feita de ossos de pássaros.

Em última análise, Adam vinha fazendo sacrifícios havia muito tempo, e ele sabia qual era o mais difícil.

Em seus termos ou de maneira alguma.

Ele não sentia medo.

Ser Adam Parrish era algo complicado, um prodígio de músculos e órgãos, sinapses e nervos. Ele era um milagre em vida, um estudo sobre a sobrevivência. A coisa mais importante para Adam Parrish, no entanto, sempre fora o livre-arbítrio, a capacidade de ser seu próprio mestre.

Era isso que importava.

A questão mais importante sempre fora essa.

Era isso que significava ser Adam.

Ajoelhando-se no meio do pentagrama e enfiando os dedos no relvado suave e musgoso, ele disse:

— Eu me sacrifico.

O grito de Gansey saiu aflito:

— Adam, não! *Não.*

Em seus termos ou de maneira alguma.

Serei suas mãos, pensou Adam. *Serei seus olhos.*

Houve um barulho como o de uma enorme onda se quebrando. Um estalo.

Debaixo deles, o chão começou a tremer.

46

Blue foi jogada sobre Ronan, que já estava agachado, levantando-se de onde Whelk o havia acertado. Na frente dela, as lajes enormes de pedra entre as árvores ondulavam como se fossem água, e o pequeno lago transbordou e se derramou para fora das margens. Havia um ruído enorme ao redor, como um trem caindo sobre eles, e tudo que Blue conseguia pensar era: *Nada de realmente ruim jamais aconteceu comigo.*

As árvores se inclinavam na direção umas das outras, como se fossem se soltar do solo. Folhas e galhos cobriam o chão, grossos e furiosos.

— É um terremoto! — gritou Gansey para eles. Ele tinha um braço erguido sobre a cabeça e o outro agarrado em torno de uma árvore. Seu cabelo estava coberto de poeira.

— Olha o que você fez, seu filho da mãe maluco! — Ronan gritou para Adam, que estava imóvel no pentagrama. Seu olhar era atento e cortante.

Será que vai parar?, Blue se perguntou.

Um terremoto era algo tão chocante, tão *errado*, que não parecia impossível acreditar que o mundo havia se partido para nunca mais voltar a se endireitar novamente.

Enquanto o chão se deslocava e rosnava em volta deles, Whelk se pôs de pé aos tropeços, com a arma na mão. Tudo ficou mais escuro e mais feio do que antes, um mundo em que a morte era injusta e instantânea.

Whelk conseguiu manter o equilíbrio. O sacolejar das rochas estava começando a diminuir, embora tudo ainda pendesse para lá e para cá como um brinquedo de parque de diversões.

— O que *você* saberia fazer com o poder? — ele disparou para Adam. — Que desperdício. Que maldito desperdício.

Whelk apontou a arma para Adam e, sem qualquer cerimônia, puxou o gatilho.

Em volta deles, o mundo parou. As folhas tremiam e a água se derramava lentamente sobre as margens do pequeno lago, mas, fora isso, o chão havia parado.

Blue gritou.

Todos os olhos estavam em Adam, que permanecia estático no meio do pentagrama. Sua expressão era perplexa. Então ele olhou para o peito e para os braços. Não havia uma marca sequer.

Whelk não havia errado o tiro, mas Adam também não havia sido atingido, e os dois fatos eram de alguma maneira a mesma coisa.

Havia uma tristeza esmagadora no rosto de Gansey quando ele olhou para Adam. Essa foi a primeira pista que Blue teve de que algo estava inerentemente diferente, irrevogavelmente alterado. Se não no mundo, então em Cabeswater. E, se não em Cabeswater, então em Adam.

— Por quê? — Gansey perguntou a Adam. — Eu fui tão terrível assim?

— Isso nunca teve a ver com você — disse Adam.

— Mas, Adam — Blue exclamou —, o que você *fez*?

— O que precisava ser feito — ele respondeu.

A alguns metros dali, Whelk emitiu um ruído sufocado. Quando a bala não feriu Adam, ele largou a arma, derrotado como uma criança em um jogo de faz de conta.

— Acho que você devia me devolver isso — disse Adam para Whelk, tremendo um pouco. — Não acho que Cabeswater queira que você fique com ela. Acho que, se você não me devolver essa arma, a linha pode tomar de você.

Subitamente, as árvores começaram a sibilar, como se uma brisa estivesse passando por elas, embora nenhum vento tocasse a pele de Blue. O rosto de Adam e de Ronan exibia a mesma expressão de choque, e, um momento mais tarde, Blue percebeu que não era um sibilar: eram vozes. As árvores estavam falando, e agora ela podia ouvi-las também.

— Protejam-se! — gritou Ronan.

Houve outro ruído como um farfalhar, só que ele se transformou muito rapidamente em um som mais concreto, de algo enorme se deslocando através das árvores, quebrando galhos e pisoteando a mata rasteira.

Blue berrou:

— Alguma coisa está vindo!

Ela agarrou o braço de Ronan e de Gansey, puxando suas mangas. Alguns metros atrás deles, estava a boca disforme da árvore oca divinatória, e foi para lá que ela os levou. Por um momento, antes que a magia da árvore os envolvesse, eles tiveram tempo de ver o que caía sobre eles — um bando de feras com chifres brancos despencando como uma onda enorme, pelos reluzindo como neve enregelada, rosnados e guinchos que sufocavam o ar. Elas vinham lado a lado, febris e imprudentes. Quando jogaram a cabeça para trás, Blue viu que elas eram de certo modo parecidas com o corvo entalhado na encosta do morro, como aquela escultura de um cão que ela segurara, estranha e sinuosa. O estrondo que faziam, com seus corpos comprimidos, retumbou no chão como outro terremoto. O bando, resfolegando, começou a se dividir em torno do círculo marcado pelo pentagrama.

Ao lado dela, Ronan suspirou um palavrão baixo, e Gansey, pressionado contra a parede quente da árvore, desviou o rosto como se não suportasse ver aqueles animais.

A árvore os jogou em uma visão.

Nela, a noite untava de reflexos brilhantes o chão molhado que exalava vapor, as luzes de um semáforo trocando do verde para o vermelho. O Camaro estava estacionado junto ao meio-fio, e Blue, no banco do motorista. Tudo cheirava a gasolina. Ela viu de relance uma camisa no banco do passageiro; era Gansey. Ele se inclinou sobre o câmbio na direção dela, pressionando os dedos no lugar em que sua clavícula estava exposta. A respiração dele era quente na nuca de Blue.

— *Gansey* — ela avisou, sentindo-se instável e perigosa.

— *Eu só quero fazer de conta* — disse Gansey, as palavras vaporizando na pele dela. — *Quero fazer de conta que eu posso.*

Na visão, Blue fechou os olhos.

— *Talvez não tivesse problema se eu beijasse* você — ele disse. — *Talvez seja apenas se você me beijar...*

Na árvore, Blue foi empurrada pelas costas, o que a sacudiu da visão. Ela só teve tempo de ver Gansey — o Gansey de verdade — com os olhos arregalados, passando por ela e saindo da árvore.

Gansey se permitiu apenas um momento confuso de uma visão — seus dedos, de alguma maneira, tocando o rosto de Blue — e então se jogou para fora da árvore, empurrando a Blue de verdade para longe de seu caminho. Ele precisava ver o que havia acontecido com Adam, embora em seu coração ele sentisse uma premonição terrível, como se já soubesse o que veria.

De fato, Adam ainda estava parado no círculo, incólume, com os braços largados ao longo do corpo e a arma pendurada em uma das mãos. A apenas alguns metros de distância, fora do círculo, Whelk estava no chão, arruinado. Seu corpo estava coberto de folhas mortas, como se estivesse ali havia anos, e não minutos. Não havia muito sangue, como seria de esperar de um corpo pisoteado, mas mesmo assim havia algo destruído em sua aparência. Uma espécie de aparência amarrotada.

Adam apenas o encarava. Seu cabelo desalinhado estava sujo na parte de trás, e essa era a única pista de que ele tinha se mexido desde que Gansey o vira da última vez.

— Adam — chamou Gansey, com a voz entrecortada. — Como você conseguiu a arma?

— As árvores — disse Adam, com aquele distanciamento frio na voz que significava que o garoto que Gansey conhecia estava oprimido bem no fundo dele.

— As árvores? Meu Deus! Você atirou nele?

— É claro que não — disse Adam, colocando a arma no chão cuidadosamente. — Eu usei a arma apenas para evitar que ele viesse até aqui.

O horror crescia dentro de Gansey.

— Você o deixou ser pisoteado?

— Ele matou o Noah — disse Adam. — É o que ele merecia.

— Não. — Gansey pressionou as mãos no rosto. Havia um corpo ali, um *corpo*, e ele estava vivo alguns minutos atrás. Eles não tinham autoridade nem para escolher uma bebida alcoólica, que dirá decidir quem merecia viver ou morrer.

— Você realmente queria que eu deixasse um assassino ficar aqui? — demandou Adam.

Gansey não conseguia nem começar a explicar o tamanho do horror. Ele só sabia que aquilo irrompia dentro dele, de novo e de novo, toda vez que o considerava.

— Ele estava vivo agora há pouco — disse desamparadamente. — Ele nos ensinou quatro verbos irregulares na semana passada. E você o matou.

— Pare de dizer isso. Eu não o *salvei*. Pare de me dizer o que eu devo considerar certo ou errado! — gritou Adam, mas seu rosto parecia tão miserável quanto Gansey se sentia. — Agora a linha ley está desperta e podemos encontrar o Glendower e tudo será como deveria ser.

— Nós precisamos chamar a polícia. Nós precisamos...

— Nós não precisamos fazer nada. Vamos deixar o Whelk apodrecendo aqui, exatamente como ele deixou o Noah.

Gansey virou o rosto, enjoado.

— E a justiça?

— Isso *é* justiça, Gansey. Isso é justiça de verdade. Este lugar tem a ver com ser real. Com ser justo.

Tudo aquilo parecia inerentemente errado para Gansey. Era como a verdade, mas virada do avesso. Ele seguia olhando e olhando, e ainda havia ali um jovem morto que parecia demais com o esqueleto estropiado de Noah. E então havia Adam, com a aparência inalterada, mas mesmo assim — havia algo em seus olhos. Na linha de sua boca.

Gansey teve um sentimento de perda.

Blue e Ronan haviam saído da árvore, e a mão de Blue cobria a boca com a visão de Whelk. Ronan tinha um hematoma feio crescendo na testa.

Gansey disse simplesmente:

— Ele morreu.

— Acho que a gente devia cair fora daqui — disse Blue. — Terremotos e animais e... Eu não sei quanto efeito eu estou tendo nisso, mas as coisas estão...

— Sim — disse Gansey. — Precisamos ir embora. Podemos decidir o que fazer com o Whelk lá fora.

Esperem.

Todos eles ouviram a voz dessa vez. Em inglês. Nenhum deles se mexeu, inconscientemente fazendo o que a voz pedira.

Garoto. Scimus quid quaeritis.

(Garoto. Nós sabemos o que você está procurando.)

Mesmo sendo possível que as árvores estivessem se referindo a qualquer um dos garotos, Gansey sentiu que as palavras eram dirigidas particularmente a ele. Em voz alta, ele perguntou:

— O que eu estou procurando?

Em resposta, houve um balbuciar em latim, as palavras tropeçando umas sobre as outras. Gansey cruzou os braços sobre o peito, com as mãos fechadas. Todos olharam para Ronan em busca de tradução.

— Elas disseram que sempre houve rumores de um rei enterrado em algum lugar ao longo desse caminho espiritual — disse Ronan, olhando-o nos olhos. — Elas acham que ele pode ser seu.

48

Era um dia bonito e ensolarado, bem no começo de junho, quando eles enterraram os ossos de Noah. Havia levado várias semanas para que o departamento de polícia terminasse o trabalho de investigação, e assim era o final do ano acadêmico antes do funeral. Muita coisa havia se passado entre a morte de Whelk e o funeral de Noah. Gansey havia recuperado seu diário e abandonado a equipe de remo. Ronan havia passado raspando nos exames finais, para a satisfação de Aglionby, e sem tanto sucesso assim arrumara a fechadura da porta do apartamento. Adam, com a provável ajuda de Ronan, se mudara da Indústria Monmouth para um quarto pertencente à Igreja de Santa Inês, uma distância sutil que afetava ambos os garotos de maneiras diferentes. Blue triunfantemente dera boas-vindas para o fim do ano acadêmico e para o início de um período de mais liberdade para explorar a linha ley. Quedas de energia elétrica atingiram a cidade de Henrietta por nove vezes, e o sistema telefônico deixou de funcionar umas quatro. Maura, Persephone e Calla deram uma geral no sótão e desmontaram as coisas de Neeve. Elas disseram a Blue que ainda não estavam muito certas do que havia acontecido quando elas rearranjaram os espelhos naquela noite.

— Nós queríamos que ela fosse neutralizada — reconheceu Persephone. — Mas, pelo visto, fizemos a Neeve desaparecer. É possível que ela reapareça em algum momento.

E, lentamente, suas vidas encontraram equilíbrio, embora não parecesse que retornariam ao normal um dia. A linha ley estava desperta e Noah havia praticamente desaparecido. A magia era real, Glendower era real e algo estava começando.

— Jane, não quero ser grosso, mas isso aqui é um funeral — disse Gansey para Blue, enquanto ela atravessava o campo na direção deles. Ronan e ele, de terno preto impecável, pareciam os padrinhos do noivo.

Blue, na falta de uma roupa preta no guarda-roupa, havia costurado alguns metros de renda preta barata sobre uma camiseta verde que ela havia transformado num vestido meses atrás. Ela sibilou furiosamente:

— Foi o melhor que eu pude fazer!

— Como se o Noah se importasse — disse Ronan.

— Você trouxe algo para depois? — perguntou Gansey.

— Não sou idiota. Onde está o Adam?

— Trabalhando. Ele vem mais tarde — disse Gansey.

Os ossos de Noah estavam sendo enterrados no jazigo da família Czerny, em um cemitério remoto no vale. A cova ficava perto do muro do terreno extenso e em declive, na encosta de uma colina pedregosa. Uma lona cobria o monte fresco de terra diante dos olhos entristecidos. A família de Noah estava parada bem próxima do buraco. O homem e as duas meninas choravam, mas a mulher olhava fixamente ao longe para as árvores, sem uma lágrima nos olhos. No entanto, Blue não precisava ser médium para ver como ela estava triste. Triste e orgulhosa.

A voz de Noah, fria e quase ausente, sussurrou em seu ouvido:

— Por favor, diga algo para eles.

Blue não respondeu, mas virou a cabeça na direção da voz. Ela quase podia senti-lo, parado logo atrás do seu ombro, com a respiração em sua nuca e a mão pressionada ansiosamente em seu braço

— Você sabe que eu não posso — ela respondeu em voz baixa.

— Você *tem* que fazer isso.

— Eu ia parecer uma maluca. Que bem isso poderia trazer? O que eu iria dizer?

A voz de Noah era fraca, mas desesperada. Sua angústia zuniu através de Blue.

— *Por favor.*

Blue fechou os olhos.

— Diga a ela que peço desculpas por ter bebido o licor de aniversário dela — sussurrou Noah.

373

Por Deus, Noah!

— O que você está fazendo? — Gansey se esticou e pegou o braço de Blue enquanto ela caminhava na direção da cova.

— Me humilhando! — ela respondeu, livrando-se dele. Enquanto Blue se aproximava da família de Noah, ensaiou maneiras de soar menos insana, mas não gostou de nenhuma delas. Blue estivera com sua mãe o suficiente para suspeitar como aquilo se desenrolaria. *Noah, só por você...* Ela olhou para a mulher triste e orgulhosa. De perto, sua maquiagem era impecável, e seu cabelo, cuidadosamente ondulado nas pontas. Tudo estava ajeitado e pintado meticulosamente. Toda aquela tristeza estava enfiada tão fundo dentro dela que seus olhos não estavam nem vermelhos. Blue não se deixou enganar.

— Sra. Czerny?

Os pais de Noah se viraram para ela. Blue passou a mão por uma das nesgas de renda, constrangida.

— Eu me chamo Blue Sargent. Eu, hum, queria dizer que sinto muito por sua perda. Além disso, minha mãe é médium. Eu tenho... — as expressões deles já haviam se transformado desagradavelmente — uma mensagem do seu filho.

O rosto da sra. Czerny se escureceu imediatamente. Ela balançou a cabeça e disse, de maneira bastante calma:

— Não, você não tem.

— Por favor, não faça isso — disse o sr. Czerny. Ele estava fazendo o maior esforço possível para ser cortês, o que era mais do que Blue poderia esperar. Ela se sentiu mal por ter interrompido aquele momento de privacidade. — Por favor, vá embora.

— *Diga a ela* — sussurrou Noah.

Blue tomou fôlego.

— Sra. Czerny, ele pede desculpas por ter bebido o licor do seu aniversário.

Por um momento houve silêncio. O sr. Czerny e as irmãs de Noah olharam de Blue para a sra. Czerny. O pai de Noah abriu a boca, e então sua esposa começou a chorar.

Nenhum deles notou quando Blue se afastou da cova.

Mais tarde, eles o desenterraram. Na entrada da estrada de acesso, Ronan se recostou ao lado do BMW com o capô aberto, atuando ao mesmo tempo como bloqueio da estrada e vigia. Adam operou a escavadeira que Gansey havia alugado. E Gansey transferiu os ossos de Noah para um saco de lona enquanto Blue focava uma lanterna sobre eles para ter certeza de que estavam todos ali. Adam enterrou novamente o caixão vazio e deixou tudo como estava antes.

Quando eles correram de volta ao BMW, atordoados e esbaforidos com o crime, Ronan disse a Gansey:

— Isso vai voltar com tudo para incomodar você um dia... Quando você estiver concorrendo ao Congresso.

— Cale a boca e dirija, Lynch.

Eles enterraram novamente os ossos de Noah nas ruínas da velha igreja, ideia de Blue.

— Ninguém vai incomodar o Noah aqui — disse ela. — E sabemos que é na linha ley. E é solo sagrado.

— Bom — disse Ronan —, espero que ele goste. Distendi um músculo.

Gansey zombou:

— Fazendo *o quê*? Você estava de vigia.

— Abrindo meu capô.

Após terminarem de cobrir o último dos ossos, eles pararam em silêncio entre as paredes em ruínas. Blue olhou para Gansey, que tinha as mãos nos bolsos e a cabeça inclinada para baixo, na direção de onde eles haviam enterrado Noah. Parecia que não havia passado tempo nenhum e todo o tempo do mundo desde que ela vira o espírito dele naquele mesmo caminho.

Gansey. É só isso.

Blue prometeu que não seria ela quem o mataria.

— Podemos ir embora? Esse lugar me dá arrepios.

Eufóricos, todos se viraram. Noah, amarfanhado e familiar, estava parado sob o vão em arco da porta da igreja, mais inteiro do que Blue se lembrava de tê-lo visto um dia. Inteiro em sua forma. Ele espiou as paredes desmoronadas à sua volta com uma expressão receosa.

— Noah! — exclamou Gansey alegremente.

Blue lançou os braços em torno do pescoço dele. Ele pareceu assustado e então satisfeito, e em seguida acariciou os tufos dos cabelos dela.

— Czerny — disse Ronan, experimentando a palavra.

— Não — protestou Noah, abraçado a Blue. — Estou falando sério. Esse lugar me dá arrepios mesmo. Podemos ir?

O rosto de Gansey se abriu em um largo sorriso aliviado.

— Sim, vamos para casa.

— Eu não vou comer pizza — disse Noah, deixando a igreja com Blue.

Ronan, ainda nas ruínas, olhou sobre o ombro para eles. Sob a luz fraca das lanternas, o gancho tatuado que aparecia acima do seu colarinho lembrava uma garra, um dedo ou parte de uma flor-de-lis. Era quase tão cortante quanto seu sorriso.

— Acho que agora seria um bom momento pra contar pra vocês — ele disse. — Eu tirei a Motosserra dos meus sonhos.